KB045868

전생했더니 슬라임이었던 건에 대하여 18
Regarding Reincarnated to Slime
tory by Fuse. Illustration by Mitz Vah
세 지음
츠바 일러스트
영명 옮김
"그럼 시작하자."
베루자도
미카엘
펠드웨이

베루지도
"사랑해요, 사랑해요,
사랑하고 있어요, 기이."
기이 크림존
자라리오
"한심하군요.
역시 그 정도밖에 안됩니까."
디아블로
실비아
"내 이름은 실비아야.
아주 강한 도우미니까
안심하고 이 자리는
나에게 맡기도록 해!"

전생했더니 슬라임이었던 건에 대하여 18

Regarding Reincarnated to Slime

목차 | 시공단장(時空斷章) 편

서장

비밀스러운 면회

Regarding Reincarnated to Slime

리무루 일행이 루드라의 세력을 상대하면서 열전을 벌이고 있던 무렵.

이곳, 수왕국 유라자니아가 있었던 흔적만 남은 땅에도 초대받지 않은 손님이 있었다.

'천공성'으로 이름 지어진 초거대건조물이 다종다양한 마인들의 손에 의해 지어지는 중이었다.

동쪽 제국이 쥬라의 대삼림으로 침공하는 바람에 총지휘를 맡고 있었던 게루도가 공사현장을 떠나고 말았다. 그 때문에 주요한 부분의 공사는 중단되어 있었지만, 남은 자들만으로 처리할 수 있는 작업은 평소와 마찬가지로 진행되고 있었던 것이다.

그런 장소로 찾아온 자는 '삼요사' 중의 한 명인 오베라였다.

'천공성'의 최상층.

임시 집무실로 쓰고 있는 천공의 방에서 밀림과 오베라가 대치했다.

두 사람을 제외하면 밀림의 뒤에서 대기하고 있는 미도레이가 있을 뿐이었다. 다른 자는 있어봤자 전력이 되지 않기 때문에 이 방에서 물러나도록 시켰다.

밀림은 칼리온과 프레이를 보냈지만 자신은 전쟁에 참가하지 않았다. 그 이유는 몇 가지가 있었지만, 가장 중요한 이유는 자국의 방위를 위해서였다.

밀림이 제국의 입장에서 생각해봤을 때 밀림의 지배영역을 경유하는 루트를 통해 침공할 가능성을 부정할 수 없기 때문이었다.

또한 자신이 솔선해서 참전하면 인간을 죽여야만 한다. 그건 본의가 아니었기 때문에 밀림은 남아서 이곳을 지킬 것을 선택한 것이다.

그리고 그건 아무래도 정답이었던 모양이다.

"나에게 무슨 볼일이지?"

이때를 노리고 찾아온 수상한 자를 향해 밀림이 질문을 던졌다.

미도레이는 밀림을 절대적으로 믿기 때문인지 자신은 묵묵히 돌아가는 상황을 지켜볼 자세를 취하고 있었다. 밀림의 질문에 어떻게 대답할 것인지, 오베라의 반응을 기다리고 있었다.

그리고 그 오베라는.

온몸을 지키는 갓즈(신화) 급의 장비를 해제하고 밀림 앞에 무릎을 꿇었다.

"처음 뵙게 되어 황공하기 그지없습니다. 용황녀 밀림 님. 제 이름은 오베라. 과거에는 '시원(始原)의 칠천사'였으며 '성왕룡' 베루다나바 님의 충실한 사도였던 자입니다."

그렇게 말한 오베라는 밤하늘 같은 검은 머리카락이 파도처럼 출렁이는 미녀였다. 별이 가득한 하늘처럼 빛을 발하는 눈도 아름다웠으며 보는 자를 현혹하는 매력을 지니고 있었다.

밀림은 싸울 것이라고만 생각하며 잔뜩 기대하고 있었지만, 오베라의 예상 못 한 태도에 한 방 먹은 꼴이 되고 말았다.

"응?"

자신도 모르게 당황하는 모습을 보이자 오베라는 미소를 지은 것 같았다.

"모르시는 것도 무리는 아닙니다. 당신이 태어나셨을 무렵, 저는 이계에서 임무에 종사하고 있었으니까요."

인사가 늦어서 미안하다고, 오베라는 밀림에게 밝혔다.

어떻게 된 일이지?——라고 밀림은 의문스럽게 생각했다.

"네 실력은 상당한 수준으로 보이는데, 나와 싸울 생각이 아니었단 말이야?"

"당치도 않습니다."

"흠. 그럼 너는 여기에 뭘 하러 온 거지?"

"인사와 충고를 드리러 왔습니다."

그렇게 말하면서 고개를 든 오베라는 긴장된 표정으로 밀림을 뚫어지게 바라봤다.

●

임시로 마련된 응접실로 장소를 옮긴 뒤에 대화가 재개되었다.

오베라는 한 번 더 자기소개부터 한 뒤에 현재진행형으로 무슨 일이 일어나고 있는지도 자세하게 알려줬다.

고모에 해당하는 '작열룡' 베루글린드까지 펠드웨이의 손에 떨어지고 말았다는 것을 듣고 밀림은 리무루를 구출하기 위해 그 자리를 뛰쳐나가려고 했지만, 현재 시점에서 움직여도 이미 때는 늦었다고 오베라가 진언하면서 말렸다.

"무슨 소리를 하는 거야! 이대로 그냥 있으면 내 절친인 리무루가——."
"지금부터 움직이셔도 이미 늦었습니다."
그 대답을 듣고 밀림이 격노했다.
"그렇다면 왜 더 빨리 오지 않은 거지?!"
"그 점에 대해선 뭐라고 드릴 말씀이 없습니다."
격렬한 기운을 풍기는 밀림을 앞에 두고도 오베라는 변명을 입에 올리지 않은 채 솔직히 사과하며 머리를 숙였다.
오베라는 '요마왕' 펠드웨이의 부하라는 입장에 있었다. 현시점에선 '요이궁(妖異宮)'을 지키라는 명령을 받고 있는 상태이며, 밀림을 면회하러 온 것은 중대한 명령 위반에 해당하는 행위였다.
그렇게 설명하면 될 텐데, 오베라는 밀림의 기대에 부응하지 못했다면서 자신을 부끄럽게 여길 뿐이었다. 그런 그녀의 태도를 보고는 밀림도 분노를 가라앉힐 수밖에 없었다.
"보아하니 내가 터무니없는 소리를 한 모양이네. 알려준 것만으로도 고마워."
"그렇게 말씀해주신 것만으로도 분에 넘치는 칭찬입니다."
공손하게 머리를 숙이고 있는 오베라는 도저히 거짓말을 하고 있는 것으로는 보이지 않았다.
다른 사람이 풍기고 있는 낌새를 꿰뚫어 볼 수 있는 밀림은, 오베라의 태도를 보고 그녀가 진심으로 행동하고 있다고 판단한 것이다.
"리무루는 그렇게 보여도 신중한 성격을 가지고 있어. 무슨 일이 있어도 무사히 극복할 수 있을 거라고 생각해. 그렇고말고. 나는 리무루를 믿고 있어.”
“네.”
“네가 나의 적이 아니라고 말한다면 리무루에게 손을 대는 건 용서하지 않겠어.”
“잘 알겠습니다——. 그렇게 말씀드리고 싶지만, 저는 표면적으로는 나서서 움직일 수 없는 입장입니다. 지금은 아직 펠드웨이의 신임을 얻은 상태에서 움직이는 것이 더 나으리라 생각하는데, 어떻게 할까요?”
펠드웨이가 명령을 내린다면 그에 따를 생각이라고 오베라는 말했다. 하지만 만약 밀림이 바란다면 현시점에서 펠드웨이를 배반하는 것도 불사할 각오를 하고 있었다.
그런 그녀의 밤하늘 같은 검은 머리카락의 빛을 받아서 별이 가득한 하늘같은 눈이 빛나고 있었다.
“흠. 네 말에서는 거짓이 느껴지지 않는군.”
“네. 전부 진실이며 저의 진심이 담겨 있습니다.”
“그럼 묻겠는데, 네 목적은 뭐지?”
밀림이 그렇게 묻자 오베라는 망설임 없이 얘기하기 시작했다.
“펠드웨이는 베루다나바 님의 부활을 계획하고 있는 것 같습니다만, 저는 그 행위를 불손하다고 여기고 있습니다. 신이신 당신의 부군께선 누구의 도움도 필요로 하지 않고 부활하실 테니까요. 그리고 쉽게 부활하지 않으신다는 것은 그럴 만한 의미가 있기 때문이겠지요. 저 같은 자가 감히 신의 뜻을 어찌 추측할 수 있겠습니까만——.”
즉, 오베라는 베루다나바의 부활을 노리는 것보다 그의 딸인 밀림이야말로 주인의 자리에 앉아야 한다고 생각하고 있었던 것이다.

"내 편이 되겠다는 거야?"

"보잘것없는 제가 어떻게 그런 오만한 생각을 감히 할 수 있겠습니까. 저는 당신의 도구가 되고 싶은 것뿐입니다. 제가 당신께 바라는 것은 아무것도 없으며, 당신께 도움이 되는 것이야말로 최상의 기쁨일 뿐입니다. 부디 저에게 명령을 내려주십시오."

모든 것은 밀림이 바라는 대로.

오베라의 본의는 바로 그것이었다.

밀림도 그렇게 이해했지만, 오베라의 각오를 보면서 망설임을 느꼈다.

"그렇다면 너는 펠드웨이라는 자를 배신하는 것도 불사하겠다는 말이야?"

"우후후, 그건 견해의 차이입니다. 베루다나바 님의 뜻을 어기고 있는 것은 오히려 펠드웨이라고 할 수 있겠죠."

오베라는 그렇게 단언했다.

그 망설임 없는 말투야말로 그녀의 말이 진심에서 나온 것임을 증명하고 있었다.

"베루다나바 님께서 바라시는 것은 바로 따님이신 당신의 행복이라고 생각합니다. 저는 그렇게 확신하고 있기 때문에 당신에게 해가 될 자들은 절대 용서하지 않을 것입니다."

즉, 배신이냐 아니냐를 따질 것도 못 된다는 뜻이었다.

펠드웨이의 행동이 밀림에게 해가 된다고 생각한 오베라의 입장에선 동료라고 해도 단지 적일 뿐이었던 것이다.

하지만 오베라는 총명했다.

제멋대로 판단을 내리고 행동하는 것이 아니라 모든 것을 밀림에게 맡기는 지혜를 갖추고 있었다. 자신의 행동이 밀림에게 방해가 되지 않도록 세심한 주의를 기울이고 있었던 것이다.

위험을 감수하면서 밀림을 만나러 온 것도 그게 이유였다.

밀림이 그렇게 바란다면 아무것도 하지 않을 것이고, 반대로 명령을 내린다면 상대가 누구라고 해도 공격할 것이다. 그게 '삼요사' 오베라의 본질이었던 것이다.

밀림도 그걸 꿰뚫어 보지 못할 리가 없었다.

"좋아. 그렇다면 나도 너를 믿고 내 부하로 삼아주겠어. 미도레이, 그러면 되겠지?"

"물론입니다, 밀림 님. 저에게 이견 같은 게 있을 리가 없죠."

"음! 그러면 오베라, 오늘부터 너도 내 동료다. 지금은 이 자리에 없지만 전쟁이 끝나면 칼리온과 프레이도 소개시켜주겠어!"

"감사합니다."

"와하하하하! 이제 미도레이를 필두로 하여 나에게도 사천왕이 갖춰졌네. 리무루에게 자랑해야겠는데!"

오베라를 동료로 삼을 것을 결심하면서 밀림은 호쾌하게 웃었다. 그리고 속으로 부러워했던 리무루의 사천왕에 대항할 수 있도록 자신의 부하들도 그렇게 부를 것을 결정하고 말았다.

이 자리에 프레이가 있었다면 그 아이디어는 틀림없이 기각되었을 것이다. 그러나 다행스럽게도 이 자리에는 미도레이밖에 없었다.

"제가 필두란 말입니까! 뭐, 당연히 그래야 하겠죠. 밀림 님을 제일 잘 알고 있는 자는 저 말고는 없으니까 말입니다!"
안 그래도 밀림을 최우선으로 생각하는 미도레이인데, 사천왕 필두의 자리까지 받을 수 있다면 밀림에게 반대할 리가 없었다. 오히려 아주 기뻐하면서 찬성하고 있었다.
이리하여 밀림의 진영에도 사천왕이 탄생하게 되었다.

●

오베라는 갑자기 사천왕에 임명되었지만, 전혀 동요하는 기색을 보이지 않은 채 받아들였다.
밀림의 말은 신의 뜻이다.
그렇게 단정하고 있는 만큼, 오베라는 그 어떤 것보다 밀림을 우선하고 있었다.
하지만 지금 골치 아픈 문제가 발생했다.
"그건 그렇고, 그렇게 되면 오베라를 어떻게 할지 그게 문제가 되는걸. 이런 때야말로 리무루에게 의논하고 싶은데……."
"흠, 확실히 어려운 문제로군요. 이대로 이 땅에 남도록 할 것인지, 적 진영에 적을 둔 채 스파이로서 활동하게 해야 할 것인지……."
어느 쪽을 선택하더라도 각각 장단점이 있었다.
사실은 깊이 생각해야 할 일인데다, 밀림은 칼리온이나 프레이의 의견도 듣고 싶었다. 그리고 가능하다면 리무루와도 의논하고 싶었다.
그러나 아쉽게도 이 자리에 있는 것은 밀림과 미도레이뿐이었던 것이다.

"너는 어떻게 하고 싶지?"

미도레이는 두뇌파가 아니므로 의논에는 적합하지 않다. 그걸 잘 알고 있는 만큼 밀림은 그에게 의지하지 않고 오베라에게 직접 질문했다.

이 질문을 받고 오베라는 막힘없이 대답했다.

"제 생각으로는 '요이궁'에 한 번 돌아가는 게 좋을 것 같습니다. 이 자리에는 본체로 등장하지 않았기 때문에 이대로 머무른다면 무리를 해서 육체를 구현시킬 필요가 있으니까요. 그리고──."

오베라는 지금 이계에서 크립티드(환수족)를 상대하는 임무를 맡고 있었다. 더 엄밀하게 말하자면 '멸계룡' 이바라제의 동향을 감시하는 것이야말로 최대 임무라고 할 수 있었다.

코르느는 다른 차원의 침략을, 자라리오는 인섹터(충마족)에 대한 대응을 주요 임무로 맡고 있었다.

요마왕 펠드웨이와 '충마왕(蟲魔王)' 제라누스 사이에 맹약이 맺어진 덕분에 자라리오도 자유롭게 움직일 수 있게 되었다. 하지만 이바라제와는 의사소통 자체가 제대로 되지 않았기 때문에 오베라의 본체는 여전히 속박되어 있었다.

"충마왕 제라누스에 멸계룡 이바라제라고? 강할 것 같은데!"

"네. 제라누스는 모르겠습니다만, 이바라제는 아주 상대하기 버겁습니다. 세계를 멸망시키겠다는 악의 그 자체라고 할까요. 공존은 있을 수 없습니다. 베루다나바 님의 의향에 따라 존재를 허용하고 있습니다만, 그게 '이계'에서 해방되는 것만은 단호히 저지해야 할 것으로 생각합니다."

이대로 여기 남을 경우엔 이바라제의 감시가 소홀해지게 될 것이다. 오베라의 입장에선 이바라제가 펠드웨이의 계획에 영향을 주지 않도록 마지막까지 철저히 지켜보고 싶다는 생각을 하고 있었다.

"그렇군. 그럼 너는 그대로 감시를 계속해야겠네."

"그리 하겠습니다."

"하지만 그렇게 되면 궁금한 게 있는데, 펠드웨이는 이바라제를 어떻게 할 생각이지?"

"음—, 저도 그게 궁금해지는군요."

펠드웨이의 계획을 모르기 때문에 두 사람의 의문은 당연한 것이었다.

그때 오베라가 자신이 아는 한에서 정보를 공개했다.

"펠드웨이는 이바라제를 감시한다는 임무를 베루다나바 님에게서 받았습니다. 하지만 그걸 방치한 채 베루다나바 님의 부활을 우선할 생각을 하고 있죠. 현재는 '명계문'을 확장 중이며, 그게 완료되는 대로 모든 팬텀(요마족)과 인섹터(충마족)를 이쪽 기축세계로 침공시킬 계획을 세우고 있었습니다."

"'명계문'의 확장이라니 엄청나게 오래 걸릴 계획을 세웠군."

"네."

"하지만 그 후에는 어떻게 할 생각이지? 열린 문을 닫지 못하면 이바라제까지 해방되는 것 아닌가?"

"그럴 가능성이 당연히 있기에 저도 펠드웨이에게 충고를 했습니다. 하지만 그자는 그걸 개의치 않았습니다. 저는 그자가 무슨 생각을 하고 있는지 모르겠습니다."

"음?"

"펠드웨이는 미쳤습니다. 베루다나바 님만 부활한다면 세계가 멸망해도 상관하지 않는다고 여겨도 이상하지 않을 것입니다."

펠드웨이는 베루다나바를 빼앗은 이 세계를 증오하고 있었다. 자신이 선별한 자만을 남겨두고 세계를 다시 만들 생각을 하고 있었던 것이다. 이바라제가 세계를 파괴한다면 그건 그것대로 자신에겐 이로운 상황일지도 모른다.

"즉, 그때는 우리가 귀찮은 일을 떠맡게 될 거라는 뜻이네?"

"민폐도 그런 민폐가 없겠군요. 제라누스라는 자도 상대하기 성가실 것 같으니 그대로 이계에 가둬두고 있으면 될 것을……."

밀림과 미도레이는 진저리를 치면서 내키지 않는 표정으로 서로의 얼굴을 바라봤다.

리무루 일행과 함께 놀 약속을 해놓았는데 전쟁 때문에 자꾸 밀리고 있었다. 그런 상황에서 이번 같은 문제까지 발생하면서 밀림의 기분은 급강하하고만 있었다.

"이렇게 되면 펠드웨이라는 녀석을 날려버릴 수밖에 없겠어."

실로 단락적으로 생각하면서, 밀림이 그렇게 결단을 내렸다.

"그래야겠습니다. 그러면 밀림 님, 사천왕의 필두인 저 미도레이에게 펠드웨이 토벌 명령을 내려주십시오!"

오로지 밀림만 생각하는 미도레이는 아무런 생각 없이 찬동했다.

"음! 믿음직스러운 걸, 미도레이. 나도 총대장으로서 출전하겠어. 펠드웨이라는 녀석의 야망을 우리 손으로 박살 내버리자!"

"네엣———!! 너무나 기대가 되서 가슴이 두근거립니다. 부디 제 힘을 지켜봐 주십시오!!"

이 자리에 프레이가 없는 탓에 두 사람의 폭주를 아무도 막을 수 없을 것 같았다. 하지만 그때 오베라가 발언했다.

"잠시만 기다려주십시오. 지금 작전을 시작할 때부터 펠드웨이 쪽과 정보를 공유하고 있었습니다만, 황제 루드라가 베루글린드 님의 '용의 인자'까지 받아들인 것 같습니다. 하지만 그야말로 마지막의 마지막 단계에서 마왕 리무루가 방해하면서 승부의 결말은 뒤로 미뤄지게 되었습니다."

그건 밀림을 냉정하게 만들기에 충분한 정보였다.

"그러니까 리무루는 무사하다는 말이지?"

"네. 지금 작전은 종료되었으며 펠드웨이는 거점으로 물러갈 것 같습니다."

"끄응…… 그렇다면 지금 움직이는 건 시기상조이겠군요."

"으—음, 미도레이의 말이 옳네……."

기세가 꺾이면서 미도레이와 밀림은 침착함을 되찾았다.

펠드웨이가 다음 작전에 착수할 때까지 시간적인 여유도 생겼다. 이 타이밍에서 무리하게 움직이는 것보다 리무루 쪽과 공동 전선을 펼쳐 행동하는 게 더 좋은 계책이기도 했다.

어쨌든 우선은 서로가 알고 있는 정보를 맞춰 보는 것이 중요한 일이었다.

밀림도 그건 이해하고 있었다.

"그러면 오베라, 너는 내 명령이 있을 때까지 펠드웨이의 동향을 조사하고 있어라."

"분부대로 따르겠습니다."

"연락은 '마법통화'로 하자."

"알겠습니다."

밀림과 오베라는 두 사람끼리만 통하는 특수한 파장을 조정했다. 차원을 넘어서 연락하려면 거대한 마력이 필요하지만 두 사람의 레벨(가량)이 있으면 문제 될 것은 없었다. 이로 인해 연락수단이 확보되었다.

그런 일련의 대화가 끝나면서, 이 면회도 끝날 시간이 되었다.

"그러면 저는 이만 실례하겠습니다."

그렇게 인사한 뒤에 오베라는 그 자리를 떠났다.

남은 밀림과 미도레이는 새로운 전란이 일어날 예감을 느끼면서 골치를 썩게 되었다.

제1장

발푸르기스

Regarding Reincarnated to Slime

레인의 '전이문'으로 뛰어든 후에 나온 곳은 눈보라가 미친 듯이 부는 은백색의 세계였다.

개최 장소는 예전과는 다르게 기이가 머무르는 성이라고 한다.

레인의 안내를 받으면서 안으로 발을 들였다.

시온과 디아블로도 내 뒤를 따랐다.

밖은 생물이 살 수 없는 극한의 땅인데 성안은 기온이 쾌적했다. 하지만 성의 대부분이 크게 무너져 있었기 때문에 무슨 일이 있었다는 것은 일목요연하게 알 수 있었다.

"여어, 잘 왔어. 머지않아 밀림과 다구류루도 올 테니까 앉아서 기다리도록 해."

안내를 받은 방으로 들어가자 기이가 내게 말했다.

무도회라도 열 수 있을 것 같은 큰 홀에 원형 테이블이 여러 개 놓여 있었다. 의자도 불규칙적으로 놓여 있어서 자유롭게 앉을 수 있게 되어 있었다.

먼저 온 손님을 향해 시선을 돌리니 그곳에는 루미너스와 레온의 모습이 보였다.

루미너스의 뒤에는 교황인 루이와 늙은 집사인 권터가 있었다.

레온의 뒤에는 두 명의 기사――알로스와 클로드가 완전무장한 상태로 대기하고 있었다.

낯익은 얼굴을 보자 약간은 안심이 되었다. 고개만 살짝 끄덕여 인사한 뒤에 나도 일단은 자리를 확보했다. 시온과 디아블로는 자리에 앉지 않고 내 뒤에 서 있을 생각인 것 같았다.

앉아도 될 텐데. 그렇게 생각하면서도 마음대로 하게 놔뒀다.

그리고 그때 시끄러운 소리가 들리기 시작했는데, 아마도 라미리스가 도착한 모양이었다.

"너, 날 놔두고 가다니 대체 무슨 생각이야?!"

아!

같이 나왔다고 생각했는데 라미리스를 그냥 놔두고 온 모양이다.

"어, 어라? 라미리스 님, 어째서 저희와 함께 계시지 않았던 겁니까?"

나만 당황한 것이 아니라 안내를 맡았던 레인도 당황하고 있었다. 으레 따라올 것으로 생각했는지 화를 내는 라미리스를 보면서 놀라고 있었다.

"레인, 당신답지 않게 실수를 했군요. 라미리스 님의 긴급요청을 받아서 나까지 마중을 하러 갔답니다."

그렇게 말한 사람은 미저리였다.

레인과 마찬가지로 엉망진창이 된 모습을 하고 있었지만, 미저리는 반듯한 표정을 유지하고 있었다.

두 사람이 비슷하다고 생각했는데…… 지금은 여유가 없기 때문인지 성격의 차이가 뚜렷이 드러나는 것처럼 보였다.

"레인, 다쳤기 때문에 주의력이 산만해진 것 같네! 난 말이지, 누구를 데려갈지를 고민하고 있었어! 그랬는데……!"

그 말을 듣고 나서 알아차렸는데, 라미리스는 두 사람을 시종

자격으로 동반하고 있었다.

베레타와——이봐, 잠깐.

"베루도라, 너 지금 뭐 하고 있는 거야?"

내 말을 듣고 루미너스가 반응하면서 라미리스의 뒤쪽으로 시선을 돌렸다. 그곳에 서 있는 베루도라를 확인하고는 혀를 차면서 노골적으로 짜증 난다는 표정을 지었다.

"쳇, 사룡 녀석이 왔군."

"크아——핫핫하! 듣자 하니 중요한 회의를 벌인다고 들었다. 그렇다면 나도 참가하지 않을 수 없지. 사실은 리무루와 함께 올 생각이었지만 늦어버렸지 뭐냐. 다급하게 라미리스를 불러 세워서 나도 참가하겠다고 말한 것이다!"

베루도라는 분위기를 파악할 줄 모른다.

루미너스의 기분이 상했다는 것도 상관하지 않은 채 자신만만하게 몸을 한껏 젖히면서 떠들어대고 있었다.

그리고 베루도라의 말을 라미리스가 이어받았다.

"그렇게 된 거야! 사부가 참가해준 덕분에 엄청 든든해졌으니까 데리고 온 나에게 감사하라고!"

유일하게 베레타만 고개를 저으면서 탄식하고 있었지만, 이 두 사람을 말리는 건 무리일 것 같았다.

"죄송합니다. 제가 그만 깜박하는 바람에 이런 일이……."

"아니, 아니, 레인 씨 때문이 아니야. 우리도 다급히 오느라 정신이 없었으니까."

레인이 풀이 죽은 표정을 짓고 있었기 때문에 일단 그렇게 말하면서 달랬다.

"뭐, 좋아. 내가 불렀으니 당연히 서둘러 올 수밖에 없었겠지. 그건 그렇고 리무루, 레인과 미저리에겐 경칭을 붙이지 않아도 된다고 전에 말했을 텐데?"

아, 잊어버리고 있었다.

"기이 님의 말씀이 옳습니다. 리무루 님, 저희는 그냥 하대해서 불러주십시오."

"그렇습니다. 그렇게 불러주시는 게 오히려 저희도 친하게 대하시는 것으로 느껴져서 기쁠 것입니다."

미저리 씨도 나를 잘 이해하고 있는 것 같았다.

내가 상대에게 경칭을 붙이는 것은 크게 두 가지 패턴이 있단 말이지.

상대의 역량을 인정하는 경우와 거리를 두고 싶은 경우다.

친하지도 않은 상대나 경계해야 할 상대에겐 친근하게 부르는 건 실례라는 생각을 자꾸만 하고 만다. 미움을 사고 싶지 않다는 의도와 적대하고 싶지 않다는 계산도 있을 것이다.

반대로 친해지면 자연스럽게 친근하게 부르게 되고 말이지.

하루나 씨나 트레이니 씨처럼 무슨 이유인지 '씨'를 붙여 부르고 싶은 타입도 있지만, 그런 사람들은 예외에 속한다.

어쨌든 내 생각은 그랬다.

그런데 그때 예상 못 한 자들도 한마디씩 거들었다.

"리무루여, 나도 그냥 이름만 부르고 있지 않느냐. 새삼스러울 것도 없을 텐데."

"그 말이 옳다. 그만큼 뻔뻔하게 굴면서 이제 와서 무슨 체면을 차린다는 거냐."

루미너스와 레온이었다.
지극히 타당한 그 발언을 듣고 나 자신도 그 말이 옳다고 납득하게 되었다.
"알았어. 그럼 앞으로는 친근함의 의미를 담아서 이름을 그냥 부르도록 할게."
나는 그렇게 말하면서 기이와 두 메이드들의 의견을 받아들였다.

●

미저리와 레인은 밀림과 다구류루를 맞이하기 위해 다시 나갔다.
우리는 앉아서 기다렸다. 테이블 위에는 과자가 준비되어 있었기에 그걸 집어먹으면서 시간을 보냈다.
그런 식으로 잠시 기다리고 있었더니,
"대체 무슨 일로 부른 거야, 기이! 나도 여러모로 바빠 죽겠다고. 불러내는 건 좋지만 사전에 연락 정도는 좀 해! 그게 매너라고 프레이도 시끄럽게 말하고 있으니까."
기운찬 모습으로 밀림이 도착했다.
여전히 소란스럽게 구는 것이 실로 밀림다웠다.
"그랬나, 프레이?"
"뭐, 그런 셈이지. 기이——님."
"프레이, 리무루에게도 말했지만 경칭은 부르지 않기로 하자고. 칼리온이랑 거기 있는 너희도 마찬가지야. 이 자리에 있을 만한 자라면 그럴 자격은 충분히 있을 테니까."
이런, 기이가 의외의 말을 꺼냈는데…… 나도 납득은 되었다.

이 자리에 있는 사람들은 누구나 다 강자들이니까 말이지.

굳이 말하자면 에너지(마력요소)양을 기준으로 했을 경우 레온을 따라온 자들이 조금 떨어져 보이지만, 그 실력은 상당한 수준인 것 같으니까 말이지.

하물며 프레이 씨는 '진정한 마왕'으로 각성한 상태이며 밀리언 클래스(초급각성자)의 단계에까지 이르렀다. 얼마나 강해졌는지는 미지수지만, 시종으로 따라온 자라고 해서 쉽게 업신여길 수 있는 상대는 아니었던 것이다.

그걸 자각하고 있는지 프레이 씨가 고개를 끄덕였다.

"어머나, 고마운걸. 그럼 사양하지 않고 그렇게 부르도록 할게."

기이의 성을 둘러보면서 프레이 씨가 그렇게 말했다.

뒤따라 들어온 칼리온도 당당한 태도로 기이에게 말했다.

"나는 경어를 쓰는 게 익숙하지 않으니까 그렇게 말해주면 고마울 따름이지. 그래서 말인데, 기이. 오늘은 무슨 용건으로 우리를 불러낸 거지?"

프레이 씨와 마찬가지로 칼리온도 밀리언 클래스가 되었다. 칼리온은 처음부터 왕자(王者)의 품격을 띠고 있었기 때문에 오만불손하게 굴어도 으레 그러려니 여길 것 같군.

눈이 마주치자 한 손을 들어서 인사를 하질 않나.

그런 칼리온을 보면서 기이가 쓴웃음을 지으며 대답했다.

"뭐, 일단은 좀 기다려. 이제 곧 다구류루가 올 테니까 얘기는 그 후에 나누도록 하자고. 그건 그렇고 놀랍군. 칼리온은 그렇다 치고 프레이까지 각성했단 말인가."

뭐, 기이라면 바로 알아차리겠지. 나도 보고를 받아서 알고는 있었지만, 실제로 만나보니 예전과는 다른 사람이라는 생각이 들 만큼 힘이 강해져 있었으니까.

"덕분에 그렇게 됐어. 어쩌면 밀림의 계산대로 된 걸지도 모르지만, 이번 전쟁을 통해 하피(유익족)로서의 숙업을 극복한 결과가 이거야."

그렇게 말하면서 프레이가 웃자 기이는 "그건 정말 반가운 소식이로군"이라고 말하면서 만족스러운 표정으로 고개를 끄덕였다.

"뭐, 나도 비슷하다고 할 수 있어. 라이칸스로프(수인족)의 수치를 처리할 수 있었으니 밀림의 계책에 동참하는 것도 나쁘지만은 않았다는 얘기지."

그렇게 말한 뒤에 칼리온은 호쾌하게 웃었다.

"응?! 내 계책이라니, 무슨 말을 하는 건지 전혀 모르겠어!"

"훗, 감추지 마, 밀림. 우리가 계속 약한 채로 남아 있다간 앞으로 있을 전쟁에서 죽을 수도 있을 거라고 생각했지? 그랬기 때문에 인간들과 싸울 기회를 부여해준 거잖아."

"그러네. 리무루 님이 바라는 세계가 된다면 각성하기 위해 필요한 '자격(영혼)'을 얻지 못하게 될 테니까. 이번이 마지막 기회이지 않았을까?"

"그 말이 옳아. 그렇지?"

"으, 으음! 나는 모르는 일이야. 멋대로들 지껄이지 말고 어서 자리에 앉아!"

그렇게 소리치는 밀림의 모습은 아무리 봐도 쑥스러움을 애써 감추려는 태도 그 자체였다.

그렇군. 그런 의도가 있었단 말인가——. 나도 납득했다.

하지만 그건 그렇다 치고.

“저기, 프레이 씨. 아까부터 대화 중에 나에게 ‘님’이라는 경칭을 붙이던데 그렇게 부르지 않아도 괜찮아요.”

지적을 해두는 게 좋겠다고 생각해서 그렇게 말했는데, 프레이 씨는 코웃음을 치면서 대응했다.

“기각하겠어. 당신은 우리의 주인인 밀림의 친구니까 예의를 갖춰서 대해야지.”

아니, 아니, 당신도 밀림이라고 이름을 그냥 부르고 있잖아.

설득력이란 게 전혀 없습니다만…….

“그렇게 말한다면——.”

“그리고 당신도 나에게 ‘씨’를 붙여서 부르는데, 앞으로 그렇게 부르지는 말았으면 좋겠거든?”

내 지적을 그런 식으로 반격하여 덮어버리고 말았다.

프레이 씨의 그런 요구는 나에겐 너무나도 허들이 높았다.

칼리온이라면 또 모를까, 프레이 씨를 그냥 이름만 부르는 건 역시 망설여졌다.

뭐라고 표현하면 좋을까. 부담스럽게 느껴지는 오라?

미인이 앞에 있으면 위축되고 만단 말이지.

밀림은 어린아이이고 루미너스는 미소녀니까 세이프다. 이 두 사람이 좀 더 어른이었다면 어떻게 반응해야 좋을지 약간 고민했을지도 모른다.

시온처럼 아쉬운 점이 많다면 심리적인 저지선이 단번에 내려가면서 부담도 없어지겠지만 말이지.

“앗하하하! 리무루, 보아하니 넌 성인 미녀에게 약한 것 같구나.”

내 마음을 꿰뚫어 봤어?!

"좋아, 너에게 뭘 부탁할 때는 앞으로 미녀의 모습으로 변신해 주지."

"그런 배려는 안 해도 돼—! 아무리 예뻐도 기본이 너라는 걸 알고 있으면 전혀 기쁘지도 않다고!"

나도 모르게 짜증을 냈더니 긴장감이 확 사라지는군.

그래서 기이에 대한 경계도 완전히 무시하면서 나도 모르게 본심이 튀어나오고 말았다.

"후후, 당연하죠! 리무루 님에겐 저 같은 미인 비서가 있으니까요."

뭐? 그 말을 자신의 입으로 한단 말이야?

"쿠후후후후. 기이, 너 따위가 리무루 님에게 미인계를 쓰려 하다니 분수를 몰라도 너무 모르는구나. 애초에 여체화 정도는 나도 쉽게 습득할 수 있으니까 리무루 님이 원하신다면——."

"원하지 않으니까 이 얘기는 이제 끝낼게."

시온보다 디아블로가 더 위험했다.

내버려 두면 제정신으로는 할 수 없는 말까지 꺼낼 것 같았기 때문에 황급히 그 화제를 종료시켰다.

정말로 내 부하들은 처치 곤란이다.

이럴 줄 알았으면 베니마루를 데려올 걸 그랬다고 생각하면서, 나는 아주 조금 후회했다.

그런 대화를 나누고 있는 사이에 다구류루가 도착했다.

같이 온 사람은 없었지만, 혼자서도 엄청난 위압감을 풍기고 있었다.

"이것 참, 꼴이 심각하군. 정말로 진지하게 소집한 거 맞아?"

입을 열자마자 그렇게 내뱉은 다구류루는 레인이 안내해주는 대로 큰 의자에 털썩 앉았다.

중후한 돌로 만들어진 의자인데 휘어져 있는 것처럼 보이는 것이 재미있었다.

그건 그렇고 아무도 입에 올리지 않았는데 바로 그걸 지적한단 말인가.

아니, 사실 눈치는 채고 있었다.

이 넓은 방의 벽면에도 큰 금이 가 있었으니까 말이지. 그걸 보기만 해도 무슨 일이 일어난 것인지 명백히 알 수 있었다.

너무나 골치 아픈 일이 기다리고 있으리라는 것을 깨닫고 있었기 때문에 현실을 직시하지 않도록 화제를 돌렸던 것이다.

얽히고 싶지 않아서 피하고는 있었지만, 이렇게 모두 다 모이고 만 이상 본론에 들어갈 수밖에 없을 것 같았다.

"뭐, 일이 좀 귀찮게 돼서 말이지. 이번만큼은 진지하게 모두의 지혜를 빌리고 싶어."

"호오, 네가 그렇게까지 말하다니 상당히 중요한 일인가 보군."

기이가 고개를 끄덕이자, 다구류루도 얌전히 이야기를 들어보겠다는 태도를 보였다.

정말로 귀찮은 일이라는 것을 분위기를 통해 파악한 것이겠지.

지혜만 빌리는 게 아니겠지. 그렇게 생각하면서 나도 초점 없는 눈으로 먼 곳을 봤다.

나만 그랬던 것은 아니었지만, 그때 기이가 일어서더니 웃으면서 선언했다.

"자, 그럼 장소를 바꾸자고. 지금은 우선 협동심이 강한 우리 '옥타그램(팔성마왕)'끼리만 앉아서 얘기를 나눠봐야겠지!"

협동심?

잠꼬대는 자면서 해——. 나는 자신도 모르게 그렇게 중얼거릴 뻔했다.

안 좋은 예감만 드는 웃음이었지만…… 슬프게도 거부권 같은 건 없는 것 같았다. 우리는 내키지 않게 생각하면서도 기이의 안내에 따랐다

●

바깥 세계와 격리된 것으로 보이는 넓은 방이었으며 그 중심에 원탁이 있었다.

이미 음료수까지 준비된 것은 정말 대단하다고 말할 수밖에 없었다.

정점에 해당하는 자리에는 기이가, 그 맞은편에는 내가 앉았다.

내가 봤을 때 기이의 오른쪽 옆자리에는 밀림, 왼쪽 옆자리에는 라미리스가 앉아 있었다.

내 오른쪽 자리에 레온이 앉았다. 밀림과 레온 사이에 루미너스가 앉았으며 그 맞은편이 다구류루의 자리였다.

라미리스의 의자는 작지만 앉는 부분이 원탁의 상부보다 더 높은 위치에 있었다. 그리고 다구류루의 의자는 일반적인 것보다 몇 배는 더 중량감이 느껴지는지라 현재의 자리 배치는 밸런스도 잘 잡혀 있었다.

그리고 앉자마자 바로 눈에 띄는 것은 나와 다구류루 사이에 놓인 빈자리라고 할 수 있겠다.

"그건 그렇고 디노의 모습이 보이질 않는데, 녀석을 기다리지 않아도 되겠어?"

다구류루가 당연한 질문을 했다.

다른 마왕들도 궁금했는지 시선이 기이에게 집중되었다.

"아아, 그거 말인데……."

기이가 나를 봤다.

곧바로 나에게 칼끝을 겨눌 거라는 예감이 드는군.

"리무루 군."

역시 기이는 디노의 배신을 알고 있었던 것 같다. 어떤 정보망을 갖고 있는지는 모르겠지만 나에게 얘기를 하라고 재촉하는 걸 보면 어느 정도는 상황을 파악하고 있다는 뜻이겠지.

"그래, 알았어. 내가 설명하라는 말이지? 디노는 배신자였어. 이상!"

"너무 간결해! 성의 있는 자세로 더 자세하게 말해봐."

"칫, 어쩔 수 없군……."

더 이상은 버텨봤자 쓸데없는 저항이므로 나는 일찍 포기하고 설명해주기로 했다.

우리나라에 머무르고 있던 디노가 배신하여 적의 편에 붙었다는 것을. 하지만 그건 본인의 의사와는 관계없으며 미카엘이 지닌 '얼티밋 도미니언(천사장의 지배)'의 영향을 받은 것이 원인일 것이라는 추측을, 무엇 하나 꾸미거나 숨기지 않고 전부 이야기했다.

"디노가 배신했단 말인가……."

내 이야기를 다 들은 다구류루가 나지막이 중얼거렸다. 사이가 좋았던 다구류루라면 그 심정이 복잡하겠지.

"배신했다고 말은 했지만, 지배를 당하고 있었던 것뿐인 것 같단 말이지. 본인의 의사는 확인하지 않았지만."

"미카엘, 이라고 했나? 너는 기껏해야 스킬일 뿐인 존재에게 의지가 깃들기라도 했다고 주장하고 싶은 거냐?"

아아, 기이도 디노가 배신한 이유까지는 몰랐단 말이군.

"그렇게 되겠네. 그 점은 의심하지 않아. 현시점에선 자아가 싹텄으며, 루드라의 몸을 차지하여 미카엘로 행동하고 있지."

그도 그럴 게, 나에게도 시엘이라는 파트너가 있다. 그러므로 이건 두말할 필요가 없는 확실한 증거가 되는 셈이다.

"잠깐, 리무루! 그 '얼티밋 도미니언'이라는 것은 천사 계열의 권능에 영향을 미친다고 했었지? 그렇다면 궁금한 게 있는데, 천사 계열과 악마 계열 같은 애매모호한 개념을 어떻게 구분한단 말이냐?"

오, 루미너스가 날카로운 지적을 날렸다!

그건 나도 의문이었단 말이지.

그렇게 생각했을 때 기이가 일어났다.

"그에 대해선 내가 설명하지."

그런 뒤에 기이는 놀랄 만큼 자세하게 스킬(능력)에 관한 이야기를 하기 시작했다. 이 세상을 이루는 구조와도 관계가 있는 커다란 비밀인 것 같았는데, 아낌없이 다 공개한 것이다.

그의 말에 따르면.

이 세상의 법칙은 베루다나바가 정했지만, 관리자 권한을 지닌 자라면 그 법칙에 영향을 줄 수 있게 되어 있다고 한다.

권한이 없더라도 마력요소에 자신의 바람을 담아서 개입하면 어느 정도의 법칙은 덧씌울 수 있다고 한다. 즉 그게 마법이라는 개념이며 권능의 일종이라고 했다.

스킬이란 것은 이런 식으로 법칙에 영향을 미칠 수 있도록 어느 정도는 시스템화가 되어 있는 것이라고 한다.

의지가 있는 자의 '영혼'에 깃들면서 그 순수한 에너지를 양분으로 삼아서 발동하는 스킬. 그게 바로 베루다나바가 만들어낸 천사 계열의 얼티밋 스킬(궁극능력)이며 그중에는 미덕 계열이라고 불리는 일곱 개의 권능이 존재했다.

"내가 베루다나바와 싸웠을 때 녀석은 수많은 권능을 가지고 있었지. 하지만 세계가 안정된 후에는 최강의 권능이었던 '미카엘(정의지왕)'만이 남았고, 몇 개는 양도한 뒤에 나머지 권능을 전부 세상에 풀어놨어. 그 결과, 그런 권능들은 윤회의 고리에 속하게 되었고 자격이 있는 강한 '영혼'에 깃들면서 세상에 나타나게 된 거야. 뭐, 얼티밋 스킬로 그냥 남아 있으면 너무 강하니까 유니크 레벨까지로 제한이 걸리긴 했지만. 다양한 스킬로 흩어지거나 어느 정도의 권능을 유지한 채 '미덕' 계열의 유니크 스킬이 되는 식으로 말이지."

그 미덕 계열이 대죄 계열과 대비되는 권능인 것 같다. 즉, 미덕 계열과 대죄 계열이 바로 천사 계열과 악마 계열로도 불리는 것이다.

하지만 지금 기이가 한 말에 따르면 미덕 계열의 얼티밋 스킬은 일곱 개가 안 되는 것 같은데.

내가 획득한 '라파엘(지혜지왕)'도 '지혜 있는 자(대현자)'에서 진화한 것이라 '미덕'이란 것과는 관계가 없는 것 같고.

나는 단순하기 때문에 기이의 설명을 듣고 납득했지만, 루미너스는 뭔가 숨기는 것은 허용할 수 없다는 듯한 기세로 다시 질문을 날렸다.

"기이여, 알고 있다면 알려다오. 천사 계열이라는 것은 전부 일곱 개냐? 그리고 그 권능이란 것은 어떤 것들이냐?"

듣고 보니 나도 궁금했다.

당연히 다른 마왕들도 마찬가지인 것 같았다.

"훗, 평소와는 다르게 일치단결하는 모습을 다 보이는군. 좋아, 가르쳐주지. 우선 미덕 계열의 일곱 가지 권능부터 말하자면――."

기이는 아주 자세히 알고 있었다.

베루다나바가 보유하고 있었다는 미덕 계열의 일곱 가지 권능.

기이의 설명에 따르면――.

얼티밋 스킬 '미카엘(정의지왕)'――그 명령은 정신지배 그 자체이며, '캐슬 가드(왕궁성새)'같이 진정한 '절대방어'를 보유한 지휘계통에 특화된 최강의 권능.

얼티밋 스킬 '라파엘(지식지왕)'――세계의 법칙을 관리하기 위한 권능이며 서포트에 특화되어 있다.

얼티밋 스킬 '우리엘(서약지왕)'――공간관리에 특화되어 있으며 다양한 현상을 관리하기 위해 마련되었다.

얼티밋 스킬 '사리엘(희망지왕)'——생명의 근원, 윤회의 고리를 관리하기 위한 권능.

얼티밋 스킬 '메타트론(순결지왕)'——서로 뒤섞인 모든 법칙을 고르고 분류하여 간섭방지를 통하여 순수한 에너지를 선별하는 권능.

얼티밋 스킬 '라구엘(구휼지왕)'——다른 자를 지원하거나 힘을 증폭시키기 위한 권능으로 베루글린드에게 양도되어 있다.

얼티밋 스킬 '가브리엘(인내지왕)'——상태의 고정, 예측하지 못한 사태에 대응하기 위한 권능으로 베루자도에게 양도되어 있다.

——이렇게 나뉘어 있었다.

솔직히 말해서 생각하고 있었던 것보다 훨씬 더 자세하게 알고 있어서 놀랐던 것은 비밀이다.

"이게 권능의 내역이지만 현시점에서 확인된 것은 세 가지뿐이야. 베루다나바는 자신의 '미카엘'을 루드라에게 넘겼고 그 대신 '우리엘'을 다시 받았지. 이건 루드라가 획득하여 궁극화한 녀석이니까. 아마 성능에도 어떤 변화가 있었을 거야. 뭐, 그것도 지금은 잃어버린 상태니까 확인할 방법은 없지만."

아무도 입을 열지 않았다.

그리고 기이의 이야기는 계속 이어졌다.

"루드라에게 넘어간 '미카엘'에게 다른 사람을 부릴 수 있는 힘이 있다는 건 알고 있었어. 하지만 내가 생각했던 것보다 훨씬 더 강력했던 모양이야."

거기서 기이는 말끝을 흐렸다.

그대로 기이의 말을 기다리고 있다가 눈이 마주쳤다.

"리무루, 너는 알고 있었겠지?"

뭐, 여기서 거짓말을 할 이유는 없으려나.

가능하면 아무것도 모르는 척을 하고 싶지만 그건 무리였다. 방금 들은 설명에 따르면 '얼티밋 도미니언'에 대해선 제대로 언급하지 않았기 때문에 내 견해를 말해보기로 했다.

이렇게까지 문제가 커져 버린 지금, 모르는 척 얼버무리는 것이 더 해롭다고 생각한 것이다.

"그래. 알고 있었다기보다는 얼마 전에 싸웠던 상대니까 저절로 알게 된 거지. 베루도라가 적의 지배를 받게 되었을 때는 이젠 끝났다고 생각했거든."

베루글린드도 지배를 받고 있었으니까 말이야.

"그랬나?"

"네가 나에게 귀찮은 일을 떠넘기는 바람에 얼마나 고생했는지 알아?! 루드라와 승부를 겨루는 수준이 아니라 전면전쟁이 벌어졌단 말이야!"

주장해야 할 부분은 확실하게 주장해두자.

하지만 기이는 아랑곳하지 않는 반응을 보였다.

"앗하하하! 이겼으니까 뭐 상관없잖아."

"상관이 없기는―! 라미리스의 미궁도 베루글린드에게 파괴되었고, 우리가 사는 도시 주변은 지옥 같은 잿더미로 변했다고. 뭐, 복구 작업은 순조롭지만 이제 네 부탁은 두 번 다시 받아들이지 않을 거니까 그렇게 알아!"

말이 나온 김에 힘을 줘서 딱 잘라 말했다.

이제 당분간은 어려운 문제를 억지로 떠넘기지 않기를 바라고 싶다.

"흥, 그런 건 마법을 쓰면 쉽게 해결될 텐데. 뭐, 좋아. 그래서 결론은 뭐야?"

"아까는 두루뭉술하게 표현해서 '영향을 끼친다'라고 말했지만 정확히 정정해서 다시 말할게. 미카엘의 '얼티밋 도미니언'은 천사 계열의 얼티밋 스킬 보유자를 절대적으로 지배할 수 있는 흉악한 권능이야."

"그런 말도 안 되는——."

"믿기 어렵구나. 궁극에 이른 자라면 강인한 정신력을 보유하고 있을 것이다. 인간이든 마물이든 그건 달라지지 않는다. 다른 사람의 지배 따위를——."

"받아. 베루도라뿐만 아니라 베루글린드까지 미카엘의 지배하에 있었다는 게 그 증거이거든? 정신생명체가 지배를 받는 모습을 직접 보지 않았으면 나도 믿을 수가 없었을 거야."

사실은 지금도 믿고 싶지 않다.

악몽에 나올 만큼 끔찍했으며 두 번 다시 경험하고 싶지 않은 사실이었다.

"리무루의 이야기는 사실이야. 그 증거로 베루글린드는 '라구엘'을 소유하고 있었지. 그리고 베루자도도 아까 말한 것처럼 얼티밋 스킬 '가브리엘'을 소유하고 있었어."

그렇겠죠.

그렇지 않을까 하고 예상하고 있었다.

이 성이 파괴된 모습을 보면 터무니없는 상대와 싸움을 벌였을 것이라는 짐작을 할 수 있었다.

인정하고 싶지는 않았지만, 역시 베루자도가 미카엘의 지배를 받고 만 모양이다.

안 좋은 예감이 적중하는 바람에 우울한 기분이 들고 말았다.

"이봐, 기이! 그렇다면 베루자도 님이 적으로 돌아섰다고 말하려는 거냐?"

"바로 그거야, 다구류루."

"말도 안 돼! 정말 중요한 일이잖아!!"

기이가 인정하자 다구류루는 동요하고 있었다. 오래 알고 지낸 사이인 만큼 베루자도가 얼마나 위험한지 알고 있을 것이다.

그렇게 따지면 나는 그녀에 대해서 잘 모르고 있단 말이지…….

위험할 것이라고는 생각하지만 어느 정도로 위협적인지는 정확히 모르겠다. 얼마나 위협적인 존재인지 계산할 수가 없으니까 실감이 나지 않는다고 할까.

"일단 묻겠는데, 지금은 쓰러트려서 어딘가에 가둬뒀다거나……."

"리무루, 그렇게 만사형통으로 일이 진행됐을 거라고 생각하는 거냐?"

그럴 리가 없겠죠.

기이가 날 보면서 어이없다는 반응을 보이는 것도 부아가 나는데다, 내 희망적인 예상이 완전히 박살이 나버린 것도 슬프네.

"최악이로군. 미카엘 진영에 베루자도 씨까지 가세했단 말인가……."

나도 모르게 그렇게 중얼거리고 말았지만, 그 말은 모두의 기분을 대변하는 것이었다.

"……이것 참 큰일이로군."

레온도 그렇게 말하면서 고뇌하는 모습을 보였다.

"그렇지 않겠느냐고 의심하고 있었다만, 일이 정말 심상치 않게 돌아가는구나."

루미너스도 표정이 어두웠다.

그것도 당연하다고 생각한다. 왜냐하면 기이조차도 승부를 확실히 마무리 짓지 못한 채 놓치고 말았으니까 우리 힘으론 이길 수 있을 리가 없다는 생각이 들었기 때문이다.

"걱정할 것 없어! 여기에는 팔성 중에 아직 칠성이 남아 있어. 그리고 다른 자들도 충분히 강하잖아! 마음껏 싸우면서 우리 힘을 보여주면 돼!!"

왜 밀림은 기뻐하고 있는 걸까?

역시 '용종'의 피를 이어받은 사람은 뭔가 이상한 것 같다고 나는 생각했다.

●

뭐, 일단은 다들 최악의 상황이라는 것을 알았지만 그걸로 끝난 게 아니었다. 듣고 싶지 않은 정보가 하나 더 추가된 것이다.

"그리고 질문에 대한 대답을 더 해주지. 천사 계열 얼티밋 스킬

(궁극능력)이 전부 일곱 개가 있느냐고 물었지? 답은 아니다, 야."

"끄응…… 최악이로군."

루미너스가 찡그린 표정을 지었다.

"그렇다면, 그 천사 계열 얼티밋 스킬이라는 게 몇 개나 있는지 너는 알고 있나?"

다구류루가 묻자, 기이가 무거운 말투로 대답했다.

"나도 전부는 몰라. 베루다나바와 싸웠을 때는 그의 한계가 어디인지조차 알아볼 수가 없었으니까. 미덕 계열의 일곱 가지 권능에 대한 정보는 녀석이 직접 말해주는 걸 들었어. 그뿐만 아니라—— '시원의 칠천사'에게 각자 하나씩 특별한 권능을 줄 예정이라고 말했지."

그 자리가 조용해졌다.

일곱 가지의 미덕 계열뿐만 아니라 칠천사에게 각자 하나씩 주려고 했다. 그렇다면 총 열네 개란 말입니까…….

"말하는 걸 들어보면 주지 않은 것으로 들리는데……."

"네 말이 옳아, 다구류루. 당시의 천사들은 자아가 약했기 때문에 얼티밋 스킬을 다룰 수 없는 자도 있었지. 그래서 베루다나바는 베루자도와 베루글린드에게 '가브리엘(인내지왕)'과 '라구엘(구휼지왕)'을 준 거야. 그리고 자격이 있는 천사들에게도 권능을 준 것 같지만, 양도하지 않은 나머지 권능은 세상에 풀어버린 거지."

자신에게는 '미카엘(정의지왕)'을 남겨두었고, 그걸 나중에 루드라가 획득한 '우리엘(서약지왕)'과 교환했다는 얘기가 되는 것이다.

그리고 베루다나바가 죽었을 때 '우리엘'도 분실되었다. 그게 돌고 돌아서 내 권능이 되었고 지금은 베루글린드의 '크투가(염신지왕)'에 통합된 것이다.

오랜 역사가 느껴지네――라고 현실도피를 하고 있을 때가 아니었다. 절대 비밀로 하지 않으면 안 될 것 같았다.

어쨌든 이로 인해 어느 정도는 전모가 보이게 된 셈이다.

"즉, 천사 계열이라는 것은 베루다나바가 창출해낸 순수한 스킬(능력)이며 적어도 열네 개가 있었을 가능성이 있단 말이로군. 그리고 그 기술을 현현시켜서 획득해버린 자는 미카엘의 '얼티밋 도미니언(천사장의 지배)'에는 저항하지 못한다는 뜻이지?"

"그렇게 되겠지."

내가 정리하자 기이는 수긍하면서 고개를 끄덕였다.

그렇게 되면 다음 의문이 생긴다.

"잠깐, 잠깐, 천사 계열은 이해했다고 쳐. 그럼 악마 계열은 뭐야?"

오, 내가 묻고 싶었던 것을 라미리스가 대신 물어주는군.

모두의 시선이 기이에게 집중되었다.

"그건 대답하기 어렵지만 일단 들어봐. 나는 베루다나바에게 패배했을 때에 유니크 스킬 '프라이드(오만자)'를 획득했어. 녀석을 관찰하고 그의 강함을 흉내 내고자 생각했던 결과였지만 말이지. 거기에 비밀이 있을 거라고 생각해."

"무슨 뜻이야?"

"라미리스, 네 스킬은 선천적인 것이었지? 그래서 실감을 하지 못하는 것이겠지만 스킬을 획득하는 데에는 그자의 바람이 영향을 줘. 기본적으로 개인차는 있지만 말이지."

그렇게 대답한 뒤에 기이가 스킬에 대해서 대략적인 설명을 해줬다.

스킬이라는 것은 마테리얼 바디(물질체), 스피리추얼 바디(정신체), 아스트랄 바디(성유체) 중의 어느 한 곳에 깃드는 것이 일반적이라고 한다. 단, 특수한 것이 되면 '영혼' 그 자체에 깃드는 경우가 있다고 한다.

물론, 그자의 본질에 다가갈 수 있을 만큼 큰 바람에 유래되기 때문에 '영혼'에 깃든 것이 강력한 권능이 되는 것은 당연한 얘기였다.

그 사실에 시엘의 견해까지 조합해서 생각해봤다.

확실히 유니크 스킬 중에도 마테리얼 바디에 깃드는 것이 있었다.

유니크 스킬 '날뛰는 자(난폭자)' 같은 것은 쇼고의 육체를 빼앗은 라젠에게 그대로 계승되고 있으니까 이해하기 쉬웠다.

그런 식으로 다양하게 존재하지만 '영혼'에 뿌리를 내리는 힘이 더 강력하다는 의견에는 나도 찬성했다.

숨기기 쉬우니까 빼앗기도 어려울 것이고, 그렇다면 비장의 수단이 될 수도 있겠지.

그리고 아마 얼티밋 스킬은 '영혼' 레벨의 권능이므로 다룰 수 있는 자가 한정되는 게 아닐까.

그뿐만이 아니다. '영혼'에 뿌리를 내린다고 해도 그 방법은 두 가지가 있는데 '깃드는' 것뿐만이 아니라 '새겨지는' 경우도 있단 말이지.

시엘 같은 경우는 아예 내 '영혼'과 완전히 동화되어 있고. 이렇게 되면 이젠 분리도 불가능하므로 빼앗길 염려는 할 필요도 없다. 그래도 뭐, 비밀로 해두는 게 무난할 거라 생각하지만.

이건 얼티밋 스킬도 마찬가지다.

깃들어 있기만 한 것이라면 빼앗길 가능성도 있지만, 새겨져 있다면 그럴 걱정은 하지 않아도 된다고 생각해도 틀리지 않을 것 같다.

단, 그걸 꿰뚫어 보고 구별하는 것은 불가능하겠지만…….

그런 식으로 고찰하면서 다른 자들의 대화에도 귀를 기울였다.

"그래서 방금 한 얘기와 이어지는 셈이지만──."

"베루다나바가 풀어놓았다는 권능이 윤회의 고리에 속하면서 강한 '영혼'에 깃들게 되었다는 얘기였지."

"그래, 그 얘기 말인데, 내 경우는 베루다나바의 권능은 받지 않았어. 라미리스처럼 베루다나바로부터 특수한 권한을 부여받은 것도 아냐. 나 자신이 만들어낸 권능이지. 이해가 돼? 순수한 권능과 대비되는 존재로서 그걸 모방한 스킬이 태어났다는 얘기야. 그게 바로──."

악마 계열이라고 한다.

"과연, 내 '아스모데우스(색욕지왕)도 결국은 모방된 열화판이란 말이로군?"

"아니, 그건 아니야. 자신의 의지, 바람이 형태를 갖추면서 태어난 스킬이라면 본가인 천사 계열과 동등한 권능을 가지고 있어. 이건 가르쳐주고 싶지 않았지만 내 '프라이드'도 얼티밋 스킬 '루시퍼(오만지왕)'로 진화했으니까 말이지. 그 권능은 천사 계열에도 충분히 통하는데다 승패를 가르는 것은 누가 더 강한 의지를 가지고 있느냐에 달렸어."

"기이여, 너는 그렇게 말하겠지만…… 뭐, 좋다. 확인하기 위해서 물어보겠는데, 네 생각에 의하면 악마 계열 얼티밋 스킬도 최소 열네 개는 있는 것으로 생각해도 된단 말이지?"

"아마도 그럴 거야. 천사에 대비되는 존재인 악마가 태어난 것처럼 천사 계열 스킬에 대비되는 의미를 지닌 악마 계열 스킬이 발생한 게 아니겠느냐고 나는 생각하고 있어."

으—음, 내 예상이 맞았단 말인가.

이 세계는 이래저래 너무 많은 인연이 존재하는군.

용사와 마왕 사이에도 인과관계가 존재하니까 스킬에도 그런 관계가 있어도 이상하진 않지만…….

"적어도 베루다나바가 가지고 있던 일곱 가지 미덕 계열에는 7대죄에서 진화된 대죄 계열이 한 쌍으로 존재하고 있을 거야."

기이의 '루시퍼'가 루드라가 소유했던 '우리엘(서약지왕)'과 대비되는 것이라고 한다.

지금부터 언급되는 내용은 기이의 예측이었다.

얼티밋 스킬 '미카엘(정의지왕)'이 '사타나엘(분노지왕)'과.

얼티밋 스킬 '라파엘(지식지왕)'이 '벨제뷔트(폭식지왕)'와.

얼티밋 스킬 '사리엘(희망지왕)'이 '벨페고르(태만지왕)'와.

얼티밋 스킬 '메가트론(순결지왕)'이 '아스모데우스(색욕지왕)'와.

얼티밋 스킬 '라구엘(구휼지왕)'이 '마몬(탐욕지왕)'과.

얼티밋 스킬 '가브리엘(인내지왕)'이 '레비아탄(질투지왕)'과.

저마다 이렇게 대응하고 있지 않겠느냐고 말했다.

내 입장에선 이미 산 제물로 삼아버린 스킬이 있는지라 무슨 말을 해야 좋을지 몰라서 난감했다.

이 사실을 밝혔다간 큰 문제가 될 것 같지만, 입을 다물고 있어도 일이 골치 아프게 돌아갈 것 같아서 두려웠다.

이런 때에는 시엘도 입을 닫고 있는지라 나도 조금 더 돌아가는 상황을 보기로 했다.

●

기이의 스킬 설명도 끝났으니 다시 하다 만 이야기를 하기로 했다.

“기이의 설명을 보충하자면, 천사 계열 스킬에는 절대명령인 ‘지배회로’가 기본적으로 들어가 있는 것 같으니까 이걸 소유하고 있으면 미카엘의 명령에는 거역할 수 없어. 디노도 그런 이유 때문에 배신한 것이라고 생각하니까 우연히 만나더라도 우리 편으로는 생각하지 않도록 해.”

“골치 아프군. 그 자식은 성실하지는 않지만 의외로 강한데.”

내 말을 듣고 다구류루가 신음하듯이 중얼거렸다.

그 말을 무시하고 루미너스가 우울한 말투로 말했다.

“그보다 문제가 되는 것은 베루자도 님이 적의 편으로 돌아섰다는 점이겠지. 혹시 베루글린드 님도……?”

그게 더 큰 문제라고 말하면서 다구류루도 머리를 감싸 쥐었다.

모르는 척하고 싶었지만, 베루글린드에 대한 정보는 제공해야 할 것 같았다. 라미리스도 사정을 알고 있으니 숨겨봤자 바로 들킬 테니까.

그렇게 생각해서 입을 열려고 했을 때 레온이 날카로운 지적을 했다.

"잠깐, 지금 베루글린드는 아무래도 상관없어. 그보다 먼저 확인해야 할 것은 천사 계열 스킬이라는 것을 소유하고 있는 자가 있느냐 없느냐가 아닐까?"

그렇지.

스트레이트로 그것부터 지적하면서 묻다니 역시 레온이다.

전직 '용사'였던 만큼 정말 대단한 용기를 가지고 있군.

"레온, 너라면 그걸 화제로 삼을 줄 알았어!"

기이도 기뻐하는 것 같았다.

오늘 회의 내용을 찬찬히 곱씹어봤을 때 그게 가장 중요한 과제가 될 거라고 생각하고 있었지.

문제는 누가 그걸 언급하느냐 하는 것이었다.

그도 그럴 게, 동료를 의심하는 꼴이 되니까 말이지.

그 의심을 피하기 위해선 자신의 가진 패를 죄다 꺼내놓지 않으면 안 된다.

그래서 기이나 루미너스도 아까부터 자신의 권능을 밝히고 있었다.

이런 분위기를 파악하고 있던 자는 의심을 받기 전에 스스로 목소리를 높이고 있었던 것이다.

뭐, 나도 그 흐름을 따라가지 못한 셈이긴 하지만…….

"잠깐만! 설마 나를 의심하고 있는 거야?"

"괜찮아, 라미리스. 너는 처음부터 제외하고 있었어."

그 말이 옳았다.

왜냐하면 시엘도 라미리스의 권능은 아예 장르가 다르다고 딱 잘라 말했으니까.

베루다나바가 준 게 아니라 신이 아니게 되었을 때 잃어버린 권능 중의 일부가 깃든 게 아니겠느냐고 시엘은 말했다.

그런 얘기를 들은 만큼 나도 라미리스는 의심하지 않고 있었다.

"와하하하하! 나도 아니야. 내 권능이 뭔지는 잘 모르겠지만—."

"밀림도 신경 쓰지 마. 저런 말도 안 되는 힘을 발휘할 수 있는 권능이라면 분명 틀림없이 얼티밋 스킬(궁극능력) '미카엘(정의지왕)'과 대비되는 스킬일 테니까."

즉, 얼티밋 스킬 '사타나엘(분노지왕)'이란 말이로군. 어떤 권능이 있는지는 불명이지만 지배관계는 아닐 것 같았다.

"그렇다면 내가 말할 차례로군. 실은 말이지, 나는 너희와는 달리 스킬과는 인연이 없어. 굳이 말하자면 라미리스와 비슷하려나. 나도 태어나면서부터 선천적으로 권능을 소유하고 있었으니까."

이 발언을 듣고 일동은 입을 다물고 말았지만, 거짓말을 하는 것 같지는 않았다.

그 증거로서 감이 날카로운 밀림이 아무 말도 하지 않고 있었다.

"나는 널 믿어, 다구류루."

"나도 그래!"

"흥, 리무루와 밀림이 그렇게 말한다면 나도 널 믿어주지."

이리하여 일곱 명 중에 세 명의 신임을 얻었다.

당사자까지 포함하면 과반수에 달했지만, 그때 새로운 찬성자가 나타났다.

"훗, 나도 믿도록 하지."

"잠깐, 잠깐, 그렇다면 나도 믿겠어!"

레온이 아무렇지도 않다는 듯이 다구류루에 대한 경계를 풀었고, 기회를 민감하게 잘 포착하는 라미리스도 늦어선 안 된다고 생각했는지 곧바로 자신의 생각을 표명했다.

이제 남은 자는 루미너스뿐이었다.

"쳇, 짜증 나는군. 이참에 다구류루를 실추시켜두고 싶었는데, 이번에는 포기할 수밖에 없을 것 같구나."

"카하하! 루미너스, 이게 바로 내 인덕이라는 거야. 안 됐군!"

"시끄럽다! 만약 네놈이 조종을 당하고 있다면 나약한 놈이라고 비웃어주마."

다구류루와 루미너스는 상당히 사이가 좋지 않은 모양이다. 하지만 그와 동시에 이상한 신뢰감도 존재하는 것 같았다.

뭐, 내 기분 탓일지도 모르지만.

어쨌든 이로 인해 다구류루의 의혹도 풀리게 되었다.

루미너스는 '아스모데우스(색욕지왕)'를, 기이는 '루시퍼(오만지왕)'를 소유하고 있다고 자진하여 신고했으니까 괜찮을 것으로 판단된다.

그렇다면 나와 레온만이 남았군.

미리 선수를 치도록 하자.

"아, 나는 묵비권을 행사하겠어. 스킬을 다양하게 소유하고 있지만 가르쳐주고 싶지 않으니까!"

나는 생글생글 웃으면서 그렇게 선언했다.

그럴 수밖에 없는 것이 내 스킬은 이상한걸.

얼티밋 스킬 '아자토스(허공지신)'와 '슈브 니구라스(풍양지왕)' 같은 건 공개해도 되는 정보라는 생각이 도저히 들지 않았다. 진지한 표정을 하고 설명해봤자 장난하느냐는 반응이 돌아올 게 뻔했다.

분명 아무도 믿지 않을 것이라는 확신이 있었기 때문에 이 자리에선 묵비권을 행사하기로 한 것이다.

——하지만 그게 허용될 리가 없었다.

"그런 이유가 통할 것 같아?!"

기이가 바로 기각하고 말았다.

으—음, 역시 안 되나?

아니, 아직 가능성은 남아 있을 것이다.

"와하하하하! 나는 리무루를 믿고 있으니까 딱히 말을 하지 않아도 상관없어! 단, 나중에 벌꿀을 주기로 약속만 해!!"

믿음직스럽다고 해야 할까, 약삭빠르게 챙길 것은 챙긴다고 해야 할까. 뭐, 어느 쪽이든 밀림은 내 편이다.

"그렇다면 나는 케이크로 타협해줄게. 3일치는 받을 거야!"

라미리스도 매수가 가능했다.

3일치라는 조건은 좀 셌지만, 받아들이기로 하자.

"좋아, 그렇게 하지! 잘 부탁해! 밀림에겐 아피트의 벌꿀을 큰 병으로 세 개, 라미리스에겐 3일치의 내 디저트를 약속하겠어!"

나는 그렇게 말하면서 힘차게 고개를 끄덕였다.

"내게 맡겨! 나는 리무루라면 괜찮다고 선언하겠어!"

"물론이야! 애초에 리무루는 천사 계열이라는 것의 비밀을 밝혀내 줬잖아. 자신이 지닌 비장의 수를 공개해봤자 아무런 득도 없는 데다 지배를 받고 있을 리가 없어!"

오오, 라미리스가 제대로 된 의견을……!

평소의 언동은 문제가 좀 있지만 가끔은 현명하게 군단 말이지.

너무나도 정론이었기 때문인지 나머지 마왕들도 납득한다는 표정을 짓기 시작했다.
"흠, 그 말을 듣고 보니 그렇긴 하군. 나를 믿어준 네가 배신한 것이라면 나도 또한 의심을 받는 꼴이 되지. 그렇다면 나는 리무루를 믿어야겠군!"
호쾌하게 웃으면서 다구류루는 그런 결단을 내려줬다.
이렇게 되면서 과반수의 표는 얻었다. 나까지 포함된 수인지라 미묘했기 때문에 이제 한 명만 더 지지한다면 완벽하겠는데.
그렇게 생각하면서 루미너스를 슬쩍 봤다.
"……뭐냐. 설마 그렇지는 않겠지만 나까지 매수——."
마지막까지 듣지 않고 바로 미끼를 던졌다.
"슈나가 말이지, 신작 수영복을 디자인해줬지 뭐야."
"——뭐?"
미끼를 물었어!
훗훗후, 역시 루미너스는 이런 식으로 공격하는 게 유효한 것 같군.
"라미리스와 협력해서 미궁 안에 바다와 모래사장을 준비했단 말이지."
"완벽하게 만들어졌어!"
"그곳은 말하자면, 완전한 사적 공간이 될 수 있는 천국——."
"리무루여, 너와는 차분히 대화를 나눌 필요가 있을 것 같구나."
"한없이 투명한 바닷물은 모두가 헤엄치는 모습을 부드럽게 감싸준다니까. 내리쬐는 듯한 햇볕임에도 불구하고 미궁 안이라서 살갗이 타지도 않아. 물론 피부를 약간 태우는 것도 마음대로 할 수 있었지."

"잠깐, 잠깐."

"평소와는 다른 장소에서 해방감을 느끼며 모든 것을 드러내는 미녀들이——."

"알았다. 나도 몇 가지 바라는 바와 복안이 있으니까 이 회의가 끝난 뒤에라도 들르기로 하마. 시간은 문제가 없겠지?"

"물론이죠. 그러니까——."

"알고 있다. 나는 처음부터 리무루를 믿고 있었다. 암, 그렇고말고."

좋았어!

나도 모르게 주먹을 불끈 쥐고 말았지만, 이것으로 내 승리가 확정됐다.

"……이봐, 그러기 있어? 그래도 되는 거냐, 너희들? '옥타그램(팔성마왕)'이나 되는 자들이 그렇게 쉽게 길들여져도 되는 거냐고?!"

'대놓고 매수를 하다니 너무한 거 아냐?'라는 표정을 지은 기이가 원망스러운 눈길로 나를 노려봤다.

하지만 그건 아무래도 상관없는 일이다.

이기면 정의니까.

"기이, 이렇게 되면 패배를 인정할 수밖에 없겠군. 나도 납득이 가진 않지만 리무루가 지배를 받고 있지 않다는 건 명백한 사실일 거다."

분한 레온의 목소리를 들으니 기분이 좋았다.

이리하여 나는 성공적으로 내 의혹을 무시하고 넘길 수 있었다.

●

자, 이제 남은 건 레온 한 명이로군.

"그럼 이제 레온 차례군. 너는 어떻지?"

"훗, 내 스킬은 얼티밋 스킬(궁극능력) '메타트론(순결지왕)'이라고 한다."

"""""…………."""""

다구류루의 질문에 레온은 대수롭지 않게 대답했는데…… 어라?

이 녀석, 방금 뭐라고 말했지?

얼티밋 스킬 '메타트론'이라면 빼도 박도 못 하는 천사 계열이잖아?!

지금 모두가 어찌할 바를 모른 채 풍기고 있는 분위기는 필설로 이루 다 표현할 수 없는 수준이었다.

"이봐, 이봐, 레온. 네가 농담을 하다니 별일도 다 있군. 하지만 말이지, 지금은 일단 진지하게 회의 중이야. 잠시 진정한 뒤에 한 번 더 답을 들려줘."

"기이, 나도 시간이 남아돌진 않아. 방금 화제로 언급된 '메타트론'이라는 것이 틀림없는 내 권능이야."

골치 아프게 됐다고 다들 생각했을 것이다.

겨우 회의도 종반에 접어들었다고 생각했는데, 이제 와서 큰 문제가 발생한 것이다.

"자, 이제 어떡하면 좋을까. 어떻게 생각해, 리무루 군?!"

"나한테 묻지 마! 너 말이다, 무슨 일이든 귀찮아지면 떠넘기려는 한심한 속마음이 숨길 생각도 없냐고 따지고 싶을 정도로 뻔히 보인다고!"

"호오, 그딴 소리를 한단 말이지, 이 자식! 잔소리는 그만하고 어서 해결책을 생각해!"

"에잇, 보기 추한 말싸움은 이제 그만 해라!"

"와하하하하! 하지만 루미너스, 기이의 마음도 이해는 돼. 이럴 때 리무루는 아주 믿음직스럽거든!"

"그렇고말고! 이런 일은 리무루에게 맡기고 우리는 차라도 마시면 돼!"

멋대로 떠들어대는 동료들.

그리고 라미리스, 너는 특히 심각해. 나중에 두고 보자고 속으로 악담을 퍼부었다.

남에게 귀찮은 일을 떠넘기려 들다니, 이래서 마왕이란 존재는 무서운 거다. 협동심이 강하긴 누가. 이 광경을 보면 누구라도 그렇게 생각할 것이다.

그런 분위기 속에서 어이가 없다는 표정으로 다구류루가 말했다.

"리무루, 너도 힘들겠군. 디노를 억지로 떠맡았다는 소식을 들었을 때부터 친근감을 느끼고 있었지만, 이번에도 동정이 간다."

아주 좋은 사람이었다.

거인이면서 마왕이었지만, 사람은 겉모습으로만 판단해선 안 되는 것이다.

"다구류루 씨, 고마워!"

"'씨'는 붙이지 않아도 돼. 그렇게 하기로 했잖아."

그랬다.

나도 슬슬 마왕이라는 자각을 가져야겠군.

자신을 너무 지나치게 낮추는 것도 때와 장소에 따라선 해악이 될 수도 있다고 생각하니까.

"그럼 다시 말할게. 고마워, 다구류루!"

"음, 편하게 대해라. 그보다 레온의 문제는 논의하지 않아도 괜찮은 건가?"

다구류루가 가볍게 고개를 끄덕인 뒤에 중단된 의제를 언급했다.

서로 으르렁대는 것 치고는 마음이 통하는 게 있는지, 루미너스도 그 말에 동의했다.

"그래야지. 평소와 다르지 않은 것처럼 보이지만, 레온이 지배를 받고 있다면 큰일이다."

모두의 시선이 나에게 집중됐다.

그런 이야기는 본인에게 묻는 게 가장 좋겠지만 자각은 없는 것 같았다. 그렇다면 추측으로 얘기할 수밖에 없겠지만, 그 전에 확인하고 싶은 것이 있었다.

"아까도 말했지만 디노가 배신했을 때 미궁이 파괴되면서 적의 침입을 허용했어. 그때 요마왕 펠드웨이와 접촉했을 거라고 생각해."

"미궁 안에 들어온 시점에서 바깥과 완전히 격리하는 건 무리였어. 그러니까 직접 대화는 하지 않은 것 같지만 '염화' 같은 거라면 충분히 가능하지 않았을까. 난 그렇게 생각해."

내 설명을 라미리스가 보충했다.

일단 일을 할 마음은 있었던 모양이로군.

나이스 어시스트야. 그런 생각과 함께 라미리스를 직시하면서 나는 기이에게 물었다.

"그래서 묻고 싶은 게 있는데, 여기서 무슨 일이 있었던 거야? 베루자도 씨가 적이 되면서 날뛴 것으로 보이지만 그 경위를 알고 싶어.”

“알아보겠어?”

“응. 이 참상을 보면 누구라도 알아차릴걸.”

기이와 베루자도가 싸웠다는 건 일목요연했다. 안 그러면 이런 참상이 일어났을 리가 없으니까.

하지만 내가 궁금한 건 그 원인―― 아니, 어떻게 베루자도 씨가 적의 편으로 돌아섰는가 하는 것이다.

어디서든지 ‘지배회로’에 명령을 날릴 수 있는 걸까. 그렇지 않으면 어느 정도는 접근할 필요가 있는 것일까.

그에 따라서 위협도가 달라진다.

또한 베루자도나 혹은 디노도 베루다나바가 부여한 권능을 가지고 있는 것에 비해 레온의 경우는 자력으로 획득하여 궁극의 단계까지 이르게 한 권능을 가지고 있는 것이다. ‘지배회로’는 사라지지 않았겠지만, 어쩌면 예상외의 이상이 발생했을 가능성도 남아 있는 것이다.

그렇다면 레온에게 명령이 통하지 않는 이유도 설명이 된다. 어쨌든 당장은 정확한 정보를 파악하는 것이 중요했다.

“네놈의 말대로 빙설의 ‘결계’를 파괴하면서 펠드웨이 녀석이 침입해왔어. 그 녀석과 맞서서 싸운 건 미저리와 레인이었지만, 나도 나서서 가볍게 비틀어주고 싶다는 생각을 했지. 하지만 그걸 방해한 게 베루자도였어.”

흠흠.

“즉, 직접 접촉은 하지 않았지만 가까이 오기는 했단 말인가. 디노와 같은 조건이지만 이걸 어떻게 판단해야 할지 모르겠군.”

“‘지배회로’에 간섭하기 위해선 어느 정도의 거리까지는 접근할 필요가 있단 말인가? 그렇게 여기도록 유도하는 책략일 수도 있다고 너는 생각하는군?”

“바로 그거야.”

“레온, 너 자신은 어떻게 느끼고 있지?”

“실감은 없어. 나는 나니까, 누구의 지배를 받고 있다는 생각은 들지 않는군.”

레온은 자신만만한 말투로 그렇게 대답했지만, 콘도 중위나 베루글린드조차도 조종을 당하고 있다는 건 전혀 의식하지 못하고 있었다. 그 말을 믿기에는 무리가 있었다.

“그렇다면 네가 가장 사랑하는 사람은 나라는 얘기가——.”

“무슨 멍청한 소리를 하는 거냐. 당연히 클로에지. 네놈 따위는 내 안중에도 없다는 걸 알아라.”

아, 괜찮네.

이 흔들리지 않는 모습을 보면 레온 본인의 의지는 틀림없이 남아 있는 것 같다.

그리고 근거가 아예 없는 것은 아니었다.

《——미궁에 기록되어 있던 펠드웨이의 발언 말이군요.》

그래, 바로 그거야.

클로에와 대치했던 펠드웨이가 ‘하하하하하하하!! 뭐냐, 거기 있었나. 역시 베루다나바 님도 내 승리를 바라고 계신단 말이군요!!’라는 발언을 남겼던 것이다.

이 말에서 알아낼 수 있는 것은 펠드웨이나 미카엘도 ‘천사 계열의 얼티밋 스킬을 누가 소유하고 있는지는 정확하게 모를 것이다'라는 추론이었다.

이것도 연기가 아니라고는 장담할 수는 없었지만, 그렇게까지 의심했다가는 끝이 없다. 내 감이 괜찮다고 말하고 있으니까 레온을 믿는다는 쪽으로 이야기를 진행시켜야 할 것이다.

《레온을 '포식'하여 '지배회로' 그 자체를 파괴하는 것이 확실한 방법입니다만——.》

실로 대수롭지 않은 투로 시엘이 그런 지적을 했지만, 그건 일단 거절하겠다.

레온을 '포식'한다는 것이 생리적으로 왠지 마음에 들지 않았다. 그렇기에 더더욱 레온을 믿고 싶은 마음이 큰 걸지도 모르겠군.

"좋아, 이 자리에서 아무리 의논해봤자 결론은 나오질 않을 테고, 아무리 의심스럽다고 해도 개인적으로는 괜찮다고 생각하고 싶어. 그러니까 레온은 '검은 색에 가까운 회색'으로 판정하고 향후 동향을 지켜보기로 하자고!"

나는 그렇게 선언했다.

"그래도 되겠어?"

내게 묻는 기이를 향해 힘차게 고개를 끄덕여 보였다.

"절대 확신은 못하겠지만, 적은 천사 계열의 소유자가 어디 있는지는 파악하지 못했을 거라고 생각해."

"그렇게 단언할 수 있는 근거는 뭐지?"

이해가 안 된다는 듯이 다구류루가 물었기 때문에 나는 자신의 생각을 제시했다.

"라미리스의 미궁에 펠드웨이 일당과의 전투기록이 남아 있거든. 그들의 발언을 통한 추측이지만, 녀석들이 파악하고 있는 권능자는 베루다나바에게서 직접 양도받은 자들뿐인 것 같아. 스스로 획득한 권능이라면 가까이 가지 않는 한 소유 여부를 간파하지는 못하는 것 같단 말이지."

"그랬어! 내 미궁에서 쉽게 정보를 읽어 들이는 건 마음에 안 들지만, 그게 유효하게 활용된다면 불만은 없어!"

라미리스의 기분을 풀어주기 위해서 나는 "큰 도움이 됐어, 정말로"라고 말하면서 고개를 끄덕였다. 미궁이 여러모로 뛰어나다는 점은 사실이기 때문에 아무런 저항 없이 고맙다는 말을 할 수 있었다.

"좀 더 칭찬해도 돼!"

그렇게 말하는 라미리스도 만족하는 것 같았다.

그 발언은 가볍게 무시하면서 하다 만 얘기를 계속했다.

"레온이 자신의 권능을 광고하고 있는 것도 아니니까 알려질 때까지는 시간이 걸리지 않을까."

"내가 가진 힘을 밝히는 건 이런 상황이 아니면 절대 하지 않을 어리석은 짓이니까 말이지."

내 말을 듣고 레온이 언짢은 표정을 지으면서 중얼거렸다.

"그렇군."

기이도 납득한 것 같았다.

"확실히 레온의 말이 옳구나. 뭐, 접근을 허용하면 꿰뚫어 볼 가능성이 큰 것 같으니 절대 안심해선 안 된다는 것에도 동의한다만, 쓸데없이 지나친 경계로 인해 동료끼리 갈등을 일으키는 것도 멍청한 짓이지.”

“흠, 나도 이견은 없어.”

루미너스가 정리하자 다구류루도 찬성했다. 역시 이 두 사람은 늘 으르렁대는 것치고는 마음이 잘 맞는 것 같다.

본인들은 달갑지 않은 듯이 노려보고 있는 것이 재미있지만, 싸우면서도 냉정한 판단력을 잃지 않고 있으니까 문제는 없을 것 같았다.

“리무루의 말은 믿고 있는 데다 레온의 말에도 거짓은 없어!”

밀림이 보장하듯이 자신만만하게 말했기 때문에 이 문제는 해결된 것——으로 생각했는데, 라미리스가 쓸데없는 한 마디를 중얼거렸다.

“그러네. 레온을 감시할 필요는 있을 것 같은데, 그 역할을 누가 맡느냐가 문제겠네!”

지금 이 자리에서 그런 말을 해버리면…….

“리무루 군.”

“이제 됐어. 알았으니까 더 이상은 말하지 마.”

역시 이렇게 되는구나. 나는 포기하고 레온의 감시 임무를 맡기로 했다.

●

“디노의 이탈은 어쩔 수 없었다고 치고, 이것으로 여기 있는 일곱 명은 동료인 것으로 판단을 내린 셈이군. 그리고 모두 다 번거로운 적이 출현했다는 사실을 충분히 이해했으리라고 생각해.”
레온을 어떻게 감시할 것인가는 일단 나중으로 미뤘다.
“그러면 기이, 미카엘이라는 자를 어떻게 할 생각이냐?”
기이의 발언에 의식을 집중시켰다.
“뭐? 그야 당연히 박살을 내야지.”
“흠. 그렇다면 전면전쟁이로구나.”
루미너스가 신중하게 생각하는 투로 중얼거렸지만, 그건 이 자리에 있는 모든 자들의 뜻이기도 했다.
“와하하하하! 가슴이 두근거리는걸.”
“내 실력을 보여줄 날이 드디어 왔네! 펠드웨이든 미카엘이든 한 방으로 쓰러트려주겠어!!”
“흠, 요마왕 펠드웨이라. 녀석이 돌아왔다면 지상의 패권을 놓고 겨루는 싸움은 피할 수가 없겠군.”
밀림은 그렇다 치고, 라미리스의 발언은 너무 허풍스럽게 들리는지라 현실감이 느껴지질 않는군. 하지만 뭐, 한 방은 무리라도 미궁은 가장 중요한 곳이니까 괜한 지적은 하지 않기로 했다.
“적의 세력이 얼마나 강한지는 알고 있는 건가?”
레온이 묻자, 기이가 고개를 가로저었다.
“펠드웨이나 디노를 포함한 ‘시원의 칠천사’들은 확실하고, 루드라 노릇을 하고 있던 미카엘이 총대장이라는 점까지는 파악했지만 말이지.”
“흐—음, 거기에 베루자도 님까지 적대자로 돌아섰단 말인가. 이번 ‘천마대전’은 상당히 힘든 싸움이 되겠군.”
응?

"천마대전?"

"그래. 대략 500년 주기로 일어나는 전쟁인데, 그건 원래는 루드라의 권능에 의해 천사가 소환되면서 일어나는 게 아니었던가?"

태연한 말투로 다구류루가 대답했지만, 그 말을 듣고 나를 포함한 모두가 깜짝 놀랐다.

"뭐라고?! 다구류루여, 아무렇게나 얘기를 지어내지 마라!"

루미너스가 날카롭게 반응했지만 그걸 말린 자는 기이였다.

"진정해, 루미너스. 다구류루의 말이 옳아. 루드라에겐 '하르마게돈(천사지군세)'라는 권능이 있어. 이걸 쓰면 엔젤(천사족) 군단을 소환하여 뜻대로 부릴 수 있지. 더 자세히 말하자면 루드라의 역량으로는 제어가 어려웠던 것 같고, 그래서 단순한 명령밖에는 내리지 못했던 것 같지만 말이야."

그 발동주기가 대략 500년이라고 기이가 모두에게 설명했다. 단, 소환된 엔젤에겐 육체가 없기 때문에 길어도 1주일을 채우지 못하고 소멸한다고 한다.

이제 와서 따져봤자 소용없겠지만, 그래도 더 빨리 가르쳐주면 좋겠다는 생각이 들었다.

"질문이 있는데."

"뭐야?"

"엔젤도 데몬(악마족)처럼 육체를 가지게 되면 이 세상에 정착하는 거야?"

이런, 물어볼 필요도 없었군.

베니마루의 아내가 된 모미지의 종족인 텐구(장비족, 長鼻族)도 오오카미(산랑족, 山狼族)에 엔젤이 깃들면서 육체를 얻는 과정을 통해 태어났으니까. 전쟁 중에는 많은 일이 있었을 테니 그런 종족이 다양하게 탄생해도 이상하지 않을 것이다.

그렇다면 불안한 예감을 떨쳐낼 수가 없었다.

《금기주법 : 버스데이(요사명산, 妖死冥産)를 생각하시는군요.》

대단하네, 시엘은.

내 생각을 다 꿰뚫어 보고 있단 말인가.

"뭔가 걱정거리가 있는 것 같군. 말해봐. 들어볼 테니까."

기이가 물었기 때문에 숨김없이 대답했다.

"아니, 너희도 '커스 로드(주술왕)' 카자리무를 알고 있겠지? 실은 말이지, 그 카자리무가 적의 지배를 받으면서 데스맨(요사족)을 양산해버렸거든……."

기회가 생기면 의식을 방해하라고 명령했지만, 얼마나 큰 효과가 있었는지는 모르겠단 말이지…….

"버스데이라. 몇만 명이 죽었지?"

"유우키의 혼성군단 및 6만 명이 희생이 되었으니까 최대 열 명 가까이는 태어났을 거라 생각해."

"흐음. 많은 수가 아니라 '뛰어난 개체'를 우선했단 말인가. 그렇다면 적어도 클레이만 급의 힘을 가지고 있겠군. '시원의 천사'들이 빙의할 육체로는 나무랄 데가 없겠는데."

아아, 기이는 내 말을 잘못 이해하고 있구나.

내가 불안하게 여기는 건 다른 쪽이니까 정정해두기로 하자.

"그게 아니야. 그 '시원의 칠천사' 말인데, 이미 육체를 얻은 상태였어. 펠드웨이를 필두로 이계에서 변질한 것 같더군. 그리고 디노의 동행도——.”

그러니까 이름이 분명——.

“피코와 가라샤 말이구나.”

그래, 그거!

또 라미리스의 도움을 받았으니 고맙다는 인사를 하자.

“그렇다면 네가 걱정하는 건——.”

“그래, ‘하르마게돈’으로 소환된 상위천사를 데스맨에게 빙의시켜서 육체를 주지 않겠느냐 하는 거야. 천사에겐 자아가 희박하다며? 그렇다면 강렬한 자아를 지닌 인간의 ‘영혼’을 핵으로 삼으면 천사의 힘을 받아들인 강인한 새 종족을 탄생시킬 수도 있지 않을까?”

“““““……””””””

기이뿐만 아니라 다른 마왕들도 침묵하고 말았다.

몇 초 지나자마자 서로의 얼굴을 보면서 “아니, 아니, 그건……”이라거나 “그런 발상을 할 수 있다는 게 무섭군”이라고 제각각 멋대로 떠들어대고 있었다.

나도 말하고 싶어서 한 말이 아니다. 그럴 가능성이 문득 떠올랐으니 어쩔 수 없잖아.

“리무루 군, 그렇게 될 확률이 높다고 생각해?”

“그러니까 자꾸 그런 식으로 내게 책임을 떠넘기듯이 말하지 말라고.”

“알았어. 그래서 네 생각은 어때?”

“나라면 시도할 거야. 실패해봤자 데스맨 한 명을 낭비하는 것뿐이니까.”

"뭐, 나라도 그렇게 하려나. 약해빠진 놈들은 아무리 수가 많아도 의미가 없으니까 말이지."

나와 기이가 서로를 보면서 고개를 끄덕이고 있으려니, 다른 마왕들은 질린 듯한 눈으로 우리를 보고 있었다.

왜 그런 반응을 보이는지 이해가 안 된다.

전력을 강화시킬 수 있다면 누구라도 그렇게 할 거라 생각하는데…….

"그런 눈으로 보지 마! 실제로는 어떤지 확실하지 않지만 최악의 경우는 상정해두고 있어야 할 거 아냐?"

내가 그렇게 소리치자, 루미너스를 시작으로 의견이 오가기 시작했다.

"그 말이 옳긴 하다만……."

"역시 너는 정상이 아냐. 너의 두려운 점은 설령 그렇게 된다고 해도 어떻게든 해결할 수 있다는 생각을 할 것 같다는 거라고."

"그래, 리무루. 최상위천사라면 세라핌(치천사)을 말하는 거지만, 분명 클레이만 정도의 강자라면 그 힘도 충분히 버텨낼 수 있겠지. 그렇게 되면 각성한 마왕에 필적할 만큼 강대한 존재로 성장할 거야."

"음. 다구류루가 말한 존재가 몇 명이나 태어난다면 우리도 방심할 수가 없겠구나. 적어도 루이나 귄터 수준으로는 상대하기 버거울 것이다."

나에게 대한 불만이라기보다 대처할 방법이 거의 없다는 것에 대한 불평에 가까웠다.

"기이 씨. 다들 불만이 있는 것 같네요. 주최자로서 따끔하게 한 마디 좀 해주시죠."

"이봐, 이런 때에 '씨'를 붙여서 부르지 말라고 말했을 텐데? 이 자리에서의 모든 발언은 평등하거든? 네가 대처하더라도 딱히 천벌 받을 일은 아니라고!"

"시끄러워—!! 너도 나에게 '군'을 붙여서 부르잖아. 애초에 왜 내가 그런 안 좋은 역할을 자처해서 맡아야 하는 건데?!"

하고 싶은 말을 사양하지 않고 외쳤다.

기이가 두렵긴 했지만, 속이 시원해지면서 마음도 진정되었기 때문에 좋게 생각하기로 했다.

"문제없어. 전부 다 날려버리면 돼!"

"그래! 우리에겐 베루도라 사부도 있으니까 그렇게 겁먹을 필요는 없다고 생각해."

이번 회의 내내 밀림과 라미리스는 계속 낙천적이로군.

행복해 보이는 것 같아서 너무나 부러웠다.

참고로 라미리스가 의지하는 베루도라는 지금 다른 방에서 성전(만화)을 읽고 있을 것이다. 최근에는 훌륭한 지혜를 전수받을 수 있을지 모른다면서 장편 역사 만화를 읽기 시작하고 있었다.

보나마나 '공명의 덫' 같은 말이나 운운할 것이고, 그걸 생각하는 건 내 역할이 될 테니까 기대하고 싶은 마음도 생기지 않지만 말이지.

어쨌든 방해하지 않는 것만으로도 다행이라고 생각하자.

"그렇게 쉽게 생각할 일이 아니다. 베루자도 님은 물론이고 베루글린드 님까지 적의 손에 넘어갔지 않느냐? 우리에게 사룡(베루도라)이 있다고 해도 적이 더 유리하단 말이다! 애초에 그 쓸모

없는 용에게 의지하는 것도 마음에 안 든다만."

그러게. 베루도라는 든든하지 않단 말이지.

누나 앞에선 약한 모습을 보이는 데다 불과 얼마 전에는 적에게 붙잡히기까지 했으니까…….

"아, 베루글린드 씨는 괜찮아."

방심하고 있었던 탓인지 나도 모르게 불쑥 그렇게 대꾸하고 말았다.

그게 실수였음은 굳이 말할 필요도 없었다.

"왜 그렇게 단언할 수 있는 것이냐?"

아, 하는 생각이 들었을 때는 이미 늦었다.

좀 더 눈에 띄지 않는 방법으로 정보를 제공할 생각이었는데, 이렇게 되어버린 이상 솔직히 설명할 수밖에 없었다.

"나와 싸우면서 여차저차 하다 보니 베루글린드 씨는 '얼티밋 도미니언(천사장의 지배)'에서 벗어났어. 그리고 이젠 얼티밋 스킬(궁극능력) '라구엘(구휼지왕)'도 가지고 있지 않으니까 미카엘의 지배를 받을 우려는 없어진 거지."

""""뭐어?!""""

이제는 시치미를 잡아뗄 수밖에 없다.

"야아, 정말 힘들었거든. 무아지경으로 싸우던 중이었기 때문에 정신을 차려보니 그럭저럭 승리했다고 할까!"

마왕들의 의혹이 담긴 시선이 따가웠다.

하지만 여기서 밀리면 모든 것을 다 털어놓고 자백해야 할 것 같았다.

"너, 무슨 짓을 한 거야?"

웬일로 기이까지 경악하고 있었다.
"그건 기업 비밀인지라……."
내 권능은 절대 발설해선 안 된다.
말해도 믿지 않을 테니까 쓸데없는 의혹을 살 뿐이다.
그리고 무엇보다 만약 정말로 레온이 지배를 받고 있을 경우엔 내가 가진 힘이 적에게 완전히 들통나버릴 수 있으니까 말이지.
지나친 걱정이라고는 생각하지만, 그것만은 단호히 저지하고 싶었다.
"칫! 여전히 황당하고 쩨쩨한 녀석이라니까……."
쩨쩨하다는 말로 끝날 문제가 아니니까.
이것도 전략인 것이다.
"아니, 아니, 아니, 다구류루는 제외한다고 쳐도 스킬이 진화하는 건 우리도 다 경험했잖아?"
"나는 경험해본 적이 없어."
그러네. 라미리스는 그랬었지.
귀찮은 반박을 받았지만, 애써 무시하고 설명을 이어갔다.
"베루글린드 씨도 비슷한 상황이었던 것 같아. 나와 한창 싸우던 중에 갑자기 제정신을 차렸거든. 그때 '라구엘'이 진화했다고 말했어."
약간——이 아니라 많이 각색해서 설명했지만, 내가 말하고 싶은 바는 모두에게 전해진 것 같았다.
"뭐, 그럴 수 있겠군……."
"나도 기억이 나진 않지만, 그런 적이 있었던 것 같긴 해."
"흠…… 격전 중에 스킬이 진화하는 일은 아예 없다고는 할 수 없는 애기지. 흔하게 일어나는 일은 아니다만…….”

“내 경우도 그랬다. 생과 사의 경계에서 자신의 가능성에 모든 것을 걸었으니까 말이지. 그 결과 ‘메타트론’을 획득하긴 했지만, 지금도 후회 없는 결단이었지.”

자신의 경험과 대조해보면서 납득하는 것 같은 반응을 보였다.

이 정도면 안심할 수 있다.

베루글린드가 현재 가지고 있는 권능에 대해선 들어보지 못했다고 얼버무리면, 얼티밋 스킬 ‘크투가(염신지왕)’에 대해서도 모르는 것으로 밀어붙일 수 있을 것이다.

실제로는 시엘이 한 짓이니까 내 탓이 아니기도 하지만 말이지.

“――얼티밋 스킬이 정점이라고 생각했는데 거기서 한층 더 진화했단 말인가. 쳇, 나도 아직 멀었군. 이게 한계라고 여기면서 오만하게 굴었던 것 같아.”

기이가 그렇게 중얼거렸고, 이 이야기는 여기서 끝나게 되었다.

●

이번 논의는 좀처럼 쉽게 진도가 나가지 않는다고 생각하면서도 한 번 더 복습부터 시작했다.

적의 전력을 확실하게 알아내는 것은 중요하기 때문에 그런 걸 귀찮게 여겨선 안 되는 것이다.

“그럼 베루글린드는 정말로 괜찮단 말이지?”

“그래. 지금은 ‘용사’ 마사유키를 지키고 있어. 나와 마사유키는 우호 관계를 맺었으니까 어려운 상황에 처하면 서로를 돕게 되어 있지."

"그렇다면 우리 쪽 전력으로 생각해도 된다는 말인가."

으—음, 멋대로 판단해도 될지 모르겠지만 부탁하면 도와줄 것 같긴 하다.

"적대하지 않는 것만으로도 다행이지 않을까? 적어도 나는 두 번 다시 싸우고 싶진 않아."

"그렇겠지. 그자를 상대로 이길 수 있는 녀석은 거의 없을 테니까 너는 잘 싸운 거야. 베루자도가 우리와 적대하게 된 지금, 베루글린드까지 적으로 돌아선다면 감당할 수가 없으니까 말이지."

기이는 귀찮다는 듯이 말했지만 그게 본심일 것이다.

무엇보다 여기 있는 일곱 명 중에서 반 정도는 '용종'과 상대하는 것 자체가 아예 불가능할 것 같고.

상대할 수 있는 건 나와 기이, 그리고 밀림.

나머지는 다구류루 정도일까?

어쨌든 귀찮은 적이 줄어든 것만으로도 기쁜 소식인 것은 틀림없다.

그렇지. 그렇다면 하나 더 얘기해야 할 것이 있다.

"베루글린드 얘기가 나와서 말인데, 지금 전해둘 게 있어. '시원의 칠천사' 중에 펠드웨이를 포함하여 이계로 건너간 네 명이 있는데 그 중의 세 명이 라미리스의 미궁으로 쳐들어왔었지."

"그래, 맞아! 물론 내 실력으로 몰아냈지."

내 말을 듣고 떠올렸는지 라미리스도 응응 하고 고개를 끄덕였다.

나는 이야기가 딴 곳으로 빠지지 않도록 재빨리 설명을 이어갔다.

"뭐, 그 진위는 어쨌든 간에 자신들을 요마왕 펠드웨이와 그 부하인 '삼요사'라고 자칭하더군."

"아아. 그 녀석들은 먼 옛날부터 이쪽 세계의 인간들을 멸망시키려고 암약하고 있었지. 우리는 마족이라고 호칭하면서 적대하고 있지만, 그 정체는 팬텀(요마족)이야."

"인류의 적대자를 총칭하여 마족이라고 부르는 줄 알았는데 그랬단 말인가. 그건 그렇다 치고 그 '삼요사' 말인데, 베루글린드 씨가 한 명을 죽였으니까 기억해두는 게 좋겠어."

이름이 코르느였던 것 같은데, 마사유키를 우롱했던가 하는 이유로 베루글린드의 역린을 건드렸다고 했었지. 베루글린드가 강해진 것은 느낄 수 있었지만 '삼요사'만큼 강한 자를 상대로도 일격에 쓰러트릴 수 있다니 정말 두렵다.

애초에 그 코르느가 펠드웨이는커녕 삼요사 중의 한 명인 자라리오와 비교해도 패기가 약한 것처럼 느껴지긴 했다. 영상을 통해 코르느의 행동을 봤을 때 내가 그렇게 느꼈다는 뜻이지만. 적어도 미궁 안에 남겨진 정보를 통해 분석한 결과에 따르면 존재치를 비교할 경우엔 거의 호각이어도 실력 면에서 뒤떨어진다고 시엘도 판단했던 것이다.

그 근거는 불명이지만 나는 그 판단을 믿고 있었다.

따라서 결코 상대를 얕봐서는 안 되겠지만 죽은 자까지 경계할 필요는 없었다. 그렇게 생각하여 보고한 것이다.

"어차피 죽은 건 코르느겠지. 오래전부터 알고 지낸 사이이긴 하지만 아쉽게도 이렇다 할 감정은 없어."

아무래도 상관없다는 말투로 말하면서 기이가 웃었다.

적의 수가 줄어들어 정말 다행이라는 반응이었다.

너무나 기이다운 모습인지라 딱히 놀라지도 않고 다음 보고를 하려고 했다.

그랬는데 그때 밀림이 내 말을 가로막았다.

"마침 좋은 타이밍이니까 나도 보고를 하겠어!"

그런 말을 했기 때문에 밀림의 이야기부터 듣기로 했다.

"실은 말이지 '삼요사' 중의 오베라라는 녀석이 내 부하가 되고 싶다는 제안을 해왔어. 비밀리에 만났기 때문에 펠드웨이 쪽도 알아차리진 못했을 거야!"

방심하고 있던 것은 아니지만 뭐라고 반응하기 난감한 보고였다.

그렇게 나왔단 말인가. 그런 생각이 들었다.

"어, 응. 역시 대단한걸, 밀림. 어떻게 회유한 거야?"

"그러게. 얘기해봐. 오베라는 코르느처럼 시야가 좁은 녀석도 아니고 상당히 진지한 성격의 여자였을 텐데. 배신과는 거리가 멀 것 같은데 무슨 경위로 그런 얘기가 오가게 된 거야?"

나와 기이가 딱 맞는 호흡으로 밀림에게 질문했다.

자신도 모르게 서로 눈이 마주쳤지만, 그것만으로도 서로의 생각을 이해했다.

즉, 밀림이 속고 있는 게 아닌지 걱정이 되었던 것이다.

우리는 서로를 보면서 힘차게 고개를 끄덕였다.

"내 인덕 때문이지. 내가 얼마나 대단한지 이해했기 때문에 상대가 먼저 그런 얘기를 제안하면서 다가왔어!"

인기인은 이래서 힘들다니까——. 그렇게 말하면서 밀림은 웃고 있었지만, 그런 이야기를 곧이곧대로 받아들여선 안 된다.

"진정해. 적의 책략인지도 모르잖아."

그렇게 말하면서 기이가 타일렀지만, 밀림은 들으려 하지 않았다.

"괜찮아. 오베라는 거짓말을 하지 않았어."

"으—음…… 그래도 말이지, 밀림, 삼국지라는 만화에서도 소개된 내용이지만 '매복의 독'이라는 아주 알아차리기 쉬운 책략이 있거든. 적 진영에 스파이를 보내는 건 먼 옛날부터 쓰이던 상투적인 수단이야. 이런 식으로 전쟁을 벌이려 하는 타이밍에 접촉해왔다는 건 의심해달라고 말하는 것과 다를 게 없잖아?"

지금 한창 베루도라가 읽고 있는 게 그 만화였지.

이제 나도 전략을 통달하게 되겠구나——라고 호언장담했지만, 그렇게 쉽게 군사를 육성할 수 있으면 애초에 고생을 할 필요가 없을 것이다.

무엇보다 세계관이 너무 다르니까 잘해야 참고할 수 있는 수준에 불과할 거라고 생각하지만.

어쨌든 의심스럽다는 것은 틀림없는 사실이므로 나도 밀림을 상대로 설득을 시도해본 것이다.

하지만 밀림은 넉살 좋게 웃었다.

"괜찮아. 나도 의심스러워서 칼리온이랑 프레이와도 의논해봤어. 그리고 우리의 의견은 오베라를 믿어보는 걸로 일치했어."

흠, 확실히 밀림은 바보는 아니니까 필요한 조치는 취해봤다는 얘기로군. 칼리온이랑 프레이 씨도 같은 판단을 했다면 믿어보는 것도 괜찮을지도 모르겠다.

"오베라와는 무슨 이야기를 나눈 거야?"

그렇게 일단 물어봤다.

"그게 말이지——."

밀림의 얘기를 들어본 뒤에 우리도 판단을 내리기로 한 것이다.

●

"그렇군. 오베라는 '요이궁'에서 '멸계룡' 이바라제의 동향을 감시하고 있단 말인가. 그렇다면 어차피 어떤 식으로든 우리를 상대로 계략을 동원할 여유 같은 건 없겠군."

그게 바로 밀림의 얘기를 듣고 나서 기이가 내린 결론이었다.

이바라제와 그의 부하인 크립티드(환수족)는 교섭의 여지조차 없는 파괴의 군단이라고 한다. 오베라가 움직였다면 이바라제가 부활할 우려가 있다는 뜻이므로, 일반적으로 생각해봤을 때 침공 시에 동원되는 전력에서 제외되었을 것이라는 게 그의 생각이었다.

하지만 나에겐 마음에 걸리는 점이 있었다.

"오베라의 말대로 펠드웨이가 세계가 멸망해도 상관없다고 생각하고 있다면 이바라제를 해방해서 우리와 싸우게 만드는 작전을 쓰지 않을까?"

펠드웨이와 미카엘은 베루다나바의 부활을 바라고 있지만, 그게 이뤄지지 않는다면 많이 힘들 것이다. 희망은 사라지면서 파멸을 바라는 마음이 생겨나고 말겠지.

앞뒤를 생각하지 않는 녀석만큼 무서운 존재는 없는 것이다.

그런 생각이 들어서 한번 말해본 것인데——.

"바로 그런 점이다, 리무루. 그런 발상을 할 수 있다는 게 나는 믿어지지 않는다는 말이다."

지극히 타당한 의견이라고 생각했는데, 의외로 엄청난 불평을 받았다. 루미너스의 그 발언을 시작으로 다구류루한테서도 비판이 날아들었다.

"펠드웨이 녀석도 자신보다 강해서 제어할 수 없는 괴물을 이용하려고 들 정도로 어리석진 않을 거야."

호오, 이바라제가 더 강하단 말인가.

"예전엔 정말 큰일이었지. 기이가 상대했지만, 나도 별이 파괴되지 않도록 도와줬거든!"

"캇하하! 이바라제의 파괴력이라면 자칫하면 별도 부술 수 있으니까 말이지. 섣불리 싸우다간 터무니없는 일이 일어날 거야."

"적만 절멸시킨다면 또 모를까, 그다음에는 어떡할 생각이지? 이 별까지 파괴해버리면 세계를 지배하고 싶어도 그럴 수가 없잖아."

그렇군……. 내 예상은 너무 어설펐단 말인가. 이바라제라는 존재는 얘기를 들어보면 엄청난 괴물인 것 같다.

"와하하하하! 상대하기엔 부족함이 없겠군. 만약 그 녀석이 나온다면 이번에는 내가 상대해주겠어!"

"기각이다."

"기각하겠어."

"기각이야."

"밀림, 네가 강하다는 건 인정하겠지만 넌 배려가 부족해. 내가 할 말은 아니지만 주위에 끼칠 피해를 좀 생각하라고."

"끄으응, 나도 힘 조절하는 법을 배웠어. 그러니까 이바라제라고 해도 이렇게 한 방에——."

"그래, 그래, 알았으니까 이제 됐어. 진지하게 말하겠는데 만약 이바라제가 부활한다면 내가 상대하지. 그 녀석과는 결판을 내고 싶다고 생각했거든. 다음 기회가 있으면 반드시 끝장을 내주겠어."

오싹해질 만큼 차가운 목소리로 기이가 선언했다.

당연하지만 아무도 이견을 말하지 않았다. 밀림은 불만인 것 같았지만 이바라제의 상대는 기이에게 맡기는 것으로 결론이 났다.

그리고 다시 오베라에 대한 논의를 시작했다.

"그 녀석을 통해서 적의 내부사정을 듣는 건 무리일까?"

밀림을 향해 다구류루가 물었다.

"물어봤지만 이쪽 세계에서 얻은 전력에 대해선 모르는 것 같았어. 펠드웨이는 의심이 많기 때문에 물어보면 괜한 의심을 살 수도 있어서 경계한 것이지도 모르겠지만."

"오베라가 바른 판단을 했군. 펠드웨이는 자신이 머리가 좋기 때문에 부하가 쓸데없이 지혜를 발휘하는 걸 싫어해."

"지시한 작전이나 성실히 수행할 것을 강요하는 타입인가?"

사람을 피곤하게 만드는 상사를 떠올리면서 그렇게 물어봤다.

그러자 기이가 옛날을 그리워하는 듯한 표정을 지으면서 가르쳐줬다.

"그거랑 조금은 달라. 자신이 지시한 작전을 성공시키기 위해서 최선을 다하는 중이라면 다른 자의 일에 신경을 쓸 여유가 있을 리가 없다고 생각하지. 그런 식으로 생각하는 녀석이니까 오베라의 대응은 정답이야."

우리를 속이려하고 있다면 가짜 정보를 흘려서 믿게 하는 게 더 나을 것이다. 그렇게 하지 않고 모른다고 답한 것으로 인해 오베라의 신용도는 더 높아지게 되었다.

그건 그렇고 펠드웨이와는 마음이 맞지 않을 것 같군.

"부하를 장기말 정도로밖에 생각하지 않는다니 독선적이로군. 자신의 생각만이 전적으로 옳다고 생각할 것 같아."

나도 모르게 그렇게 진심을 밝히고 말았다.

그 말을 들은 기이가 나에게 미소를 보였다.

"그건 나 들으라고 하는 말이냐?"

"절대 아닙니다!"

이런, 위험했다. 여기에는 독선을 넘어서 독재적인 녀석이 있었어. 기이의 경우는 부하인 악마들을 장기말로 생각조차 하지 않을 것 같으니 섣불리 발언했다가는 긁어 부스럼이 될 것이다.

적당히 얼버무린 뒤에 이야기를 이어갔다.

"일단은 믿어보기보다 좀 더 지켜보기로 하는 게 좋겠지?"

내가 그렇게 말하자 다들 고개를 끄덕였다.

●

오베라 건은 정리가 되었으므로 다시 본래 안건을 다루기로 했다.

골을 향해 가려고 해도 샛길이 너무 많아서 큰일이다.

"나 참— 좀처럼 진행이 안 되는 회의로군. 이제 비밀을 숨기고 있는 사람은 없겠지?"

나도 모르게 그렇게 투덜대자 모두가 나에게 한 마디를 날렸다.

""""네가 할 소리는 아니지!""""

지당한 지적입니다.

내가 가장 큰 비밀을 안고 있는 것 같으니 이런 발언은 제 무덤을 파는 짓이었네.

그렇게 반성하면서 회의에 의식을 집중했다.

지금은 루미너스가 회의를 이끌고 있었다.

"어쨌든 좋다. 평소에 자주 어울리던 사이도 아닌지라 협동심도 생기지 않는구나. 어쩔 수 없으니 내가 얘기를 정리하기로 하마."

그렇게 나서서 적의 전력을 나열하고 있었다.

적 세력의 필두는 미카엘,

그 지배하에 있는 '백빙룡' 베루자도.

요마왕 펠드웨이.

그 부하인 '삼요사' 자라리오.

자라리오가 감시하고 있었다는 인섹터(충마족)와 그 지배자에 해당하는 충마왕 제라누스.

제라누스에게도 부하는 있겠지만 오베라도 잘 모른다고 하니까 명확하지 않은 상태로 남아 있었다. 솔직히 말해서 가장 신경이 쓰이는 세력이다.

무엇보다 내가 아는 인섹터(벌레형 마인)는 모두 위험한 수준의 강자였다. 제기온이나 아피트는 말할 것도 없었고 서방의 수호신이었던 라즐이나 시온이 쓰러트렸다고 하는 '더블오 넘버(한 자릿수)' 서열 6위인 미나자. 제라누스 자신도 위험할 것 같지만, 강렬한 부하도 밑에 두고 있을 것 같은지라 경계가 필요했다.

디노, 피코, 가라샤로 이뤄진 3인조.

각성마왕 급이라는 것만으로도 성가신데 얼티밋 스킬(궁극능력)의 유무도 확실하지 않은 상태였다. 소유하고 있어도 이상하지 않다고 할까, 있다는 걸 전제로 하여 전력을 계산해두는 게 확실할 것이다.

그리고 마지막으로——.

"우리와 필적할 것으로 보이는 천사가 깃든 데스맨(요사족)이 있지. 흠, 골치 아프군. 적어도 정확한 수만이라도 알 수 있으면 조금은 답답한 게 풀리겠는데."

"배부른 소리를 하는구나. 이렇게나마 판명된 것만으로도 다행으로 치고 대책을 생각해야 할 것이다."

투덜대는 다구류루를 루미너스가 타일렀다.

"누가 누구를 상대할 것인지 미리 정해두기라도 하잔 말인가?"

그렇게 말한 것은 레온이었다.

미리 정해둬도 소용이 없을 것 같지만, 전혀 의미가 없는 것은 아니다.

"그러자는 거지. 적어도 레온이 미카엘을 상대하는 건 피하는 게 좋을 것 같으니까."

다구류루의 의견에는 나도 찬성이었다.

조종을 당하게 될 것만 같으니까 그건 절대 받아들일 수 없는 안건이었다. 오히려 그런 사태를 피하기 위해서라도 가능한 한 서로 도와야 할 것이다.

마음에 걸리는 건 미카엘이 아니라 펠드웨이까지 지배능력을 가지고 있다는 점인데 이것도 여러모로 정보를 수집한 결과, 어느 정도는 그 구조나 사용법을 알아낸 상태였다.

"한마디 해도 될까? 미카엘의 권능은 양도할 수 있으며 일정한 레벨이라면 지배능력까지 빌려줄 수 있는 것 같아. 그러니까 미카엘뿐만 아니라 펠드웨이도 레온과는 거리를 둘 필요가 있다고 생각해."

콘도 중위가 그랬던 것처럼 펠드웨이도 미카엘의 권능을 대여받은 것으로 봐야 할 것이다.

"골치 아프구나. 만약 레온까지 지배를 받았다면 전력이 한쪽으로 더 크게 기울고 말았을 테니까 말이지."

그런 루미너스의 중얼거림을 들으면서, 나는 잊어버리고 말하지 않은 게 있다는 걸 떠올렸다.

"아, 그렇지. 위험한 건 레온만이 아니었어."

"음? 그게 무슨 뜻이냐?"

"아니, 아까도 말했지만, 얼마 전의 싸움에서 베루도라도 적의 수중에 한 번 떨어진 적이 있거든."

"……그 이야기, 마음에 걸려서 그냥 넘어갈 수가 없구나. 자세하게 얘기해보도록 해라."

어이가 없다는 표정으로 루미너스가 얘기할 것을 재촉했다.

그래서 나는 미카엘에겐 '레갈리아 도미니언(왕권발동)'이라는 절대적인 지배의 권능이 있다는 것을 설명했다.

클로에는 그녀 자신이 대처했기 때문에 언급하지 않고 넘어갔다. 정말로 위험하다면 시엘이 강제적으로 개입했을 테니까 맡겨둬도 괜찮을 것이라 믿고 있다.

그러므로 베루도라의 상황에 대한 설명만 했다.

"""""……."""""

"리무루 군. 더 이상 비밀을 숨기고 있는 사람은 없느냐고 물었던 사람은 분명 너였던 걸로 기억하는데?"

아, 이런.

"야아, 그런 말을 했던가?"

"말했지!"

"말했어."

"말했다."

"그런 말을 했지."

"분명 그렇게 말했어."

내 편은 없었다.

나는 필사적으로 '비밀로 할 만큼 그렇게 거창한 게 아니라서 말하는 걸 잊어버린 것뿐'이라고 설명했지만 아무도 납득해주지 않았다.

라미리스는 알고 있었으면서……. 그렇게 생각했지만, 그걸 지적한다고 해서 내가 처한 상황이 나아지는 것은 아니었다. 그걸 이해한 만큼 나는 바로 포기하고 사과의 말을 입에 올렸다.

●

다른 마왕들이 화를 내고 있었기 때문에 그 자리의 분위기를 수습하는 것은 생각보다 힘들었다.

어쨌든 중단한 이야기를 계속했지만, 생각해보니 상황은 너무 좋지 않았다.

우리 전력이 줄어들기만 한 거라면 그나마 나았지만, 적의 전력이 늘어난 상태였다. 한쪽만 잡은 말을 다시 이용할 수 있는 장기를 두는 것 같았고, 확실히 말해서 이길 수 있다는 생각이 들지 않는 조건이었다. 내가 설명하는 걸 잊어버리고 있었던 것도 잘못이지만, 그런 이야기를 듣는 입장에선 그냥 참고 넘어갈 일은 분명 아니었을 것이다.

“그러면 이 자리에는 ‘레갈리아 도미니언(왕권발동)’이라는 것에 지배를 받고 있는 자는 없겠지?”

“그건 괜찮아. 천사 계열에 대한 지배는 자각증상이 없는 것 같지만, ‘레갈리아 도미니언’일 경우엔 강제지배니까 자아가 사라지면서 부자연스럽게 반응하게 되거든. 아니, 나와 베루도라는 ‘영혼’으로 이어져 있었기 때문에 본인이 직접 알려준 덕분에 내가 지배된 것을 알 수 있기도 했고.”

“그렇군. 그러면 어떻게 베루도라를 해방했지?”

“그건――.”

또 이 질문인가.

내가 집어삼킨 뒤에 시엘이 ‘얼터레이션(능력개변)’하여 해방했지만, 그걸 솔직하게 다 설명할 생각은 없었다.

어차피 믿지 않을 테니까 적당히 얼버무릴 수밖에 없는 것이다.

“베루글린드 때와 마찬가지야. 열전을 벌이던 중에 베루도라가 자신의 권능을 진화시켰어. 우리의 신뢰 관계가 승리한 것이라고 할 수 있겠지, 아마도.”

“““““…….”””””

모두의 시선이 따가웠다.

엄청 수상하다는 눈으로 보고 있다는 것은 스스로도 알고 있었지만, 지금은 이런 설명으로 밀어붙일 수밖에 없었다.

“이봐, 나도 꽤 진지하게 베루자도와 싸웠지만, 그 녀석은 권능이 진화한 것처럼 보이지는 않았는데?”

“그야 어느 정도 개인차는 있겠지.”

내 입으로 이런 말을 하는 건 좀 그렇지만 믿고 받아들이는 것이 무리인 설명이긴 했다.

“개인차라…….”

안 통하려나?

엄청 의심을 받고 있는데, 이걸 어떡한다?

믿어주지 않더라도 좋으니까 진실을 솔직히 밝히는 것도 하나의 방법이다. 하지만 그럴 경우엔──.

《지배받고 있는 자를 전부 상대하는 역할을 떠맡게 되는 것은 물론이고 마스터(주인님)의 권능을 철저히 조사받게 될 것입니다.》

역시 그렇게 되겠지.

애초에 내가 해결한 게 아니라 시엘이 실행한 것이니까 어떻게 그럴 수 있는지를 설명하는 것은 무리다.

역시 입을 다무는 게 정답이겠지.

“이제 됐다. 어차피 솔직히 말할 생각은 없는 것 같고, 또 뭔가 상식 밖의 짓을 저질렀겠지. 지배를 받더라도 알아볼 수 있다면 그 ‘레갈리아 도미니언’이란 건 ‘얼티밋 도미니언(천사장의 지배)’보다는 위협적이지도 않은 것 같고 말이다. 문제는 역시 우리가 어떻게 맞서 싸워야 하느냐는 것이겠구나.”

알아볼 수 있는 것만으로도 그나마 나은 거라고 루미너스가 그렇게 단정했다. 그보다는 미카엘 일당을 어떻게 대처해야 할 것인지를 의논해야 한다고 말해줬다.

그 말이 옳다고 생각하면서 나도 고개를 끄덕였다.

"누가 누구를 상대할지 정하는 것보다 어디를 어떻게 공격해오면 어떻게 대응할지를 정해두는 게 더 낫지 않을까?"

내 말을 듣고 기이도 고개를 끄덕였다.

"찬성이야. 적도 바보는 아닐 테니까 전력을 분산시키는 짓은 하지 않겠지."

적의 규모가 큰 경우나 버거운 상대가 공격해왔을 때에는 즉시 원군을 부르는 것이 중요하다.

하지만 그렇게 이해하더라도 문제가 있었다.

"그건 그렇지만 우리는 분산되어 있을 거잖아? 그렇지 않으면 적이 언제 와도 문제없도록 우리가 모두 한 군데에 모여 있을까?"

"흐음, 그건 아닌 것 같은데."

"그렇지?"

기이도 내 설명에 납득한 것 같았다.

내 입장에선 자신들의 나라를 각자 사수하는 게 좋겠다는 생각이 들었다. 레온이나 루미너스, 그리고 다구류루와 밀림도 자신의 나라를 떠나 있는 건 내키지 않을 것이다.

밀림의 경우에는 물음표가 붙지만 다른 자들은 틀림없이 그렇게 생각하고 있을 것이다.

그렇게 되면 어딘가가 공격을 받는다면 즉시 원군을 파견할 수 있게 준비해두는 게 좋다.

"그건 그렇구나. 우리에겐 자국을 지켜야 할 의무가 있다. 최악의 경우엔 영지를 포기하는 것도 감안해둬야겠지만, 그건 최후의 수단으로 쓰고 싶구나.”

“음, 나도 동의한다. 그리고 안심해. 루미너스가 영지를 포기한다면 사양하지 않고 내가 받아주지.”

“웃기는 소리 하지 마라! 네놈에게 줄 마음은 없으니까 쓸데없는 욕심은 부릴 생각도 말아라.”

틈만 있으면 영지를 노리는 다구류루와 그걸 저지하려는 루미너스의 모습이 거기 있었다.

그런고로 영지에서 벗어나려는 마왕은 없다는 건 사실로 확정되었다.

“기이는 어떡하겠어? 라미리스는 우리나라에 있으니까 관계없지만, 너는 여기를 사수할 이유도 없잖아?”

“없지. 나는 레온이 걱정되니까 레온의 나라에 신세를 지기로 할까.”

레온은 달갑지 않은 표정을 짓고 있었지만, 뭐, 결국은 그렇게 되겠지.

가장 걱정이 되는 자가 레온이며 아직 의혹도 완전히 해소된 게 아니다. 그렇기에 나도 감시를 맡게 되었으니까 기이의 판단은 타당한 것이었다.

그렇게 되면 내가 감시할 필요도 없어질 것 같은데…….

“리무루, 너희 나라는 아직 여유가 있지? 루미너스, 다구류루, 밀림, 그리고 레온의 나라에도 부하를 파견해둬라.”

뭐?

이봐, 잠깐?

기이의 갑작스러운 요구를 듣고, 나는 진심으로 곤혹스러운 처지에 빠지고 말았다.

●

결론부터 말하자면 거절할 수 없었다.

끝까지 저항했지만, 기이가 아예 귀를 기울이지도 않았던 것이다.

더구나 각 영지에 바로 갈 수 있도록 '전이용 마법진'을 설치하라는 요구까지 했다.

나는 네 부하가 아니라고 외치고 싶은 충동을 느꼈다.

그렇게 소리치지 않은 이유는 단 하나.

'힘센 자에겐 거역하지 않는다'는 정신으로 기이에게 굴복했기 때문이다.

그도 그럴 게, 진지한 분위기를 띤 기이는 위압감이 엄청나기 때문에 거역하기가 좀 어렵다. 무리하면 어떻게든 될 수도 있겠지만, 그냥 시키는 대로 하는 게 마음은 더 편하단 말이지.

도저히 양보할 수 없는 경우를 제외하면 어쩔 수 없이 따르는 게 나았다.

하지만 그렇게 되면 누구를 어디에 파견하는 게 정답일까?

어디서든 '전이'나 '사념전달'을 능수능란하게 할 수 있으며, 무슨 일이 있어도 자신의 힘만으로 버텨낼 수 있을 만큼 강한데다 지배를 받지 않을 만큼 강한 자. 그런 조건이라면 악마 아가씨 3인방이 가장 적합하다.

하지만 테스타로사는 제국 주변의 **공략**을 맡기고 있기 때문에 이번에는 지명할 수가 없을 것 같다. 카레라와 울티마가 메인이 되겠군.

나머지는 간부 중에서 몇 명을 골라야할 것 같다.

"우선 밀림에겐 게루도를 보내야겠군. 건설공사도 재개해야 할 것이고 서로 아는 사이니까 쉽게 받아들일 수 있을 거야."

"음! 그자는 다들 좋아한다. 그러고 보니 미도레이가 가비루와도 만나고 싶어 했지. 다시 훈련 상대가 되어주면 좋겠다고 말했어."

과연. 그것도 괜찮을 것 같군.

가비루의 훈련은 울티마에게 맡겼지만, 아직 며칠 지나지도 않았는데 울상을 지으면서 애원하듯이 나를 보고 있었으니까 말이지. 숨을 돌릴 시간을 주는 의미로 파견하는 것도 좋을 것 같다.

그럴 경우에는 울티마도 세트로 보내야 하겠지만, 지금은 전시 체제 중이니까 경찰이 나설 일은 없다. 필요하면 바로 불러올 수도 있으니까 그렇게 정해도 괜찮지 않을까.

"알았어. 그러면 밀림의 나라에는 게루도, 가비루, 울티마, 이렇게 세 명을 파견할게."

"음, 기대가 된다!"

이러면 밀림의 나라는 OK로군.

다음 차례는 루미너스의 신성교황국 루벨리오스인데…….

"루미너스는 누군가 오기를 바라는 사람이 있어?"

나도 많이 현명해졌다. 베루도라를 파견하겠다는 말을 하면 격노할 테니까 지뢰를 밟기 전에 미리 물어보는 게 좋겠다는 생각이 들었다.

"흠, 그렇다면……."

루미너스는 그렇게 말하면서 생각에 잠겼다.

물어보길 잘했군.

잠시 뜸을 들인 뒤에 루미너스가 입을 열었다.

"오늘 데려온 시온이 좋겠다. 저자는 우리나라를 들른 적이 있으므로 면식이 있으니까."

루미너스는 시온의 바이올린 실력을 절찬한 적이 있으니까 말이지. 기억해두고 있어도 이상한 일은 아니다.

"그럼 시온을 파견할게. 그밖에는 그래, 아다루만과 그의 부하들도 함께 보내지."

아다루만도 루미너스와는 면식이 있다.

'칠요의 노사'와 얽힌 불화가 있었던 것 같지만, 지금은 과거의 존재가 되었으니까 괜찮겠지.

"흠. 그자에겐 폐를 끼친 게 있으니 내가 직접 지도를 해주는 것도 재미있겠구나. 받아들이겠으니 잘 부탁하마."

"알았어!"

이리하여 루미너스에게도 OK를 받았다.

"그럼 우리나라에는 누구를 파견할 거지? 뭐, 아는 사람은 없으니까 누구를 보내도 상관없지만 말이다."

흠, 그렇긴 하군.

누구라도 상관없다면…….

"카레라를 보낼게."

"카레라라고?"

"응. 존느(태초의 노란색)라고 하면──."

"뭐? 존느라고?!"

다구류루가 노골적으로 싫은 표정을 지으면서 소리쳤다.

"설마 너, 그자를 길들였단 말이냐?"

"길들인 게 아니라 어쩌다 보니……."

"다구류루, 그 건은 그냥 납득하고 넘어가라. 무슨 말을 하고 싶은 건지는 알겠지만 그 이야기는 지금 다뤄야 할 게 아니니까."

"참고로 말하자면 울티마라는 자도 비올레(태초의 보라색)를 말하는 것이다. 나도 어이가 없었으니, 네 심정은 충분히 이해한다."

그러고 보니 울티마의 지배영역은 루미너스와 다구류루의 영지와 겹친다고 했으니 옛날부터 잘 아는 사이였겠군. 루미너스의 보충설명을 듣고 다구류루가 "으엑――?!"이라고 소리치면서 놀라고 있었다.

"나도 어이가 없긴 해."

"그리고 존느랑 비올레만 있는 게 아니니까 말이지. 이제 와서 리무루의 비상식적인 행적을 따지는 건 의미가 없다는 걸 알아둬라."

멋대로들 지껄이고 있었다.

밀림도 응응, 하고 고개를 끄덕이고 있었지만, '따지고 보면 너는 내 쪽에 가깝잖아'라는 게 내 본심이었다.

뭐, 좋다.

"이제 다들 알았으니까 다구류루 쪽에는 카레라를 보내면 되겠지?"

"잠깐, 잠깐만!!"

다구류루가 큰소리로 외치면서 자리에서 일어났다.

두 손을 벌리면서 춤을 추는 것처럼 보였는데, 이건 혹시 거부의 의미를 담은 몸짓인 걸까?

"난 반대야! 나에게도 거부권이 있다고 생각해!!"

그 표정은 너무나도 필사적이었으며 한 발도 물러서지 않겠다는 결의가 드러나고 있었다.

대조적으로 레온은 아주 온화한 웃음을 짓고 있었다. 카레라가 자신의 나라에 오지 않는 게 다행이라고, 그렇게 말하는 듯한 미소였다.

"잘 들어, 리무루. 그 난폭자를 보냈다간 우리 다마르가니아는 멸망해버릴 거다. 나도 많은 것을 바라는 건 아니지만, 적어도 온화한 성격을 지닌 자로 골라서 보내주지 않겠어?"

실력보다 성격이 중요하다고 다구류루가 호소했다.

그렇게 말해도 말이지, 내 부하들은 문제아가 많은지라…….

자세한 사정을 들어보기로 했다.

다구류루의 나라는 몰락한 성역——'성허(聖虛)' 다마르가니아라고 부른다고 한다. 그곳은 자원이 빈약한 나라이며 건물의 대부분이 모래에 묻혀서 폐허가 되었다고 했다.

그리고 다구류루가 카레라에게 품고 있는 이미지는 최악 그 자체이며, 늘 핵격마법을 날리는 것이 취미인 파괴마로 여기고 있었던 것이다.

밀림의 이명인 '디스트로이(파괴의 폭군)'보다 더 위험한 존재가 다구류루의 인식인 것 같았다.

"그렇게 심각하지는——."

"심각해!"

"다구류루의 말에 찬성이다. 나도 매일 피해를 입고 있었으니까 그 심정은 충분히 이해할 수 있어."

내가 부정하려 한 것과 거의 동시에 다구류루가 힘찬 말투로 단언했다. 게다가 과묵한 레온까지도 카레라의 악행을 술술 폭로한 것이다.
두 사람의 이야기를 믿을 수밖에 없었다.
그렇게 나온다면.
"그렇다면 카레라는 레온에게 보내도록 할까."
면식도 있는 것 같은 데다 레온의 나라에는 기이도 가 있을 것이다.
카레라도 무모한 짓을 할 순 없을 테니까 내가 생각해도 좋은 아이디어인 것 같았다.
그랬는데.
"웃기지 마라! 너는 내 얘기를 듣지 않은 거냐?! 절대 받아들일 수 없다. 그 악마만큼은 우리나라에 발을 들여놓게 할 수 없어!"
다구류루는 히죽히죽 웃으며 좋아했지만 레온이 거절한 것이다. 말투가 바뀔 정도로 격노하고 있는 걸 보면 정말로 이성을 잃었다는 것을 알 수 있었다.
그 반응이 재미있어서 단호하게 카레라를 파견하기로 나는 결의했다.
하지만 그 결심에 제지를 건 것은 기이였다.
"리무루, 카레라는 안 될 것 같다."
"왜?"
"그 녀석은 늘 나한테 싸움을 걸거든. 그러다가 질 것 같으면 두고 보자는 말을 내뱉고 도망치는 녀석이란 말이지. 이번 싸움은 놀이가 아니야. 쓸데없는 체력낭비는 하고 싶지 않아. 내 말이 이해돼?"

정론이었다.

그리고 기이의 눈빛이 진심을 담고 있다는 것은 평소와는 달리 엄청난 압박감을 뿜어내고 있는 걸 봐도 명백했다.

"카레라가 네 명령에 절대복종하고 무슨 일이 있어도 네가 책임을 진다면 나도 고려해볼 수는 있거든? 하지만 절대 무리겠지?"

으—음, 그렇게 딱 잘라 말하면 자신이 없어진단 말이지. 내 옆에 있으면 말릴 수 있지만, 나와 멀리 떨어져 있는 동안에 무슨 짓을 벌일지 알 수 없는 녀석이 바로 카레라라니까.

"그건 그래. 내 미궁 안에서 '얼마나 많은 층수를 뚫을 수 있는지 겨루는 게임'을 유행시키려 했던 것도 카레라거든. 그 녀석은 정말 민폐니까 좀 말려주면 좋겠어!"

그런 폭거까지…….

역시 내가 모르는 곳에서 어떤 식으로든 피해를 입히고 있는 모양이다.

"그 건에 대해선 디아블로에게 감독책임을 물을게."

그렇게 살짝 책임회피를 하면서 어떻게 할지를 생각했다.

"와하하하하! 나는 카레라라는 녀석이 마음이 드는데. 꼭 한번 만나보고 싶으니까 우리나라에 손님으로 보내도록 해."

오, 밀림이 기쁜 제안을 하네!

"그래도 되겠어, 밀림?"

"물론이지."

좋아, 그렇게 하면 문제는 해결된다.

밀림의 나라에는 카레라를, 울티마는 다구류루의 나라에 파견하자.

나중에 프레이 씨한테 밀림이 혼이 날지도 모르지만, 그렇게 되더라도 나하고는 관계가 없으니까. 밀림의 마음이 바뀌기 전에 어서 일을 진행하기로 하자.

"그러면 밀림의 나라로 보내기로 한 울티마와 카레라를 바꿔서 울티마는 다그류루의 나라에 파견할게. 얘기를 들어보면 익숙한 곳인 것 같으니 울티마도 불평하진 않겠지."

"내가 싫──."

"좋─아, 결정됐군, 다구류루, 그렇게 됐으니까 울티마와 사이좋게 지내라고!"

기이도 OK했다.

다구류루가 뭐라고 말하려했지만, 기분 탓으로 치고 마무리를 짓기로 했다.

이리하여 루미너스, 밀림, 다구류루의 나라에 누구를 파견할 것인지가 정해졌다. 남은 문제는 레온의 황금향 엘도라도에 누구를 보내야 할지 정하는 것인데…….

"기이가 간다면 내 부하를 파견하지 않아도 되지 않을까? 애초에 레온의 의혹도 기이가 감시하면 될 테니까 우리나라의 전력을 굳이 줄일 필요가 느껴지지 않는데?"

이 말을 하고 싶었다.

이제 곧 대전이 시작되려 하는데, 왜 자국의 전력을 저하해야 한단 말인가.

뭐, 악마 아가씨 3인방은 무슨 일이 일어나도 '전이'로 바로 돌아올 수 있고, 최악의 경우에는 내가 소환하는 방법도 있다.

게루도는 계속 공사를 중단할 수 없다는 이유가 있고, 가비루는 소위 게루도의 호위도 겸하도록 시킬 것이다. 단순히 전투능력으로만 따진다면 게루도가 더 강하다. 하지만 게루도의 진면목은 방어에 있기 때문에 공격을 맡는 자가 같이 있는 게 이래저래 더 유리해질 것이다.

그런 점에서 가비루는 공방이 다 우수했기 때문에 게루도와 콤비를 이루도록 하면 재미있을 것이라고 생각한 것이다.

그리고 아다루만과 그의 부하들은 사실은 미궁방위에 전념시키고 싶었다.

하지만.

루미너스의 나라에 시온만 파견하는 것은 불안했다.

전력면만 따지면 문제가 없지만, 시온의 평소 행동이 좀 그렇단 말이지.

아다루만은 각종 마법도 알고 있고 '전이'도 당연하게 구사할 수 있다고 한다. 루미너스와 면식도 있고 실례될 일도 하지 않으리라 생각하므로 이 인선은 내가 생각해도 적절한 것 같다.

그런고로 여기까지는 확정된 것으로 치는 건 좋았지만.

레온의 나라에 파견할 수 있는 자가 남아 있지 않았다.

"이봐, 아끼지 말고 내놓으라니까. 너희 나라에는 각성 급이 넘쳐나잖아."

"있지만 우리나라도 지켜야 할 사람이 필요하니까."

"너는 걱정이 너무 많아. 베루도라도 있으니까 쩨쩨하게 굴지 말라고—. 그렇지, 그 베니마루라는 녀석은 어때? 그 녀석이라면 불만이 없겠지?"

"당연히 안 되지! 베니마루는 결혼한 지 얼마 안 됐어. 더구나

아내는 둘이나 있다고! 양쪽 다 임신 중인 이런 중요한 시기에 얼마나 걸릴지도 모르는 장기출장을 보낸다니, 그런 악귀(惡鬼)같은 짓을 어떻게 할 수 있어?!"

베니마루는 오니(鬼)니까 괜찮다――는 농담을 들어도 웃을 수가 없다. 본인이 가고 싶어 한다면 얘기는 다르지만.

종신고용이 주류였던 시대는 회사에 대한 충성심을 확인하기 위해서 최악의 타이밍에 장기출장을 보냈다고도 한다.

결혼한 지 얼마 되지 않았거나 집을 새로 지은 직후에 말이지.

그런 의미라도 있으면 얘기는 다르지만, 내가 들은 이야기에 따르면 대부분은 집단 괴롭힘에 가까운 명령이었다고 한다. 요즘 같은 시대에 그런 말도 안 되는 짓을 하는 기업이 있다면 망하는 것으로 끝날 것이다.

우리나라에선 그런 불만이 나오지 않도록―― 잠깐, 이야기가 완전히 엇나갔군.

"어쨌든 베니마루는 안 돼."

"쳇, 이해가 안 되는 이유지만 뭐, 알았어. 그렇다면――."

"아, 디아블로를 보낼게!"

늘 나에게 찰싹 들러붙어 있어서 잊어버리고 있었지만, 시온을 파견한다면 디아블로도 파견해야 할 것이다.

한쪽만 남겨두면 싸움이 일어날 테니까 말이지.

나에게 있어서 진정한 비서는 슈나이므로 두 사람이 자리를 비워도 그렇게 불편하진 않을 것이고, 그게 가장 좋은 선택이지 않을까.

"디아블로라고?"

"응. 그 녀석은 강하니까 혼자 보내도 충분할걸."

"잠깐만 기다려봐, 리무루 군."

갑자기 부드러운 목소리로 기이가 말을 걸었지만, 어차피 변변치 못한 내용일 것이라 생각했다. 그래서 무시하고 얘기를 마무리 짓기로 했다.

"우리도 지금 많이 힘들거든요. 놀고 있는 인재가 없단 말이죠. 그런데도 에이스를 파견하는 것이니까 부디 저희의 성의를 알아주셨으면 좋겠군요."

기이 같은 상대에겐 교섭보다 이미 결정된 사항을 전달하는 게 더 낫다. 그렇게 판단한 나는 건설회사 직원으로 지내던 경험을 떠올리면서 그렇게 말했다.

구체적으로는 직원을 더 보내 달라고 요구하는 JV——건설공사 공동기업체를 상대로 본부장이 능수능란하게 거절한 사례를 참고로 했다. 여유가 없다는 걸 어필함과 동시에 우수한 인재를 골라서 보냈으니까 더 이상의 증원은 할 수 없다고 거절하는 방식이다.

상대의 입장에선 "당신네 직원이 무능하니까 사람이 모자라는 거야!"라고 말하고 싶은 때도 많겠지만, 그런 생각을 솔직히 말로 표현할 수는 없다.

그 말에 성의 같은 게 전혀 담겨 있지 않다는 건 당사자인 나까지 포함해서 모두가 공통적으로 인식하고 있었다.

뭐, 정말로 우수하냐 아니냐는 운에 달렸지만.

관청이나 협력회사가 직원을 역으로 지명하는 제도가 있다면 지명받은 것 자체가 본인의 평가로 이어질 테니까 그것도 재미있을 것 같진 하지만 말이지. 뭐, 지금은 일단 디아블로를 기이에게 떠넘기는 것이 중요했다.

"너, 이 자식……."

"무슨 문제라도 있나요?"

"……."

"……."

태도만큼은 당당하게, 속으로는 콩닥거리는 심정으로 대답을 기다렸다.

"칫, 너도 점점 뻔뻔해지는구나. 뭐, 좋아. 이번에는 디아블로로 참아주지."

휴— 이겼다!

"나는 누구라도 상관없다. 원래는 클로에를 보내 달라고 요구하고 싶었지만, 상황이 이러니까 말이지. 그래, 만약 리무루가 원한다면 디아블로와 함께 우리나라에 오면 되겠군. 예전에 초대하겠다는 약속을 했지만 아직 그 약속을 지키지 못했으니까 말이지."

승리의 여운에 잠길 틈도 없이 레온이 그런 제안을 했다.

클로에를 데려가는 것은 논외라고 쳐도 한번쯤 들르는 것은 검토해봐도 괜찮을 것 같다.

"알았어. 클로에는 두고 가겠지만, 나중에 시간이 맞으면 들르기로 할게. 그때는 디아블로를 통해서 연락할 테니까 잘 부탁해."

애초에 클로에는 절대 안정을 취해야 하니까 함부로 데려갈 수가 없지만 말이지. 그 사실을 알려주면 레온이 어떤 반응을 보일지 모르니까 지금은 입을 다물고 있는 게 좋을 것이다.

그렇게 되면서 나는 초대만 받아들이기로 했다.

이런 시기이다보니 그럴 여유는 없을지도 모르지만, 미카엘 쪽이 어떻게 움직일지 기다리고 있기만 하는 건 한심한 짓이다. 우리 준비가 끝나는 대로 조금씩 일상생활로 돌아갈 생각을 하고 있었다.

"그렇게 해라. 연락을 기다리고 있겠다."

"그래. 그리고 만약 디아블로가 폐를 끼칠 것 같으면 나에게 알려줘. 그때는 최우선적으로 녀석을 교육하러 갈 테니까."

"알았어. 사양하지 않고 부를 테니까 단단히 혼을 내달라고."

아직 아무 짓도 하지 않았는데, 레온이 아니라 기이가 먼저 확인하듯 다짐을 놓았다. 이 녀석들의 인간관계가 궁금하긴 했지만, 귀찮아질 게 뻔하니까 굳이 알려고 들지 않는 게 더 나을 것이다.

그런 생각을 하면서 앞으로의 방침을 정했다.

●

"그러면 나는 이대로 레온의 나라로 갈 테니까 각자 정해진 대로 움직여줘."

회의장에서 큰 홀로 돌아온 기이가 그렇게 선언했다.

"이봐, 우리에겐 아무런 설명도 없는 거야?"

"미저리한테서 설명을 들었지만, 방침을 어떻게 정했는지 정도는 알려주면 좋겠는걸."

기이에게 따진 것은 칼리온과 프레이 씨였다.

그들의 의견은 당연하다고 나도 생각했다.

기이는 결론을 성급히 내리는 경향이 있다. 자신만 납득하면 충분하다고 생각하니까 다른 자는 따라오든 말든 상관하지 않았다.

하지만 그런 말을 기이에게 할 수는 없었다.

기이만 그런 게 아니라 밀림 & 라미리스의 어린애들 콤비도, 말수가 적은 다구류루 & 레온도, 그런 귀찮은 일을 스스로 나서서 할 것 같지 않은 루미너스도 다들 거기서 거기였기 때문이다.

결국 내가 어른답게 모두에게 설명해주기로 했다.

"방금 회의에서 결정된 내용을 얘기하기 전에 물어볼게. 적에 대한 설명은 들었겠지?"

"그래, 베루자도가 적으로 돌아섰다고 하더군."

"그런 것 같아. 그 이유는 배신 같은 것이 아니라――."

이번에는 얘기를 정리해서 설명해줬다.

그건 그렇고 일곱 명끼리만 회의를 연 것은 정답이었군. 동행한 부하들까지 참가했다면 회의는 진행속도가 더 쳐졌을 것이다.

그걸 이미 예상하고 있었던 기이의 판단은 옳았으며, 역시 오랜 세월을 통해 쌓인 경험은 다르다는 생각이 들었다.

잘 생각해보니 기이도 많이 힘들었을 것이다.

마왕들을 돌보면서 알게 된 사실이지만, 죄다 보통 괴짜들이 아니었다. 그런 자들을 한데 모아서 이끈다니, 웬만한 정신력으로는 버텨내지 못할 것이 틀림없다.

그런 식으로 기이를 다시 평가하면서, 나는 설명을 끝냈다.

"이렇게 허둥지둥하는 것을 보고 당신들답지 않다는 생각이 들었지만, 예상했던 것보다 훨씬 더 일이 번거롭게 되었단 말이네."

프레이 씨는 어이가 없다는 표정을 짓고 있었다.

여유가 있을 만한 상황도 아닌 데다 이런 이야기는 듣고 싶지 않았다는 분위기를 풍기고 있었다.

"이것 참. 모처럼 새로운 힘을 얻었으니 '용종'을 상대로 얼마나 싸울 수 있는지 시험해보고 싶기도 하지만, 베루자도 님이 상대라면 승산은 없겠군."

칼리온은 대담한 발언을 하고 있었지만, 그의 이마에는 많은 땀이 맺혀 있었다. 상황을 자세히 파악하고는 어떻게든 타개할 수 없을지 고민하고 있겠지.

"크아하하하! 칼리온이라고 했나. 나도 누님에겐 이겨본 적이 없다. 시험해보고 싶으면 우선은 내가 상대해주마!"

"사부, 지금은 그런 얘기를 하고 있는 게 아닌 것 같아. 진지하게 대하지 않으면 리무루한테 잔소리를 들을 거야."

으—음, 원래는 꾸짖어야 하겠지만, 반대로 지금은 베루도라의 느긋한 말을 들으면서 구원을 받은 것 같은 기분이 들었다. 진지하게 논의를 하다 보면 상황이 너무 악화하는 것 같아서 우울해진단 말이지.

"과연. 그러면 지배에 대항하기 위해서 가능한 한 전력을 집중시켜두겠단 말이네. 그러면 그 '레갈리아 도미니언(왕권발동)'이라는 건 레지스트(저항)가 가능한 거야?"

"의지가 강하다면 거역할 수 있을지도 몰라. 베루도라의 경우는 기습을 받으면서 저항력이 떨어졌을 때를 노렸으니까."

"음. 원래의 나라면 버텨냈겠지만, 그때는 누님과 한창 싸우던 중이었으니까 말이지. 조금 아슬아슬했다."

아슬아슬했던 게 아니라 지배를 당했어.

없었던 일로 치고 넘어가려해도 소용없으니까 그냥 순순히 인정했으면 좋겠다.

내가 그렇게 생각하면서 베루도라를 어이없다는 듯이 바라보고 있으려니, 다구류루가 말을 걸었다.

"리무루, 기왕이면 우리나라에는 베루도라를 보내주지 않겠나? 비올——울티마는 좀 껄끄럽거든. 그런 점에서 고려해봤을 때 베루도라라면 아는 사이이기도 하도 어떤 성격인지도 알고 있으니까 말이야."

파견 요원을 변경해달라는 제안인 셈이지만, 아쉽게도 대답은 NO다.

"미안해. 그럴 순 없어. 베루도라는 내 부하가 아니라 친구니까. 내가 멋대로 정할 수는 없는 일이야."

본인이 OK라면 내가 끼어들 문제가 아니다. 하지만 이런 경우, 베루도라의 뜻을 무시하고 멋대로 얘기를 진행해서는 안 되겠지.

그런고로 일단 본인에게 확인하기 위해서 물어봤다.

"베루도라, 네가 오기를 바라는데 어떻게 할래?"

그러자 베루도라는 거드름을 피우듯이 웃으면서도 단호하게 거절했다.

"크크크. 다구류루여, 네놈을 도우러 가고 싶은 마음은 크다만 나도 바쁜 몸이다. 라미리스의 미궁을 지키는 일을 맡았으니까 말이지!"

그 말은 아무 일 하지 않고 놀고 싶다는 뜻이잖아……. 평소대로 행동하겠다고 선언한 베루도라를 보고 나는 그의 속마음을 깨달았다.

"사부!!"

그렇게 외치면서 눈물을 글썽거리고 있는 라미리스에겐 미안하지만, 베루도라는 틀림없이 그냥 편하게 지내고 싶어서 그런 말을 했을 뿐이라는 생각이 들었다.

"그렇군. 그거 아쉬운걸. 아무리 나라도 베루자도가 공격해오면 상대하기가 힘드니까 말이지. 네가 도와주면 든든했을 텐데."

"크앗, 크아하하하, 크아――핫핫하! 그렇겠지. 나 정도의 강자라면 누님이 상대라도 두려워 할 일은 없겠지만 말이야. 아쉽구나! 실로 아쉽다, 다구류루."

뻔히 보이는 허세를 부리고 있네, 이 인간.

하지만 뭐, 베루자도는 정말 위험할 것 같으니까 나도 베루도라가 거절한 것이 다행이라고 생각한다.

다구류루에겐 미안하지만, 우선적으로 챙겨야 할 것은 자국의 안전이니까 말이지.

"다구류루의 말이 옳아. 베루자도와는 싸워본 적이 없지만 위험한 상대임이 틀림없다는 건 직감적으로 알 수 있어. 이리로 온다면 그자의 상대는 나밖에 할 수 없을 거야. 그렇게 되면 다른 쪽은 신경 쓸 겨를이 없으니까 바로 응원군을 부를 수 있게 해 둬."

우리 얘기를 듣고 있던 밀림이 실로 지당한 의견을 말했다.

자신감이 지나친 밀림답지 않게 현실적인 제안이었다.

반대로 말하면 그만큼 베루자도가 위험하다는 얘기이며, 그녀가 혼자서 쳐들어올 거라고는 생각할 수 없는 이상, 단독행동을 피해야 한다는 것은 동의했다.

프레이 씨와 칼리온도 같은 의견인 것 같았다.

"그러네. 그러면 우리도 혼자 행동하지 않게 조심하도록 할까."
"음, 그렇게 해! 그러면 리무루, 게루도를 비롯해서 우리나라로 올 사람들을 빨리 데려와주면 좋겠어. 네가 힘들다면 내가 데리러 갈까?"
"아니, 괜찮아. 돌아가면 상황을 설명하고 바로 준비시킬게."
게루도라면 '전이'로 이동할 수 있으므로 서두를 필요까지는 없을 것이다. 간부들에겐 이번 건에 관해서 설명해줄 생각이니까 공통적인 인식을 확보한 뒤에 보내도 늦지 않을 것이다.
"그렇다면 리무루에게 맡길게."
"그러네. 만약 적이 공격해오면 즉시 연락하겠어."
그래야지.
카레라가 간다고는 설명하지 않았지만, 프레이 씨는 태초의 악마에 대해선 모르는 것 같았다. 굳이 가르쳐줄 필요도 없다고 생각하니까 온화한 분위기로 대화를 끝냈다.
그리고 베루자도가 올 것을 상정하여 적의 발을 묶을 생각을 하고 있다면, 카레라를 투입해도 불만을 토로하진 않을 것 같았다.
"그건 그렇고 마음에 걸리는 건 미카엘이라는 자의 목적입니다. 이 세계를 지배하는 것만이 전부가 아닌 것 같습니다만——."
그렇게 물은 자는 루이였다.
"아아, 그거 말이야? 목적은 베루다나바의 부활이야. 미카엘과 펠드웨이는 주인을 부활시키기 위해서 움직이고 있어."
""""뭐——?!""""
내가 그렇게 설명하자 처음 듣는 사람들은 경악하며 소리를 질렀다. 내 동료들은 이미 다 알고 있는 정보였지만, 다른 자들에겐 상당히 충격이었던 모양이다.

"음, 리무루의 말이 옳아. 날 도와주기로 한 오베라도 그런 말을 했었어!"

밀림이 내 말을 긍정하자, 칼리온이 불만스러운 표정으로 중얼거렸다.

"정말이야……? 처음 듣는 얘기인데."

"어, 말하지 않았던가? 이미 전했다고 생각했는데."

"듣지 못했어. 뭐, 이번 건에 대해선 미도레이도 공범이겠지만. 나중에 자세한 얘기를 들어야겠네."

밀림을 다시 봐야겠다고 생각하자마자 이런 꼴을 보이는군.

밀림과 미도레이가 오베라와 만남을 가졌다고 하던데, 그때의 이야기가 제대로 전달되지 않았던 모양이다. 그렇기 때문에 늘 일상적으로 보고, 연락, 상담을 제대로 하는 버릇을 익혀둬야 하는 것이다.

――사실은 나도 전달하는 걸 잊어버렸으니 잘난 체할 수 있는 입장은 아니었다.

그런 밀림 일행의 대화를 곁눈질로 보면서 루이가 걱정스러운 표정으로 발언했다.

"'용종'은 불멸의 존재입니다. 걱정하지 않아도 언젠가는 부활할 것이라 생각하는데 말입니다."

"그렇겠지. 그렇게 생각하는 것이 일반적이겠지만, 미카엘이라는 녀석은 스킬에서 발생한 자아인 것 같다고 하니까. 원래는 있을 수 없는 존재인 만큼 평범한 사람은 가늠하지도 못할 생각을 하고 있을지도 모른다."

루미너스가 이해가 안 된다는 듯이 고개를 저었다.

하지만 기이는 조금 다른 생각을 하는 것 같았다.

"하지만 베루다나바가 부활하려는 전조가 없는 것은 사실이니까 말이지. 펠드웨이 녀석이 세계가 멸망해도 상관없다고 생각하는 것도 이해가 안 되는 건 아냐."

한 번 싸워본 적이 있기 때문에 베루다나바가 불멸의 존재임을 믿을 수 있다고, 기이는 그렇게 호언장담했다. 그렇기 때문에 베루다나바를 흠모하고 따르는 마음도 이해가 안 되는 건 아니라고 말했다.

"하지만 한 번 죽었으니까 기억의 일부와 인격에 영향이 생길 거 아냐? 그 정도면 내 기준에선 아예 다른 사람일 것 같은데."

"그건 감성의 차이겠구나. 내 기준에선 동일한 존재라는 생각밖에 들지 않는다. 무엇보다 '영혼'이 같으니까 말이지."

"으—음, 이해가 안 되네. 베루글린드 씨도 '루드라의 환생이라면 어떤 악인이거나 선인이라도 신경 쓰지 않는다'고 말했지만, 그건 신경을 써야 할 부분이라는 생각이 들었으니까."

"앗하하하! 너는 인간이었을 때의 고정관념을 아직 다 벗어나지 못한 것 같군. 뭐, 시간이 지나면 알게 될 거다."

"과연 그럴까……."

납득이 되지는 않지만, 수명이 긴 종의 기준에서 보면 선악 같은 개념은 그때그때 바뀌는 기분에 불과할지도 모르지. 그렇다면 나는 자신의 생각을 소중히 여기자는 생각을 했다.

아니, 그렇기에 내가 악한 일에 손을 더럽히면 안 된다는 뜻이다. 그랬다간 지금은 죽은 마리아베르가 두려워하던 결과가 현실이 되어버릴 수도 있으니까.

애초에 나는 이기적이고 제멋대로인 녀석이다.

그렇기 때문에 내 마음대로 행동하다가 세계를 혼돈에 빠트리는 일만큼은 반드시 피해야겠지.

지금도 상당히 내가 하고 싶은 대로 하고 있지만, 그건 어디까지나 더 좋은 세계를 만들기 위한 활동인 것이다.

자신이 즐기기 위해서 타인을 불행하게 만드는 짓만은 절대 하지 않겠다——고 나는 마음속으로 맹세했다.

●

이래도 괜찮은지를, 늘 스스로에게 묻도록 하자——. 그런 생각을 하고 있으려니, 기이가 갑자기 생각이 난 게 있는지 나에게 말을 걸었다.

"그건 그렇고 리무루, 갑자기 생각이 난 건데 말이지."

"응? 이젠 감추는 게 없는 것 같은데?"

"아니, 그건 여전히 의심하고 있지만 지금은 됐어. 그 얘기가 아니라 미카엘의 생각이 궁금해졌거든. 녀석은 어떤 방법으로 베루다나바를 부활시키려는 걸까?"

알고 있으면 가르쳐달라고, 기이가 나를 압박했다.

그런 걸 내가 알 리가 없잖아——라고 말하려다가 나도 뭔가를 떠올렸다.

"아, 그러고 보니 무슨 말을 했던 것 같은데."

"음. 말했었지."

내가 그렇게 중얼거리자 같이 듣고 있던 베루도라도 고개를 끄덕였다.

그래, 분명——.

"쿠후후후후. 그자들은 '용종' 셋의 힘을 한데 모으면 '용의 인자'가 갖춰지면서 베루다나바 님이 부활할 것이라고 생각하고 있는 것 같더군요. 어리석은 계획이라고 생각합니다만, 절대 성공하지 않는다고 단언할 수는 없지 않을까요."

내가 떠올리기도 전에 디아블로가 설명해주었다.

그랬다. 그랬던 것 같다는 걸 다시 떠올렸다. 현실감이 없는데다 그런 방법으로 성공할 리가 없다고 생각했기 때문에 잊어버리고 있었다.

무엇보다 '용의 인자'라는 것이 열쇠였다.

《'용의 인자'라면 마스터(주인님)도 획득한 상태입니다.》

아아, 나도 일단은 '용종' 같은 존재가 되었지. 그러므로 '용의 인자'를 가지고 있어도 이상하지 않단 말인가.

그건 일단 넘어가고.

베루자도, 베루글린드 그리고 베루도라. 이 세 명의 '용종'으로부터 '용의 인자'를 모은다고 해도 가장 중요한 베루다나바의 인자가 빠진 상태에선 의미가 없을 것 같단 말이지.

'영혼'이 다르면 다른 사람이니까.

디아블로의 기준에선 '성공하지 않는다고 단언할 수는 없다'고 하지만.

"뭐? 말이 안 되잖아, 그 논리는. 그런 방법으로 재현할 수 있다고 해도 유사체일 뿐이고 권능은 흉내 낼 수 있을지도 모르지만, 가장 중요한 '영혼'과는 관계가 없는데."

나와 같은 의견을 지닌 것으로 보이는 기이가 그렇게 지적했다.

"전 모르는 일입니다. 하지만 완성된 육체가 있으면, 잃어버린 '영혼'이 돌아올 가능성을 완전히 부정할 수는 없죠."

"그렇긴 하지. 베루다나바는 완전한 정신생명체이므로 루드라처럼 '영혼'이 흩어지진 않았을 거라고 생각하니까. 네 말대로 성공하지 않는다고 단언할 수는 없으려나."

으—음, 이해가 안 되는 논리로군.

《돌아올 이유가 없습니다. 베루다나바는 애초에 돌아올 생각이라면 스스로 육체를 재생할 수 있는 존재라고 생각합니다.》

그렇겠지.

시엘이 부정하는 입장에 있었기 때문에 나도 자신을 갖고 적의 작전을 회의적으로 보고 있었던 것이다.

뭐, 어차피 실패할 테니까 무시해도——.

"흠. 그렇다면 적의 목적은 베루도라가 될 수도 있겠구나."

그 자리에 있는 모두의 동작이 순간적으로 멈췄다.

"흐에에?"

조용해진 홀에 베루도라의 넋 나간 혼잣말이 울려 퍼졌다.

무슨 말인지 모르겠다는 반응을 보였지만 그냥 방치해뒀다.

지금은 그보다 루미너스가 지적한 점이 더 중요했던 것이다.

"이런, 그건 맹점이었군. 베루도라는 한 번 지배를 받았지만, 그때는 '용의 인자'를 빼앗기진 않았으니까 말이지."

미카엘에게 중요한 건 성공률이 아니라 오로지 가능성이겠지.

그렇다면 베루다나바 부활의 성공 여부와는 상관없이 베루도라의 '용의 인자'를 노리고 있을 공산이 충분히 높았다.

위험했군. 베루자도가 지배되는 상황을 고려하지 않았다면, 이 생각은 상당히 나중에야 떠올렸을 것 같다.

"음. 오베라도 분명 황제 루드라――그러니까 미카엘이 베루글린드의 '용의 인자'를 받아들였다고 말했어. 베루자도까지 지배당했다면 남은 건 베루도라뿐이야!"

"이봐, 잠깐. 그러니까 뭐야? 베루자도도 '용의 인자'를 빼앗겼다는 말을 하고 싶은 거야?!"

밀림의 말을 듣고 기이가 약간 당황한 것처럼 반응했다.

그래서 나는 내 생각을 입에 올렸다.

"그건 틀림없지 않을까?"

그러자 기이는 드물게도 초조한 기색을 보였다.

"그렇게 되면 베루자도도 무사히 넘어가진 않겠군. 나와 호각으로 싸울 수 있는 녀석인데 어쩌면 소멸했을지도 모른단 말이야?"

"으―음, 글쎄? 베루글린드의 경우는 '병렬존재' 중의 하나가 흡수된 것뿐이지만 말이지. 아마 10퍼센트가 채 안 되는 수준의 에너지(마력요소)양이었던 것 같은데, 그것만으로도 미카엘에겐 아슬아슬하지 않았을까."

그 설명을 듣고 기이가 차분함을 되찾았다.

"흠, 그럴 수도 있겠군. '용종'의 힘은 절대적이니까 그리 쉽게는 흡수할 수 없으려나."

나는 고개를 끄덕였다.

그때의 베루글린드는 카레라의 '저지먼트(신멸탄)'에 의해 꽤 대미지를 입은 상태였는데도 아직 상당한 힘이 남아 있었다.

거기에 사실 미카엘은 유우키의 권능인 '스틸 라이프(탈명장)'로 베루글린드의 힘을 받아들였지만, 완전히 다 흡수하지는 못했다.

얘기가 나온 김에 더 말하자면, 미카엘이 이 세계에서 베루글린드를 추방한 이유도 뭔지 짐작이 갔다.

"그리고 빼앗을 수 있는 것은 힘이나 인자뿐만이 아니라 권능도 포함돼. 만약 권능을 빼앗는다면 천사 계열에 영향을 미치는 절대 지배도 사라질 테니까 신중히 행동하지 않으면 역습을 당하겠지."

그래서 미카엘은 베루자도를 쓰러질 때까지 부려먹어서 약하게 만든 뒤에 모조리 빼앗고 추방하려고 했을 것이다.

《동의합니다.》

음, 가끔은 나도 날카로울 때가 있다니까.

"하지만 말이지, 왜 권능까지 빼앗을 필요가 있는 거지? 절대 지배가 있다면 쓰러질 때까지 부려먹고 추방하는 것보다 자신의 장기말로 만드는 게 현명하지 않나?"

어, 그것도 그러네.

미카엘의 권능이라면 피지배자의 권능까지 구사할 수 있다. 일부러 빼앗을 이유가 없다는 생각이 들었다.

시엘의 동의도 얻을 수 있었으니 내 추론은 완벽하다고 생각했는데…….

"혹시 미카엘이라는 녀석은 모든 권능을 모으는 것이 베루다나바의 부활에 필요한 절차라고 생각하고 있는 것 아닐까?"

탄식하는 나를 놔둔 채 다구류루가 말했다.

"악마 계열이나 그 밖의 파생 스킬은 무시해도 된다는 거야?"

"그렇겠구나. 베루다나바 자신이 소유하고 있던 권능만이 순수한 스킬이라고 생각하고 있을지도 모른다."

이번에는 루미너스가 말했다.

우리의 대화를 듣고 있기만 했는데도 핵심에 상당히 접근한 고찰에 이른 것 같았다.

"완전한 베루다나바――즉, 모든 권능을 만들어낸 전능한 존재를 재현하기 위하여 순정한 권능을 모으려는 건가. 생각만 해도 아득해지는 얘기지만, 그렇다면 그 소원은 이뤄지지 않을 것 같은데. 우리에게 레온이 있는 이상, 녀석들이 모든 권능을 모으는 건 불가능하니까 말이지."

그렇게 말하면서 기이가 대담하게 웃었지만, 그렇게 쉽게 생각할 얘기가 아니라는 생각이 들었다.

그 추론이 정답이었을 경우엔 이 시점에서 미카엘의 전략적 목표를 타파한 격이 되기 때문이다.

잘 생각해보면 그렇잖아?

나, 아니, 시엘이 이미 '라파엘(지혜지왕)'과 '우리엘(서약지왕)', 그리고 '라구엘(구휼지왕)'까지 소비하고 말았으니까 말이야.

고민하는 나에게 시엘이 말을 걸었다.

《'용의 인자'를 빼앗긴 베루글린드 말입니다만, 그 존재를 유지할 수 없게 되었기 때문에 '시공전송'을 당하지 않더라도 소멸은 확정적이었습니다. 사라지기 전에 마스터(주인님)가 본체를 해방했기 때문에 모든 에너지가 재통합된 것으로 추측됩니다.》

흠흠.
그럼 왜 굳이 추방하려고 한 걸까?

《아마도 부활하는 것을 두려워한 것이 아닐까요. '용의 인자'를 빼앗아도 '영혼'이나 마음(심핵)까지는 파괴할 수 없었을 겁니다. 그러므로 부활한 베루글린드가 복수할 수도 있는 가능성을 저지한 것이 아닐까요.》

단정하지 않는다는 것은 확신을 하지 못한다는 뜻이지.
그래서 시엘도 이 화제는 언급하지 않으려 하고 있었던 것일까.
여전히 완벽주의자 같은 모습을 보여주려 하고 있지만, 의논 상대가 되어주는 것만으로도 나에겐 큰 도움이 된다.
시엘이 궁금하게 여기는 것은 권능을 빼앗기지 않은 상태에서 베루글린드가 부활할 경우 어떻게 될 것인지 알 수가 없기 때문이려나?

《바로 그렇습니다. 소멸은 확정적이지만, 그때쯤에는 지배에서 풀려난 상태일 겁니다. 그렇다면——.》

지배되었을 때의 기억이 남아 있을 베루글린드의 분노를 살 수도 있다. 권능에 의한 지배를 받았다는 걸 간파했을 경우, 그 원인이 된 '라구엘'을 버리고 자유를 얻으면서 미카엘 앞에 다시 나타날 수 있는 가능성이 있는 것이다.

그럴 바엔 추방해버리자——라는 게 아무리 생각해도 진상인 것 같단 말이지.

권능을 구사할 자가 사라지는 결과가 되니까 유익한 권능은 미리 회수해두는 것이 이치에 맞는 행동이긴 하려나.

그렇다면 지금 화제로 언급되고 있는 '순정한 권능을 다시 회수하고 있다는 추론'은 틀린 생각, 이라는 결론이 된다.

《애초에 한 번 창작한 권능이라면 몇 번이든 다시 만들어낼 수 있을 것이라 생각합니다.》

그래, 바로 그거야!

나도 그 말을 하고 싶었어.

시엘의 그런 자신만만한 부분이 예전보다 한층 더 나아진 것 같아서 나도 안심이 되었다.

●

생각이 정리가 되었기 때문에 다시 논의에 참가했다.

"권능을 모으는 것은 뭔가 득이 되는 게 있기 때문이겠지만, 베루다나바의 부활과는 관계가 없지 않을까? 중시해야 할 건 역시

'용의 인자'라고 생각해."

"이 얘기를 처음부터 다시 하자는 거야?"

의아한 표정으로 나를 보는 다구류루.

결론이 나오지 않는 화제에 짜증을 내고 있는 것 같았는데, 그 심정은 잘 이해가 됐다.

답이 없는 회의만큼 의미가 없는 건 없으니까 말이지.

그래서 나는 지금 결론부터 바로 말할 생각을 하고 있었다.

"아니, 확실성의 문제야. 미카엘은 권능에 대해선 어떤 얘기도 한 적이 없으니까 그쪽은 그냥 딸려간 부록 같은 게 아닐까 하는 생각이 들었어."

"흠, 계속 얘기해봐라."

아니, 딱히 루미너스의 허가를 받을 필요는 없는데 말이지.

왜 그렇게 나보다 높은 사람인 척 구는 건지 모르겠지만, 지금은 그걸 따지기보다 이 논의를 끝내는 게 선결과제일 것이다.

이건 도망치는 게 아니다. 절대로.

그런고로 나는 결론을 말했다.

"만약 권능이 중요하다면 레온 말고도 적이 찾아올 곳으로 예상되는 곳이 있어. 그러니까 그쪽은 무시하고 베루도라를 적에게 넘기지 않도록 움직여야겠지."

"흐음, 자신이 있는 것 같구나."

"그렇다고 할 수 있지. 내가 권능도 빼앗겼다는 얘기를 했기 때문에 잠시 혼란에 빠트리고 말았지만, 그건 신경 쓰지 않기로 해줘."

내가 그렇게 말하자, 기이는 생각에 잠긴 듯한 표정으로 나를 바라보기 시작했다.

"흥! 어떻게 베루글린드의 권능을 빼앗았는지가 여전히 불명이라는 것이 마음에 안 들긴 하지만 말이지. 좋아, 너를 믿어주지."

기이도 의외로 얘기가 통한단 말이지.

일단 이렇게 방침이 정해졌다.

방금 낸 결론으로 돌아간 것뿐이라는 얘기도 나오겠지만, 그건 신경 쓰면 지는 것이다.

"그렇게 되면 경계할 일은 역시 베루자도와 베로도라를 서로 마주치지 않게 하는 것이겠군. 잘 부탁한다, 리무루."

기이가 그렇게 말했다.

나에게 책임을 떠넘기는 것으로 보이기도 했지만, 그걸 따지면 이야기가 길어질 것 같아서 일단 고개를 끄덕였다.

회의가 슬슬 질리기 시작할 때에 흔히 생길 법한 일이지만, '이젠 이 정도면 됐어'라는 기분이 들었다.

그랬기 때문에——.

"역시 그랬군. 나는 이번 일에 있어서 아주 중요한 인물이란 말이구나?"

——진지한 얘기에는 참가하지도 않고 그런 멍청한 소리를 입에 올리는 베루도라를 보면서 짜증이 왈칵 솟구쳤던 건 어쩔 수 없는 일이었다.

현재 우리는 불리한 상태다.

그건 인정해야 하겠지만 만회는 할 수 있을 것이다.

베루도라는 천사 계열의 권능과는 관계없으니 '레갈리아 도미니언(왕권발동)'의 지배에서도 이미 벗어나 있다. 적도 그건 잘 알고 있을 테니까 다음에는 정공법이란 수단을 동원하지 않을까.

그렇게 되면 총력전이 될 테니까 먼저 천사 계열의 권능을 소유한 자를 갖춰서 모아두는 것이 선결과제라는 생각이 들었다.

나라면 틀림없이 신중하게 행동하겠지만, 미카엘이 어느 쪽을 메인으로 삼은 전략을 채택할지는 미지수였다.

하지만 초조하게 생각할 일은 아니다.

적의 주목적이 베루도라라는 것은 틀림없으니까 우리는 그걸 저지할 수 있는 방법을 선택하면 된다.

최악의 경우, 실행하고 싶지는 않지만 레온의 '지배회로'를 제거해두는 것도 하나의 방법이라고 생각했다.

"그러면 각자 건투를 빌겠어. 무슨 일이 있으면 바로 연락하라고."

기이의 말을 마지막으로 협동심이라곤 눈곱만큼도 느껴지지 않았던 발푸르기스(장황하기만 했던 회담)도 이제야 겨우 종료되었다.

"오늘은 무슨 일로 찾아왔지, 레온 군?"

그렇게 물은 것은 아름다운 미녀, 마조왕조 살리온의 천제인 에르메시아 에르류 살리온 바로 그자였다.

그 질문을 받은 자는 물론 마왕 레온 크롬웰 본인이었다.

발푸르기스(마왕들의 연회)가 끝난 후, 레온은 자신의 나라로 돌아가지 않고 살리온에 잠깐 들렀던 것이다.

"기이가 우리나라에 오게 되었으니 느긋하게 시간을 가질 수가 없어. 자질구레한 인사말은 생략하고 본론으로 들어가도록 하지."

"정말로 성미가 급하다니까. 하지만 그런 사정이 있다면 어쩔 수 없지."

애초에 약속도 없이 에르메시아를 만날 수 있는 시점에서 레온은 엄청난 우대를 받고 있는 것이다. 그런데도 불구하고 에르메시아의 사정은 생각하지도 않고 이야기를 진행하고 있으니 두 사람의 관계를 모르는 자가 본다면 도저히 믿을 수 없는 광경일 것이다.

…………………

……………

……

두 사람의 관계—— 그건 말하자면 레온이 아직 '마왕'이기는커녕 '용사'도 되지 못했던 시절까지 거슬러 올라간다.

클로에를 찾기 위해서 세계를 방랑하고 있던 레온은 이곳 살리온에도 들른 일이 있었다. 그곳에서 만난 사람이 할 일 없이 시간을 보내고 있던 에르메시아의 어머니—— 실비아 에르 류였던 것이다.

진정한 엘프인 하이 엘프(풍정인, 風精人)이자 '마도과학'의 기초이론을 제창한 천재연구가로서 유명한 인물이었다.

그러나 그녀의 또 다른 얼굴은 뱀파이어(황혼의 왕)인 '신조(神祖)' 트와일라잇 발렌타인의 손에 의해 태어난 수제자 중 한 명이었던 것이다.

실비아는 강했다.

만약 그녀가 힘을 보탰다면, 실비아의 남편이자 에르메시아의 아버지도 죽지 않았을지 모른다.

하지만 그 가정은 이뤄지지 못했다.

왜냐하면 마침 그 타이밍에 실비아의 배 속에는 에르메시아가 들어 있었기 때문이다.

그런 실비아가 레온의 스승이 되면서 자신이 지닌 검기와 마법을 전수했기 때문에 레온이 강해지는 것은 당연했다.

그런 인연이 있다 보니 레온과 에르메시아는 서로 아는 사이가 되었다.

그리고 가족이나 친한 자에게만 허용되는 특권을 부여받았기 때문에 이렇게 면회도 할 수 있었던 것이다.

…………………….

……………….

…….

에르메시아의 허락을 받고 레온이 입을 열었다.

"웬만한 정보는 풀어 놓은 첩보원을 통해 들었겠지?"

그렇게 지적하자 순순히 인정하는 에르메시아.

"물론이지."

"그렇다면 마왕 리무루가 동쪽 제국에게 승리한 것은 알고 있겠군?"

"태초의 악마들이 활약했다는 것까지는 파악했어. 전승축하회가 끝난 뒤에 잠깐 들렀으니까."

"그럼 그 후의 싸움은?"

"유우키라고 했던가? 제국 안의 내통자와 함께 싸운다는 이야기는 들었지만 정작 중요한 장면에서 정보가 끊어지고 말았단 말이지……."

"그랬군."

레온은 그렇게 말하면서 고개를 끄덕였고, 정보를 제공하면서 에르메시아의 반응을 살폈다.

"그때 많은 일이 있었던 모양이야. 베루글린드의 등장에 베루도라가 지배당하는 등, 심각한 위기상황에 빠졌다고 하더군. 하지만 그런 난관을 다 극복하고 리무루가 승리했다고 해."

"뭐? 정말로?"

"보아하니 정말로 모르는 것 같군. 그렇다면 짧게 설명하기로 하지."

그 말대로 레온은 간결하게 설명했다.

발푸르기스에서 서로 얘기했던 내용을 거의 숨기지 않고 얘기한 것이다.

에르메시아를 상대로는 속마음을 숨긴 계략 같은 건 통하지 않는다는 것을 아는 만큼, 솔직하게 협력을 구하겠다는 것이 레온의 판단이었다.

"과연…… 그렇게 됐다면 리뭇치가 제대로 설명하지 못하는 것도 납득이 되네."

그렇게 말하면서 탄복하며 이해하는 모습을 보이는 에르메시아.

"이겼어"라는 그 한 마디에 설마 그렇게나 많은 의미가……. 베루글린드에게 이겼다는 의미까지 포함되어 있을 줄은 몰랐기 때문에 말문이 막혔다. 리무루가 상당히 강할 것이라 생각하고는 있었지만, 아무리 그대로 그 정도의 괴물로 성장했을 줄은 상상하지 못했던 것이다.

(그 정도면 이미 어머님보다 더 강해진 것 같은데. 태초의 악마들을 길들일 만도 해.)

지배를 받고 있던 베루글린드와 베루도라를 해방하고 자신에게 주어진 역경을 극복해냈다. 적의 수괴인 미카엘과 그 일당을 놓치긴 했지만, 실질적으로는 대승리라고 해도 과언이 아닌 상황이었다. 그렇게 판단했다.

"일단 묻겠는데, 레온 군이 거짓말로 나를 속이려하는 건 아니겠지?"

"내가 거짓말을 할 이유가 없을 텐데. 본인에게서 들은 이야기니까 진실인지 아닌지는 보증하지 못하겠지만."

"흐—응, 내가 생각했던 것 이상으로 너는 마왕 리무루를 믿고 있단 말이네."

"황제 루드라가 자신의 스킬(권능)에 몸을 빼기면서 현재는 미카엘을 자칭하고 있다——는 이야기를 들으면 너는 어떻게 생각하겠어?"

"그러네…… 거짓말을 하려면 더 그럴듯한 거짓말을 하겠지……."

"그래, 바로 그거야. 너무 황당무계해서 오히려 전부 다 믿을 수 있겠다는 생각이 들더군."

그렇게 단언하는 레온.

에르메시아는 쓴 웃음을 지을 수밖에 없었다.

"어머나, 의심이 많은 레온 군답지 않은 반응 아냐?"

"재미없는 농담은 그만해. 리무루는 융통성이 없는 면도 있지만, 허세를 부리면서 거짓말을 할 남자는 아냐. 오히려 그 반대──."

"자신을 과소평가하려는 경향이 있다고? 그렇게 말하려고 한다면 나도 같은 의견이야."

그 슬라임답다고 에르메시아는 생각했다.

태초의 악마들을 부리고 있는 것조차도 대단하지 않은 것처럼 얘기할 정도니까.

이번 건도 마찬가지라고 할 수 있을 것이다.

에르메시아도 리무루 쪽이 승리할 것이라는 건 알고 있었지만, "이겼어"라고 알려주기만 했지, 그렇게 자세한 설명을 듣지는 못했다.

하지만 그 황당한 슬라임이라면 분명 어떤 식으로는 터무니없는 일이 일어났을 거라고 생각했기 때문에 이번 사태가 진정되면 자세한 이야기를 들으러 갈 생각을 하고 있었던 것이다.

(역시 귀찮은 일이 일어나고 있잖아. '휴대전화'로 얘기할 수 없는 내용이라는 건 알았지만, 조금 더 자세히 들어두는 게 좋았을

지도…….)

이겼다는 말에 안심하고 넘어간 게 실수였다고, 에르메시아는 표정을 유지한 채 속으로 반성했다.

"그건 그렇고 베루도라가 우호적인 존재로 남았고, 베루글린드가 같은 편이 된 것은 아주 좋은 일이네."

음, 하고 레온은 고개를 끄덕였다.

"얘기를 들어보면 살아남은 게 신기한 상대라는 생각이 들지만 말이지. 적어도 나는 베루글린드를 상대로 싸워서 승리하는 것도 불가능할 테니까."

기이가 상대라면 만일의 경우가 있을 수도 있다.

하지만 리무루의 얘기에 나왔던 '병렬존재'라는 권능 앞에선 레온이 이길 가능성은 전무했다.

그렇기 때문에 그런 권능을 상대로 이겼다는 거짓말을 할 이유가 없다고 레온은 확신했던 것이다.

"뭐, 그러네. 나도 그건 무리야. 그러니까 레온 군이 자신을 비하할 필요는 없어."

"딱히 비하하진 않아."

"정말로?"

"그래."

그보다 말인데——. 레온은 그렇게 말하면서 본론으로 들어갔다.

에르메시아가 상대라면 틈이 보일 때마다 놀림을 당한다.

이번에도 그렇게 되지 않도록 빨리 용건을 밝히기로 한 것이다.

"사정은 설명한 대로야. 그래서 내가 부탁하고 싶은 것은 스승님과 연락을 할 수 있게 도와달라는 거야."

"어머님, 말이구나……."

레온이 말하고 싶은 바는 이해했다.

얼티밋 스킬(궁극능력) '메타트론(순결지왕)'을 소유하고 있는 이상, 미카엘의 지배에서 벗어날 수는 없다. 권능을 소유하고 있다는 걸 적에게 들키기 전에 어떻게든 대처할 방법을 찾아내야 한다.

그러기 위해선 에르메시아의 지식만으로는 역부족이었다.

사태의 중대성을 생각해보더라도 살리온 최고의 지혜를 동원해야 할 사태라고 판단했다.

하지만!

실비아는 자유인이었다.

그리고 또한 살리온의 최고전력이기도 했다.

은밀 행동이 특기이기 때문에 실비아가 숨어버리면 어디 있는지 알아내는 것도 어려웠다. 메이거스(마법사단)의 지도층인 도사십삼석(導師十三席)을 파견해도 그녀를 발견하는 것은 사실상 도박이었다.

'마법통화'도 캔슬해버리기 때문에 연락을 할 방법이 없었다. 정기적으로 얼굴을 보여주기 때문에 그럴 때마다 많은 얘기를 나눌 수는 있지만…… 연락을 하기는 어렵다는 것이 실제 사정이었다.

참고로 정기적이라는 것은 1년에 한 번 정도의 수준이다. 이렇게 하는 데에도 이유가 있기 때문에 에르메시아도 불편하다고 생각해본 적이 한 번도 없었다.

애초에 실비아에게 부탁해야 해결할 수 있을 만한 사태는 좀처럼 일어나지 않는다.

정말로 위기일 때 이용하는 비장의 수단도 없는 것은 아니지만…….

"안될까?"

레온이 솔직하게 묻자, 에르메시아는 한숨을 쉬었다.

실비아의 제자인 레온은 에르메시아에겐 귀여운 동생 같은 존재다. 그런 레온의 부탁을 딱 잘라 거절하는 것은 에르메시아도 망설여졌다.

"최선을 다해보겠지만, 최악의 경우엔 반년쯤 기다려야 할 수도 있어."

"……알았어. 그래도 좋으니까 부탁할게."

그렇게 말하자마자 레온은 자리에서 일어났다.

"벌써 돌아가려고?"

"볼일은 끝마쳤으니까."

좀 더 있다가 가도 좋을 텐데. 그렇게 생각하면서 에르메시아는 쓴웃음을 지었다.

요령 없이 살줄 밖에 모르는 레온답다고 생각하면서…….

●

레온이 떠난 후, 에르메시아는 레온과의 약속을 지키기 위해 움직였다.

근위병을 불러서 실비아에게 긴급연락을 할 것을 명령했다.

실은 에르메시아와 실비아는 서로 쏙 빼닮은 외모를 갖고 있었다. 그래서 교대로 천제의 역할을 연기하는 방법으로 자유 시간을 확보한다는 둘만의 비밀이 있었던 것이다.

"아—아, 틀림없이 날 원망하겠지……."

자신이 자유 시간을 빼앗긴다면 격노할 것이다. 그렇게 생각하는 만큼 어머니가 화를 내는 것도 어쩔 수 없는 일이라고 느꼈다.

이번만큼은 아무리 투덜대더라도 참을 생각이지만, 그래도 자신의 선택이 잘못된 것이라는 생각은 들지 않았다.

무엇보다 과거에 없었던 이상 사태니까 이렇게 하는 게 당연한 것이다.

얘기를 들어보면 마왕 기이까지 레온의 호위를 자처했다고 한다. 기이가 영구동토에서 움직이는 건 그것만으로도 큰 사건인 것이다.

"정말, 지금까지 살아오면서 이렇게나 큰일이 일어난 건 처음이네."

에르메시아는 앞으로 일어날 일을 생각하면서 우울한 심정으로 시무룩한 표정을 지었다.

제2장

짧은 일상

발푸르기스(마왕들의 연회)가 끝나고 나서 5개월이 지나갔다.
그동안 많은 일이 일어나긴 했지만 실로 평화로움 그 자체였다.
미카엘이 움직이려는 낌새는 없었다.
펠드웨이 쪽의 동향을 파악할 수 없는 것이 불안하긴 했지만, 우리가 방비를 강화할 수 있는 시간이 생겼다고 긍정적으로 생각하기로 했다.
아니, 느긋하게 시간을 보내고 있는 것에도 이유가 있었다.
실은 그 후에 디노에게 연락을 취해봤던 것이다.
그 방법은 바로 제기온이 디노에게 새긴 저주(각인)를 이용한 연락방법이었다.
제기온과 디노는 각인의 주박을 통해 서로 이어져 있었다. 시엘이 알려주면서 그 사실을 알게 된 나는 그걸 통해서 대화를 할 수 없는지 물어봤다.

《쉬운 일입니다.》

대수롭지 않다는 듯이 그런 대답을 하는 걸 들었을 때는 나도 정색을 할 수밖에 없었지만 가능하다면 환영할 일이다.
곧바로 연락을 해서 못을 박기로 한 것이다.

뭐, 디노에 한해서는 우리와 적대하는 게 차라리 나은 일이고 생각했다. 라미리스 밑에서 잡무를 처리하긴 했지만, 같은 편으로 있어봤자 밥만 축낸다는 이미지를 불식시킬 수가 없었다. 이렇게 적 진영에 있으면서 정보를 흘려주는 게 우리에겐 더 도움이 되기 때문이다.

예전에도 말한 기억이 있지만, 무능한 아군은 우수한 적보다 두렵다고 한다. 디노의 경우가 바로 그러했으며, 적의 편에 있는 것만으로도 우리에게 큰 공헌을 해주고 있었던 것이다.

그래서 그때 나눈 대화 내용을 얘기하자면――.

………………….

……….

…….

『여! 디노 군, 잘 지내?』

내가 그렇게 말을 걸자 디노가 당황해서 어쩔 줄 모르는 기색이 느껴졌다.

그야 그렇겠지.

갑자기 마음속으로 말을 걸었으니까 깜짝 놀라는 것도 당연할 것이다.

『리무루, 씨?』

『응, 잘도 알아차렸네. 나야, 나.』

'나야 나 사기'는 아니야.

우리가 압도적으로 유리한 입장에 있다는 걸 이해시키기 위해서라도 지금은 고압적으로 밀어붙여야 한다.

『……무슨 일, 이지? 나는 지금 엄청 바쁜데――.』

노골적으로 싫어하는 반응을 보이는지라 나는 속으로 히죽거리며 웃었다.

놓치지 않을 거야, 디노 군.

그렇게 생각하면서 나는 '사념'을 날렸다.

『아니— 뭐, 할 얘기는 간단해. 너, 나한테 싸움을 걸었다며?』

『아, 아니, 싸움을 걸었다니, 그런 거창한 수준의 이야기는 아닌데…….』

『변명 따윈 듣고 싶지 않은데. 중요한 것은 성의라고 생각해.』

『성의, 라고……?』

『라미리스의 미궁 안에 침입자를 들여보낸 것도 모자라서 난동을 부렸다면서? 더구나 라미리스를 유괴할 계획까지 꾸몄고 말이야?』

나는 히죽히죽 웃으면서 디노를 몰아붙였다.

『그, 그건 말이지. 명령이라서 어쩔 수 없었다고 할까——.』

『변명 따윈 듣고 싶지 않다고 방금 말했을 텐데?』

『네, 죄송합니다…….』

이렇게 되면 누가 악역인지 모르겠지만, 나는 마왕이니까 문제될 게 없다.

참고로 디노도 마왕이므로 양심의 가책이 전혀 느껴지지 않는 것도 내 마음을 편하게 했다.

자신이 불리하다는 걸 깨달았는지, 디노의 반응이 굼떴다.

나는 지금이 좋은 기회라고 생각하면서 교섭을 시도했다.

『원래는 용서할 수 없는 행위지만 이번에는 눈을 감아줄 수도 있어. 네가 반성하고 있다면 말이지.』

『정말?! 당연히 반성하고 있어. 단지 나에게도 복잡한 인간관계가 좀 있었기 때문에 이번 같은 일이 일어났을 뿐이야. 당신이라면 이해해주겠지?』

『응응, 이해하고말고. 네가 미카엘의 지배를 받고 있었던 것뿐이지.』

『——뭐?』

역시 자각을 하지 못하는군.

하지만 원래 대충대충 사는 디노의 성격 때문인지는 모르겠지만 지배자인 미카엘에 대한 충성심도 낮아 보이는 건 우리에게 이롭게 작용할 것 같았다.

『잠깐만?! 그 말이 정말이야? 내가 지배를 받고 있어?』

『응, 지배를 받고 있어. 이번 건도 네 본의에 따라 벌인 일은 아니라고 생각해.』

그렇게 말한 뒤에 나는 미카엘의 권능에 대해 가르쳐줬다.

『그렇게 된 거야. 그러니까 말이지, 너도 천사 계열의 권능을 소유하고 있을 거라고 생각하는데, 내 예상이 틀렸어?』

『말도 안 돼……. 그 말대로 나도 얼티밋 스킬(궁극능력) '아스타르테(지천지왕)'을 가지고 있긴 한데…….』

디노의 권능은 '아스타르테'인가. 효과는 불명이지만, 천사 계열의 능력인 건 틀림없는 것 같았다.

『그게 이유였네. 그래서 너도 전혀 의식하지 못한 채 미카엘의 조종을 받고 있는 거야.』

디노의 반응을 보니 지배당하는 걸 깨닫지 못하게 하는 것도 장단점이 있는 것 같았다. 완전히 지배하여 충성을 맹세하도록 유도하는 건 아니니까 이렇게 쉽게 빈틈이 드러나는 걸까.

디노의 성격도 이유가 되겠지만, 이런 반응이면 쉽게 와해시킬 수 있겠다는 예감이 들었다.

『나는 어떡해야 하지? 당신 말을 들어도 미카엘에게 화가 나지는 않아. 배신하려는 생각도 들지 않고, 이대로 당신 편에 붙겠다는 마음도 생기지 않는다고. 자각할 때까지 깨닫지 못했지만, 확실히 느낌이 이상하긴 해.』

이리하여 디노의 권능을 알아낸 것은 물론이고, 본인을 자각시키는 것에도 성공했다. 이번 접촉은 대성공인 것 같군.

하지만 기왕이면 밑져야 본전이라고 생각하고 시도해볼까.

『일단 가설은 있어. 천사 계열에 대항하는 악마 계열의 권능이 있다면 상쇄시켜 지배에서 벗어날 수 있지 않겠느냐 하는 거지. 그밖에도 방법이 있긴 하겠지만, 운에 맡기는 측면이 있는지라 추천은 못 하겠어.』

상쇄시킬 수 있다는 이론에 대해선 클로에라는 실제 사례가 있다.

클로노아라는 마나스(신지핵)가 있었기 때문에 클로에 자신은 지배를 받지 않고 넘어갈 수 있었다. 현재는 클로노아와 의사소통이 되지 않게 되었다고 하지만, 나는 '사리엘(희망지왕)'에게서 '지배회로'를 제거하기 위해 악전고투를 벌이고 있기 때문에 그럴 것이라고 예상했다.

도와주고 싶지만, 이번 일은 그녀들을 믿고 마음대로 하게 놔두고 있었다.

그리고 운에 맡기는 방법 말인데.

이건 사실은 거짓말이었다.

디노를 믿지 않는 건 아니지만, 이 녀석은 일단 지배를 받은 상태에 있단 말이지. 내가 가진 패를 전부 보여줄 정도로 나는 바보가 아니다.

실제로 레온도 그랬지만, 내가 '포식'하면 시엘이 어떻게든 해결해줄 수 있을 거라는 생각을 하고 있었다. 하지만 기분이 영 내키지 않는지라 그건 최후의 수단으로 남겨두자고 생각하고 있었던 것이다.

그런고로 디노에겐 어떻게든 해결할 수 있는 가능성이 있다는 것만 전해보기로 했다.

『……그렇군. 계속 지배를 받고 있는 건 기분 나쁘니까 나도 어떻게든 벗어날 수 있는 방법이 없는지 찾아볼게.』

『이봐, 이봐, 무리는 하지 마. 미카엘 세력과 우리 마왕 세력이 전면전쟁을 벌이게 되었으니까 너는 이대로 아무것도 하지 않고 의심받지 않도록 조용히 지냈으면 좋겠어.』

예를 들자면 스파이로 움직여줄 것을 부탁해서 디노로부터 정보를 받는다고 해도 전면적으로 신뢰할 수는 없다.

제기온의 저주의 효과로 거짓말을 하지 못하게 되었는지의 유무는 확인하기가 미묘했고, 그렇게 할 수 있다고 해도 우리에게 보고한 것을 미카엘에게 밝히기라도 했다간 의미가 없기 때문이다.

제기온의 강제력과 미카엘의 지배, 과연 어느 쪽 효과가 더 강한지 확신할 수 없는 이상, 불확실한 정보에 의존하는 것은 위험하다고 생각했다.

하지만!

지금 디노를 그냥 놀리는 것도 아깝잖아!

아니, 우리만 고생하고 있는 건 도저히 용서가 안 되는 일이란 말이지.

『그렇게만 해도 돼?』

아무 일도 하지 말라는 말을 듣고 디노는 기뻐하는 것 같았다.

정말 안일한 사내다.

내가 그렇게 착할 리가 없는데 말이지.

『너도 미카엘을 배신하면 마음이 편하지 않을 것 같거든.』

디노를 배려하듯이 상냥한 말투로 말해주긴 했지만, 속으로는 부려먹을 생각이 가득했다.

『아니, 배신할 생각은 하지 않지만, 정보를 흘려주는 것쯤은 아무렇지도 않아!』

이봐, 정말 그래도 괜찮아?

역시 이 녀석은 근본적으로 믿을 수가 없다는 생각이 드는데…….

아니, 이러면 된다.

본인이 배신하고 있다는 것도 느끼지 못할 정도로, 우리가 유리해지도록 움직이게 만드는 게 제일 좋으니까.

『아니, 괜찮아. 너는 아무것도 하지 않아도 돼.』

『정말이야? 그러면 당신이 아까 말했던 성의라는 건 어떻게 되는 건데?』

아주 적절히 내 이야기에 유도를 당하고 있군.

디노를 자발적으로 움직이도록 하기 위해서 청개구리 같은 성격을 이용하는 작전을 시도한 건 정답이었던 모양이다.

『네가 전투에 가담하지 않기만 해도 미카엘 쪽의 전력이 줄어드는 거와 마찬가지니까 말이지.』

『하긴 그렇구나!』

그렇게 납득하는 것도 짜증이 나긴 하지만 '뭐, 디노니까'라고 생각하면 용서할 수 있을 것 같기도 하다.

『그렇군. 그렇게까지 말한다면 앞으로 중요하다 싶은 일이 생길 때마다 전해줄게.』

『그렇게 해주면 고맙겠어.』

좋아, 좋아. 이제 자각하지 못하는 상태에서 스파이 역할을 열심히 맡아줄 것 같다.

『그럼 나는 감시에 전념할 테니까 무슨 일이 생기면 말해줘. 그러면 되겠지?』

『그래. 그렇게 해줘. 참고삼아 묻겠는데 미카엘은 지금 뭘 하고 있어? 녀석이 움직인다면 그게 언제쯤일지 알 수 있을까?』

디노를 우리 편으로 끌어들이는데 성공했기 때문에 묻고 싶은 것을 물어봤다.

거짓말을 해도 바로 알 수 있기 때문에 디노가 일러바치지 않는 한은 신빙성이 높은 정보가 될 것이다.

『아아, 지금은 잠이 들어 있는 모양이야. 그 왜, 베루글린드의 힘을 손에 넣은 데다 베루자도한테서도 힘을 빼앗은 것 같으니까. 그러면서 무리하느라 탈이 났기 때문에 휴식을 취하기 위해서 잠이 든 것 같아.』

이런, 갑자기 엄청난 정보를 입수했는데.

베루자도를 약하게 만들어놓고 행동에 나서지 않겠느냐고 생각했는데, 성급한 녀석이로군.

아아, 기이와 싸웠다고 했으니 어느 정도는 약해져 있을지도 모르겠군. 하지만 양쪽 다 진지하게 싸웠던 건 아닌 것 같으니 미카엘이 감당하기엔 버거웠겠지.

그리고 '용의 인자'는 빼앗겼단 말인가.

그렇다면 미카엘에게 어떤 변화가 생겼을 가능성도 있으니까 방심은 하지 않는 게 좋겠군.

그렇게 되면 마음에 걸리는 것은——.

『베루자도는 어떻게 됐어?』

『베루자도도 회복 중이야. 그쪽은 아마 며칠 뒤면 원래대로 돌아가지 않을까.』

과연…….

갑자기 쳐들어올 가능성은 없어진 것으로 생각해도 되겠지만, '용종'의 회복력은 장난이 아니니까 말이지.

하지만 사령탑인 미카엘이 부활하기까지는 본격적인 침공 작전은 없을 것이라고 생각하고 싶다.

『알았어, 고마워.』

『이 정도는 그리 힘든 일도 아냐.』

적의 규모 등 묻고 싶은 게 더 많이 있었지만, 이 이상은 자제하기로 했다.

디노가 흔쾌히 가르쳐주는 것만으로 만족하는 게 정보원으로서 오래 버틸 것 같기도 하고 말이지.

『그러면 또 연락할게.』

『그래——아, 생각났다. 라미리스에게 미안했다고 대신 사과를 전해주면 좋겠어.』

대화를 끝내려고 했더니 디노가 내게 부탁을 했다.

그래서 나는 호쾌하게 거절했다.

『뭐? 나중에 네가 직접 사과해. 그 녀석은 상당히 화가 나서 너에게 48가지 필살기를 전부 시험해보겠다고 씩씩대고 있으니까.』

『48가지나 있을 리가 없잖아! 그 녀석은 드롭킥밖에 쓸 줄 아는 게 없다고!』

『그건 내 알 바 아냐. 그 녀석이 그렇게 말했어. 난 분명히 전했다?』

내가 그렇게 대꾸하자, 디노가 웃은 것 같은 기척이 느껴졌다.

『후후. 알았어. 그럼 나중에 봐.』

『그래, 또 보자고.』

디노의 승낙을 받은 뒤에, 나는 이번에야말로 연결을 끊었다.

………………….

;………….

…….

대충 이런 식으로 대화를 나눴다.

성과는 꽤 괜찮았다고 할 수 있을 것이다.

이 이야기는 디노가 내통자라는 것만 적당히 얼버무려 넘긴 상태에서 마왕들과도 공유를 끝냈다. 그러므로 우리도 신경을 곤두세우지 않은 채 지내는 중이다.

물론 전부 덫이었을 가능성도 부정할 수는 없지만, 그렇게까지 치밀하게 덫을 파놓을 수 있는 자는 시엘 정도가 다일 것이다. 지나치게 경계하느라 정신적으로 지치는 것도 달갑지 않고 그게 바로 적의 계획에 빠지는 꼴이 될 수도 있으므로 자연스럽게 지내는 게 가장 좋다는 결론을 차츰 내리게 됐다.

뭐, 천사가 공격해올 것이라는 얘기를 들었을 때와 같은 판단이라고 할 수 있겠네.

나는 내일 할 수 있는 일은 내일 하는 타입이었다.

여름방학 숙제 같은 건 처음에 전력을 다해 해치우다가 남은 것은 마지막 날에 끝내는 스타일이다.

제 때에 맞추지 못한다면 어떻게 하느냐고?

그때는 당당하게 학교에 가서 "잊어버리고 안 가져왔습니다."라고 말하고 꾸중을 듣는다.

내일 가져오라는 말을 듣고 그 전에 끝낼 수 있겠다 싶으면 끝을 낼 것이고, 그렇게 못할 것 같으면 "잃어버렸습니다"라는 말을 동원해야겠지.

뭐, 되도록이면 끝내고 싶으니까 노력이야 하겠지만 무리인 건 무리라고 확실하게 포기하는 것도 중요하다고 생각한다.

뭐? 평소에도 늘 노력하라고?

아니, 내가 집중력이 좀…….

그런고로 꾸중을 들을 각오만 있으면 그다음은 어떻게든 되는 법이다.

바꿔 말하면, 자신의 행동에 대한 책임은 자신이 지라는 얘기지.

이야기가 완전히 어긋나버렸군.

디노에게는 매일 아침 미카엘이 눈을 떴는지 아닌지만 알려달라고 부탁했다.

미카엘도 모든 것을 꿰뚫어 보지는 못할 것이다. 지배대상의 권능은 조종할 수 있는 것 같지만 사고까지 읽어낼 수 있을 거라고는 생각하지 않는다. 만약 그게 가능하다면 방대한 양의 정보를 처리할 필요가 생기므로 오히려 필요한 정보만을 빼내는 게 어려워질 것이 분명하다.

자신에게 거짓말도 하지 못하는 상대에게 그렇게까지는 할 거라는 생각은 들지 않는단 말이지.

내가 그렇게 생각하는 근거는 시엘이었다.

시엘조차 '영혼의 회랑'으로 이어진 자와 대화는 할 수 있어도 모든 사고를 읽어 들이는 것은 불가능하다고 단언했다. 표층 심리라면 느낄 수 있는 경우가 있다고는 하지만, 마음속 깊은 곳에서 생각하는 내용까지는 간섭하지 못한다고 한다.

다만 물어보면 간혹 대답이 보일 때가 있다고는 하는데, 그 말을 들으니 나도 속으로 뜨끔 하는 게 있었다. 시종일관 내 생각을 꿰뚫어 보고 있는 것 같다는 느낌도 드는지라 앞으로는 늘 조심하자는 다짐을 했다.

뭐, 그런 이유로 인해 디노가 제공하는 정보는 어느 정도 신빙성이 있다고 생각하고 있었던 것이다.

●

그랬기 때문에 미카엘이 움직이지 않는 최근 5개월 동안 결전을 대비한 준비를 하고 있었던 것이다.

마왕들끼리 상호협력 체제를 구축했고, 무슨 일이 있으면 빠르게 대처할 수 있도록 각 거점과 긴밀한 협의를 하고 있었다.

주로 내가.

가능하면 도우러 간다는 협정은 나에게도 의의가 있는 내용이었지만, 그걸 조정하는 역할은 너무나 힘들었다.

그 장황하기만 했던 연회를 보면, 제멋대로 굴기만 하는 마왕들과의 회담이 얼마나 어려운 일이었는지 이해할 수 있을 것이라 생각한다.

우선은 약속한 대로 각 마왕의 지배영역에 늘 이용할 수 있는 '전이용 마법진'을 건조 중이다.

발푸르기스(마왕들의 연회)가 끝난 후, 미저리에게 마왕들의 나라로 나를 한 번씩 데려가 줄 것을 부탁했다. 그 후, 미저리의 도움을 받아서 위치정보를 기록하여 곧바로 '전이'할 수 있게 해둔 것이다.

당연히 각 마왕의 양해도 이미 얻어놓은 뒤였다.

기이의 성 '백빙궁'은 이번 회의장이었기 때문에 파악을 끝냈다.

루미너스의 신성교황국 루벨리오스, 그 나라의 수도에 해당하는 도시인 '룬'에도 들러본 적이 있다.

아직 이름도 없는 밀림의 나라는 몇 번이나 시찰하러 들른 적이 있기 때문에 실제로 미저리와 간 곳은 황금향 엘도라도와 '성허' 다마르가니아, 이 두 곳뿐이었다.

다구류루의 지배지는 그야말로 몰락한 성역이라는 느낌이 들었다. 시간이 있으면 천천히 관광해보고 싶었지만 지금은 일을 우선해야했다. 곧바로 돌아가서 울티마를 비롯한 부하들을 파견할 준비를 갖췄다.

참고로 그때 나눈 대화로 판명된 사실인데, 밀림과 다구류루는 '전이'를 하지 못한다고 한다.

굳이 말할 필요도 없지만, 라미리스도.

"야아, 나는 그런 건 영 몸에 익질 않는단 말이지."

"나도 그래! 귀찮고 좀스럽게 좌표를 계산하고 있을 바에는 날아가는 게 더 빨라!"

라는 게 두 사람의 의견이었다.

확실히 전이 계열 마법은 위치를 기록해둔 지점으로만 날아갈 수 있다. 스킬을 써서 '공간전이'를 할 경우에는 더 융통성을 발휘할 수 있지만, 현재 있는 곳과 목적지의 좌표——혹은 정확한 이미지(정보)——가 없으면 발동되지 않는다. 위치정보의 상관관계를 제대로 파악한 뒤에 날아가기 위한 각도와 거리를 계산할 필요가 있는 것이다.

이미지 상으로는 쉽게 전이할 수 있는 것처럼 보이지만, 시차도 있는지라 의외로 귀찮은 스킬(능력)이다.

밀림은 본능에 의지한 천성의 감으로 행동하고 있기 때문에 의도적으로 계산하는 것은 서툰 모양이다. 연산능력은 아주 높지만 본인이 귀찮아서 꺼리는 것 같았다.

다구류루는 딱 봐도 육체파니까 말이지…….

라미리스는 뭐…… 응.

'전이용 마법진'의 건조는 기이가 요청한 것이지만 앞으로는 중요하게 쓰일지도 모른다. 레온과 루미너스는 마법과 스킬로 어떻게든 해결할 수 있는 것 같지만, 설치에 반대하지 않았던 걸 보면 이 장치의 유용성을 꿰뚫어 봤다는 뜻이겠지.

무엇보다 이건 누구라도 이용할 수 있으니까 말이지.

그야말로 마력이 적은 인간도 이용할 수 있는 것이다.

대기 중에서 모은 마력 요소를 이용하여 50명 가까운 인간을 한

번에 이동시킬 수 있다. 이로 인해 마법진이 설치된 각국을 쉽게 오갈 수 있게 될 것이다.

장래를 생각하면 더 큰 것을 준비하는 것도 좋겠지만, 효율 면에서 문제가 있었다.

알다시피 생물을 전이시킬 경우에는 대량의 마력 요소가 필요하게 된다.

자연스럽게 보충되기를 기다린다면 한 번 이용에 1주일은 걸린다는 계산 결과가 나왔다. 우리처럼 에너지(마력요소)양이 많다면 보충도 쉽지만, 인간이 이것에 마력을 충전시키려면 상당한 고생을 하게 될 것이다.

물자의 수송 등에 이용할 수 있다면 유통혁명을 일으킬 수 있을 텐데 말이지. 그렇게 되면 우리가 필사적으로 개발 중인 '마도열차' 같은 건 산업폐기물이 되고 말 것이니 여러 가지로 해결해야할 문제가 산적되고 말 것이다.

공존이라는 말도 있으니까 이걸 유효하게 활용하는 방법은 앞으로의 과제로서 남겨두기로 한 것이다.

——그런 고로 '전이용 마법진'을 건조 중이지만, 실은 마왕의 나라들에 세워야 할 것은 이미 완성되어 있었다.

그때의 상황을 돌이켜보면——.

………………….

…………….

…….

맨 처음 설치한 것은 당연히 우리 템페스트(마국연방)다.

만일을 생각해서 미궁 안에 있는 격리된 방에 설치해둔 것이다. 이렇게 해두면 적에게 이용당하는 일이 있더라도 안심할 수 있다.

뒤이어서 설치한 곳은 '성허' 다마르가니아다.

울티마를 데리고 내가 직접 찾아간 뒤에 바로 완성했던 것이다.

원래대로라면 내가 손을 대지 않고 다른 사람들에게 맡겼겠지만, 이번만큼은 사정이 사정인지라 어쩔 수 없었다. 느긋하게 만들고 있을 여유도 없었던 데다 다마르가니아는 특수한 입장에 있었기 때문이다.

먼 옛날, 기이와 밀림의 결전으로 인해 폐허가 된 도시. 하지만 그 참극은 지금도 강하게 영향을 미치고 있었다.

불모의 대지, 죽음의 사막. 그렇게 불리는 이유는 몇 가지가 있었다.

미친 듯이 부는 모래폭풍은 닿는 것을 전부 부식시켰다. 이 모래폭풍이 바깥 세계와 다마르가니아를 격리하고 있었던 것이다.

《기이와 밀림의 힘이 서로 간섭하여 대규모파괴가 발생하려던 타이밍에 그 힘을 다른 차원으로 억지로 보내 피해를 최소한으로 줄였겠죠. 하지만 그 힘은 사라진 게 아니라 차원의 틈새에서 계속 흘러나오고 있습니다. 그게 이 참상의 원인인 것으로 생각됩니다.》

이상이 시엘의 해설이었다.

먼 옛날의 이야기인데 아직도 영향을 미치고 있다니 정말 두려운 일이다.

어쨌든 그런 위험한 장소가 다구류루의 지배영역이었던 것이다.

그런 다마르가니아에는 하늘을 꿰뚫을 것처럼 거대한 탑——'천통각(天通閣)'이 있었다. 그 주변만이 그나마 겨우 안전지대인 '성허'로서 기능하고 있었다.

먼 옛날부터 있었다고 하는 '결계'의 밖은 영구동토에 필적할 만큼 위협으로 가득 차 있었다.

약한 마물이라면 모래의 칼날에 갈가리 찢겨서 죽을 것이고, 강한 마물이라도 오랜 시간 동안 활동하다간 죽음으로 직결될 위험이 있었다. 다구류루를 비롯한 자이언트(거인족)에게도 그건 예외가 아니었던 것이다.

상위 전사들이라면 또 모를까, 약한 자나 여자 및 어린이들에겐 안전한 '성허'의 밖은 위험으로 가득 찬 곳이었다.

자이언트조차도 그렇게 살고 있었으니 인간의 기준으로 보면 죽음의 땅 그 자체였다. 그렇기 때문에 이번만은 베스터나 다른 부하들을 파견하지 않고 나 자신의 손으로 작업한 것이었다.

그렇게 말해도 내가 처리한 것은 '마법진'의 설치뿐이었지만.

시엘이 구축한 마법술식이 새겨진 거대 원반——높이는 1미터, 직경은 7미터나 되는 순수한 '마강'제——을 다구류루가 지정한 위치에 설치했을 뿐이었다. 나머지 세세한 작업은 울티마와 함께 온 악마들이 할 일이었다.

"리무루 님께서 내리신 명령이다! 내가 부끄럽지 않도록 제대로 완성해!"

그런 식으로 울티마한테서 질타와 격려?를 받는 악마들.

그건 절반 이상은 협박하고 있는 것 같았지만, 악마는 마법이 특기이니까 어떻게든 해낼 수 있겠지. 그렇게 생각하고 뒷일을 맡긴 뒤에 철퇴한 것이다.

"리무루, 괜찮을까……?"

다구류루가 불안한 표정으로 그렇게 물었지만…….

"응, 문제없을 거야. 울티마만 있는 게 아니라 베이런도 있고, 정 필요하면 존다를 다시 불러와도 돼. 시험가동에선 성공했으니까 나머지 부분의 조정은 맡겨둬도 걱정 없을 거야."

그렇다. 걱정하지 않아도 될 것이다.

왜냐하면 울티마와 부하들은 저렇게 보여도 대악마니까.

나에겐 어림도 없을 만한 영리한 지혜를 축적해두고 있을 테니까 나는 아무 걱정 없이 작업을 종료한 것이다.

"그게 아니라 저자들이 날뛰지 않을까 걱정이──."

"그런 난 이만 갈게! 뒷일은 잘 부탁해!"

다구류루가 뭐라고 말하려 했지만 일부러 무시했다.

이 타이밍에서 인원을 변동하기라도 했다간 귀찮아지기만 할 게 뻔했기 때문에 나는 도망치듯 그 자리를 떠났다.

다마르가니아 다음은 루벨리오스였다.

루미너스가 지정한 장소에 '마법진'을 설치했다.

그다음은 함께 데려온 고부큐 현장감독이랑 '초극자'들이 나설 차례였다.

고부큐 현장 감독에게 맡겨두면 전이용 시설로서 훌륭한 건물을 세워줄 것이다. 그리고 '초극자'들이 맡으면 전이할 곳의 정보 같은 세부적인 부분도 쉽게 마무리할 것이다.

"이 정도면 어떻게든 되겠군. 템페스트랑 다마르가니아와도 서로 연락해서 실용 가능한 수준까지 완성하겠어!"

그렇게 말하면서 받아들여 줬기 때문에 이쯤에서 내 일도 종료되었다.

그리고 또 하나의 볼일이 있었는데.

루미너스의 나라에는 시온이랑 그녀의 부하들, 아다루만과 그를 따르는 자들이 착임하기로 되어 있었다.

이번에 그들을 모두 한꺼번에 데려왔지만, 문제는 그들이 묵을 곳이었다.

"안심해라. 내 신전에 빈방이 있으니까 그것에 묵으면 될 것이다."

"그렇게 해주면 고맙겠어. 시온, 아다루만, 그렇게 하기로 했으니까 부디 폐를 끼치지 않도록 해."

"맡겨주십시오, 리무루 님! 저는 리무루 님의 비서로서 부끄럽지 않게 임무를 수행해내겠습니다!"

불안했다.

오히려 아무것도 하지 않고 있다가 적이 공격해올 때에 연락만 해주면 좋겠다는 생각이 들 정도였다.

"그래도 요리를 해드리지 못하는 것은 아쉽습니다. 하루라도 빼먹으면 실력이 준다고 하던데……."

그건 피아노 연주같이 좀 더 섬세한 기술을 말하는 것 아닐까?

그러고 보니 시온도 바이올린을 잘 켜는 것 같았으니까 그쪽 연습도 필요하지 않을까?

"너 말이다, 악기 연습은 안 해도 되겠어? 전투 훈련은 평소에도 열심히 하는 것 같지만, 바이올린을 켜는 모습은 본 적이 없는데?"

"후후후, 안심하십시오. 매일 훈련만 잘하고 있으면 악기를 연주하는 것쯤은 어렵지 않습니다. 그보다도 미묘한 양념조절을 확실하게 익히는 게 더——."

이상하다.

이 녀석은 뭔가를 잘못 생각하고 있어.

전국의 연주자들에게 사과하라는 생각을 하면서, 나는 어이없는 표정을 억지로 감췄다.

시온은 양념조절이 중요하다고 말했지만, 아무리 잘못 조절해도 맛만은 보장된단 말이지. 하긴 소금을 너무 많이 넣으면 염분과다가 되고, 설탕도 너무 많이 넣으면 건강에 좋지 않다. 적절한 양이 중요하다는 것에는 동의하지만.

어쨌든 걱정하는 방향이 잘못되었다는 것만은 분명할 것이다.

그런 생각을 하고 있으려니, 옆에서 루미너스가 끼어들었다.

"시온이라고 했지? 전투 훈련 얘기가 나와서 말인데 히나타가 시간이 날 것이다. 정 원한다면 내가 상대를 해줄 수도 있으니까 안심하도록 해라. 그리고 요리를 연습하겠다고 했었지? 쓰지 않는 부엌을 내주고 식재료는 준비하게 시킬 테니까 마음껏 익히도록 해라."

그 말을 듣고 나는 말문이 막혔다. 너무나도 두려움을 모르는 제안인지라 오히려 내가 겁을 먹고 벌벌 떨 지경이었다.

너무 놀란 나머지 말리는 게 늦어버렸다.

"루, 루미너스, 시온에게 요리를 시키는 건——."

"괜찮다. 이런 때일수록 취미는 소중하게 여겨야지. 나도 한때는 요리에 열을 올린 적이 있다. 후후후, 어쩌면 함께 다양한 요리를 시도해보는 것도 재미있겠구나."

"어머나! 그거 정말 좋은 생각이네요. 지지 않을 겁니다, 루미너스 님!"

"후후후, 히나타도 요리는 어느 정도 할 줄 알았지. 나중에 같이 하자고 권유해보자꾸나."

잠깐, 농담이지?

엄청 큰일이 되고 말았는데.

히나타까지 참전한다니, 이젠 내가 감당할 수 있을 것 같지 않았다.

이젠 어떻게 되어도 모른다고 생각하면서 나는 운을 하늘에 맡겼다.

"아, 아다루만. 뒷일은 잘 부탁한다!"

"네?!"

뭔가 두려운 예감을 느낀 모양이다. 신앙심이 두터운 아다루만조차도 내 말에 순순히 고개를 끄덕이진 않았던 것이다.

하지만 주사위는 이미 던져졌다.

"그러면 나는 이만 갈게! 무슨 일이 있으면 연락해!"

나는 그 말을 남긴 뒤에 그 자리에서 도망쳤다.

●

세 번째로 들른 곳은 밀림의 나라였다.

내가 잘 아는 유라자니아가 있었던 곳.

그곳에 우뚝 서 있는 것은 영산이 아니라 건설 중인 거대건조물이었다.

나는 예전에 도시가 있었던 곳에 '전이'하여 마중 나올 사람을 기다렸다.

게루도는 먼저 보냈기 때문에 동행한 자는 가비루 일행과 카레라 & 에스프리였다.

가비루가 보증하는 카쿠신, 스케로우, 야시치, 이 세 사람과 '히류(비룡중)'의 대장격인 가자트도 있었다.

가비루의 부관이 누구인지는 나도 모르지만, 이 네 명이 눈에 띄는 것은 확실했다.

'히류'들은 위험한 상대와의 결전을 앞두고 있는데도 희색이 만면했다.

그 이유가 황당했는데, 울티마의 특훈을 당분간 쉬게 되었기 때문이라고 한다.

너무나도 가혹해서 몇 번이나 죽은 적이 있다고 한다. 미궁 안에서 훈련을 받기 때문에 죽어도 멈추지 않는다면서 탄식하고 있었다.

잘 생각해보니 미궁은 정말 반칙이네.

죽을 만큼 힘든 특훈이 아니라 죽는 것을 아예 전제로 삼으면서 자신의 한계를 파악할 수 있으니까.

뭐, 그 덕분에 실력은 쑥쑥 자라나고 있는 것 같지만.

진화해서 에너지(마력요소)양이 늘어난 것만으로는 진짜 강해졌다고는 할 수 없다. 그 힘을 제대로 구사할 수 있어야 비로소 일류 전사라고 부를 수 있을 것이다.

그래도 지나친 훈련은 금물이다.

나도 그런 특훈은 하고 싶지 않으니까 울티마에겐 적당히 하면 좋겠다는 말을 전해두자는 생각을 했다.

그런고로 총인원은 100여 명. 여기서 대기한 지 10분 정도의 시간이 지났다.

밀림에겐 오늘 가겠다고 '사념전달'로 전했는데, 혹시 잊어버린 걸까?

"너무 늦는 것 아냐?"

"진정하십시오, 카레라 공. 이제 막 오지 않았습니까. 관광을 즐기는 듯한 대범한 마음으로 사람이 오기를 기다립시다!"

"가비루 공은 마음이 착하네."

"카레라 님이 너무 성질이 급한 것뿐, 이라고 생각합니다."

"뭐라고 말했어, 에스프리?"

"아뇨, 아무 말도 안 했습니다."

겨우 10분. 하지만 10분이다.

나도 카레라가 짜증을 내는 것이 이해가 안 되는 건 아니었다. 하지만 그건 분 단위로 살고 있던 현대 일본인의 감각이 남아 있기 때문이지, 이 세계의 기준에 따르면 성급한 부류에 속한다.

시간 개념도 있고 시계도 있지만, 전에 살던 세상에서 차고 다니던 손목시계처럼 정교한 물건은 유통되지 않는다. 조금 부피가 큰 회중시계를 들고 다니는 사람은 귀족이나 대상인 정도인 것이 이 세계의 상식이기도 했다.

그러므로 약속 시간이 오후라는 애매한 경우일 때는 미리 전령을 대기시켜두는 것이 정석인 것이다.

이번 경우에는 그걸 게을리 한 밀림 측에 책임이 있다고 할 수 있지만, 약속 시간이나 날짜를 잘못 알고 있을 수도 있으므로 짜증을 내는 것은 어른스럽지 못한 짓이다.

카레라에게 그걸 요구해봤자 소용이 없으니까 지금은 내가 앞장서기로 하자.

"서두르지 마. 밀림에게 잠시 확인해볼 테니까."

그렇게 말한 뒤에 밀림에게 '사념전달'로 연락을 해봤다.

『아, 밀림? 지금 도착했는데 만나기로 한 장소에 아무도 없네?』

『으윽?! 리, 리무루야? 나는 지금 숙제하느라 바쁘지만, 미도레이에게 분명히 전달했어! 어, 어쩌면 시간을 착각하고 있는 걸지도 모르겠네. 내가 단단히 혼을 낼 테니까 화는 내지 말아줘!』

…….

느낌이 왔다.

프레이 씨가 내준 숙제에 쫓긴 나머지, 내가 연락한 사항을 부하들에게 전하는 걸 잊어버린 모양이다.

『알았으니까 너무 서두르지 않아도 돼.』

『으, 음! 그럼 나중에 봐!』

이런 일도 있을 수 있지.

그렇게 마음을 먹고 카레라를 달래면서 사람이 오기를 기다렸다.

하지만 그때 예상하지 못한 일이 일어났다.

달려온 사람 중의 한 명이 터무니없는 발언을 입에 올린 것이다.

"오오, 당신이 마왕 리무루 님이시군요! 소문으로 들은 것보다 훨씬 더 늠름하고 뛰어난 관록이 느껴집니다. 이 자기는 실로 감탄했습니다!!"

그 발언을 한 자— 자기가 가비루를 향해 공손하게 머리를 숙인 것이다.

보아하니 자기의 종족은 드라고뉴트(용인족)인 것 같았다. 가비루와는 달리 인간의 모습을 하고 있었고, 머리 옆에 뿔이 돋아나 있었다.

키는 작지만 다부진 체격이었고 동작도 빠릿빠릿했다.

함께 데려온 다섯 명의 마인들이 있었는데 그들은 다양한 종족이라는 것을 제외하면 특필할 만한 특징은 없는 것 같았다.

무슨 이유인지 자기에겐 갓 생긴 것처럼 보이는 상처가 온몸 곳곳에서 보였다. 그게 약간 마음이 걸렸지만 기운차게 열심히 움직이는 걸 보니 문제는 없을 것 같았다. 그보다도 문제인 것은 자기의 발언 그 자체였다.

나도 아연실색했지만, 가장 놀란 반응을 보인 자는 가비루일 것이다.

"아니, 아니, 아니, 나는 리무──."

"오오, 정말 송구스럽습니다! 저 같은 하급병장에게까지 인사를 하실 필요는 없고말고요! 당신의 이름을 알지 못하는 자는 마왕 밀림 님의 부하 중에는 한 명도 없으니까 말입니다!"

황급히 부정하려고 해도 착각을 심하게 한 자의 폭주에 의해 가로막히고 말았다.

이름을 알아도 얼굴을 모르면 의미가 없지 않나?

내 얼굴을 아는 마인도 많지만, 말단 병사(하급병장)라는 자는 그 예에서 벗어나는 것 같았다.

참고로 자기가 가비루를 나라고 착각한 이유에 대해서 생각해 보자면 아마도 그 오라(패기)인 것 같다.

나는 완벽히 오라를 억제하고 있었으며, 외모만 보면 인간 그 자체였다.

그건 카레라나 에스프리도 마찬가지였기에 악마는커녕 마인으로도 보이지 않았던 것이다.

뭐, 템페스트(마국연방)에는 인간 손님도 많으니까 평소에도 요기를 드러내지 않도록 억제하는 게 버릇이 되서 그런 거지만.

하지만 이대로 놔두면 위험하다.

나는 오랜만에 이런 대접을 받으면서 오히려 편한 기분을 느꼈지만, 카레라나 에스프리의 인내력은 정말 미미한 수준이었다.

"잠깐, 그 사람은 가비——,"

"뭔가, 자네들은. 시녀, 가 아닌가? 군복을 입고 있는 것 같은데, 어른의 대화에 멋대로 끼어들다니 교육이 부족한 것 같군."

지금도 다시 에스프리의 말을 가로막았어.

솔직히 말해서 교육이 부족한 자는 이 사람이라는 생각이 들었다.

"하하하, 꽤나 유쾌한 녀석이잖아."

그렇게 말하면서 카레라가 웃었다.

그 말과는 반대로 관자놀이에는 힘줄이 불끈불끈 돋아나고 있었다.

오히려 열심히 참고 있는 쪽인데, 이건.

폭발 3초 전인 상황인지라 웃고 있을 때는 아닌 것 같았다.

그런 생각을 하고 있으려니, 나보다 에스프리가 먼저 움직였다.

"있잖아, 이제 그만 남의 이야기를 좀 들어주면 좋겠는데?"

강한 말투로 그렇게 내뱉으면서 자기를 향해 손을 뻗었던 것이다.

주먹으로 치는 건 아니었지만 나름대로 강한 액션이었다. 약한 마인이라면 반응도 하지 못한 채 짝하고 뺨을 맞으면서 의식을 잃을 수 있는 일격이었다.

원래는 에스프리를 꾸짖어야 하지만 이번 일은 자기에게 책임이 있다. 멋대로 어림짐작하면서 가비루를 나라고 착각했으며 우리 이야기를 듣지 않았던 것이다.

폭력에 호소하는 건 바람직하지 않지만 이대로 두면 카레라가 한바탕 난동을 부릴 것 같았다. 그런 분위기를 파악한 상태에서 에스프리가 대신 나선 것이니까 나도 눈을 감아주기로 했다.

이제 자기가 진정하고 우리 이야기를 들어준다면 그걸로 이야기를 끝내자고 생각한 것이다.

그랬는데 그때 의외의 일이 일어났다.

자기가 에스프리에게 반응을 보인 것이다.

"——어?"

"으랏차!"

그 공방은 순식간에 일어난 일이었다.

타악 하고 받아낸 에스프리의 왼쪽 손을 오른손으로 붙잡더니 가볍게 비틀어버리는 자기. 그대로 자세가 무너진 에스프리에게 추가타를 날리는 것처럼 오른발로 다리를 쳐서 넘어트리려는 시도까지 하고 있었다.

그 로우킥 같은 다리 후리기를 피하려는 듯이, 아니, 그 공격을 예상했기 때문인지 에스프리는 스스로 도약했다. 그리고 그대로 공중에서 몸을 비틀더니 자기의 머리를 향해 오른발로 킥을 날렸다.

상체를 젖히면서 킥을 피하는 자기. 하지만 에스프리의 공격은 그걸로 끝난 게 아니었다.

붙잡힌 주먹을 축으로 삼고 걷어찬 오른발을 진자처럼 되돌리면서 이번에는 왼발로 발차기를 감행한 것이다.

그렇게 하면서 왼발과 오른발을 교차시켜 자기의 목을 노렸다. 어느 만화에서 본 것처럼 곡예 같은 기술이었지만, 이걸 처음 봤다면 대응하기 어려웠을 것이다.

그런데 자기는 에스프리의 주먹을 놓아주고 뒤로 공중회전을 하면서 그 연격을 피해냈다.

그렇게 둘은 다시 대치하게 되었지만, 이대로 놔두면 양쪽 다 진지하게 싸울 것 같았다.

"호오, 제법 유쾌한 아가씨인 것 같군요. 나를 상대로 힘을 조절하며 싸울 수 있다니, 군복은 멋으로 입은 게 아닌 모양입니다."

자기가 목을 우두둑거리면서 그런 말을 하기 시작한 것이다.

"아저씨도 제법인데. 약간은 재미있게 즐길 수 있을 것 같으니까 본격적으로 힘을 좀 써볼까?"

그 말을 듣고 에스프리도 아주 신이 난 표정으로 주먹을 우두둑거리기 시작했다.

카레라는 잠자코 있었다.

이 상황을 즐기는 얼굴을 굳이 보지 않더라도 상사로서 말릴 생각 따윈 없다는 게 명백했다.

가비루는 이럴 때엔 전혀 의지가 되지 않는다. 울티마 때문에 악마 아가씨 3인방에 대한 트라우마가 단단히 박힌 것 같단 말이지. 이번에 싸움이 붙은 당사자는 에스프리지만, 말려야할지 말지 몰라서 당황하는 모습을 보이고 있었다.

가비루가 나를 힐끔 봤다.

이것 참. 역시 상식적인 사람은 나밖에 없는 것 같군.

어쩔 수 없어서 개입했다.

우선은 책임자를 불러 달라고 부탁해보기로 했다.

"자자, 거기까지. 자기 씨라고 했던가. 당신하고는 얘기가 통하지 않을 것 같으니까 상사를 좀 불러와 줘."

나는 앞으로 슥 나섰고, 거물인 것 같은 분위기를 풍기면서 그렇게 말했다. 내 나름대로는 폼을 잡으며 나섰다고 생각하지만, 점수를 매기면 대충 80점쯤 되려나?

그렇게 자화자찬하면서 자기의 대답을 기다렸다.

그랬더니.

"뭐라고? 사나이의 싸움에 찬물을 끼얹지 마!"

라고 지껄이는 게 아닌가!

순간적으로 발끈하고 말았지 뭐야.

그런데, 다음 순간.

"이 자식, 리무루 님께 불경하게."

전광석화 같은 카레라의 발차기가 날아들었다.

"아무리 나라도 해도 더 이상은 참지 못하겠군!"

킥을 맞고 날아온 자기를 가비루의 창이 공격해 떨어트렸다.

"아, 늦었다."

대치하고 있던 에스프리는 나설 차례가 없었다.

그리고 나는 어떻게 했느냐면.

"이봐, 너희들. 여기선 아무 일도 일어나지 않은 거야. 알았지?"

그렇게 말하면서, 자기가 데려온 마인들에게 가볍게 위압을 걸어 증거인멸을 시도했다.

●

결론부터 말하자면 자기를 협박할 필요는 없었던 것 같다.

실로 깔끔하게 밀림 측에게 잘못이 있다는 것이 판명되었기 때문이다.

"와하하하하! 어때? 내 탓이 아니라는 게 이젠 확실해졌지?"

"그러네. 난 네가 잊어버리고 전달하지 않았을 거라고만 생각했는데, 설마 그런 일이 있었을 줄이야. 나를 맞이하러 나갈 사람을 뽑기 위해서 뜨거운 토너먼트를 벌였다니……."

그 승자가 자기였다고 하며, 이렇게 되도록 만든 잘못은 미도레이에게 있었다.

"어쩌다가 이렇게 된 거람……."

"야아, 우리 쪽 부하들도 다혈질이긴 하지만, 미도레이 쪽 사람들도 우리 못지않군."

프레이 씨는 아예 두 손으로 머리를 감싸 쥐면서 황당해하고 있었고, 칼리온은 배를 움켜쥐면서 웃고 있었다.

"그래서 자기라는 녀석은 강했어?"

"뭐, 강하긴 했어. 포비오와 싸우면 대등한 수준이지 않을까?"

갑자기 진지한 표정으로 묻는 칼리온에게 솔직한 감상을 들려줬다.

실제로 에너지(마력요소)양만 비교하면 약간 밀리지만, 에스프리와 맞싸울 수 있었던 레벨(기량)은 제법 괜찮은 수준이었다. 가비루처럼 변신능력을 가지고 있을지도 모르니까 그럴 경우엔 평가

점수가 한층 더 높아지겠지.

애초에 포비오도 '수신화'를 쓸 수 있으니까 격차가 줄어들진 않을 테니 진지하게 싸우면 분명 포비오가 이길 것이라고 생각하지만.

그래도 자기가 우수한 것은 사실이었다.

미도레이도 그랬는데, '용을 모시는 자들'의 신관 중에는 정말로 강자가 많았다. 힘에만 의존하지 않으니까 융통성을 잘 발휘하여 싸운다는 것도 강점이었다.

그런데도 뇌까지 근육인 사람들이란 말이지.

정말 아쉽기 짝이 없는 현실이었다.

"참으로 면목이 없습니다. 저의 감독 불이행으로 인한 결과입니다."

그렇게 말하면서 미도레이가 머리를 숙였다.

뭐, 실제로 자기도 이 사람에게 감화되면서 그렇게 되었을 거란 생각이 드니까 미도레이의 책임이 크다는 점은 부정할 수 없었다.

"그건 그렇고 이분이 카레라 공이시죠? 가비루 공과 함께 앞으로 한동안 우리나라를 도와주시는 것으로 알고 있습니다만, 부디 잘 부탁드리겠습니다."

이럴 때 나서는 걸 보면 역시 프레이 씨는 대단하단 말이지.

칼리온은 위대한 왕이긴 하지만, 싸움을 아주 좋아하는 측면도 갖추고 있었다. 굳이 말하자면 미도레이와 같은 과이며, 약한 것이 잘못이라는 선천적인 가치관을 완전히 버리지 못하고 있었다.

이번 일—— 아니, 우리는 뭐 강한 축에 속하기 때문에 구원을 받은 측면이 강하다고 할 수 있다. 만약 우리가 약했다면 이렇게 쉽게 교섭이 성립되지는 않았을 것이다.

그런 점에서 보면 우리는 상당히 운이 좋았던 것이다.

"어때, 카레라 씨? 나랑 잠시 가볍게 실력을 겨뤄보지 않겠나?"

이것 보라니까. 칼리온은 이런 말이나 한다고.

"호오, 그 마음가짐은 마음에 드는군! 얼마나 힘을 조절하면 좋겠는지 말해봐."

카레라도 바로 응하지 마!

"이봐, 잠깐?"

"괜찮아, 주군. 칼리온 공도 진화에 성공했다며? 그럼 자신이 얼마나 강해졌는지 알고 싶어 하는 건 당연한 일이라고 생각해."

"저기 말이지, 그건 그럴지도 모르겠지만, 여긴 미궁이 아니라고. 서로 너무 지나치게 싸웠다간 죽을 수도 있으니까 그런 위험한 행위는 자중해야지."

내 말을 듣고 가비루와 프레이 씨만 힘차게 고개를 끄덕이는 반응을 보여줬다.

그리고 다른 멤버들은 불만스러운 표정을 지었다.

특히 밀림이.

"에잇, 시시해!"

그렇게 투덜대다가 "그런 말은 하면 안 돼!"라고 프레이 씨한테 꾸중을 들었다.

그래도 실제로 문제가 될 수 있으니까 허가는 내릴 수가 없겠군.

건설현장 부근에선 아예 논외이며, 전투의 영향이 생기지 않을 만큼 멀리 떨어진 곳까지 갈 필요가 있었다. 이런 때에 그런 짓을 했다간 적에게 우리를 공격해달라고 비는 거나 마찬가지다.

그런데 의외로 칼리온이 포기하지 않았다.

"그 말대로 위험하다는 건 나도 잘 알아. 하지만 방금 내가 한 말은 진심이야. 본격적으로 싸우기 전에 내가 얼마나 강해졌는지 알아두고 싶거든."

너도 그렇잖아, 프레이? ——라고 말하면서 칼리온은 프레이 씨에게까지 동의를 구했다.

하긴 그렇겠지…….

잘 생각해보니 나에겐 시엘이 있었으니까.

당시에는 '라파엘(지혜지왕)'이 된 지 얼마 안 되었지만, 그래도 내가 궁금하게 여기던 것에는 전부 대답해줬단 말이지. 그래서 힘을 시험해보지 않아도 뭘 할 수 있는지는 어느 정도 파악할 수 있었던 것이다.

칼리온과 프레이의 경우는 스스로 힘을 시험해보면서 한계를 찾을 수밖에 없으므로 가장 빠른 방법은 강자와 싸워보는 거라는 것도 충분히 이해할 수 있었다.

"부정은 하지 않겠어. 하지만 그건 지금까지도 그렇게 해왔으니, 앞으로도 스스로 어떻게든 해결할 문제이지 않을까?"

"그건 그렇지. 하지만 적은 기다려주지 않는다고. 우리는 한시라도 빨리 강해져서 우리를 믿는 백성들을 지킬 의무가 있어. 그러기 위해선 어느 정도의 무모한 시도는 감수해야 한다고 생각하는데, 어때?"

"그건……."

프레이 씨가 밀리고 있었다.

왕인 자의 책무를 언급하자 반박하지 못하는 것 같았다.

단순한 힘자랑을 하고 싶은 것뿐이라면 기각하겠지만, 제대로 된 이유가 있다면 검토해봐야 할 문제였다.

"리무루, 나도 칼리온의 의견에 찬성이야. 지금은 내가 훈련을 봐주고 있지만, 그것만 가지고는 한계가 있는 것 같거든."

"밀림 말이 맞아. 분하지만 각성하면서 더 이해가 되더라고. 분명 강해졌을 텐데 밀림이 먼 존재처럼 보이지 뭐야. 그리고 리무루, 너와의 격차도 마찬가지야. 나와 너희 사이에는 아무리 발버둥 쳐도 메우기 힘든 차이가 있어. 그런 점에서 보면——."

"후훗, 나라면 따라잡을 수 있다고 생각하는 거야? 날 얕보는 것 같지만, 밀림 님을 상대하는 것보다는 낫다는 의견은 옳다고 봐."

그렇군…….

지금 상태의 나와 카레라는 그렇게 큰 차이가 나는 것 같지도 않지만…… 칼리온이 그렇게 느낀다면 그 눈은 본질을 꿰뚫어 볼 수 있게 성장했다는 증거가 되겠지.

기이도 칼리온을 높게 평가하고 있었으니까 각성한 힘을 능숙하게 다룰 수 있게 되면 앞으로 있을 대전에서 큰 전력이 되어줄 것이다.

밀림도 함께 부탁했다.

그렇다면 도와주는 것이 정답이겠지.

"알았어. 그럼 칼리온과 프레이 씨를 데리고 돌아갈 테니까, 카레라는 예정대로 여기 남아서 여길 지켜다오."

"응? 내가 상대를——."

"미궁에 적임자가 있으니까 괜찮아!"

"알았어. 주군의 말대로 할게."

시무룩한 모습을 보이는 게 마음이 아팠지만, 지금은 마음 약한 모습을 보여서는 안 된다.

카레라는 늘 도가 지나치다. 평소에도 라미리스의 불평 때문에 골치가 아팠으니까 칼리온을 맡긴다면 좀 더 상식을 갖추고 있는 상대를 마련해주는 게 현명하다.

칼리온에겐 베니마루. 혹은 제기온.

프레이 씨에겐 쿠마라 정도가 적임자이려나.

나머지는 돌아간 뒤에 세부적인 단계를 검토해보자. 무슨 일이 있으면 연락이 올 테니까 그때는 즉시 '전이'로 보내주면 될 것이다.

"미안해, 내가 이기적인 부탁을 하는 바람에……."

"괜찮아, 괜찮아. 칼리온의 주장이 옳다고 판단했으니까 도와줄 마음이 들었을 뿐이야. 프레이 씨도 그렇게 하면 되겠지?"

"응, 물론이지. 실로 고마운 제안이니까 거절할 이유가 없어."

이리하여 얘기는 잘 정리되었다.

밀림 밑에 가비루와 카레라 일행을 남겨두고 칼리온과 프레이 씨를 데리고 돌아가기로 한 것이다.

참고로 칼리온과 프레이가 데려갈 부하는 각자의 재량에 맡기기로 했다.

각성급이 아니라면 미궁의 환경파괴도 그렇게 심각하지는 않을 것……이라고 생각한다. 회복약을 대량으로 보급해놓았으니 뒷일은 스스로 어떻게든 알아서 할 것이다.

베니마루를 비롯한 우리 동료들도 그렇게 해서 강해졌으니까 그 문제에 대해선 걱정하지 않았다.

●

밀림의 나라에서 돌아온 뒤에 칼리온 일행은 베니마루에게 맡기고 미궁 안에 던져놓았다.

그런 뒤에야 겨우 레온의 나라에 갈 수 있게 되었다.

디아블로를 먼저 보내긴 했지만, 방문하는 건 맨 뒤로 미뤄놓았기 때문에 지금쯤은 내가 도착하기를 기다리고 있을지도 모른다. 그런 생각을 하면서 출발할 준비를 했다.

레온의 나라—— 황금향 엘도라도가 어디 있는지는 미저리의 안내를 받았기 때문에 알고 있었다.

그래서 이동이라고 해도 '전이'로 순식간에 갈 수 있었다.

"호위로는 제가 따라가겠습니다."

소우에이가 있으면 안심이다.

"나의 주인이여, 저도 있다는 걸 잊어버리지 마십시오!"

내 그림자에서 불쑥 얼굴을 내밀면서, 란가가 자신을 어필했다.

그래— 착하다, 착해!

부드러운 털을 마음껏 즐기면서 고개를 끄덕였다.

늘 함께 있지만 이런 점이 귀여운 녀석이란 말이지.

그건 그렇고.

왠지 모르게 가고 싶지 않아서 마음은 무거웠지만, 저쪽에겐 이미 연락을 해놓은 뒤였다. 하기 싫은 일은 빨리 해치워버리는 게 가장 좋으니까 애써 무거운 몸을 일으켰다.

"그럼 가볼까."

그렇게 중얼거리면서 슈나와 리그루도를 비롯한 동료들의 전송을 뒤로 한 채 '전이'를 발동시켰다.

레온이 지배하는 곳은 작은 대륙에 있었다.

작아도 대륙은 대륙이다. 오스트레일리아보다는 약간 큰 규모였다. 깜짝 놀랄 만큼 광대한 평지에 구획정리가 잘 된 거리가 펼쳐져 있었다.

레온과 부하들이 이주하기 전에는 숲, 평야, 호수, 강, 그리고 산악부 등 다양한 자연의 풍경이 펼쳐져 있었다고 한다. 그걸 대마법으로 강제적으로 정리한 뒤에 최적화한 것이 현재의 모습이라고 했다.

자연의 조화를 고려하여 만들어낸 인공적인 도시—— 그게 바로 마왕 레온 크롬웰이 사는 도시, 황금향 엘도라도인 것이었다.

"음, 이건 대단한데……."

나도 모르게 중얼거린 목소리에 반응하면서, 지정장소에서 대기하고 있던 실버 나이트(은기사경) 알로스가 기쁜 말투로 대꾸했다.

"하하하, 영광입니다. 그 말을 들으면 레온 님도 기뻐하실 겁니다."

예전에 만났을 때는 얼굴을 완전히 가리는 투구를 쓰고 있었지만, 지금은 맨얼굴을 드러내고 있었다.

레온만큼 아름답지는 않았지만 충분히 미녀로 착각할 만한 수준의 미모였다.

아름다운 은발이 물 흐르듯이 등으로 흘러내리고 있었는데, 목의 굵기나 울대뼈를 보면 남성인 것은 틀림없어 보였다.

참고로 하나 더 말하자면, 이 알로스가 바로 레온의 부하 중 가장 높은 지위에 있으며 매직 나이츠(마법기사단)의 단장이라고 한다.

내가 만난 적이 있는 또 한 명의 인물, 블랙 나이트(흑기사경) 클로드 씨가 최강이라고 하지만 이 알로스도 상당한 강자였다. 마법주문을 읊지도 않고 마법을 구사할 수 있는 데다, 아주 자연스럽게 전이마법을 발동시키는 모습을 보여줬으니까. 우리가 도착한 곳은 도시의 외곽——즉, 도시방위결계의 바깥이었지만, 거기서 대문까지 순식간에 도착한 것이다.

종족은 인간——이진 않은 것 같지만 외모는 인간처럼 보이는 군. 그렇게 생각하고 있었더니, 자신들은 데몬노이드(인마족)이라고 가르쳐줬다.

오래 살며 마법을 잘 다루는 종족이지만 원래는 인간이었다고 한다. 마인화라는 변이에 의해 탄생하기 때문에 개체 수는 적다고 했다.

혹시 뮬란이나 라젠 같은 사람도——.

《그렇겠군요. 정의만 놓고 생각하자면 같은 존재일 것 같습니다.》

역시 그랬나.

뭐, 마인이라고 해도 그 종류는 워낙 다양하니까 세세하게 정의하는 것도 귀찮단 말이지. 원래는 인간이었다가 마인으로 변했으니까 데몬노이드라고 칭하더라도 문제는 없을 것 같다.

그건 그렇고, 대문의 안쪽에서 보이는 도시를 향해 눈길을 돌렸다.

생각했던 것 이상으로 대단했다.

황금색으로 빛나는 아름다운 건물이 나란히 세워져 있었는데 정말로 훌륭한 완성도를 보이고 있었던 것이다.

그 배치는 철저하게 계산되어 있었다.

한마디로 표현하자면 육망성—— 육릉곽(六稜郭)이라고 말해야 할 모양을 이루고 있었다. 그것만으로도 평면적인 마법효과가 발동되고 있었지만 정말 대단한 점은 그뿐만이 아니었다.

거리의 구조는 나선을 그리듯이 이뤄져 있었으며 입구에서 서서히 높이가 높아지고 있었다. 그리고 중앙부에 위용을 떨치고 있는 흰색 탑으로 이어져 있었던 것이다.

하늘을 찌를 것처럼 나선 모양의 왕성이 우뚝 서 있었다.

성 그 자체의 크기는 그리 크지는 않았지만, 도시 전체가 입체적인 구조를 이루고 있기 때문에 상당히 거대하게 보였다.

상공에서 본다면 이 도시 자체가 하나의 강대한 적층식마법진을 그리고 있다는 것을 알 수 있을 것이다. 반대로 말하면 상공에서 볼 수 있는 부감시야를 지니지 못한 자는 이 도시가 그리는 마법진을 알아보지 못한다는 뜻이 된다.

부감시야를 가지고 있어도 의식하지 못한다면 알아차리지 못할 것이다. 그만큼 교묘하고 절묘하게 배치되어 있었다.

나도 도시건설에는 낭만을 실현하고자 갖가지 몽상을 했었지만, 마법진을 도입한다는 발상은 떠올리지 못했다. 정말 대단한 발상이라는 생각과 함께 오랜만에 분한 감정을 느끼고 말았지 뭐야.

그 철저하게 계산된 도시구조는 예전에 건설업계에 몸을 담았던 내 자존심을 몹시도 강하게 자극해줬다.

우리나라도 분명 훌륭하게 지어졌지만 이렇게까지 기능성을 우선하여 도시를 설계할 여유 같은 건 없었다. 라미리스의 미궁이 있기 때문에 방위 면에서도 완전해지긴 했지만, 그건 행운이 겹친 결과에 불과했다.

그런데 도시주민의 마력으로 유지하는 구조를 고안해서 이렇게 실현할 줄이야.

"이 도시 자체로 하나의 강대한 마법진 효과를 발휘하게 만들다니. 실로 대단하다고 말할 수밖에 없군."

아주 조금 패배감을 느끼고 말았기 때문에 솔직히 칭찬해봤다.

"오오, 알아보시겠습니까?"

알로스가 기쁜 표정으로 웃었다.

"마법진의 효과는 '서치 에너미(진입감시)'와 '카운터 매직(영격방어)'이려나? 통상마법과는 규모가 너무 달라서 꽤 잔인한 효과를 발휘할 것 같은데."

하나의 마법진에 두 개의 효과를 부여하려면 그것만으로도 상당히 고생하면서 배열을 고려해야만 한다. 그런 걸 도시 규모로 실현시키고 있었다.

건물의 배열만으로 마법진을 그려내면서도 전술 급의 마법을 상시 전개시키고 있는 걸 보면 그게 얼마나 대단한 것인지는 실로 가늠할 수가 없었다.

허가 없이 진입하다면 바로 발견될 것이다. 그뿐만 아니라 도시 밖에서 공격마법을 시도해도 그 모든 것이 반사될 것이다.

이런 규모의 마법진이라면 도시 공격에 특화된 레기온 매직(군단마법)조차도 쉽게 반사시킬 수 있겠다는 생각이 들 정도였다.

"하하하, 역시 대단하십니다. 한 번 보고 그렇게까지 이해하실 수 있단 말입니까. 숨겨도 소용이 없을 테니 말씀드리겠습니다만 정답입니다. 이 도시는 마법을 이용한 절대방어가 실행되고 있죠."

자랑스러운 말투로 알로스가 대답했다.

그때 대수롭지 않게 "이 결계가 있기 때문에 핵격마법을 쏘아대는 극악한 악마한테서도 지켜낼 수 있는 겁니다"라고 설명했지만, 더 깊게 물어봤다간 내가 난처해질 것 같은지라 그냥 흘려듣고 넘겼다.

금발의 여고생처럼 생긴 악마가 문득 떠오르긴 했지만, 분명 내 기분 탓일 거라고 생각하기로 했다.

그런 식으로 생각하며 이론무장을 굳히면서, 더 이상 깊게 언급하지 않도록 알로스의 기분을 띄워주기로 했다.

"하나의 효과만 노리더라도 막대한 예산과 세월이 필요했을 텐데? 그런데 두 개나 되는 효과를, 도시기능의 발전에 따른 확장도 같이 계산하면서 이렇게까지 완벽하게 실현시키다니 정말 대단한데."

"그 말씀이 옳습니다. 너무나도 힘든 고난의 길이었지만, 저희는 레온 님을 믿고 성공적으로 이뤄냈죠."

"아니, 정말 굉장해. 성공하면 그나마 다행인 수준인 계획을 진지하게 도입하여 성공시켰으니까 말이지."

"하하하, 감사합니다. 그렇게까지 칭찬을 받을 줄은 몰랐군요. 이 도시를 고안하신 분은 레온 님이지만 분명 기뻐하실 겁니다."

말도 안 돼. 이 도시를 설계한 사람이 레온이라고?!

진짜 천재였을 줄이야…….

그냥 '클로에를 아주 좋아하는 변태 마왕' 정도로만 생각하고 있었는데, 인식을 바꿔야 할 필요가 있을 것 같았다.

이 도시는 틀림없이 아름다웠다.

인정할 수밖에 없는 현실이었기 때문에 더더욱 분한 마음보다는 흥분이 더 강하게 느껴졌다.

소우에이도 감탄한 표정으로 도시를 관찰하고 있었지만, 그도 마법은 그렇게 잘 알지 못하는 것으로 알고 있다. 그래도 뭔가 얻는 게 있을 것이라고 생각하는지 열심히 귀를 세우면서 듣고 있는 것 같았다.

"상공에서 침입하는 것도 어려우려나. 그렇다면 침입 루트는 지하밖에 없나……."

아니었다.

공격할 방법을 생각하고 있을 뿐이었군.

아니, 사실 그런 것도 중요하긴 하거든?

지금은 협력관계지만, 어쩌면 적대하게 될지도 모르니까 말이지.

어쨌든 도시와 마법진의 융합은 정말 대단한 것이었다.

이 기능을 우리나라에도 도입하고 싶었지만 이건 그리 쉽게 흉내 낼 수 있는 것이 아니다. 적어도 도시 '리무루'는 다른 의미로 완성되어 있기 때문에 지금부터 도입하는 것은 불가능했다.

앞으로의 과제가 되겠군.

나중에 다른 도시를 늘릴 기회가 있으면, 그때야말로 내 나름대로 아이디어를 실현해보자.

돌아간 뒤의 즐거움이 생겼다.

헛수고가 될지도 모르지만, 내 나름대로 마법도시를 설계해보자는 생각을 했다.

●

대문에 설치되어 있는 출입구를 통과해서 유리로 만든 나선회랑을 나아갔다.

도시 내부도 아름다웠다.

멀리 보이는 인조 절벽에서는 폭포수가 힘차게 흘러 떨어지고 있었다. 그 물이 도시 전체에 펼쳐져 있는 운하를 거치면서 아름다운 문양을 그렸다.

그런 식으로 도시를 구경하면서 10분 정도 걸었더니, 기사들이 지키는 일반인 출입금지 구역에 도착했다.

"이 안에 왕궁 앞으로 이어지는 마법진이 설치되어 있습니다."

그렇게 말하면서 알로스가 우리를 안내했다.

그리고 그 마법진을 통해 도착한 곳에서 우리를 맞아준 자는 놀랍게도 이 나라의 주인인 마왕 레온 크롬웰, 바로 그자였다.

흰 셔츠에 청바지라는 생각보다 자유로운 복장을 입고 있어서 놀랐지만 너무나 잘 어울렸다.

꽃미남은 정말 뭘 입어도 잘 어울리네.

팔짱을 낀 채 기둥에 기대고 있는 모습은 한 장의 그림 같이 보였다.

그런데 입을 열자마자 아쉽다는 분위기를 물씬 풍겼다.

"쳇, 역시 클로에는 오지 않은 건가."

이 녀석의 머리에는 클로에밖에 들어 있지 않은 건가. 아주 살짝 발끈했다.

역시 '클로에를 아주 좋아하는 변태 마왕'이 틀림없었지만, 그것만 봐도 진짜 레온이라는 걸 납득할 수 있었으니까 한 마디 쏘아붙여 주고 싶은 충동은 참기로 하자.

그리고 레온의 태도가 조금 이상했다.

알로스도 미형이라고 생각했지만 레온과 비교하면 그 미모는 뒤떨어졌다. 여전히 짜증이 날 만큼 잘생긴 꽃미남이었지만 왠지 기운이 없어 보였다.

"당연하지. 그건 그렇고 너, 왠지 야윈 것 같은데?"

"……시끄럽다. 원흉을 보낸 네가 할 말이냐?"

아!

그 말만 듣고도 감이 왔다.

그 녀석이 민폐를 끼치고 있구나, 하고.

"혹시 디아블로가 무슨 짓이라도 했어……?"

"……그런 셈이야."

한순간이었지만, 말 없는 눈싸움이 이뤄지고 말았다.

레온은 무슨 말을 하고 싶어 하는 것 같았지만, 그 말을 꾹 참고는 단지 고개만 한 번 끄덕일 뿐이었다.

무거웠다.

너무나도 무겁고 답답한 분위기였다.

침묵을 유지한 채 성안을 안내했다.

우리가 도착한 곳은 눈부시게 아름답고 호화로운 방이었다.

금은보석으로 장식되어 있는데도 지나치게 느껴지지 않을 만큼 양질의 가구들이 놓여 있었다. 벽지는 새하얀 색으로 통일되어 있었으며, 샹들리에의 광채를 보석들이 반사하면서 아름답게 비추고 있었다.

클레이만의 성처럼 악취미이진 않았다.

센스가 적절하게 빛을 발하고 있었다.

답답하지 않을 수준의 호화로움, 이라고도 할 수 있지 않을까. 외관이 흰색의 성이면서도 화려하지는 않았던 것처럼 내장도 아름다우면서도 기품이 있어서 차분한 분위기를 느끼게 하고 있었다.

이 정도면 서민 출신인 나도 쓸데없이 긴장하지 않고 있을 수 있을 것 같았다. 레온 때문에 무겁고 답답한 분위기를 띠게 되었지만, 이 가구들이 내 마음을 달래줄 수 있을 것 같았다.

──그렇게 생각했는데, 복도가 소란스러워졌다.

긴장은 하지 않더라도 골치가 아파질 것 같다는 예감이 들었다.

당연하다는 듯이 그 예감은 적중했다.

"아아, 리무루 님! 기다리고 있었습니다."

디아블로였다.

나를 향해 공손히 인사한 뒤에 실로 자연스럽게 나를 응접실로 안내해줬다.

여긴 레온의 나라인데 말이지.

왜 네가 여기서 살고 있는 것처럼 구는 거냐고 묻고 싶은 기분이 들었지 뭐야.

디아블로보다 조금 늦게 기이가 등장했다.

"잘도 나를 기다리게 했구나, 리무루. 왜 여길 마지막으로 미룬 거냐?"

그렇게 말하면서 내 맞은편에 놓인 의자에 앉았다.

"그야 물론, 기이 씨가 있기 때문이죠. 역시 강한 사람이 있으면 안심이 되니까 여기에는 바로 오지 않아도 되겠다는 생각을 했답니다!"

가볍게 농담을 하는 척하면서 진심을 말해봤다.

기이의 관자놀이가 꿈틀꿈틀 움직였다.

이거 위험한데.

나는 분위기를 파악할 줄 아는 남자이므로 기이가 폭발하기 전에 화제를 바꾸기로 했다.

"진정해. 실제로 여기에는 너와 디아블로가 있으니까 적이 쳐들어와도 대처할 수 있잖아? 루미너스는 약간 불안하고, 다구류루는 그 녀석이 얼마나 강한지는 나도 모르니까 말이지. 그쪽을 우선하는 건 당연하잖아."

"밀림은 나와 비슷하게 강해——."

하긴 밀림도 강하다. 기이가 무슨 말을 하려는 건지 잘 알겠지만, 그 선택에는 제대로 된 이유가 있었다.

"밀림 쪽은 건설공사를 맡아서 진행 중이었거든. 신용 제일을 신조로 삼고 있는 내 입장에선 우선할 수밖에 없었어."

그렇게 딱 잘라 말하면서 나는 당당한 표정을 지었다.

밀림은 이러니저러니 해도 소중한 친구이고 나도 상당히 많은 도움을 받았다. 그 은혜에 보답하는 건 당연한 일이며, 기이와 밀림 중에 누가 더 중요한지는 비교할 필요도 없었다.

민폐도 끼치곤 하지만, 그건 피차일반이니까 말이지.

"쳇. 뭐, 됐어. 그래서 다른 마왕들은 어때?"

납득하면 빨리 넘어가는 게 기이의 좋은 점이란 말이지.

자신을 뒤로 미뤄서 화가 나 있었지만 판단력은 제대로 갖추고 있는 것 같아서 안심했다.

"일단 각국에는 '전이용 마법진'을 건조해뒀어. 세부적인 조정은 아직 안 됐지만 긴급할 때에 가동하는 건 문제없게 해놨어."

나는 그렇게 말하면서 '위장'을 아주 조금 열고 '마강'으로 만든 원반을 슬쩍 보여줬다. 크기 때문에 전체를 꺼내는 건 귀찮았기 때문이다.

"장소를 지정해주면 설치할게."

"흠, 그건 나중에 안내하지."

그때 레온이 끼어들었다.

아니, 이 성의 주인은 레온이니까 그가 나서는 게 정답이었지. 기이의 태도가 너무나도 당당했기 때문에 나도 모르게 착각할 뻔했다.

"흠, 긴급할 때를 위한 대비는 늦지 않게 끝난 것 같아서 정말 다행이군. 그렇다면 이젠 적이 공격해오는 걸 기다리는 것만 남은 건가?"

"그런 셈이지. 나는 제국과의 전후 처리나 서방열국과의 연대 강화도 끝내둘 예정이지만."

"인간들의 힘 따위는 전력으로서 기대할 수 없을 텐데?"

"응. 그러니까 피난훈련을 시키려는 거야. 우리 싸움에 휘말려서 문명이 멸망되지 않도록 최선을 다해보려 생각해."

수도 '리무루'에 사는 자들은 무사하겠지만, 그 밖의 다른 나라들에선 얼마나 많은 피해가 생길지 예상하는 것도 어려웠다. 그러기 위해서라도 어느 정도는 피난할 수 있는 곳을 '리에가(삼현취)'를 통해 한창 준비시키는 중이었다.

묘르마일 군이 열심히 노력해주고 있었다.

일거리를 좀 많이 넘겨준 것 같기도 하니까 이번 사태가 끝나고 진정되면 위로해줄 예정이다.

참고로 제국의 신민들은 미카엘의 권능에 필수 불가결하겠지만 그것도 절대적이라고는 생각하지 않는 게 무난할 것이다.

내가 제국의 신민들을 전부 죽일 수도 있다는 것을 시사했기 때문에 미카엘이 대책을 세우고 있을 것 같단 말이지. 그렇게 되도록 유도했다고도 할 수 있겠지만, 이것만큼은 직접 싸우기 전에는 확인할 방법이 없었다.

"흐—응, 너도 많이 힘들겠군."

기이가 어이없다는 반응을 보였지만, 나는 원래 그런 인간이다.

지금까지 고생해서 인간사회와의 국교 수립을 성공시켰으니까 이걸 유지하는 것이 우리나라의 지상 명제라고 할 수 있다.

미카엘에 의해 파괴되는 것은 지금까지의 고생을 짓밟히는 꼴이 되므로 도저히 참을 수가 없었던 것이다.

그런 나를 보면서, 레온마저도 황당하다는 투로 말했다.

"자신의 나라뿐만 아니라 다른 나라에까지 신경을 쓰다니, 너는 생각한 것 이상으로 사람이 좋구나. 자신의 품이 무한대로 늘어날 수 있다는 생각이라도 하고 있는 거냐?"

으—음, 말하자면 뭐, 그런 셈이지.

나도 자신이 무엇이든 할 수 있다고는 생각하지 않는다.

하지만 그래도 아무것도 하지 않은 채 잃어버리는 건 이제 질렸다.

"후회하고 싶지 않은 것뿐이야. 해볼 수 있는 건 전부 해볼 거야. 그러고도 안 된다면 포기도 빨리할 수 있겠지."

아니, 만약 안 된다면 포기하지 못할 것이고 후회도 할 것이다.

하지만 그렇게 되지 않도록 발버둥을 치는 셈이니까 불행한 미래가 확정되기 전에는 나 자신에게 당당하게 살아갈 수 있는 것이다.

자신을 속이는 것은 무리니까 말이지.

그렇기 때문에 납득할 수 있는 삶을 살아갈 수밖에 없다.

"훗, 나는 후회만 했었지. 그래서 그 아이도 내가 아니라 너를 선택한 걸지도 모르겠군."

클로에 말인가?

지금 레온이 한 얘기에는 그냥 듣고 넘길 수 없는 무게가 느껴졌다.

레온이 상당히 무모한 짓을 했다는 건 틀림이 없었다. 조심하지 않으면 나도 그렇게 될 수 있다는 충고일지도 모르겠군.

그렇게 생각한 나는 레온의 불안을 웃으면서 넘기기로 했다.

"나는 말이지, 너와 달리 롤리——시스콤이 아니야. 주위에게 민폐를 끼치지 않도록 잘 배려할 수 있는 상식을 갖춘 사람이니까 그런 걱정은 기우라고 해야겠군."

"헛소리하지 마라. 죽고 싶나?"

신기하게도 일촉즉발의 분위기가 만들어지고 말았고, 그 후에 기이가 중재할 때까지 우리의 말싸움은 계속되었다.

●

"정말이지, 네가 오면 좀 나아질 거라 기대했는데 엄청난 착각이었던 것 같군."

무슨 이유인지 지친 표정을 지은 기이가 날 보면서 그렇게 투덜거렸다.

나에게 뭘 기대하고 있는지 모르겠지만 그 말뜻이 이해가 되지 않았다.

"쿠후후후후. 기왕이면 여기서 확실히 승부를 겨뤄보는 것이 좋지 않겠습니까? 다행히도 지금쯤이면 미저리와 레인이 '피해경감결계'를 펼치는 것에도 익숙해졌을 테니까요."

나와 레온에게 싸워서 끝장을 보라는 건가?

"너 말이다, 마왕끼리 그런 무모한 짓을 벌일 수 있을 것 같아?"

"안심하십시오. 리무루 님이 귀찮게 나서실 필요 없이 제가 상대할 테니까요."

자신의 눈을 가늘게 뜨면서 디아블로가 레온을 봤다. 사냥감을 노리는 포식자 같은 눈빛이었지만 이 녀석이라면 진심으로 그렇게 할 수 있다.

누가 이길지는 나도 예상할 수 없으니 그 결과가 궁금하지 않다면 거짓말이 될 것이다. 하지만 그걸 허가하는 것은 여러 의미로 불가능했다.

"피해가 막대해질 거라고 말했잖아! 네 임무는 레온의 호위라고 했을 텐데? 그런데도 싸워보겠다니, 주객이 바뀌는 것도 어느 정도가 있어야지!"

내가 잔소리를 하자 디아블로는 아쉽다는 표정으로 풀이 죽고 말았다.

반성하고 있는 것 같지는 않았지만 얌전해졌으니까 좋게 생각하고 넘어가기로 했다.

"좀 더 꾸짖어줘라, 리무루. 이 녀석은 정말로 포기할 줄 모르는 인간이니까! 어제도 나에게 시비를 걸어댔고 힘 조절을 하면서 싸웠는데도 훈련장을 파괴해버리고 말았다고!"

아니, 그건 내 알 바가 아니지.

그 싸움의 원인이 뭐였는지를 듣지 않으면 누가 잘못한 건지 단언할 수도 없고 말이야.

그리고 그 전에——.

"뭐? 너랑 디아블로가 싸웠다고?"

"그래. 최근에 좀 지루했거든. 가볍게 운동 삼아서 붙어봤지."

이해가 되지 않았다.

디아블로와 기이가 싸웠다고 하는데, 말로 다 표현할 수 없을 만큼 큰일이었다고 한다. 어제 일이라고 했으니까 그나마 오늘 싸우지 않은 게 다행이라고 생각했다.

레온을 보니 노골적으로 인상을 쓰면서 한숨을 쉬고 있었다.

"처음에는 거기 있는 메이드가 디아블로에게 시비를 건 게 시작이었을 거다. 완전히 박살이 났는데도 패배한 걸 인정하지 않고 도망쳤지만……."

거기 있는 메이드라고 말하면서 레온의 시선이 레인을 노려보고 있었다.

"무슨 농담을 하시는 건지. 저는 그런 말은 입에 올리지도 않았고 애초에 패하지도 않았습니다!"

싸운 건 부정하지 않는구나…….

"너의 주관적인 의견 따위는 들을 가치도 없다."

레인의 뻔뻔한 발언을 레온이 단칼에 잘라버렸다.

하지만 디아블로가 그 말을 다시 거둬들였다.

"쿠후후후후. 저는 약한 자를 괴롭히는 것을 좋아하지 않거든요. 그래서 그냥 놓아드린 겁니다."

"네? 다음엔 진지하게 싸우겠다고 말했을 텐데요? 적당히 봐주면서 싸워드렸더니 착각이라도 하신 건가요?"

"미저리를 데리고 와서 2대1로 저에게 도전한 것을 잊어버렸습니까? 다음에는 단단히 길을 들여놓지 않으면 안 되겠군요."

디아블로는 유연한 태도로, 레인은 상대를 업신여기는 듯이 서로를 도발하면서 자극했다. 이대로 가면 실력행사——로 갈 수도 있겠다고 걱정했지만 신기하게도 그렇게 되지는 않았다.

"귀찮게도 이 둘은 어느 새에 협정을 맺었더라고."

기이가 믿을 수 없는 말을 했다.

말싸움은 일상다반사이며 귀여운 수준이라고 한다.

"최근 2주일 동안 매일 싸우고 있었지. 그런데 어느샌가 의기투합했더군."

레온이 긍정함으로써 기이가 한 말의 신빙성이 늘어났다.

그리고 그게 진실이라면 전력 밸런스가 무너지면서 귀찮은 일이 일어나게 될 것이라는 걸 이해하고 만 것이다.

"너무하시네요. 무슨 증거가 있어서 그런 얼토당토않은 말씀을 하시는 건지?"

"들키지 않았을 거라고 생각하나? 어제 싸움에선 '웃기지 마! 더 기합을 넣으라고, 디아블로!!'라고 소리쳤잖아."

레인이 고개를 살짝 갸웃거리면서 그렇게 물었지만, 레온은 표정 하나 바꾸지 않은 채 그렇게 대꾸했다.

그때 진저리를 내는 듯한 기이의 목소리가 동시에 들렸다.

"레인, 다 들통났다. 아니, 그것도 그렇지만 내가 아니라 디아블로를 응원하고 있었단 말이냐……?"

"설마 그럴 리가요. 제가 그런 천박한 말을 쓸 리가 없는 데다, 저는 기이 님의 충실한 하인인걸요. 이건 분명 레온 님의 착각입니다."

당당하게 딱 잘라 말하네, 이 사람.

진지한 표정을 짓고 있을 때는 알아차리지 못했지만, 이 인간, 막내 속성을 가지고 있었네?

자신의 언동을 돌아보지 않고 모든 것이 자기 뜻대로 될 거라고 믿어 의심치 않는 타입. 오빠나 언니에게 귀여움을 받는 여동생이 이런 성격이 되기 쉬울 것 같다.

하지만 지금까지의 말을 들어보니 누구 말이 옳은지는 일목요연했다.

"디아블로, 어쩌다 그렇게 된 거냐?"

디아블로라면 나에게 거짓말을 하지 않을 것이다. 그렇게 생각해서 직접 질문을 해봤다.

그러자 디아블로가 빙긋 웃으면서 대답했다.

"리무루 님의 위광 덕분입니다. 레인에게도 리무루 님 이야기를 함축해서 들려줬는데, 그 덕분에 그녀도 개심한 것이죠!"

무서워!

세뇌라도 한 거냐? ——그렇게 말할 뻔했지만, 그 말은 속으로 애써 삼켰다.

"그, 그랬어?"

"실은 전 리무루 님의 팬이랍니다. 디아블로한테서 리무루 님 얘기를 듣는 대신에 아주 조금 협력해주기로 했죠."

깔끔하게 커트시 자세로 인사하면서 레인이 그렇게 말했다.

혹시 이 사람, 엄청나게 마이페이스(자기중심적)인 인간 아냐?

디아블로도 그런 성격이니까 마음이 잘 맞는 것도 납득이 되긴 하네.

"으, 응……."

달리 무슨 말을 할 수 있단 말인가.

살짝 난처한 표정으로 기이를 보니 이젠 늦었다는 듯이 고개를 젓고 있었다.

"미안해, 우리 멍청이들이 폐를 끼쳤어."

"아냐, 아냐, 디아블로도 폐를 끼쳤으니까 피차일반으로 치고 넘어가자고."

기이도 고생이 많겠다는 생각이 들면서, 예전부터 느끼고 있던 친근감이 더 강하게 느껴질 정도였다.

한마디 더 하자면, 늘 무표정을 유지하고 있는 미저리가 드물게도 기이의 말에 반응하고 있었다.

"……네? 혹시 늘 레인 때문에 저까지 멍청이로 취급되고 있는 건가요……?"

으―음, 진실을 깨달은 모양이네.

굳이 말로 하진 않았지만, 그게 정답인 것 같다고 나도 생각해.

하지만 다른 곳의 사정에 끼어들어 참견하는 것도 철없는 짓인지라 나는 그 중얼거림을 듣지 않은 것으로 치고 넘어갔다.

그러고 나서 한동안 잡담을 나눈 후에, 나는 안내를 받은 곳이 옥좌가 있는 알현실의 뒤에 숨겨진 방에 '전이용 마법진'을 설치했다. 무게가 수 톤에 달하기 때문에 한 번 설치하면 다시 옮기는 것이 귀찮았다.

그리고 볼일을 끝냈기 때문에 바로 이 나라를 떠나기로 했다.

레온은 디아블로와 레인을 데려가기를 바라는 것 같았지만 그랬다간 작전에 지장이 생길 것이다. 지장이 생기지 않더라도 나는 데려갈 마음이 없으니까 레온이 그냥 참고 넘어가길 바랐다.

그리고 헤어질 때.

"클로에를 잘 부탁한다."

레온이 그렇게 다짐을 놓듯이 말했다.

굳이 그런 말을 들을 필요도 없었기에 "내게 맡겨둬"라고 말하면서 고개를 끄덕였다.

레온은 납득했는지 의외로 포기가 빨랐다. 좀 더 끈질기게 물고 늘어질 거라 생각했던 만큼 조금은 의외로 생각한 건 비밀이다.

그냥 가만히 있으면 멋진 남자란 말이지.

그뿐만 아니라 놀랄 만한 진실이 밝혀졌다.

실은 나와 레온의 취향은 같았던 것이다.

롤리콤이라는 의미는 아니거든?

그게 아니라 레온의 꿈은 건축가가 되는 것이었다고 한다.

어쩐지 미적 센스가 뛰어나다 싶었다.

잡담 중에 이 도시와 성을 칭찬하다가 그런 이야기를 들었는데, 듣고 보니 납득이 되었다. 레온의 센스가 출중하다는 건 나도 인정했기 때문이다.

재수 없게 굴지만 사실은 호감이 가는 청년. 그게 내가 마왕 레온에게 내린 새로운 평가였다.

그런 식으로 레온과의 관계도 개선되면서, 엘도라도(황금향) 방문도 무사히 종료되었다.

●

레온의 나라에서 돌아온 뒤에도 나는 정력적으로 외국을 이리저리 돌아다니는 생활을 보내고 있었다.

적이 언제 쳐들어올지 모르므로 각국과의 연계를 강화시키는 것이 목적이었다.

마왕 사이의 긴급이동수단을 마련했으니까 다른 우호국에도 같은 방식으로 설치하는 것은 당연했다.

맨 먼저 향한 곳은 드워프 왕국이었다.

가젤에게는 현재 아게라를 파견해두었다.

가젤과 함께 수행하고 있다는 보고를 받았기 때문에 그 성과도 확인해보자는 생각이었다.

드워르곤의 대문 근처로 '전이'했다.

여전히 행상인이나 모험가들이 장사진을 이루고 있었다. 그걸 곁눈질로 슬쩍 보면서 귀족 전용 통로로 가서 문지기에게 말을 걸었다.

그러자 기다릴 필요도 없이 왕성 안까지 안내를 받았다.

이런 일로 우월감을 느끼는 걸 보면 나도 아직은 소시민인 모양이다. 도량이 적다는 건 자각하고 있으므로 대놓고 거만한 표정을 짓지 않도록 조심하고 있었다.

그런 나를 가젤이 맞이했다.

“기다리고 있었다, 리무루여.”

물론 아게라도 함께 있었다.

“주군, 건승하신 것 같아서 정말 다행입니다.”

다소 호들갑스럽게 무릎을 꿇으면서 나에게 인사를 했다.

사극의 한 장면을 재현하는 것 같았지만, 분위기가 확실하게 살아 있어서 그럴듯했다.

그리고 이 아게라는 놀랍게도 하쿠로우의 조부가 전생한 모습이었다. 카레라한테 그 얘기를 들었을 때는 놀랐지만, 진정하고 관찰해보니 몸짓이나 동작이 판박이 같았다.

면접을 해봐야겠다고 생각했지만 계속 그런 기회가 없었다는 것을 떠올렸다. 기왕이면 이다음에라도 시간을 들여서 차분히 이야기를 들어보는 것도 좋을 것이다.

그렇게 생각하면서 나도 인사를 했다.

“오랜만입니다, 가젤 왕. 잘 지내는 것 같아서 다행이군요. 그리고 아게라도.”

“핫핫하! 여전히 딱딱한 녀석이로구나. 늘 말하지만 그냥 가젤이라고 불러도 된다.”

“아니, 그렇게 하자고 생각은 하지만 이런 자리에서 만나면 어쩔 수 없이 긴장이 되어서 말이지. 재판을 받을 때가 자꾸 떠오르는 걸 보면 역시 난 소시민인 모양이야."

소시민적인 감각을 완전히 버리지 못하지만 그런 자신이 귀엽다고 생각했다.

역시 높은 사람이 앞에 있으면 긴장하지 않는 게 이상한 일이란 말이지.

번 씨와 루돌프 씨는 따뜻한 분위기로 우리의 대화를 보고 있었다.

소우에이도 마찬가지였다.

그때 끼어든 자는 아게라였다.

"소인이 보기엔 주군의 마음대로 하시는 게 좋을 것이라 말씀드려야겠지만, 그런 말씀을 드렸다간 카레라 님의 질타를 받겠죠. 무엇보다 동맹국의 맹주로서 입장은 동등합니다. 가젤 폐하의 앞이라고 해서 조심하실 필요 없이 당당한 태도로 대응하시면 될 것으로 생각합니다."

"그렇긴 하지. 나도 알고는 있는데 말이야."

굳이 지적받을 필요 없이 나도 이해는 하고 있지만, 불과 몇 년 전까지만 해도 나는 샐러리맨이었거든. 분노하거나 집중하거나, 어떤 큰 사건에 휘말려서 여유가 없을 때가 아니면 원래의 자신으로 돌아가고 만다.

"괜찮다. 리루무의 마음도 이해가 안 되는 건 아니니까. 나도 천제 에르메시아가 내 앞에 있으면 긴장을 하니까."

"오오, 가젤 왕에게도 그런 상대가――."

"하지만! 너는 내가 부담스럽게 여기는 천제와 가볍게 얘기를 나눌 수 있지 않으냐! 그게 이해가 안 된다!!"

지당한 말씀입니다.

반론할 여지가 없을 정도로 정론이었다.

그러니까 부담 없이 대하라는 가젤의 말을 듣고 나도 선처하겠다고 대답했다.

하지만 왠지 모르게 의지할 수 있는 믿음직스러운 존재이기 때문에 더더욱 경의를 품게 된단 말이지. 그런 마음이 저절로 태도로 드러나기 때문에 개선하기가 어려웠다.

"하지만 말이지, 때와 장소에 따라선 적절하게 대응하는 모습을 연기로 보여줄 수 있으니까 그렇게까지 곤란한 일도 아닐 것 같은데?"

"멍청한 녀석. 그런 때일수록 평소의 버릇이 나오는 법이다. 큰 무대에서 실패하지 않도록 늘 자신의 행동을 돌이켜보면서 고치도록 해라."

또 가르침을 받고 말았다.

이렇게 타일러주는 일이 많기 때문에 내 태도가 자꾸 그렇게 되는 거라고.

에르땅한테서도 잔소리를 듣는 일이 많지만, 그 사람은 온오프를 철저하게 구별하니까.

그런 의미에선 나랑 묘르마일 군이 편하게 대할 수 있도록 배려하고 있는 것일지도 모르겠다――는 건 지나친 생각일 수도 있으려나. 잘 모르겠군.

어쨌든 가젤의 충고는 앞으로의 과제로서 잊어버리지 않도록 마음에 새겨두었다.

응접실로 장소를 옮겼다.
술잔을 한 손에 든 채로 근황을 보고했다.
가장 중요한 목적인 정보를 교환하고 맞춰 보는 시간을 가졌다.
"대전을 피할 방법은 없겠느냐――?"
"싸우고 싶지는 않지만 피할 수 있을 것 같지도 않아. 지금도 마왕 사이에선 긴급할 때 이동할 수 있도록 '전이용 마법진'을 얼마 전에 설치했거든."
"흠…… 산을 하나 넘으니 또 산이 나타난 셈인가. 솔직히 말하겠는데, 베루글린드 님이 적이 된 시점에서 난 이미 모든 게 끝난 것으로 생각했다. 그분이 우리 편이 된 지금, 미카엘이라고 했던가? 이제 와서 새삼스레 당황할 상대라는 생각은 들지 않는구나."
뭐, 자화자찬은 아니지만 우리나라의 전력은 전성기의 제국을 능가할 정도다. 그뿐만 아니라 마왕들에 베루글린드, 그리고 베루도라까지 있으니까 가젤이 보기엔 패배할 요소가 없는 것으로 여기는 것 같았다.
하지만 그건 안일한 인식이다.
"아니, 강적이야. 세력만 보더라도 그 규모는 제국과는 비교가 안 되니까."
"이해는 하고 있다. 안일하게 생각하는 것이 아니라 그 반대다."
"반대?"
"아무리 발버둥 쳐도 힘에 보탬이 되지 않을 것 같으니까 반쯤 포기한 경지에 이르렀다는 뜻이다."
"아아, 그런 뜻인가……."
아니, 뭐, 그 말이 맞긴 하다.

베루자도가 노린다면 아무리 드워르곤이 강대국이라고 해도 승리는 불가능할 것이다.

각 개체가 지나치게 강하니까 포기하고 싶은 마음은 이해할 수 있었다.

"그래도 쉽게 멸망해주지는 않을 것이지만 말이지. 최악의 경우에는 한 방 제대로 먹여줄 각오로 도전할 뿐이다."

기백이 충분한 모습으로 가젤이 으름장을 놓았다.

그 각오는 틀림없이 진짜였다.

패할 것을 알고 있는 싸움에도 도전하는 사람이라는 것은 베루글린드를 상대로 도망치지 않은 것을 봐도 명백히 알 수 있었다.

그런 가젤을 믿음직스럽게 생각하면서 나는 이야기를 이어갔다.

"이기지 못한다면 이기지 못하는 대로 선택할 수단을 생각해둬야겠지?"

수보다 질적으로 위험했다. 최악인 것은 베루자도가 우리와 적대하고 있다는 사실이었다.

그로 인해 베루도라가 도움이 되지 못하게 되었다.

제대로 베루자도를 상대할 수 있는 자는 기이 내지는 베루글린드뿐이지 않을까.

나?

절대 사양하고 싶으니까 무슨 일이 있더라도 그냥 도망치고 싶다.

"자연재해 수준인 '용종'끼리의 싸움이라니, 마치 신들의 싸움이라 하겠구나."

"정말로 그렇다고 생각해. 하지만 도망칠 수는 없단 말이지."

"승산이 있다는 뜻이냐?"

"없어! 하지만 승률을 높이기 위한 노력은 아끼지 않을 생각이야."

"후후후, 발칙한 녀석."

가젤이 쓴웃음을 지으면서 고개를 끄덕였다.

해보지 않으면 모른다는 것이 본심이긴 하지만, 이기지 못할 것 같으면 도망칠 수 있는 준비를 하는 것밖에 남은 선택지가 없겠지만 말이지.

괜한 폼을 잡아보긴 했지만, 적의 전력을 분석도 하지 않고 있는 상태에선 승패를 논해봤자 의미가 없다. 쉽게 말해서 패할 것 같을 때의 대처법만 빈틈없이 준비해놓기만 하면 되는 것이다.

"그러니까 도와주면 좋겠어."

"좋다. 내 힘도 빌려줄 테니까 네가 하고 싶은 대로 해봐라."

나의 협력 요청을 가젤은 흔쾌히 승낙해줬다.

곧바로 '전이용 마법진'의 설치를 요청했다.

예전에 설치한 개인용과는 달리 이번 마법진은 운용 장소도 중요했다.

"이 정도로 순도가 높은 '마강'을 용케도 이렇게 연성해냈구나."

"그건 내 스킬(능력)을 이용해서 만든 것이니까 일종의 반칙이라 할 수 있겠지. 사실은 기술자를 육성하고 싶었지만 적은 기다려 주질 않으니까 말이야."

"——그렇겠지. 설치한 뒤에 조정하는 건 우리에게 맡겨두도록 해라."

나는 "고마워"라고 인사한 뒤에 가젤이 제시한 장소에 '전이용 마법진'을 설치했다.

무사히 목적을 달성했기 때문에 자연스럽게 얘기는 자연스럽게 잡담으로 넘어갔다.

"그건 그렇고 수행의 성과는 어때?"

"음. 역시 검귀 님――하쿠로우 스승님의 조부이자 '오보로류'의 창시자인 아게라 공다웠다. 나는 아직 멀었다는 것을 뼈저리게 깨달았지!"

"겸손이 지나치십니다, 가젤 폐하. 이미 비오의인 오화돌(五華突)을 습득하셨고, 더 높은 경지를 목표로 삼고 수행 중이시지 않습니까."

'오보로류'에선 오화돌 이상의 기술을 비오의라고 정해두고 있는 모양이다.

석류――육화참(六華斬)은 비살상을 목적으로 한 고속 참격을 이용한 타격기다.

버드나무――칠화지(七華凪)는 부드럽게 적의 공격을 받아내는 검술이라고 한다.

참격, 찌르기 등 기술의 수가 늘어난다.

그다음에는 최고오의인 겹벚꽃――팔화섬(八華閃)에 이른다고 한다.

문하생이 아닌 자에겐 가르쳐선 안 되는 것으로 정해진 검술이라고 하는데, 아게라는 아낌없이 가젤에게 전수할 생각을 가지고 있다고 한다.

"하쿠로우는 할아버지가 보여준 팔화섬을 보고 배웠다고 말했는데?"

"네. 전생 전의 이야기이므로 기억이 확실하진 않습니다만, 한

번 보여준 기억이 있는 것 같기도 합니다. 그걸 재현하여 보여줬다면 그자는 틀림없이 천재일 것입니다. 자신의 손자를 자랑하는 것 같아서 부끄럽습니다만, 지금의 소인은 그자의 할아버지인 아라키 뱌쿠야가 아닙니다. 마국의 선배들을 솔직히 칭찬하고 싶은 바입니다."

부끄러운 표정으로, 그리고 자랑스러운 표정으로 아게라가 그렇게 말했다.

"아니, 하쿠로우는 나에게도 스승이니까 말이지. 스승이 그런 칭찬을 받으면 기분이 나쁠 리가 없지. 오히려 기쁜 마음이야."

"그 말이 옳다. 아게라 공의 가르침이 하쿠로우 공을 통해 이어져 내려온 것입니다. 그걸 생각하면 인연이라는 것은 참으로 신비로운 것이군요."

가젤도 내 말에 동의하면서 기쁜 표정으로 웃고 있었다.

아게라는 그런 우리의 반응을 보고 감개무량한 표정으로 고개를 끄덕였다.

"그건 그렇고 리무루여. 네 생각을 들려주면 좋겠다만, 괜찮겠느냐?"

"내가 알고 있는 것이라면."

"음, 예전에도 물었다만 얼티밋 스킬(궁극능력)에 대해서 알고 싶다. 이대로 검의 실력을 키운다면 궁극 각성자에게 이길 수 있을 것 같으냐?"

이런, 완전히 스트레이트로 질문을 날린 건데, 이건.

상황에 따라선 이길 수도 있다. 상당히 힘든 싸움이 될 것 같지만, 가능성이 제로이진 않았다.

"내가 얻은 교훈에 따르면 얼티밋 스킬은 얼티밋 스킬로 대항할 수밖에 없어. 유니크 레벨로는 승부가 되지 않는다고 생각하는 게 좋을 거야."

"그렇단 말이냐……."

"하지만 특정 조건을 만족시키면 예외인 경우가 생길 수는 있다고 생각해."

"호오, 그 조건은 무엇이냐?"

"예를 들어서 카구라자카 유우키의 '안티 스킬(능력살봉)'은 내 권능을 완전히 봉인해버리는 성가시기 짝이 없는 특이체질이었어. 또 디아블로는 마법만으로 궁극 소유자를 압도한 적이 있었지."

"흠──."

"내 생각이지만, 아마도 중요한 건 의지력일 거야. 의지의 힘만으로 존재하고 있는 정신생명체라면 얼티밋 스킬이 없어도 궁극의 권능에 대항할 수 있는 것 같거든. 이 추측은 상당히 높은 확률로 정답이지 않을까."

단정하지 않고 말했지만, 실제로는 시엘의 견해와도 일치하기 때문에 거의 틀림없을 것이라 생각하고 있었다.

그러므로 열쇠가 되는 것은──.

"자신의 의지력을 정신생명체에 필적할 수 있는 수준으로 높이면 된단 말이구나? 그렇다면 검의 길을 통해서 그 끝의 경지에──."

"더 빠른 방법이 있을 수도 있어."

"뭐라고?!"

"갓즈(신화) 급에 이른 무기와 방어구의 인정을 받는다면 정신생명체와 동등한 존재가 될 수 있는 것 같아."

이게 답이었다.

뭐, 권능을 부여한다는 반칙기술도 있지만 '지나친 힘은 신세를 망친다'라는 말이 있으니까 말이지.

힘이 아니라 '욕심'이었던가?

원래의 우화와는 교훈이 달라진 것 같기도 하지만, 내가 말하고자 하는 바는 전해졌으리라고 생각한다.

분수에 맞는 힘이 아니면 제대로 써먹을 수 없다는 뜻이다.

그러므로 나도 부하 전원에게 권능을 부여하지 않은 것이다. 하물며 가젤을 상대로 그런 건방진 짓을 할 수는 없으므로 자신의 힘으로 노력해주길 바라는 것 말고는 다른 방법이 없는 셈이다.

애초에 영혼이 이어지지도 않은 상대에게 권능을 부여할 수도 없는 노릇이고 말이지. 레인이나 미저리는 각성시킨 적이 있지만, 그것과 이건 별개의 이야기였다.

그러므로 이번에는 갓즈 급을 입수하는 것이 최적의 해답이 되지 않을까.

그렇게 말은 했지만, 그리 쉽게 손에 넣을 수 없는 것이 갓즈 급이란 말이지.

나도 히나타의 '성령무장'을 해석해서 양산을 시도해봤지만, 아무리 노력해도 레전드(전설) 급에 이를까 말까 하는 수준이었다. 이걸 장착하면 '성인' 급의 힘에는 도달할 수 있을지도 모르지만 얼티밋 스킬에 대항하기에는 역부족이라고 생각했다.

"――갓즈 급이라."

가젤이 그렇게 중얼거리면서 자신의 검을 봤다.

손에 익은 그 명검은 아마도 레전드 급일 것이다. 그것도 상당히 상위에 속하는 물건으로 보였다. 하지만 그 칼날에는 무수한 상처가 새겨져 있었다.

“콘도의 검과 맞부딪친 결과다. 부러지지 않은 것만으로도 요행이라고 할 수 있겠지만 검의 수명은 거의 다 한 셈이다.”

그렇겠지.

대대로 이어져 온 국보였을 것이다. 그렇지만 이렇게 되어버렸으면 장식해두는 것 말고는 다른 쓰임새가 없을 것 같았다.

아니, 어쩌면…….

“쿠로베에게 부탁해볼까? 어쩌면 그 검을 되살릴 수 있을지도 몰라.”

“뭐라고? 그게 정말이냐?!”

“반드시 성공할 것이라고 약속할 수는 없지만, 쿠로베는 가비루의 창을 새롭게 만들어낸 실적이 있거든.”

내가 제공한 히히이로카네(궁극의 금속)를 이용하여 쿠로베가 수리하자, 가비루의 볼텍스 스피어(수와창)는 갓즈 급 바로 전 단계 수준의 물건으로 새로이 태어났다.

그대로 계속 쓰다 보면 언젠가는 갓즈 급까지 진화할 것이라 생각한다.

히히이로카네도 아직 남아 있고…….

“그 검도 죽지는 않은 것 같으니까 어쩌면——.”

“부탁한다. 실패해도 상관없으니까 쿠로베 공에게 의뢰해다오!!”

대출혈 서비스지만, 사형을 위한 일이라면 아깝지 않다. 늘 신세를 지고 있으니까 이럴 때 제대로 은혜를 갚아야지.

그렇게 생각하여 나는 가젤로부터 검을 넘겨받았다.

"검은 일단 쿠로베에게 맡겨보기로 했고. 그밖에 갓즈 급을 입수할 다른 방법은 있어?"

"있을 것 같으냐? 너는 상식을 모르는 것 같으니 가르쳐주겠다만, 레전드 급조차도 국보로 취급된다. 그것도 대국의 국보로. 제국이라면 또 모를까, 흔하게 보일만한 물건일 리가 없다."

그렇게 어이없어 하는 반응까진 보이지 않았으면 좋겠는데.

"제가 조사한 결과도 마찬가지였습니다. 서방열국의 어둠의 루트를 샅샅이 찾아봤습니다만, 고작 레전드 급 몇 점만을 발견할 수 있었습니다."

소우에이가 가젤의 발언을 뒷받침해주는 말을 듣고 남은 희망은 쿠로베에게 맡기기로 했다.

참고로 소우에이의 쌍검도 쿠로베의 손에 의해 다시 태어난 것이다. 아쉽게도 갓즈 급에는 이르지 못했지만, 소우에이의 능력이라면 큰 문제는 없을 것이다. 반대로 성장할 여지가 남았다고 긍정적으로 생각하고 있었다.

"없는 걸 없다고 투덜대봤자 소용이 없지. 그보다 정신생명체가 되면 얼티밋 스킬에 대항할 수 있다고 말하는 거냐?"

"그것도 절대적이진 않지만 말이지. 살아온 나날에 따라 개체 차이가 있는 건 당연하겠지만, 갓 태어난 아크 데몬(상위마장) 같은 존재는 완전히 불가능한 것 같더군. 강한 의지와 그걸 받쳐주는 에너지(정신력)가 있으면 궁극의 권능에 대항할 수 있는 것 같아."

"음, 너의 설명은 두루뭉술한 부분이 너무 많아서 잘 이해가 안 되는구나……."

그, 그렇지는 않은데——라고 생각했다.

하지만 그렇게까지 말한다면 간결하게 설명해볼까.

"간단히 말해서 기합이야!"

근성론이 되어버리기 때문에 이런 설명은 입에 올리고 싶지 않았단 말이지.

기합으로 무엇이든 얼버무릴 수 있다고 생각하면 큰 착각이지만, 얼티밋 스킬에 한해서는 이 방법이 아닌 다른 방법으로 설명하는 게 더 어려워진다.

무엇보다 검의 일섬이 섬광으로 변해 대기를 가를 수도 있는 세계이므로 검기도 마법도 그렇게까지 큰 차이는 없을지도 모른다.

의지의 힘을 단련하면 세계의 법칙조차도 일그러트릴 수도 있는 것이다.

——그렇게 치고 넘어가는 것이 여러모로 이해하기 쉬워서 모든 것이 원만히 수습된다.

내 설명을 들은 가젤은 이번에는 진지한 표정을 지으면서 입을 다물고 말았다.

아게라를 힐끔 보니 그쪽도 마찬가지로 생각에 잠긴 표정을 짓고 있었다.

그런 분위기 속에서 소우에이가 입을 열었다.

"리무루 님의 말씀이 옳습니다. 얼티밋 기프트(궁극증여)를 받은 몸이기 때문에 감히 큰소리를 치진 못하겠습니다만, 기합을 검에 실으면 어떤 상대이든 죽일 수 있을 것 같다는 기분이 듭니다."

그 의견을 듣고 아게라가 고개를 끄덕였다.

"그렇습니다. 소인의 경우에는 모든 의지를 칼날로 승화시킨다는 느낌이 들었죠. 적을 죽인다는 의지 그 자체로 자신의 육체를 칼로 만들어서 '내 검으로 베지 못할 것은 없다'고 믿습니다. 그렇기 때문에 형체가 없는 것이라도 벨 수 있는 겁니다."

그랬다, 아게라의 권능은 '도신변화'였다.

단순히 존재치만 비교한다면 아게라가 변한 검은 갓즈 급에 이르지는 못할 것이다. 하지만 그 날카로움의 수준은 아게라가 더 높을 것이다. 갓즈 급에도 의지가 있다고는 하는데, 역시 인간의 의지에는 미치지 못할 테니까.

내 그림자에서 란가가 불쑥 머리를 내밀면서 대화에 끼어들었다.

"내 경우는 조금 다르군. 나의 주인의 그림자 속에서 잠들어 있었을 때 갑자기 신기한 목소리가 들린 것 같았다. 그때 '하스터(성풍지왕)'가 번뜩인 것이다. 하지만 굳이 말하자면 주인에게 도움이 되고 싶다는 바람을 계속 품고 있었기 때문에 이런 형태로 이뤄진 것으로 생각한다!"

핫핫하 하고 기쁘게 웃으면서 란가가 말했다.

최근에는 현명해졌는지 하반신은 내 그림자 안에 여전히 들어가 있는 모습으로 나타났다. 그래서 보이지는 않았지만 꼬리는 온 힘을 다해 흔들고 있을 거라 생각했다.

실로 귀여웠다.

나는 고양이를 더 좋아했지만 최근에는 '개도 괜찮은 것 같은데'라는 생각을 하게 되었다. 그 심경의 변화에는 란가의 공이 클 것이라는 생각이 들었다.

그건 그렇다 치고 소우에이, 아게라, 란가, 이 세 명이 들려준 이야기가 참고가 되면 좋겠는데.

"기합, 이라."

"뭐, 당장은 조바심을 내지 않아도 괜찮을 겁니다. 소인이 있을 때에 적이 쳐들어온다면 제 힘을 빌려드릴 테니까요. 사양하지 말고 분부만 하십시오."

그게 확실하겠지.

가젤의 힘에 아게라의 검기가 더해지는 것이니까 상대가 콘도라고 해도 좋은 승부가 될 것이라 생각한다. 적어도 시간은 벌 수 있을 것 같다.

하지만――.

"상대가 베루자도 씨라면 망설이지 말고 도망치는 게 좋을 거야. 아예 싸움이 안 되는 상대니까."

"그 정도란 말이냐?"

"응. 그녀가 진심으로 싸우는 모습을 본 적은 없으니까 단언할 수는 없지만, 베루글린드 씨보다 좋지 않은 느낌이 드니까."

"으음…… 인정하고 싶지는 않지만 네 말이 옳을 것이다. 나도 그 베루글린드를 보고 말았으니 '용종'에게 도전하는 것이 얼마나 무모한지 이해하고 있다. 하지만 말이지, 왕인 자라면 백성을 저버려선 안 된다."

"그렇다면 베루자도가 쳐들어오지 않도록 비는 수밖에 없겠군. 만약 온다면 그때는 연락을 줘."

나는 그렇게 말하면서 '휴대전화'를 보여줬다.

"음, 그게 있었구나!!"

"전에도 말한 것 같지만 직통으로 대화할 수 있게 되는 마도구야. 아직 생산 대수가 적으니까 소중하게 다뤄줘."

그렇게 말은 했지만, 내가 알려준 건 내 개인 번호와 '관제실'

직통 회선뿐이었다. 에르땅이나 묘르마일 군의 번호는 가르쳐주지 않았다.

이런 건 본인에게 직접 묻지 않으면 매너가 없는 것으로 받아들일 것이다. 생전에 내 휴대전화 번호를 거래처가 멋대로 알려주는 바람에 발끈한 기억이 있었기 때문이다.

"과연, 등록되어 있는 숫자를 입력하면 상대와 연결된단 말인가."

"그래. 이걸 가지고 있는 사람은 적지만 만약 만난다면 번호를 가르쳐달라고 해."

"음. 무슨 곤란한 일이라도 생기면 이걸로 상담도 할 수 있을 것 같구나."

"뭐, 그게 원래 사용법이니까 말이지. 무슨 일이 있을 때에 연락을 주면 우리도 대처하도록 할게."

"알았다, 널 믿고 있으마. 물론 내가 도와줄 수 있는 일이 있다면 사양하지 말고 말해라. 내 개인으로서 할 수 있는 데까지 힘이 되어줄 생각이니까 말이지."

나와 가젤은 서로를 보며 웃었다.

드워르곤을 노릴 가능성은 적다고 생각하지만 이렇게 하면 일단 안심이 된다. 이리하여 긴급할 때의 대처에 대한 협의가 끝난 것이다,

●

드워프 왕국에서 며칠 머무른 뒤에 찾아간 다음 장소는 파르메나스 왕국이었다.

이곳에는 가드라가 머무르고 있었다.

가드라는 디아블로의 제자가 되었지만, 테스타로사에게도 도움을 주고 있었다. 마사유키의 즉위를 반석 위에 올려놓기 위해서 제국 내부의 정보를 깡그리 제공해준 것 같았다.

두 나라를 오가면서 바쁜 나날을 보내고 있었던 것 같은데, 지금은 파르메나스 왕국에 정착해서 살고 있다고 한다.

그래서 들른 김에 여러모로 얘기를 들어보자고 생각한 것이다.

파르메나스 왕국의 왕도는 상상했던 것보다 훨씬 더 활기가 넘쳐 있었다.

예전에 왔을 때에도 도시 곳곳에서 공사 중인 모습을 볼 수 있었는데, 그건 지금도 마찬가지였다. 깔끔하게 단장된 구획이 늘어났다는 것이 예전과의 차이점이었다.

왕도의 교외에는 큰 역이 완성되어 있었다. 그 근처에는 창고가 나란히 세워져 있었다.

블루문드와 드워르곤을 이어주는 중계지가 되었기 때문에 다양한 상품을 보관해두는 장소가 필요하게 되었다. 왕도 안에선 장소를 확보하지 못하는 바람에 왕도에 인접할 수 있게 역사를 건설한 것이다.

왕도의 정비를 뒤로 미룬 것은 향후를 대비한 경제활동을 우선한 결과였다.

그리고 현 파르메나스 왕가에 돈이 없다는 것도 이유가 될 것이다.

대놓고 말해서 공사에 드는 모든 비용을 내가 빌려주는 형식을 취하고 있었던 것이다.

'마도열차' 전용의 레일(철도) 부설 공사는 우리나라가 맡는 것으로 계약이 되어 있었다. 언뜻 보면 사람 좋은 인간으로 보일지도 모르겠지만, 그건 얕은 생각이었다. 이용요금은 우리나라의 수입이 될 것이고 토지 이용에 드는 제반 비용도 영구무료라는 파격적인 조건으로 계약했으니까 말이지.

공사가 끝나게 되면 그 후로는 돈을 회수할 차례가 기다리고 있는 것이다. 인건비나 차량의 정비대금, 레일의 유지관리 비용을 제하더라도 해마다 상당한 이익이 생길 것이라고 계산했다.

뭐, 그런 이유가 있어서 '마도열차'에 관련된 것은 내가 책임을 졌지만, 그 주변의 도시 정비 쪽은 파르메나스 측이 맡았다.

주로 뮬란이 지휘를 맡아서 개발계획을 세우고 있었지만, 출산이 겹치는 바람에 어쩔 수 없이 휴양을 하고 있었다. 그때 대두된 것이 국왕이 된 요움이었다.

배운 게 없다고 본인은 말했지만, 기본적으로 머리는 좋았던 모양이다. 거동을 못 하게 된 뮬란을 대신하기 위해서 솔선하여 열심히 공부한 것 같았다. 그 결과, 뮬란이 출산을 끝내고 기운을 차린 지금도 귀족이나 관리들을 이끌면서 분투하고 있다는 얘기를 들었다.

그런 요움을 응원하기 위해서 낮은 이자와 무담보로 돈을 빌려준 것이다.

무이자가 아니냐고?

무이자로 빌려주면 돈을 빌린 쪽은 고마움을 느낄 수밖에 없게 되며, 어쩔 수 없이 돈을 빌려준 자를 조심스럽게 대하게 될 것이다. 또한, 빌려준 쪽도 우월감을 느끼게 될 수도 있기 때문에 대등하다고 부를 수는 없는 관계가 되기 쉽다.

친구 사이의 금전 대여는 우정을 잃어버리는 최대의 원인이 될 수 있다. 그렇기 때문에 엄연히 국가 간의 계약으로서, 양쪽이 납득한 상태에서 양쪽 다 이익을 얻을 수 있는 확고한 내용으로 체결한 것이라고 하겠다.

그런고로 경제활동을 우선하도록 공사가 진행되었으며, 그 뒤를 쫓아가듯이 도로 정비가 시작된 것이다.

문에서 접수를 끝낸 뒤에 활기 넘치는 거리의 모습을 바라보고 있으려니 특급으로 마차가 준비되었다.

원래는 우리나라의 관리들을 이끌고 와서 대규모 행렬이 거리를 행진하는 형식으로 방문해야 했다. 하지만 지금은 긴급한 때인지라 열차로 우아한 여행을 즐기고 있을 상황이 아닌지라 소우에이와 란가만을 데리고 '전이'로 이곳을 찾아온 것이다.

가드라에게 연락하여 마차를 준비시킨 것도 파르메나스 왕국 안에서 눈에 띄지 않도록 하기 위해서였다.

마중 나올 자를 제대로 보내줘서 일단은 한숨을 돌렸다.

밀림의 나라와는 달리 이 나라는 그런 쪽으로는 빈틈이 없군.

"오래 기다리셨습니다. 요움 폐하가 기다리고 계시니 왕성까지 안내하겠습니다."

아니, 마차에서 내린 사람은 가드라였다.

당연히 빈틈이 없을 만하군.

"우왓, 깜짝이야. 일부러 문까지 오지 않아도 되는데."

"그럴 수는 없습니다. 이런 영광스러운 역할은 이런 기회라도 아니면 얻을 수가 없으니까요. 그 이전에 제가 리무루 님을 마중하러 가지 못했다면 디아블로 님이 절 처형하실 겁니다."

그렇게 말하면서 가드라는 웃었지만 농담으로는 들리지 않았다.

"그 녀석이 괴롭히면 반드시 나에게 말해. 일단은 너도 내 직속 부하니까 말이야."

노인으로 보이는 가드라를 상대로 '너'라고 부르는 게 약간은 걸렸지만, 익숙해지고만 나 자신이 두려웠다.

그런 생각을 하면서 가드라에게 조언했다.

디아블로는 내 앞에선 얌전하지만, 내 눈이 닿지 않는 곳에선 무모한 짓을 저지르는 경향이 있으니까 말이지. 레온의 나라에서 저지른 짓은 웃고 넘길 수 있는 수준이었지만, 템페스트(마국연방)의 동료들 사이에서 그렇게 군다면 큰 문제가 된다.

가드라는 디아블로의 제자, 아니 권속이 되었다고 하니까 대놓고 불만을 말하지는 못하겠지. 그렇기 때문에 상사인 내가 뒤에서 받쳐줘야 한다고 생각했다.

하지만 가드라는 문제될 일이 없다고 말하면서 웃었다.

지식을 얻기 위해서라면 어떤 고난도 힘들지 않은 모양이다.

특수한 취향을 지닌 사람은 이해하기가 정말 어렵다.

이런 경우에는 간섭하지 않는 게 좋으니까 나는 가드라가 하고 싶은 대로 하도록 놔두자고 새삼 맹세했다.

마차에 올라탄 뒤에 가드라로부터 마사유키가 즉위한 후의 상황이 어떤지 보고를 받았다.

마차는 도로를 천천히 나아가고 있으니까 그 시간을 유효하게 활용하기로 한 것이다.

"그럼 마사유키의 대관식은 무사히 끝났단 말이지?"

"네. 아주 순조로웠습니다. 애초에 테스타로사 님과 베루글린드 님이 협력하여 뒤를 밀어주셨으니까 실패하는 게 오히려 이상한 분위기였죠."

"그야 뭐, 그 두 사람이 아군이 된다면 그렇겠지."

그렇게 되지 않으면 곤란하지만 '그렇겠지'라는 감상밖에 생기지 않았다.

무엇보다 마사유키는 운이 좋은 남자다. 게다가 그렇게 우수한 테스타로사랑 힘의 화신이라고 할 수 있는 베루글린드가 같은 편으로 함께 있다면 아무도 반대할 수 없을 것이라고 생각했다.

"베루글린드 님의 위광을 직접 본 백성들은 새로운 황제인 마사유키 님의 대관을 환영하는 분위기였습니다. 아니, 그 광경을 직접 봤다면 거역할 자가 있을 리가 만무하죠."

가드라가 그렇게 단언했다.

그야 뭐, 화산을 분화시켜서 그 위협을 막아내는 모습을 보이는 그런 장대하기 이를 데 없는 자작극을 보여준다면 당연히 아무도 불만을 제기하지 못할 것이다.

아무리 그래도 화산을 그런 식으로 이용하다니, 베루글린드는 정말 수위를 조절할 줄 모르는 성격인 것 같다.

"그래도 불만을 품은 자들은 있었습니다만, 테스타로사 님이 대처하실 거라 생각합니다."

"잘 해결될 것 같아?"

“문제없을 겁니다. 칼리굴리오 공은 테스타로사 님이 불온분자를 몰살시키지 않을까 걱정하는 듯했습니다만, 그건 기우였습니다. 제가 제공한 정보도 유효하게 활용하는 것으로 보였으며, 모스 님의 수완도 감탄이 나올 정도였으니까요. 적 세력의 약점을 틀어쥐고 완벽하게 마무리를 지을 수 있을 것입니다.”

뭐, 그렇겠지.

나도 그 두 사람을 적으로 돌리는 건 진심으로 사양하고 싶을 정도니까.

“반대할 용기가 있는 자가 있다면 그자는 우리나라에서 스카우트해도 될 정도의 인물일 거야.”

“지당하신 말씀입니다!”

“나도 YES라고밖에 말하지 못할걸.”

“분명 그렇겠지요. 그 광경을 봤다면 저도 같은 심정일 겁니다.”

나와 가드라는 그렇게 말하면서 서로를 보며 웃었다.

역시 가드라는 유쾌한 영감이다.

공감하는 바가 생기면서 서로 마음이 통한 것 같은 기분을 느꼈다.

●

성안에선 왕과 왕비인 요움과 뮬란을 필두로 중신들이 모조리 나와서 나를 맞아줬다.

전 파르무스 국왕인 에드마리스도 아무렇지 않게 끼어 있었지만, 살도 빠지고 수염도 깎았기 때문에 처음 만났을 때와는 완전히 다른 사람으로 보였다. 탁했던 눈빛도 맑아져 있어서 더 그런 느낌을 받았다.

말을 걸면 서로 어색할 것 같아서 그냥 넘어갔다.

이번엔 비공식으로 찾아왔지만, 방문 목적은 다가올 재앙에 대한 논의를 하려는 것이라는 걸 미리 알려두었다.

전화를 피할 수 있으면 가장 좋겠지만, 그건 지나치게 낙관적인 생각이라는 건 모두 이해하고 있었다.

파르메나스 왕국은 생긴 지 얼마 안 된 신생국가이므로 재정적인 여유가 없었다. 우리나라의 융자에 의존하고 있다는 건 앞서 말한 바가 있다.

게다가 군사력도 아직 회복되지 못했다.

기사의 육성은 하루아침에 되는 것도 아니며 용병을 고용할 돈도 없다는 건 굳이 말할 필요도 없겠지. 그 원인은 나하고도 관계가 있겠지만, 그 건에 대해서 책임을 질 생각은 없다.

뭐든 다 마음에 담아두고 있다간 정의를 관철할 수도 없으니까.

내 행동이 전부 옳다고 생각하지는 않지만, 공식적인 입장에선 정의라고 소리쳐 주장할 것이다. 그러지 않으면 희생된 자들도 성불하지 못할 테니까.

그런고로 마음의 빚은 있지만 그걸 굳이 말로 하진 않을 것이다.

단, 동맹국으로서 최대한의 원조는 제공할 생각이다.

가드라를 파견한 것도 그 일환이며, 그건 요움 쪽도 이해하고 있었다. 즉, 이 나라의 중신들에게도 나와 분쟁을 일으키고 있을 때가 아니라는 현실이 다짜고짜 들이닥친 것이다.

"나리, 상황은 좀 나아졌습니까?"

요움이 모두를 대표해서 물었다.

"마왕들끼리 대처할 방법은 여러모로 정했지만, 솔직히 말하자면 사실상 승부는 운에 맡겨야 할 거야. 그것만으로는 불안하니까 이렇게 내가 각국을 돌아다니고 있는 거지."

가드라를 통해서 사정을 설명해놓았기 때문에 큰 혼란은 보이지 않았다. '전이용 마법진'을 설치하는 장소도 긴말하지 않고 안내해줬다.

"세부적인 조정과 사용법은 여기 있는 가드라에게 물어봐."

"맡겨만 주십시오."

"이걸로 긴급할 때엔 도망칠 수 있단 말입니까? 하지만 누구를 고를지가 문제가 되겠군요."

"그렇겠지. 도망친 곳이 안전하다고도 장담할 수 없으니까 약간의 위안밖에 안 될지도 모르겠지만."

"뭐, 나리의 나라가 함락될 정도라면 어디로 도망가도 소용이 없겠죠. 그럴 땐 그런 운명이라고 생각하고 포기할 겁니다."

미련 없는 말투로 요움이 그렇게 말하자 중신들도 동의한다는 듯이 고개를 끄덕이고 있었다.

이 나라 사람들은 예상한 것보다는 나를 두려워하지 않는 것 같았다. 그와 동시에 내가 이기지 못하는 상대라면 무슨 짓을 해도 소용없다는 이상한 사상이 만연하고 있는 것 같았다.

"이봐, 그렇게 무책임한 말은 하지 마. 마지막까지 발버둥 쳐봐야 할 것 아냐?"

"그야 당연하죠. 딸이 태어난 지 얼마 되지도 않았는데 인생을 그냥 끝낼 수 있겠습니까! 아직 '아빠!'라는 말도 들어보지 못했다고요!!”

요움은 완전히 딸바보가 되어 있었다.

뮬란이 안고 있는 아기, 미임의 얼굴을 콕콕 찌르면서 그런 소리를 지껄이고 있었다.

“아니, 그렇게 말하면 내가 뭐라고 할 얘기가 없지만…… 계속 그렇게 건드리다간 깰 것 같은데.”

그렇게 되면 아기를 돌보고 있는 뮬란이 화를 낼 것 같은지라 나는 자연스럽게 충고했다. 이런 자연스러운 배려야말로 능력 있는 남자의 조건일 것이다. 아마도.

“더 따끔하게 말해주세요. 이 사람은 이 아이가 연관되기만 하면 냉정한 판단력을 잃어버리는 것 같으니까요.”

뮬란이 한심하다는 투로 말했다.

그 언동을 보니 평소에 요움이 어떤 모습을 보이는지 충분히 상상이 되었다.

“하지만 말이죠, 내 딸을 자신의 딸이라고 주장하는 망할 늑대 녀석도 있으니까 방심할 수 없단 말입니다!”

그게 요움의 반론이었지만, 무슨 뜻인지 이해가 되지 않았다.

“무슨 멍청한 소리야! 나는 장래에 네 뒤를 이어서 뮬란과 결혼할 남자거든? 그렇게 되면 당연히 뮬란의 딸은 내 딸이 되잖아!”

“그루시스, 너 인마, 적당히 하라고!! 그 전제조건은 잘못된 거라고 몇 번을 가르쳐줘야 이해하겠냐!!”

응, 그렇구나.

요움도 이상하지만, 그 망할 늑대――그루시스도 제정신은 아닌 것 같네.

미임이 귀여운 건 이해하지만, 뭘 어떻게 생각하면 자신의 딸이라고 주장할 수 있는 걸까.

"뭐, 요움의 심정도 이해가 되지 않는 건 아니다만……."

"그렇죠? 그것 봐, 그루시스! 나리라면 내 마음을 이해해줄 거라고 생각했습니다!"

아무리 바쁘더라도 시간이 날 때마다 얼굴을 보이면서 놀아주지 않으면 미임이 자신을 아버지로 기억해주지 못하는 게 아닐까 싶어서 불안해하고 있는 모양이었다.

무슨 일이 있어도 그루시스에게 뒤처져선 안 된다고 생각하면서 눈물겨운 노력을 하고 있다고 한다.

뭐, 이런 시기이니까 너무 눈앞에 닥친 일에만 몰두하는 것은 좋지 않다. 어이없게 들리긴 하지만, 그렇게 해서라도 기분전환을 할 수 있다면 대환영이었다.

하지만——.

"실없는 소리만 하다가 죽을 수도 있는 복선만은 깔아놓지 마."

나는 그렇게 말하면서 요움 일행에게도 그런 복선이 어떤 것들이 있는지 전수해줬다.

대국이었던 파르무스 왕국의 의사당을 이용하여 회의를 했다.

대강의 흐름도 잡혔기 때문에 설명도 막힘없이 끝났다.

요움 쪽에 기대하는 것은 전력이 아니라 오로지 파르메나스 국민들의 피난유도였다. 설치한 '전이용 마법진'으로는 많은 수의 인간들이 피난할 수 없으니까 미리 이용할 자를 정해놓을 필요가 있었다. 그때 쓸데없는 다툼이 일어나지 않도록 확실하게 조정해놓을 것을 부탁했다.

애초에 피신한 곳이 안전하다고 장담할 수 없는지라 여기에 설치된 전이용 마법진의 쓰임새는 다른 곳과는 달랐다. 요인의 피난보다 전력파견을 중시한 것이다.

파르메나스 왕국이 전장이 될 경우엔 신설된 기사단이 대응하게 될 것이다. 파르무스가 있을 때부터 종사한 고참기사들까지 포함하여 그루시스가 신병 단계부터 단련시켰다고 하는데, 전력으로서 충분하다고 말하기는 어려웠다.

그래서 다른 나라의 원군을 보낼 수 있는 준비를 갖춰놓은 것이다.

처음부터 배치해놓았다면 고생할 일이 없었겠지만, 적이 어디를 노릴지 모르는 이상은 어디로든지 움직일 수 있게 해둘 필요가 있었다.

그리고 중요도를 검토한 결과, 파르메나스 왕국은 우선순위를 뒤로 미루기로 정한 것이다.

여기가 함락되더라도 재건은 가능하다. 인적 피해만 최소한으로 줄일 수 있으면 무리해서 항전할 필요는 없다고 생각했다.

그런 내 생각을 요움 일행에게 밝히는 건 고민이 되었지만 설명해서 납득시켰다. 당연하지만 최악의 경우에는 부흥 사업을 벌여서 최대한 지원하겠다는 약속도 했다.

한정된 전력을 유효하게 활용하기 위해서라도 이런 사전교섭은 중요한 것이다.

"알고 있습니다. 나리가 우리를 저버린 게 아니라는 건."

"그렇게 말해도 '전이용 마법진'으로 한 번에 이동할 수 있는 건

50명 정도야. 전혀 안심할 수 있는 수가 아니지."

"그래도 말이죠. 원래 자신의 나라는 자신들의 힘만으로 지켜야 하는 법인걸요. 그런데 이렇게까지 배려해주고 있으니 이 이상은 바랄 수 없습니다!"

그 말은 나에게 하는 것이 아니라 불만을 제기할 수도 있는 대신들에게 일부러 들려주는 것 같았다.

도와주면 좋겠다. 국민들을 희생시키고 싶지 않다. 전력을 더 많이 보내라. 그런 대신들의 말없는 요구도 이해는 되지만, 아쉽지만 우리에게도 여유가 없었다.

뭐, 그걸 이해하고 있기 때문에 내키지 않아도 납득해준 것이겠지만.

어쨌든 이리하여 파르메나스 왕국에서의 볼일도 무사히 완료되었다.

●

그 후, 요움의 안내를 받으면서 다양한 장소를 둘러봤다.

중요시설을 건설 중인 공사현장이 가장 볼 만했다.

파르메나스 왕국은 파르무스 왕도를 그대로 이용했기 때문에 중심부가 되는 성벽 안쪽이 귀족이 사는 구역으로 만들어져 있었다. 바깥쪽으로 갈수록 생활 수준이 가난해졌고 자유민은 아예 도시의 벽 밖으로 쫓겨나서 사는 형태를 이루고 있었다,

그걸 대대적으로 개수하기 위해서 구획정리를 벌였는데, 그때 도시의 중심부를 통과하는 도로를 파서 지하도를 지어놓았다.

왕도에 인접하도록 지은 역사에서 출발하는 지하철을 운영할 예정을 잡아놓았던 것이다.

"과감한 시도를 했군."

"물란은 대단합니다. 지반이 강하고 약한 부분을 마법으로 조사해서 계획을 세웠으니까요."

정말 마법은 반칙이란 말이지.

지반조사 같은 건 여간 귀찮은 게 아닌데, 실력이 좋은 마법사라면 쉽게 조사를 끝낼 수가 있으니까.

지하수맥이나 공동의 유무, 지반이 약한 부분, 지질 등도 쉽게 파악해내고 말았다.

더구나 여차하면 토양을 개조할 수도 있다고 한다. 흙 계열의 마법을 쓰면 모래, 약한 바위, 단단한 바위로 성질을 변화시키는 것도 마음대로 가능했다.

마법 만세.

이러니 과학기술이 발전되지 않는 거지.

반대로 기술 쪽으로 눈을 돌린 제국이나 괴짜 취급을 받는 뱀파이어(흡혈귀족)들이야말로 이 세계에선 이질적인 존재로 불릴 만했다. 하지만 그런 자들이야말로 유익한 발견을 하는 법이므로 결코 업신여겨선 안 된다고 생각한다.

"나는 떠올리지 못한 발상이로군. 이 세계에서 실드 공법 같은 건 의미가 없을 거라 생각했지만, 마법이 있으면 어떻게든 될 수 있겠어."

"그 실드 어쩌고 하는 게 어떤 건지 모르겠지만, 그에 못지않죠?"

"지하를 파내면서 파낸 부분이 무너지지 않게 보강하는 기술이야. 아주 큰 기계를 쓰지만, 우수한 마법사라면 그에 뒤지지 않겠어. 아니, 훨씬 뛰어난 것 같아."

지하로 열차를 달릴 수 있게 하면 좋겠다는 말을 예전에 한 기억은 있었다. 그걸 기억하고 있던 뮬란이 이렇게 실현한 걸 보니 나는 그저 감탄할 수밖에 없었다.

라젠도 도왔다고 하는데, 어쩌면 이세계에서만 쓸 수 있는 공법이 완성되었다고 할 수도 있을 것이다.

비용 면을 생각해보면 이쪽이 훨씬 더 이득이라는 느낌이 들었다.

아니, 이런 건 우열을 가릴 일이 아니다. 마법에 기술적인 발상을 도입하면 그야말로 혁명을 일으킬 수 있겠다는 생각이 들었다.

"그래서 말이죠, 지금은 공사를 중단하고 지하도를 피난 장소로 이용하려고 합니다. 마법으로 천장부를 강화했으니까 도시에서 대마법이 작렬하더라도 버텨낼 수 있을 거예요."

"파괴규모에 따라서 달라지겠지만, 방공호로 이용하기에는 우수하다고 생각해. 물과 식량을 비축해두면 상당히 오래 들어가 있을 수 있겠군."

"물도 마법을 이용하면 어떻게든 해결할 수 있을 겁니다. 그래서 식량만 옮겨놓았죠. 그러는 김에 가로 굴도 여러 개 파서 잘 곳을 확보한데다 문이 달린 방 밑에는 큰 구멍을 파놓았습니다. 화장실로 이용할 수 있죠."

그렇게 말하면서 안내한 방은 정말로 화장실로 만들어져 있었다. 여러 개의 개별실로 나뉘어져 있었고, 동시에 100명쯤은 이용할 수 있는 공간이었다. 변기의 모양은 서양식이었고, 재래식 화장실처럼 대소변을 아래로 떨어트리는 형식이었다.

"하지만 지하 공간에 이렇게 만들어놓으면 냄새가 심하지 않을까?"

"그럴 거라고 생각했죠? 하지만 이 아래에는 나무 조각을 빼곡히 채워놨기 때문에 냄새를 제거해준다고 하더군요."

아, 혹시 바이오 화장실의 원리를 도입한 건가?

나도 자세히는 모르지만, 활성화된 미생물이 고형물을 물과 이산화탄소로 분해해서 수분을 증발시키는 방식이었던가?

《그렇게 생각하셔도 크게 틀리지 않습니다. 확인해봤습니다만, 이 기구는 올바르게 작동하고 있으므로 악취 문제도 발생하지 않을 것으로 예상됩니다.》

오오, 대단한걸.

듣자 하니 이 화장실은 다섯 군데 정도 마련해놓았다고 한다.

이 정도면 농성이 길어져도 어떻게든 버텨낼 수 있을 것 같았다.

피신할 수 있는 장소가 있으니까 '방어결계'를 펼치는데 특화된 인재를 파견하면 될 것이다. 그렇게 하면 장기전에 대비할 수 있을 것 같았다.

왕성의 지하도 이 지하도와 연결되어 있다고 하니까 준비는 완벽했다. 나는 안도함과 동시에 이 세계의 기술을 보면서 가슴이 두근거렸다.

"도시방위결계는 완벽하고 피난훈련도 비밀리에 하고 있죠. 적을 발견하는 대로 즉시 피난할 수 있습니다."

"그래서 대신들도 무리한 요구를 하지 않았던 건가."

"뭐, 그런 셈이죠. 그리고 말이죠, 그런 멍청한 발언을 하는 녀석은 제가 용서하지 않을 겁니다. 약한 소리만 뱉을 거라면 요직을 그만두고 성을 떠나라고 단단히 일러뒀으니까 말이죠."

불평이라면 누구든지 할 수 있다. 중요한 것은 전향적인 의견이다.

그렇게 말하면서 요움은 웃었다.

처음 만났을 때를 생각하면 무시무시할 정도로 엄청난 성장을 보여주고 있었다.

사람은 누구나 필요에 쫓기게 되면 성장한다는 사실을, 나는 남들 모르게 속으로 한 번 더 인식한 것이다.

지하에서 지상으로 나왔고, 그다음에 들른 곳은 훈련장이었다.

그루시스가 단련시킨 신생 파르메나스 왕국 기사단이 어느 정도로 강한 전력인지도 견학하기로 했다.

B랭크 이상인 기사들이 500명. C랭크 이하가 3,000명이라고 했다.

파르메나스 전국에서 긁어모은다면 4만 명이 넘는 전력을 집결시킬 수 있을 것이다. 하지만 이번에는 많은 수를 모아도 의미가 없기 때문에 치안 유지를 우선하라는 지시를 내렸다고 한다.

"그게 좋겠지. 천사의 대군이 쳐들어온다면 지상에 있어봤자 아무것도 할 수가 없으니까."

"그렇죠. 대공마법도 있다고는 합니다만 마법을 쓸 수 있는 자가 적으니까 말이죠. 레기온 매직(군단마법)으로 도시방위에 전념하도록 시키는 게 더 낫겠다고 롬멜이 결론을 냈습니다."

"라젠 씨도 동의했으니까 저희도 그 방침에 따라서 훈련하고 있습니다. 즉, 기사단의 임무는 지상에 내려온 녀석들로부터 주민들을 피신시키는 것이라고 할 수 있겠습니다.”

요움과 그루시스가 나에게 설명해줬다.

혈기왕성하게 적에게 도전하려 들지는 않았기 때문에 나는 일단 안심했다.

“무모한 짓을 생각하고 있는 게 아닐까 하고 아주 조금은 걱정했었어.”

“하하하, 저는 포비오 님보다 겁이 많으니까요. 자신의 역량은 파악하고 있으니까 무모한 짓은 하지 않습니다. 뭐, 라젠 씨에게 훈련을 받았으니까 예전보다 강해졌을 거라고 생각은 합니다만 말이죠. 그리고 최근에 갑자기 힘이 늘었습니다. 단장이라는 이름에 부끄럽지 않게 모두를 지키는 방패가 될 생각입니다.”

그루시스는 그렇게 대답했다.

결코 겁쟁이가 아니라, 지휘관이라면 필수적인 소질인 냉정한 판단력을 갖추고 있는 것이라 생각한다. 그루시스는 타산적인 면이 있으니까 피아의 전력 차이를 잘못 계산하는 일은 없을 것 같았다.

그리고 ‘갑자기 힘이 늘었다’면서 왠지 신경이 쓰이는 발언도 했다.

그 말대로 현재 그루시스의 에너지(마력요소)양은 예전의 삼수사에 필적할 만하기 때문에 특A급에 해당할 것으로 보였다. 이 상태에서 레벨(가량)까지 더해지면 상당한 강자로 성장하게 될 것이란 생각이 들었다.

그 이유는 분명 칼리온이 각성한 영향이겠지.

요움과 의형제가 되었어도 칼리온에 대한 존경심을 잊지 않은 것 같았다. 그리고 그건 칼리온도 마찬가지였으며, 자신의 부하인 그루시스에게 확고한 인연을 느끼고 있었던 증거가 될 것이다.

"칼리온이 각성하여 진화했기 때문이겠군. 그 영향이 너에게도 미친 거야."

"칼리온 님이……!!"

"그래. 그러니까 그 힘은 결코 허튼 데에 쓰지 않도록 해."

"물론이죠. 저도 잘 알고 있습니다!"

"잔소리를 하는 것 같은 데다 내가 할 말도 아니었군."

"하하하, 당치도 않습니다. 이유를 알게 되서 기뻤고, 리무루 폐하는 칼리온 님이 인정하신 분이므로 저로선 감사히 여길 따름입니다."

다행이다. 쓸데없는 간섭으로 여기지 않아서.

"그렇다면 다행이로군. 그건 그렇고 그루시스도 라젠에게 훈련을 받고 있어?"

그루시스를 단련시켰다는 라젠. 그자 덕분에 라멘(라면) 개발이 시작된 것은 새삼 기억에 새롭지만, 분명 마법사였던 것으로 기억한다.

그런 라젠이, 어떻게 그루시스를 상대할 수 있었을까?

"아아, 라젠 씨는 못 하는 게 없는 사람이니까요. 뮬란에 필적하는 마법 지식은 물론이고——."

"야, 내 아내 이름을 함부로 부르지 마!"

"시끄러워—. 어차피 나중에는 내 아내가——."

"어림없는 소리 하지 마, 이 자식아!"

"자자, 싸움은 그만. 그래서?"

이젠 만담 수준의 대화는 질렸으니까 하던 얘기나 계속하도록 시켰다.

그루시스의 이야기를 요약하자면, 라젠은 '이세계인(쇼고)'의 육체를 빼앗았을 때에 그 힘까지 자신의 것으로 만들었다고 한다. 물론 레벨까지는 빼앗지 못했지만, 나름대로 수라장을 거쳐 온 라젠은 위저드(마도사)이면서 체술도 일류인 권사였다고 한다.

그런고로 타격과 발차기가 특기인지라 그런 기술들을 그루시스에게 전수했다고 했다.

"타고난 신체 능력만으로 싸우지 말라는 말을 듣고, 처음에는 그게 무슨 뜻인지 몰랐죠."

그렇게 말하면서 그루시스가 웃었다.

"그러게. 사레 같은 경우는 라젠보다 힘이 센데도 팔씨름에서 졌으니까. 실전형식으로 싸워보면 전혀 상대가 되지 않았으니 역시 서방열국에 이름을 떨친 마인 라젠의 역량에는 나도 감탄을 금치 못했어."

"동감이야. 삼수사 분들이 경계할 만하다는 생각이 들었어. 하지만——."

거기서 말을 멈추고는 그루시스가 나를 봤다.

그리고 고개를 가로저었다.

"무슨 뜻인지 알겠어. 그루시스."

그렇게 말하면서 요움이 그루시스의 어깨를 두들기면서 나를 봤다.

무슨 뜻인지 몰라서 가만히 바라보고 있으려니, 그 둘은 서로의 얼굴을 바라본 뒤에 깊은 한숨을 쉬었다.

"위에는 위가 있다는 뜻입니다, 나리."

"그러게. 그 라젠 씨가 가드라 공 앞에서는 마치 갓난아기처럼 농락을 당했으니까 말이죠. 그 모습을 봤을 때에는 아연실색하고 말았습니다."

아아, 그런 뜻이었구나…….

뭐, 디아블로도 라젠을 '전혀 문제 될 게 없는 잔챙이'라고 딱 잘라 말했고, 우리나라에서 그런 상대는 흔하디흔하니까 말이지.

가드라도 확실히 강하긴 하다.

그건 틀림없는 사실이지만, 우리나라에선 중견급? 정도의 실력이란 말이지.

듣자 하니 디아블로의 권속이 되면서 이상한 진화를 한 것 같으니까 지금의 서열은 달라져 있을지도 모르지만, 그래도 상위권에는 들어가지 못하리라 생각한다.

그런 얘기를 나누고 있다 보니 가드라가 뭘 하고 있는지 궁금해졌다.

"그런데 그 화제의 라젠과 가드라의 모습이 보이질 않는데, 어디서 뭘 하고 있는 거야?"

그렇게 묻자, 요움이 쓴웃음을 지으면서 대답했다.

"수행을 하고 있습니다, 수행. 아무리 그래도 나리를 마중 나갈 때나 앞으로의 동향에 관한 회담에는 참가했지만, 그 이외에는 계속 싸우고 있는 것 같더군요."

"정말이야?"

"정말입니다!"

그루시스도 고개를 끄덕였으니까 사실이겠지.

가드라는 지략이 강한 인물로 생각하고 있었는데, 그렇게 싸움을 좋아하는지는 몰랐다.

어쩌면 디아블로한테서 악영향이라도 받은 걸까?

그런 불안감이 머릿속을 스쳤지만, 황급히 그 생각을 떨쳐냈다.

"궁금하다면 안내해드리죠."

요움의 제안을 받아들여서 가드라와 라젠을 견학하기로 했다.

●

안내받은 곳은 마차로 1시간 정도 걸리는 평원이었다.

민박집처럼 생긴 간소한 오두막이 세워져 있었다. 그 이외에는 아무것도 없었으며, 사방에 보이는 건 그저 황폐한 토지였다.

요움의 말에 따르면, 그곳에서 단지 네 명이 생활하고 있다고 한다.

네 명은 굳이 말할 필요도 없이 파르메나스 왕국의 최고전력인 라젠과 과거에 '삼무선'이었던 사레와 그레고리, 그리고 가드라였다.

너무나도 재미있는 조합이지만, 우리가 도착했을 때엔 전원이 나란히 줄을 서서 맞아줬다.

가드라가 선두에 서서 그들의 대표인 것처럼 구는 것도 신기했다.

"이런 곳까지 일부러 찾아오시다니 참으로 황공하기 그지없습니다!"

가드라의 인사말에 맞춰서 나머지 세 명도 머리를 숙였다.

요움이 아니라 나를 향해서.

"이봐, 나도 일단은 같이 왔거든?"

"폐하, 사레와 그레고리는 파르메나스의 손님이긴 합니다만 폐하께 충성을 맹세하지는 않았습니다. 그러므로 가드라 님의 주인인 리무루 폐하에겐 본인들의 뜻에 따라 경의를 표하고 있는 것입니다."

"알고 있어. 너도 일일이 말하지 않아도 될 것을, 매번 잔소리를 늘어놓는단 말이지."

투덜대는 요움을 라젠이 타일렀지만, 두 사람의 관계는 생각했던 것보다 훨씬 허물없는 사이인 것 같았다.

라젠의 본심은 명확하지 않지만, 그는 지금 파르메나스의 충신이라는 위치에 있다. 요움에 대한 충성심 같은 건 없을 것이라 생각했는데, 그 태도를 보니 나름대로 소중하게 여기고는 있는 것 같았다.

하지만 가드라나 라젠은 또 몰라도 사레나 그레고리가 나에게 경의를 표할만한 행동을 하거나 보여준 적은 없는 것 같은데…….

"그건 그렇고 말이지, 본인의 뜻이라면 왜 나한테 경의를 표하는 거지?"

궁금해서 물어봤다.

요움도 처음 듣는 얘기인지 흥미진진한 반응을 보였다.

우리나라에 이주하고 싶다면 받아들일 것을 검토할 수도 있다. 히나타도 딱히 사레 일행을 배신자라는 이유로 찾아내서 처형할 마음은 없는 것 같았으니까 말이지.

"이유는 명쾌합니다. 우리의 미숙함을 라젠 스승님으로부터 배웠다면, 가드라 존사(尊師)한테선 리무루 폐하의 위대함을 듣고 배울 수 있었습니다. 저희도 감명을 받으면서 부디 말단이라도 좋으니 부하로 들어갈 수 있으면 좋겠다고 생각하게 되었기 때문입니다!"

존사?!

"그렇습니다. 이것 참, 가드라 님의 실력도 상상을 초월했습니다만, 듣자하니 리무루 폐하와 비교하면 발끝에도 미치지 못한다고 하더군요. 아니, 그 이전에! 리무루 폐하의 부하 중에는 가드라 님조차도 대적하지 못하는 강자들이 넘쳐난다고 들었기 때문에 저희도 자신의 힘을 시험해보고 싶었다고 할까――."

그레고리가 그렇게 역설하는 도중에 란가가 내 그림자에서 튀어나왔다.

"잘 말했다! 그레고리라고 했던가. 네놈은 자질이 있는 자라고 생각하고 있었다! 내가 상대해도 좋다면 그 힘겨루기에 어울려주기로 하지!!"

"으, 으윽――!! 그때 그 개 녀석?!"

"음?"

"아, 아니…… 란가 공, 이셨죠?"

그레고리가 엄청난 양의 식은땀을 흘리면서 부들부들 떨고 있었다. 예전에 란가에게 호되게 당한 적이 있다고 했는데, 그 이후로 트라우마라도 생긴 것일까?

아니, 설마 그럴 리가.

"그렇다면 란가가 상대해주겠어?"

"네?!"

"나의 주인이여, 기꺼이 그러겠습니다!"

"아니, 나는……."

"덤벼라, 그레고리. 주인과 이 나라의 왕에게 민폐가 되지 않도록 조금 떨어져서 싸우자."

"어, 잠깐만?!"

란가가 그레고리의 목을 물더니 신이 난 표정으로 달려갔다. 그레고리의 표정은 보이지 않았지만, 염원하던 게 이뤄졌으니 분명 기뻐하고 있을 것이다.

나는 따뜻한 눈으로 란가와 그레고리를 배웅했다.

나만 그런 게 아니라 그 자리에 있던 자들 전원이 같은 반응을 보이고 있었다.

"아, 저도 실력을 겨뤄보고 싶습니다만, 아직 미숙하니까 말단분들부터 순서대로 도전해볼까 하는데……,"

사레가 주저주저하면서 말했다.

"그야 그렇겠지. 란가는 내 호위를 맡을 정도니까 상당히 위에 속하거든. 그레고리 씨는 용기 있는 도전자라고 생각해."

"그럴 겁니다! 저 녀석은 란가 공에게 패한 후로는 개 공포증에 걸린 것 같았거든요. 그걸 극복하고 싶다는 생각이라도 한 게 아닐까 합니다."

사레의 말을 듣고 라젠이 어이가 없다는 표정으로 머리를 감싸쥐고 있었다. 그 모습을 곁눈질로 보면서 요움과 가드라가 화기애애하게 대화를 나누고 있었다.

"나조차도 란가 공에게는 감히 이길 생각을 못 하는데…… 어리석은 녀석이로군."

"과연, 그렇게 해서라도 치료하겠다는 생각을 했단 말이로군.

역시 대단해. 나는 흉내 내지도 못하겠어."

"흉내 내지 않아도 됩니다. 요움 폐하는 왕이시니까 강한 실력을 요구받을 일도 없을 겁니다."

"강해지고 싶다고는 생각하지만, 자신의 그릇이 어느 정도인지는 이해하고 있어. 리무루 나리와 그 동료들을 알아버리고 나면 웬만큼 강해봤자 의미가 없다는 걸 명백히 깨달으니까 말이지."

"헛수고는 아니겠지만 말입니다. 최악의 경우라도 살려고 발버둥 친다면 늦지 않게 도움이 찾아올지도 모르니까 말이죠."

"그러게. 뭐, 나는 내가 사랑하는 자를 지키기 위해서라도 내가 할 수 있는 범위에서 노력할 거야."

"그게 좋겠습니다."

요움에게도 국왕으로서의 자각이 싹트고 있는 것 같았다.

나도 지고 있을 순 없지.

그레고리처럼 무모한 짓을 시도할 생각은 없지만, 자신이 할 수 있는 것을 한 걸음 한 걸음 확실히 실행해나가자고 생각했다.

그리고 라젠도 지금은 요움을 인정하고 있는 것 같았다.

"요움 폐하께서 나라에 헌신하는 한은 저도 최선을 다해 도울 것입니다. 뭐, 미임 왕녀 전하만큼은 물란 왕비와의 약속에 따라서 제자로 삼을 예정도 있으니까 누구보다도 우선적으로 지켜드릴 것입니다만."

그런 말까지 하고 있었다.

하지만 뭐, 몇백 년이나 파르무스 왕국을 받쳐온 인물이니까 요움의 입장에선 믿음직스러울 수밖에 없는 인물이겠지.

나는 다른 생각을 하고 있었다. 라젠이 젊은 사람의 모습을 하고 있으면서 노인 같은 말투를 쓰는 것이 사실은 영 어색했던 것이다.

그러는 사이에 축 처진 그레고리를 물고 란가가 돌아왔다.

"나의 주인이여, 잠시 놀아주기만 했는데 이자가 움직이지 못하게 되고 말았습니다!"

너무 지나쳤어!

"너 말이다, 시온이 아니니까 힘 조절 정도는 알아서 할 수 있잖아?"

라고 따끔하게 꾸짖었다.

그리고 그레고리를 진단해보니 그냥 기절했을 뿐이라는 게 판명됐다.

"이 사람도 문제는 있어. 왜 갑자기 란가를 지명한 거람."

그야 뭐, 복수하고 싶다는 마음은 이해가 되지만 자기 분수를 좀 알았으면 좋겠다는 생각도 들었다.

"아뇨, 나리, 그건 아닌 것 같습니다."

"응?"

"오히려 절대 싸우고 싶지 않다. 두 번 다시 만나고 싶지 않다는 말까지 했습니다……."

"정말이야?"

요움과 사레가 그렇게 지적을 했는데, 혹시 내가 착각한 거라는 뜻이야? 사레는 아예 아까와는 다른 말을 하고 있는데.

그렇다면 란가를 다시 만나서 기뻤던 게 아니라 도망치고 싶었다는 얘기가――.

"——아니, 그렇지는 않을 거야. 그는 용감했어. 한 번 진 상대에게도 불굴의 정신으로 도전했다고. 난 말이지, 그런 그에게 감명을 받았어. 그래서 란가와 싸우는 걸 허락한 거야. 그렇지, 란가?"

잘못을 인정하면 책임져야 할 문제가 된다.

다행히도 그레고리는 무사했기 때문에 나는 시치미를 떼기로 했다.

그리고 란가가 그런 내 의도에 적절히 동참해줬다.

"그 말이 옳습니다! 저도 이자의 기백에 압도된 나머지 그만 지나치게 힘이 들어가고 말았으니까요!"

음, 정말로 말을 잘하는군.

훌륭하게 자신의 실수를 그럴 듯하게 둘러대고 있었다.

누구를 닮았는지는 모르겠지만, 란가도 많이 교활해진 것 같은데.

하지만 그런 우리의 연계플레이를 통해 나온 변명을 요움과 다른 사람들도 납득한 것 같았다.

"리무루 님의 말씀이 옳습니다. 그렇지 않으냐, 너희들?"

"아, 네. 나리가 그렇게 말한다면 그렇겠죠."

"저는 딱히 불만이랄 게 없습니다. 사레여, 네가 착각한 것 아니냐?"

"그런 것 같습니다! 이것 참, 그레고리 녀석, 어느새 그런 근성 있는 남자가 된 걸까요——."

응응.

이러면 문제가 없지.

"그러게 말이야. 나도 모르게 존경하고 싶다는 마음이 들 정도였으니 앞으로는 그레고리 '씨'라고 부르기로 할까!"

그렇게 하기로 했지만…… 눈을 뜬 그레고리 본인은 내 제안을 정중히 거절했다.

●

이리하여 파르메나스 왕국에서 볼일은 전부 끝났다.

요움과도 의논하여 사레와 그레고리만 우리나라에서 받아들여 수행을 시키기로 합의한 것이다.

전력이 줄어들 것이라는 우려는 있지만, 가드라가 남아 있으니까 어떻게든 될 것이다. 라젠도 있으니 적의 주력이 대규모로 침공하지 않는 한 시간은 벌 수 있을 것이라 생각한다.

애초에 그런 사태가 일어난다면 사레나 그레고리가 있어봤자 언 발에 오줌 누기다. 그렇기 때문에 더더욱 그런 식으로 만일의 경우를 걱정하기보다 여차할 때를 대비해서 실력을 키우는 쪽을 선택한 것이다.

참고로 라젠을 비롯한 파르메나스 왕국 인물의 전력 비교는 아주 재미있는 결과가 나왔다.

대충 에너지(마력요소)양만 놓고 단순히 비교한다면 사레, 라젠, 그레고리, 그루시스 순으로 강했다.

요움은 이렇게 말하면 미안하긴 하지만 아예 논외였다. 하쿠로우의 지옥 같은 특훈의 성과와 장비의 성능 덕을 보면서 겨우 A 랭크에 턱걸이를 하는 수준이었다. 단기간의 전력증강은 바랄 수도 없었다.

그루시스는 역시 수왕전사단의 엘리트인 만큼 강했다. 칼리온으로부터 기프트를 받은 영향도 있다 보니 과거에 '삼무선'이었던 그레고리에 필적할 만큼 성장해 있었다.

하지만 기사단장이 본국을 떠나 있는 건 문제가 되는데다 본인도 바라지 않았기 때문에 데리고 오지 않았다. 나중에 모든 문제가 정리된 후에 놀러오겠다고 했다.

우리나라에 온 첫 번째 멤버인 그레고리.

그는 '만물부동'이라는 특수능력을 보유한 강철 같은 자였다. 할버드(전투용 도끼)를 즐겨 쓴다고 하지만, 맨손 격투도 장기라고 했다.

란가에겐 졌지만 마왕종에 필적하는 '선인급'이며 존재치는 40만 정도였다.

생각한 것 이상으로 강했기 때문에 어쩌면 더 강해질 가능성도 기대할 수 있을 것 같았다.

우리나라에 온 두 번째 멤버인 사레.

예전에는 교황직속근위사단 필두기사였다고 하는데, 히나타에게 패하면서 그 자리를 넘겨줬다고 한다. 그리고 '삼무선'으로서 디아블로에게 도전했다가 지금에 이르렀다고 했다.

뭐, 상대가 안 좋긴 했다.

사레도 그레고리와 마찬가지로 운이 없는 남자였던 모양이다.

하지만 그 실력은 진짜였다.

'성인'의 단계에 이른 사레의 존재치는 놀랍게도 100만에 도달해 있었다. 이 정도면 확실히 실전형식으로 미궁에 도전하게 시켜보면 재미있을 것 같았다.

참고로 라젠은 그레고리보다 약간 많은 수준의 에너지양을 가지고 있었지만, 그 실력은 사레 이상이었다.

타구치 쇼고의 육체를 빼앗았을 때에 유니크 스킬 '날뛰는 자(난폭자)'와 '살아 있는 자(생존자)'까지 획득했다고 한다.

시엘에 의하면 유니크 스킬은 마음(심핵)에 뿌리를 내리는 경우과 영혼에 새겨지는 경우, 그리고 아스트랄 바디(성유체)나 스피리추얼 바디(정신체), 마테리얼 바디(물질체)에 깃드는 경우가 있다고 한다.

적한테서 스킬을 빼앗는 권능도 있지만, 빼앗을 수 있는 건 깃들어 있는 경우로 한정되는 것 같군. 예외적으로 영혼에 깃드는 스킬도 있는 것 같은데, 그런 경우에는 빼앗기는 일도 있다고 한다.

즉, 영혼에 새겨져 있는 건 빼앗기 힘들단 말인가?

《절대적이진 않습니다. 하지만 심핵에 뿌리를 내린 경우에는 불가능합니다.》

자신만만하게 그렇게 설명해줬다.

애당초 빼앗기지만 않을 뿐이지 카피(복제)는 할 수 있다고 하니까 미카엘 같은 반칙행위가 가능해지는 것이겠지만…….

얘기가 잠시 다른 데로 빠졌지만, 그런 고로 유니크 스킬을 두 개나 손에 넣은 라젠은 쇼고 이상으로 그 권능들을 마음대로 구사할 수 있다고 한다.

그 힘을 이용하여 두 배 이상으로 격차가 있는 사레를 압도했으니까 그의 실력은 실로 대단하다고 할 수 있을 것이다.

하지만 그것도 만난 지 얼마 되지 않았을 때의 일이라고 한다.

사레는 유니크 스킬 '할 수 있는 자(만능자)'라는 것을 가지고 있어서 한 번 보기만 해도 상대의 아츠(기술)을 간파할 뿐만 아니라 습득도 할 수 있다고 한다. 그 사실을 안 라젠이 자신이 아는 모든 기술와 마법을 사레에게 전수했다고 한다.

마법은 아츠(기술)이기도 하며 지식에서 유래되는 스킬(능력)이기도 하다. 습득은 쉽지 않았다고 하지만, 사레는 아무런 불평도 없이 가르침을 청했다고 한다.

사레가 라젠을 스승이라고 부르고 있었는데, 그 이유가 이것이었던 것이다.

그런고로 지금은 사레 쪽이 명실공히 라젠보다 강하다고 한다.

그런데도 가드라에게는 여지없이 완패했다고 하지만.

존재치의 비교는——.

《가드라의 정보를 표시하겠습니다.》

이름 : 가드라[EP : 112만 6666]

종족 : 상위성마령——메탈 데몬(금속성 악마족)

가호 : 느와르(태초의 검은색)의 권속

칭호 : 하인 2호 '개'

마법 : 〈암흑마법〉〈원소마법〉

능력 : 얼티밋 기프트(궁극부여) '그리모어(마도지서)'

내성 : 물리공격무효, 상태이상무효, 정신공격무효, 자연영향무효, 성마공격내성

여러모로 지적할 곳을 찾아내고 말았지만, 그랬다간 피곤해질 것 같으니까 그냥 내버려 두자. 지금은 사레와의 비교 결과를 놓고 검토 중이지만, EP만 봐도 가드라가 더 높았다.

솔직히 말해서 이렇게까지 강해져 있을 줄은 예상하지 못했다.

전생 전의 가드라는 그렇게까지 강하지는 않았으니까 말이지.

마법 지식은 아주 뛰어났으며 그 레벨은 괄목할 만한 것이었지만, 전투라는 측면만 놓고 판단한다면 위협적이지는 않았던 것이다.

교활하게 싸우기 때문에 참으로 번거로운 상대. 적대하게 된다면 맨 먼저 제거해야 할 인물. 그게 바로 나의 거짓 없는 평가였다.

그걸 생각하면 가드라는 올바르게 처신했다는 얘기가 되는군.

지금도 이렇게 살아 있으며, 내 직계 부하가 되었으니까 말이지. 그리고 직접적인 전투능력으로 '성인'인 사레조차도 이길 수 있는 수준으로 성장했으니까.

사레의 '만능자'도 상대하기 까다롭긴 하지만 대책은 의외로 간단했다. 정공법으로 도전하면 되는 것이다.

아츠나 마법을 쓰지 않고 물리적인 수단으로 압도하면 된다. 만약 쓰더라도 흉내 낼 수 없도록 필살의 타이밍에 시도하면 될 것이다.

사레는 히나타에게 패했다고 하는데, 그 이유도 추측할 수 있었다.

히나타는 결코 방심하지 않는 인물이니까 분명 사레에게 자신의 진짜 실력을 보이지 않고 싸웠을 것이다. 그렇게 싸우면 습득할 수 있는 것이 없으므로 유니크 스킬에 의한 어드밴티지도 얻을 수 없었던 것이다.

그리고 이번 싸움.

가드라와의 싸움에서 결정적인 차이가 생긴 이유는 얼티밋 기프트(궁극증여)의 유무였겠지.

가드라도 교활하니까 사레에겐 비장의 수 같은 건 보여주지 않았을 것 같다. 하지만 보여줬다고 해서 습득할 수는 없었을 거라고 생각한다.

왜냐하면 유니크 레벨로는 얼티밋 레벨에 대항할 수 없으니까.

그걸 생각하면, 나처럼 부하에게 얼티밋 기프트를 부여할 수 있다는 건 상당히 반칙에 가까운 비장의 수라는 것을 새삼 인식할 수 있었다.

참고로 얼티밋 기프트 '그리모어'의 권능 말인데── 아다루만의 '네크로노미콘(마도지서)'과 같은 계열이라는 말대로 성능도 아주 비슷했다. 여기에 포함된 것은 '사고가속, 만능감지, 마왕패기, 영창파기, 해석감정, 삼라만상, 정신파괴, 지식열람, 개념공유'였다. '지식열람'이라는 것은 시엘에게서 필요한 지식을 배울 수 있는 권능이라는 느낌이 들었다. 그리고 '개념공유'라는 것은 아다루만과의 공유를 가능하게 하는 권능 같았다.

뭐, 시엘답게 가드라의 바람을 형태를 갖춘 모습으로 실현시킨 권능이라고 할 수 있을 것이다.

어쨌든 가드라가 사레보다 강한 이유는 이해했다.

그리고 사레가 얼마나 강한 실력을 지니고 있는지도 대강은 파악할 수 있게 된 것이다.

분명 크루세이더즈(성기사단)가 가끔 미궁 공략에 열심히 도전하곤 했던 것으로 기억하는데, 현시점에서의 성적은 아피트가 지키고 있는 층에 도달하지 않았던가?

아다루만이 진화하기 전이었으니까 그다지 참고가 되지는 않겠지만…….

최근에도 놀러왔다고 하는데, 그때 데이터를 빈틈없이 수집해 놓은 게 있었다. 아루노와 레나도가 뛰어나게 강했으며 그 존재치는 50만에 가까웠다. 나머지 대장급의 인물들도 각각 30만 전후였으며 초기와 비교하면 크게 성장한 것 같았다.

그레고리와 같은 레벨 대이니까 기왕이면 파티를 꾸리도록 시켜보는 것도 재미있을 것 같았다.

그리고 사레는 아츠를 쉽게 습득한다는 특징을 가지고 있으니까 하쿠로우에게 맡겨보는 게 좋을지도 모르겠군.

아이들의 훈련 상대도 되어줄 것 같으니까 우리나라에서 많은 것을 배우도록 도와주는 생각을 했다.

물론, 기밀에 접촉할 일은 없게 주의하면서 말이지.

그런 식으로 사레와 그레고리의 수행방침이 정해졌다.

●

사레와 그레고리에게는 당분간 미궁 내부에 익숙해지라는 지시를 내렸다.

베니마루에겐 수행방침을 일단 전했으니까 시기를 봐서 각자 맡기기로 한 사람에게 맡길 수 있도록 준비를 하고 있었다.

"또 제가 돌봐줘야 하는 겁니까?"

"부탁할게. 갑자기 하쿠로우를 붙여주면 수행을 버거워할지도 모르잖아?"

"그건 그렇겠군요. 하지만 저희도 비슷한 꼴을 겪었으니까 왠지 과보호를 할 것 같은 생각도 듭니다만……."

그렇게 말하면서 베니마루가 쓴웃음을 지었다.

그 의견도 일리가 있었지만, 그들은 어디까지나 손님이다.

우리나라로 이주해 온 거라면 또 몰라도 너무 무모한 수행을 시키는 것도 괜찮을지 걱정이 되었다.

그것보다 수행 얘기가 나와서 말인데.

"그건 그렇고 칼리온과 프레이 씨의 수행은 잘 되어가고 있어?"

"훗, 그쪽은 지금 재미있는 결과가 나오고 있습니다."

베니마루가 그렇게 말하자마자 시엘이 정보를 표시해줬다.

이름 : 칼리온 [EP : 277만 3537]
종족 : 수신(獸神). 상위성마령――'광령수(光靈獸)'.

이름 : 프레이 [EP : 194만 8734]
종족 : 조신(鳥神). 상위성마령――'공령조(空靈鳥)'.

미궁, 너무 위험한 것 아냐? 개인정보로 분류되어야 할 존재치가 다 보이고 있는데.

칼리온과 프레이 씨는 진화하면서 신성을 띠고 있었다. 프레이 씨의 존재치는 200만이 채 안되지만, 신성을 띨 수 있는 조건은 충족시킨 것 같았다. 오차 범위 수준이라는 얘기겠지.

권능이나 각종 내성은 불명이지만, 그건 가르쳐주지 않으면 알아낼 수도 없는 것이다.

그건 그렇고 이 두 사람, 각성하여 '진정한 마왕' 수준에 이른 만큼 나무랄 데 없이 강한 힘을 갖추게 되었다.

내 경우는 각성하면서 에너지(마력요소)양이 열 배 이상 팽창했지만, 칼리온과 프레이 씨 경우는 그렇게까지 파워업을 하지는 않은 것 같았다.

그보다는 개체 차이가 있다는 느낌을 받았다.

내 체감을 통해 예상한 수치지만, 진화하기 전의 칼리온의 존재치는 70만 전후이며, 프레이 씨는 40만이 채 되지 않았을 것이라 생각한다.

그게 틀리지 않았다는 전제로 생각한다면 칼리온이 네 배, 프레이 씨가 다섯 배 정도 더 강해졌다는 결과가 되겠군.

뭐, 내 경우는 원래의 수치가 낮았기 때문이 아닐까?

잘 생각해보면 그게 당연한 것이다.

원래 수치보다 몇 배 더 강해졌는가가 아니라 얼마나 힘이 늘어났는가를 생각해야 할 것이다.

존재치가 큰 자일수록 각성하면 강대한 힘을 얻는다――는 점에서 보면 틀리지 않은 것이다.

자, 그럼 이 정보를 근거로 전력분석을 해볼까.

칼리온은 변신하면 신체 능력이 세 배 가까이 상승했는데, 존재치로 환산하면 배로 늘어나지는 않았던 것 같다.

그건 아마도 일정 시간 동안만 능력이 늘어나는 것일 거라고 생각했다. 그래서 나는 변신이 결코 만능은 아니라고 생각한 것이다.

변신한 후에 시간이 지나면 오히려 약해지는 것이라고 할 수 있기 때문이다.

그건 칼리온뿐만 아니라 가비루와 부하들에게도 같은 평가를 내릴 수 있었다. 안 그러면 늘 변신상태를 유지하고 있으면 되니까.

하지만 변신했을 때에는 모든 상처가 낫는다거나 체력이 완전히 회복된다거나 하는 다양한 이점도 많다. 라이칸스로프(수인족)만의 메리트이므로 결코 우습게볼 생각은 없다. 쉽게 말해서 어떻게 쓰느냐에 따라 달라진다는 것이 결론이다.

그래서 말인데, 진화한 칼리온이라면 자신의 힘을 얼마나 잘 구사하고 있을까?

"네가 보기엔 어때?"

"네. 우선 칼리온 공 말인데, 복수라는 명분을 들어서 제가 맨 처음 상대했습니다."

"뭐?"

"그 왜, 유라자니아에 제가 시찰단을 이끌고 갔던 적이 있지 않습니까. 그때는 전혀 상대가 되지 못했거든요. 지금의 제가 얼마나 강해졌는지, 각성했다고 하는 칼리온 공을 상대로 시험해본 겁니다."

으—음, 취지가 반대가 되었는데.

칼리온과 프레이 씨가 전력을 다해 싸워보게 할 생각이었는데…….

베니마루가 자신의 실력을 시험해보는 짓을 해서 어떡하자는 거야——. 그렇게 생각했지만, 잘 생각해보면 문제는 없으려나?

진지하게 싸우는 베니마루와 전력을 다해 임하는 칼리온. 사람이 죽지 않는 미궁이라는 환경 안에선 이만큼 재미있을 것 같은 조합도 없을 것 같긴 하다.

시합 경과는 라미리스 쪽이 녹화해두었을 거라 생각하니까 나중에 찬찬히 감상하도록 하자. 그러므로 결과만 먼저 묻기로 했다.

"누가 이겼어?"

"간발의 차이로 제가 이겼습니다."

"오오, 잘했어!"

그렇게 칭찬했지만, 실은 어떻게 반응해야 좋을지 난감했다.

무슨 이유인지 베니마루의 승리를 의심도 하지 않았다는 것을 깨달았으며, 간발의 차이였다는 말을 듣고 동요하고 말았기 때문이다.

"그건 그렇고 간발의 차이였단 말인가. 어떻게 싸웠기에 그런 결과가 나온 거야?"

일단은 그렇게 물어봤다.

그러자 베니마루가 대답하기도 전에 머릿속에 영상이 재생되었다.

《칼리온이 시작하자마자 필살기를 쓴 것 같군요.》

역시 시엘이다.

곧바로 정보를 모아준 것 같았다.

그리고 시엘의 설명대로 영상 속에서 먼저 움직인 것은 칼리온이었다.

무기를 쥐고 자연스러운 동작으로 몸을 숙인 순간, 칼리온의 몸 전체가 빛으로 변했다.

비유가 아니라 진짜 입자로 변해 베니마루를 습격한 것이다.

《칼리온이 버스트 로어(수왕섬광후, 獸王閃光吼)라고 이름을 붙인 것 같습니다. 자신의 육체를 의지가 있는 입자로 바꿔서 적을 꿰뚫는 변환 자재의 확산 및 집속 입자포라고 하겠습니다.》

의지가 있단 말인가.

칼리온도 각성하면서 정신생명체의 특성을 획득했다는 뜻이로군. 회피한 베니마루를 계속 추적한 빛이 집어삼킨 것도 납득이 되었다.

"승부가 시작된 순간에 오한이 느껴졌다고 할까, 위험하다는 걸 직감적으로 알았습니다. 그래서 이건 상대의 힘을 지켜보고 있을 때가 아니라고 생각해서 '양염(陽炎)'을 발동시켰죠——."

베나마루의 '양염'은 '은형법'의 극의라고도 할 수 있는 권능이다. 어떤 공격수단이라도 베니마루의 몸을 포착할 수 없게 되기 때문에 얼티밋 스킬(궁극능력)이 동반된 수준의 공격이 아니라면 통하지 않는다.

그러나 그걸 발동하지 않았다면 첫수에 베니마루가 패했을 것이다.

왜냐하면 칼리온은 음속보다 몇 배나 더 빠르다는 베루글린드의 초속공격에 필적할 만큼 빠른 속도를 구현했으니까.

그걸 피해낸 베니마루도 대단하지만, 거기서 그치지 않고 계속 추격했다면 도저히 대항할 방법이 없었을 것이다. 그걸 버텨낼 수 있었던 것은 얼티밋 스킬 '아마테라스(양염지왕)'가 있었기 때문이었다.

“너의 타고난 승부 감각과 얼티밋 스킬의 유무가 승패를 갈랐단 말이군.”

“네, 정말 위험했죠. 더 쉽게 이길 수 있을 거라 생각하고 자만하고 있었는데, 스스로를 경계할 수 있는 좋은 약이 되었습니다.”

“그랬겠지. 나도 네가 이길 것을 의심하지 않았으니까 심경이 좀 복잡해. 역시 방심이나 자만은 패배로 이어진단 말이군. 스스로 깨닫는 건 어려운 일이므로 본격적인 싸움이 벌어지기 전에 정신을 차릴 수 있게 된 것은 고맙게 생각해야겠어.”

“네. 의식하고 있더라도 자각하지 못하는 사이에 자만하게 되는 법이죠. 그래서 방심이라고 부르는 것이겠지만, 실로 무서운 일입니다.”

“동감이야.”

그렇게 우리는 자신들의 안일한 인식을 다시 확인할 수 있게 해 준 칼리온에게 감사하는 마음을 가졌다.

●

베니마루와 둘이서 반성한 뒤에, 슈나가 만들어준 카페오레를 마시면서 다음 이야기를 들었다.

“프레이 씨와는 싸워봤어?”

“아뇨, 프레이 공은 우리의 싸움을 보고 자신의 실력으로는 이기지 못한다고 판단한 것 같습니다. 그분은 왠지 쓸데없는 시도를 싫어하는 성격인 것 같으니까요.”

"그렇군, 그렇게 보이긴 하지."

베니마루의 말이 옳다고 생각하면서, 나도 긍정의 의미로 고개를 끄덕였다. 프레이 씨는 딱히 호전적인 성격도 아닌 것 같으니 그녀가 보인 반응에는 납득할 수 있었다.

그리고 프레이 씨가 모범생 같은 성격을 가지고 있다는 건 그동안 밀림이 늘어놓은 불평을 자주 들어서 알고 있었다. 나와는 관계가 없는 일이므로 그냥 흘려들었지만 말이지.

"그 후에는 어디까지 통할 수 있는지 알아보기 위해 미궁을 공략해보자는 의견이 나왔습니다."

"실력을 시험해보려면 그게 제일 빠른 방법일지도 모르겠군."

"네. 각자 혼자서 51층부터 공략을 시작했습니다."

베니마루의 설명과 동시에 머릿속에서 영상이 재생되었다.

시엘은 정말 빈틈이 없다.

우선은 칼리온.

베니마루를 힘들게 했다는 실력은 진짜였으며 쾌속으로 진격을 이어갔다.

60층은 가드라가 없었기 때문에 가볍게 클리어했다. 이 정도면 있어도 틀림없이 패했을 것이라고 생각한다. 그 정도로 칼리온의 기세는 거침이 없었다.

우연히 '전이용 마법진'을 조정하느라 돌아와 있던 아다루만 일행과도 실력을 시험해보기 위해서 싸웠다고 한다.

그 결과, 3대1이었는데도 가볍게 이기고 말았다.

당연한 결과였다. 버스트 로어를 아낌없이 사용하고 있었으니까 아다루만 쪽은 대책을 마련할 틈도 없었던 것이다.

웬티가 방패를 맡았고, 알베르트가 유격으로 활약했다. 그리고 아다루만이 공격을 맡았다. 그 콤비네이션은 맨 처음 웬티가 격파된 시점에 이미 무너지고 말았다.

그 다음에 칼리온은 알베르트를 남겨둔 채 귀찮은 상대인 아다루만을 노렸다. 실로 싸움에 익숙한 그 모습은 마치 사자의 사냥을 연상시켰다.

《사냥은 암컷 사자가 더 자주 합니다만──.》

나도 알아─!!

시엘의 설명은 아주 편리하지만, 가끔은 날 바보 취급하는 것 같은 기분이 든다.

옛날부터 그래, '대현자' 시절부터 그런 면이 있었거든?

《조심하겠습니다.》

정말로 부탁 좀 할게. ──나는 크게 상한 기분을 느끼면서 고개를 끄덕였다.

그리고 하다 만 얘기를 계속 하자면.

칼리온의 버스트 로어는 엄청난 위력을 가지고 있었다.

아다루만은 빛 속성이었는데, 칼리온도 빛 속성이었다. 속성에는 우열의 차이가 없었기 때문에 나머지는 단순한 실력차이가 모든 것을 좌우하게 된 것이다.

여기서 마음에 걸렸던 것이 아다루만이 얼티밋 기프트를 지니고 있느냐 하는 점이었다.

칼리온은 얼티밋 스킬을 보유하지 않은 것으로 생각되는데다 갓즈(신화) 급도 소지하고 있지 않았다.

그런데 어떻게 아다루만을 이길 수 있었던 거지?

궁극에는 궁극으로 이길 수밖에 없다고, 시엘이 당연하다는 듯이 그렇게 말한 것 같은데…….

《기억나지 않습니다.》

어라, 그랬었나?

얼버무리고 넘어가려는 것 같지만, 나도 자신이 없다…….

《칼리온은 정신생명체의 특성도 같이 가지고 있으므로 강한 의지를 통해 궁극에 필적할 수 있었을 겁니다.》

그렇군. 그렇게 생각하면 납득이 되려나.

즉, 칼리온에겐 아다루만의 '네크로노미콘(마도지서)'으로 보강된 '다중결계'보다 훨씬 강한 공격력을 갖추고 있다는 뜻이다.

"그다음에 칼리온 공을 상대한 자는 쿠마라였죠. 쿠마라가 자청하며 먼저 싸워보고 싶다고 했기 때문에 제가 허가했습니다."

"뭐, 쿠마라보다 제기온이 더 강하니까. 그러고 보니 미궁의 수호계층도 다시 검토해야 할 것 같아."

"그래야죠. 그리고 결과를 말씀드리자면 상당히 뜨거운 승부를 벌였습니다."

그때 또 영상이 재생되었다.

쿠마라는 미수(尾獸, 꼬리짐승)를 분리시켜 내놓지 않고 처음부터 전력을 다해서 싸웠다.

아다루만 일행이 패했다는 소식을 듣기는 했지만, 구체적인 내용은 듣지 않은 채 싸움에 임했던 모양이다.

적의 기술을 잘 알고 있느냐 아니냐에 따라서 대처 방법에는 하늘과 땅 만큼의 차이가 발생한다. 그런데도 과감하게 정정당당하게 도전했다고 한다.

존재치로 따지면 칼리온이 더 높았다. 하지만 쿠마라에겐 얼티밋 기프트(궁극증여) '바하무트(환수지왕)'가 있었다.

칼리온은 이 싸움에서도 시작하자마자 버스트 로어를 썼다. 이번에는 여러 줄기의 섬광으로 변한 뒤에 사방팔방에서 쿠마라를 노렸다.

상대하는 쿠마라는 하늘로 날아올라서 '중력지배'를 발동시켰다. 그러면서 초중력으로 인한 빛의 굴절이 발생했고, 칼리온의 공격은 쿠마라의 다리를 꿰뚫는데 그쳤던 것이다.

이건 쿠마라가 의도한 회피가 아니라 단순히 운이 좋았던 것뿐이었군. 그래서 반격으로 연결하지 못한 채 자신의 회복을 우선한 것이다.

아니, 미수의 다리를 대신 쓸 수 있지 않을까. 미수는 쿠마라의 마력요소가 있으면 부활할 수 있으니까 같은 레벨의 상대라면 쿠마라를 행동불능으로 만들기는 어려울 것이다.

그리고 첫 공격에 실패한 칼리온은 실체를 가진 모습으로 돌아와 있었다. 무적으로 여겨지던 입자상태에는 역시 시간제한이 있었던 것이다.

그리고 연달아 쓸 수도 없는 것 같군.

칼리온은 쿠마라를 추격하지 않고, 거리를 유지하면서 백호청룡극을 쥔 상태로 싸울 자세를 잡고 있었다.

상공에서 칼리온을 내려다보는 쿠마라.

그녀를 노려보면서 다음 수를 생각하는 칼리온.

둘의 시선이 교차했고, 다음 순간 격렬한 진동이 일어났다.

급강하로 칼리온에게 육박하면서 구미천공격(九尾穿孔擊)을 시도하는 쿠마라. 그에 반격하기 위해서 칼리온은 백호청룡극에 마력을 집중시켜 비스트 로어(수마입자포)를 날렸다.

이 격돌을 제압한 자는 쿠마라였다.

입자포가 흩어지면서 칼리온의 백호청룡극이 산산이 부서진 것이다.

"내가 이겼습니다!"

자랑스럽게 외치면서 쿠마라가 칼리온에게 마무리 공격을 날리려고 했다.

하지만 쿠마라의 생각대로 되지는 않았다.

"어설프군."

칼리온의 그 중얼거림은 쿠마라가 심장을 파괴당한 뒤에야 울려 퍼졌다.

칼리온의 무기는 파괴되었지만 실제로 부서진 것은 아니었다. 부서진 파편은 칼리온의 뜻에 따라 지배를 받고 있었으며, 입자로 변하여 뒤에서 쿠마라를 꿰뚫었던 것이다.

승부가 났다.

그런 상황에서 방심해도 될 정도로 칼리온은 만만한 상대가 아니다. 움직임이 멈춘 쿠마라를 상대로 인정사정없이 비스트 로어로 승부를 냈다.

"——그런 과정을 거치면서 칼리온 공이 이겼습니다."

"그런 것 같군. 그것도 그렇지만 쿠마라도 상당히 강해졌으니까 이렇게 쉽게 패한 것이 믿어지지 않는 기분이야."

"뭐, 싸움이란 것이 원래 그런 법이니까요. 다행인 것은 그나마 이게 진짜 싸움이 아니었다는 점이라고 하겠습니다."

"그러네. 정말 쿠마라에게도 좋은 경험이 되었을 거라 생각해."

이리하여 칼리온의 거침없는 진격을 보면서 우리는 진심으로 반성했다.

자만하고 있었다고.

"칼리온 공을 맡아서 실력을 기르게 도와준다는 생각을 한 것이야말로 우리가 오만해졌다는 증거였습니다. 이번 일을 통해 우리가 가르침을 받은 것도 많았으며 다양한 교훈을 배울 수 있었습니다."

"음, 그러네. 남에게 가르친다는 것은 자신의 부족한 점을 깨달을 수 있는 기회를 부여 받은 셈이라고 말하는 사람도 있을 정도니까."

자신이 모르는 것을 묻는다면 얼버무리면서 넘어가지 않고 바로 조사하여 자신의 양식으로 삼을 것——이라는 뜻으로 한 말이라고 생각한다.

이번 경우에는 칼리온과 실전형식으로 전투훈련을 함으로써

더욱 신중한 전법을 배웠다고 할 수 있겠다.

애초에 칼리온에게도 그건 마찬가지일 것이며, 전법이 점점 세련되게 바뀌는 것 같다는 생각이 들었다.

만약 아다루만 일행보다 쿠마라를 먼저 상대했다면 승패가 역전되었을 가능성이 높았을지도 모른단 말이지. 그 정도로 칼리온의 성장은 대단한 수준이었다.

"야아, 이렇게 되면 제기온도 위험하지 않았을까?"

제기온이 패배하는 모습은 상상도 되지 않았지만, 이런 기세라면——.

"아, 그건 전혀 문제가 되지 않았습니다."

"뭐?"

"대치한 상태에서 칼리온 공이 먼저 공격을 시도했습니다만—."

이때 재생되는 영상.

승부는 순식간에 끝이 났다.

칼리온이 입자로 변화하기도 전에——아니, 그게 아니로군. 제기온이 환영이라도 보여준 것인지 웃음을 지은 직후 칼리온의 온몸이 갈기갈기 절단되었던 것이다.

"——이렇게 빨리 끝내버리다니, 제기온은 정말 정체가 뭐야?"

"솔직히 말해서 제가 이긴 것도 기적이 아닐까 하는 생각이 들 정도입니다. 지금 싸운다면 이길 수 있을 것 같지가 않습니다."

그렇게 말하면서 베니마루는 쓴웃음을 지었다.

겸손한 말이기도 하겠지만, 지는 것을 상당히 싫어하는 베니마루가 이렇게까지 말할 정도라면 제기온은 그야말로 '격이 다른 존재'인 것이다.

이번 승부에서 제기온까지 졌다면 방위체제를 근본적으로 다시 검토할 필요가 생겼을 것이다.

"제기온은 자만하는 것 같은 낌새도 없군. 우리는 인식이 안일했다는 것을 다시 확인했지만, 제기온에게는 그럴 필요가 없는 것 같아."

"동감입니다. 그 녀석은 극단적인 금욕주의자니까요. 나무랄 데 없는 완전승리였는데도 '이 정도는 리무루 님에 비하면 한참 부족하다'라고 말하면서 전혀 만족하지 못하는 것 같았습니다."

제기온은 자신의 상상 속에 존재하는 나를 목표로 삼고 있는 걸까——. 그런 생각을 하면서 나는 초점 없는 눈으로 먼 곳을 바라봤다.

●

칼리온의 도전은 끝났다.

그러면 프레이 씨는 어떨까?

"프레이 공 얘기가 나와서 말입니다만, 그녀도 아다루만 일행에겐 승리했습니다. 그것도 상당히 쉽게."

"정말이야?!"

너무나 예상 밖이었다.

이 승부만큼은 아다루만 일행이 이길 것이라 생각하고 있었기 때문이다.

1대1이라면 프레이 씨가 이기겠지만, 3대1이라면 아다루만 일행이 유리하다고 생각하고 있었는데…….

그때 재생된 영상을 보니 프레이 씨가 이긴 이유를 알 수 있었다.

"아아, 상성이 너무 안 좋았기 때문이었나!"

"네, 그런 것 같습니다. 프레이 공의 '마력방해'로 인해 아다루만의 마법이 봉인되었습니다. 그 때문에 공격을 맡은 자의 패턴이 뒤엉키는 바람에 프레이 공이 페이스를 장악해버린 것이 패인이 되었죠."

베니마루가 설명한 대로였다.

프레이 씨를 중심으로 한 반경 5미터의 원 안은 마력요소의 움직임이 방해를 받으면서 안티 매직 에이리어(마법불능영역)가 되어 있었다. 카리브디스(폭풍대요와)보다도 강력한 간섭파였기 때문에 아다루만의 '네크로노미콘(마도지서)'조차도 봉인되고 말았던 것이다.

그러고 보니 프레이 씨도 신성을 띠고 있었지.

신성이란 것은 정해진 수명이 사라진 정신생명체만 획득할 수 있는 특질 같은 것이기 때문에 프레이 씨가 얼티밋 기프트(궁극증여)에 밀리지 않고 팽팽하게 대항할 수 있었다고 해도 전혀 이상할 게 없었다.

아니, 그 정도가 아니라 얼티밋 스킬(궁극능력)을 획득했을 가능성도 있단 말인가.

그래서 아다루만은 어쩔 수 없이 신성마법 : 홀리 캐논(영자성포)을 주력수단으로 바꿨지만 결정타는 되지 못했다. 상대하기 까다롭게도 프레이 씨는 하늘을 날 수 있기 때문에 이리저리 활공하면서 회피해버린 것이다.

그리고 방패 역할을 맡은 웬티에게 육박하여 자신의 발톱으로 단단히 움켜쥐었다.

"프레이 공의 발톱은 참으로 대응하기가 난감하더군요. 몸 안의 마력요소까지 흐트러지기 때문에 마물에게는 천적이나 마찬가지였습니다. 그 발톱에 붙잡히면 결국, 수많은 스킬과 마법이 봉인된 것이나 마찬가지인 결과가 될 테니까요."

프레이 씨의 발톱, 그건 틀림없이 갓즈(신화) 급에 해당되는 위험도를 가지고 있었다.

"우와, 몰랐다면 나도 위험했겠는걸."

"하하하, 괜찮지 않겠습니까? 리무루 님이라면 '분신체'로 도망칠 수 있으니까요. 하긴 칼리온 공도 도망치는 건 무리라고 말했으니 아마 저도 위험할 겁니다. 그래봤자 붙잡히기 전에 쓰러트리겠지만 말입니다."

베니마루라면 그렇게 하겠지.

하지만 아다루만 일행에게 그런 방법은 무리였다.

웬티가 내부부터 파괴되면서 전선을 이탈했다. 그 후에 프레이 씨는 원거리전으로 전법을 전환했다.

아다루만 일행의 비행능력은 봉인되어 있었으므로 상공에서 일방적인 공격이 쏟아지는 것을 그대로 받을 수밖에 없었다. 공격을 받으면서 초조해진 알베르트가 도약하여 프레이 씨를 노렸지만 그게 바로 프레이 씨의 미끼였다.

'스카이 퀸(천공여왕)'이라는 칭호는 단순한 간판이 아니었던 만큼 알베르트도 공중에서 산화하고 말았다.

이리하여 아다루만 혼자 남게 되었지만, 이렇게 되어버리면 승산은 없었다. 슬프게도 프레이 씨를 상대하면서 여지없이 패배할 수밖에 없었던 것이다.

"프레이 공도 다음 층으로 공략을 진행하면서 쿠마라와 싸우게 되었습니다."

"결과는?"

힘은 거의 호각이지만, 쿠마라는 신성을 띠고 있지 않다.

그리고 지금 싸우는 모습을 보면 프레이 씨의 전투경험은 상당한 수준이었다. 십대마왕 중에선 가장 약한 축에 속한다고 스스로 말했지만, 겸손도 어느 정도는 포함되어 있는 것 같았다.

교활한 프레이 씨와 미숙한 쿠마라.

좋은 승부가 되겠다고 생각했는데 정말로 그렇게 된 모양이다.

"명승부였습니다. 3일 내내 싸우면서 양쪽 다 모든 힘을 동원했으니까요. 무승부라고 말하고 싶습니다만, 승자는 프레이 공입니다."

"오오, 엄청난 싸움이었나 보군. 이 영상은 나중에 차분히 연구해봐야겠어."

"네, 아주 좋은 공부가 되었습니다. 승리를 포기하지 않는 불굴의 정신도 중요하지만, 결국 모든 것을 판가름하는 것은 지략이더군요. 실력이 비슷할 경우에는 상대가 자신의 실력을 어떻게 오인하도록 만드는 것이 중요한다는 걸 깨달았습니다. 쿠마라의 패인은 상대의 여력을 잘못 판단했다는 것이니까요."

과연, 영상을 보는 것이 기대가 되는군.

3일분의 정보니까 사고가속을 써서 영상을 빨리 돌려 보기로 하자.

"그러면 프레이 씨는 제기온에게도 도전한 거야?"

쿠마라와 호각이라면 분명 패했을 것이다.

베니마루와의 싸움을 피한 프레이 씨라면 결과를 뻔히 알 수 있는 승부는 하지 않을 것이라고 생각했다.

"제기온이 아니라 아피트와 싸웠습니다."

"뭐, 그쪽을 선택했어?"

"네. 역시 하늘을 날 수 있는 자라는 긍지가 있었겠죠."

"아아, 그래서……."

합리적인 사람으로 보였는데 의외로 지는 걸 싫어하는 성격이었군.

"이것도 좋은 승부가 되었습니다만, 기본적인 힘의 차이가 있다 보니 프레이 공이 이겼습니다."

그렇겠지.

좋은 승부가 되었다면 아피트의 건투를 칭찬해야 할 일이다.

어쨌든 이번 전투로 프레이 씨의 실력도 판명되었으며, 내 동료들이 반성해야 할 점도 알 수 있게 된 셈이다.

일하는 도중에 귀국하자마자 연패를 맛본 아다루만 일행은 충격을 받았겠지만, 이게 진짜 싸움이 아니었다는 것에 감사하면서 이번 경험을 나중을 위해 잘 활용하기를 바랐다.

그리고 칼리온과 프레이 씨에게도 은혜를 베푼 셈이 되었다. 이건 라미리스 덕분이기도 하니까 나중에 감사 인사라도 하라는 충고를 두 사람에게 해두자고 생각했다.

나도 라미리스에게 한 번 더 고마운 마음을 느꼈다.

자, 그렇게 되면 문제는…….

"그러면 사레와 그레고리도 맡길 수 있겠군."

"알겠습니다. 뭐, 잘해야 아다루만 일행을 돌파할 수 있을까 말까 한 수준이겠지만요."

"나도 동감이야. 어쩌면 알베르트 혼자만으로도 충분할지도 몰라. 아니, 그전에 계속 아다루만 일행만 동원해서 싸움을 붙이지는 마!"

방금 막 방심하지 않겠다고 맹세했으니까 이 예상이 뒤집혀도 놀라지는 않을 것이다. 그러나 사레는 가드라 노사조차도 이기지 못했다.

아다루만 일행을 돌파하는 것도 어려울 것이라고 나는 생각했다.

그리고 며칠 후.

그 예상이 옳았다는 것이 증명되면서, 사레와 그레고리는 다시 일을 하러 돌아간 아다루만 일행이 아니라 아피트를 상대로 열심히 수행을 하게 되었다.

●

사레와 그레고리를 베니마루에게 맡기고 찾아간 곳은 묘르마일이 기다리고 있는 블루문드 왕국이었다.

그곳에서 합류하여 잉그라시아 왕국까지 동행시킬 예정을 잡고 있었다.

이미 몇 번이나 놀러 간 적이 있기 때문에 블루문드 왕국은 익숙한 곳이었다. 도시 안으로 들어가진 않을 것이므로 '결계'를 통과할 필요는 없었다. 관광 온 기분으로 왕도의 교외를 향해 이동했다.

그곳도 또한 일대 사업의 중심지였다.

'월드 스테이션(세계중앙역)'을 건설 중인지라 가까운 나라에서 노동자들이 몰려와 있었다. 거기서 멀지 않은 가장 입지조건이 좋고 비싼 땅에 우리 '4개국 통상연맹'의 본부건물이 새로 지어져 있었다.

그 건물을 보니 상당히 기뻤다.

이 세계에선 보기 드문 지상 30미터를 넘는 10층짜리 고층빌딩이었으니까.

건조 중인 밀림의 성에 비하면 많이 모자라지만, 이래 봬도 이 세계에선 탑 레벨의 건축물이다.

디자인에도 상당히 공을 들였으며, 귀중한 유리 창문도 아낌없이 사용했다. 물론, 태풍이나 지진, 마법공격에도 전혀 영향을 받지 않는 '마화(魔化)'제의 강화 유리이고 말이지.

그 외에도 내 취향을 마음껏 담아서 지었기 때문에 이 빌딩에는 애착을 느끼고 있었던 것이다.

오늘의 약속장소이기도 했지만, 신축을 축하하는 의미도 겸하여 여기서 파티가 예정되어 있었다. 사실은 내가 오너지만 오늘은 초대 손님 취급을 받고 있었다.

그리고 지금 그 빌딩 안에 도착한 것이다.

준공 시에는 나도 견학하러 오고 싶었지만, 최근에는 정신없이 바빠서 그럴 여유가 없었다. 그래서 이 빌딩에서 일할 직원을 고용하는 문제는 전부 묘르마일에게 일임하고 말았다.

나도 힘들었지만, 묘르마일도 상당히 힘들었을 것이다. 묘르마일이 없었다면 오늘 같은 날은 맞이할 수 없었겠지.

유능하다는 건 알고 있었지만, 사람을 끌어모으는 능력도 있었던 모양이다.

'4개국 통상연맹'의 대표는 묘르마일이지만, 이 빌딩의 본부장은 따로 있다. 놀랍게도 최근에 자작으로 작위가 올라간 지 얼마 안 된 베르야드가 묘르마일의 부하가 되었다고 한다. 그리고 본부장으로 취임했다는 보고를 받았던 것이다.

베르야드가 우리 편이 되어준 것은 솔직히 기쁜 일이며 믿음직스러웠다. 나를 훌륭하게 속여 넘긴 그 수완은 잊을 수도 없으므로 앞으로 보여줄 활약에도 큰 기대를 걸고 싶었다.

그 외에도 유능한 인재를 몇 명 확보했다고 한다.

오늘 파티에서 소개해주겠다고 했으니까 나도 진심으로 기대하고 있었다.

평소와 다름없이 란가를 그림자에 넣어둔 상태에서 나와 소우에이는 나란히 섰다.

오늘 입은 것은 정장용 양복이었다.

나는 스리피스, 소우에이는 투피스였다.

양복색은 내가 회색이고 소우에이는 검은색이었다. 지금은 브랜드로 성장한 헬모스의 고치에서 뽑은 실로 슈나가 만들어준 명품이었다.

시판되지 않는 오더메이드이므로 알아보는 자가 본다면 분명 '격'의 차이를 알아차릴 것이다.

파티는 밤에 시작되기 때문에 아직 사람은 많지 않았다.

그럼에도 불구하고 통행인들의 시선이 집중되는 것은 내 카리스마 때문이려나.
“저 사람 좀 봐, 진짜 잘생겼어!”
“형제인가? 동생을 지켜주는 형처럼 보이네.”
“저 동생도 귀여우니까 장래가 기대되는걸!”
“쿨하네. 최근에는 외국인이 많이 찾아오게 되었지만, 저렇게 멋진 사람은 보기 힘든데 말이지~.”
……으—음?
생각했던 것과는 다른 반응이네.
내 카리스마가 아니라 소우에이에게 관심을 보이는 것뿐이었던 모양이다.
자의식과잉이었다는 것을 깨달으면서 나는 조금 부끄러워졌다.
“자, 어서 들어가서 인사부터 하자고.”
나는 그렇게 말하면서 부끄러움을 애써 얼버무렸다.
그리고 문을 통과해서 접수처로 향했다. 1층 부분은 호텔 로비처럼 넓게 트인 층으로 이뤄져 있었으며, 대합실과 프런트로 나뉘어 있었다.
내부 구조도 이미 알고 있었기 때문에 나는 막힘없이 접수처로 갔다.
“묘르마일 군은 지금 자리에 있으려나~?”
미인 아가씨인 접수담당직원에게 그렇게 물어보자, 세련된 옷을 입고 궐련을 문 고위간부처럼 보이는 남자가 안쪽 방에서 나오더니 수상쩍다는 눈길로 나를 노려봤다.
“누구냐, 너는?”
“아, 리무루라고 합니다. 묘르마일 군에게 내가 온 것을 전해줄

수 있을까요?"

신사처럼 보이는데 행동은 건방진 인간이로군. 그렇게 생각하면서도 나는 웃으면서 내 용건을 밝혔다.

내 이름을 들은 접수 담당 직원은 안색이 확 바뀌면서 수정구로 손을 뻗었다. 그것도 마도구이며, 한 쌍을 이루는 수정구와 연락을 취할 수 있는 것이었다.

근거리에서만 쓸 수 있다는 것이 단점이지만, 건물 안에선 최적의 아이템이었던 것이다.

그녀의 대응은 잘 훈련받은 것이었기 때문에 나도 만족스럽게 생각하면서 바라보고 있었는데…… 갑자기 고위간부로 보이는 남자가 오히려 접수 담당 직원을 제지했다.

"저기, 가바나 님, 이분은──."

"괜찮아. 이자는 나에게 맡겨."

"아뇨, 그러니까──."

"꼭 나타난단 말이지. 묘르마일 님을 만나기 위해서 허세를 부리는 인간이 말이야. 부르지도 않았는데 파티에 참가하려고 하는 어리석은 자들도 많고. 이것 참, 유명해지는 것도 큰일이야. 그분은 그런 쪽으로는 아직 이해가 부족하시니까 나같이 우수한 부하가 필요한 거지. 너도 참 운이 없구나. 지금 내가 없었다면 혹여 성공했을지도 모르는데 말이야."

"네, 그런가요……."

그 말 말고는 달리 대꾸할 말이 없었다.

접수 담당 직원은 내 이름을 알고 있었던 것 같지만, 이쪽 신사──가바나라는 자는 나를 전혀 모르는 것 같았다.

아니, 어쩌면 알고 있을지도 모르지만 얼굴과 이름을 일치시키지 못한 것일 수도 있겠지.

상황을 보니 아무래도 딱히 접수 업무를 맡고 있는 것도 아닌 것 같고 말이지.

아마도 이 미인 접수직원에게 멋진 모습을 보여주고 싶어서 쓸데없이 끼어든 아저씨가 아닐까 하는 생각까지 들고 말았다.

"리무루 님, 제가 나서서 이 녀석을 교육해놓겠습니다."

조용히 분노하고 있던 소우에이가 가늘게 뜬 눈으로 가바나를 노려봤다.

"잠깐, 잠깐, 잠깐! 묘르마일 군이 공을 들여 기르고 있는 인재니까 약간의 실수 정도는 참고 눈을 감아주자고!"

지금은 너그러운 마음을 가지도록 해, 알았지?

실제로 묘르마일은 많이 바쁠 거라고 생각했기 때문에 미리 나와 있도록 하는 것은 미안해서 이런 식으로 찾아온 것인데, 오히려 그런 배려가 화근이 된 모양이다.

가바나의 건방진 태도는 문제가 좀 있는 것 같지만, 사전연락 없이 쳐들어온 손님이 많다면 이런 반응을 보이는 것도 어쩔 수 없는 일이라고 할 수 있다.

그렇게 분노하는 소우에이를 달래고 있으려니, 접수 담당 직원이 큰 소리로 말했다.

"가바나 님! 이분은 진짜가 맞습니다!! 묘르마일 님의 방에 걸려 있는 초상화와 똑같이 생긴 걸 보면 틀림없이 본인입니다!!"

뭐, 초상화가 걸려 있다고?

그의 집에 들렀을 때에도 몰래 가지고 있다는 것을 눈치채긴 했는데, 아직도 가지고 있었을 줄이야. 더구나 그걸 당당히 걸어놓고 있다고 하니 묘르마일도 참 특이한 남자다.

뭐, 내 외모의 바탕이 된 시즈 씨는 미인이니까 말이지.

외모에 반해버린 그 심정도 이해는 되지만 내 모습은 초등학생 수준——아니, 잘 생각해보니 성장하긴 했구나.

160센티미터에서 조금 모자라니까 여고생의 평균 신장 수준은 될 것이다.

가슴은 없지만 초상화로 그리면 예쁘게 나올 수도 있겠다.

애초에 나는 오랫동안 가만히 서 있지 못하니까 시엘을 대신 시켜야 할 필요가 있을 것 같긴 하다.

——아니, 그림 모델이 될 생각은 전혀 없지만 말이지.

그런 식으로 수준 높은 생각에 사로잡혀 있으려니, 가바나가 경악하는 목소리가 내 귀에 들렸다.

"뭐, 뭐라고? 이 꼬맹이——가 아니라, 이분이 리무루 폐하 본인이란 말인가?"

"네, 확실합니다."

"아니, 아니, 그건 이상하잖아?! 마왕이란 말이다! 광대한 영토를 다스리는 왕이 호위 한 명만 대동하고 나타나다니 상식적으로 있을 수 있는 일이란 말이냐——?!"

으—음, 그것도 그렇긴 하네.

옛날에 드워르곤을 찾아갔을 때 슈나도 그런 말을 한 적이 있지만, 나름대로 격식에 맞춘 행동을 취할 필요는 있겠군.

이번에는 시간이 없어서 생략했지만, 슈나는 불만스러운 반응을 보였단 말이지. 역시 이런 일이 일어나지 않도록 앞으로는 제대로 된 격식을 갖추는 게 좋을 것 같다.

"저도 그렇게 생각은 합니다만, 사실은 사실입니다!"

"하지만 마왕이나 되는 자가 접수처로 불쑥 찾아와서 '묘르마일 군은 지금 자리에 있으려나~?'라고 가볍게 물을 수 있겠어? 안 그래? 응?"

가바나는 눈물을 글썽거리면서 역설하고 있었다.

이 현실을 인정해버리면 마왕을 쫓아냈다는 사실만이 남게 되니까 말이지. 가바나의 입장에선 필사적으로 부정하고 싶을 것이다.

신사적인 가면이 벗겨지면서 원래 모습이 그대로 드러나 버린 걸 보니, 으—음…… 미안한 기분이 들기 시작했다.

"이것 참, 미안하네. 지금부터 부하들을 불러오는 것도 좀 아닌 것 같고——."

"원하신다면 제 부하들만이라도 불러올 수는 있습니다만?"

"아니, 괜찮아! 그리고 이번 일은 가바나 씨가 잘못한 게 아닌 것으로 치고 불문에 부칠 거야. 그러니까 묘르마일 군에게 내가 왔다고 전해줄 수 있을까?"

내가 그렇게 제안하자, 가바나는 표정이 바로 환하게 밝아졌다.

"그, 그래도 되겠습니까?"

"그렇게 하는 게 서로가 행복하게 끝나겠지?"

내가 그렇게 말하자 가바나의 눈에서 눈물이 흘러나왔다.

그리고 무슨 착각을 했는지, 나를 반짝반짝 빛나는 눈으로 바라보면서 "감사합니다! 이 은혜는 결코 잊지 않겠습니다"라는 말을 하고 있었다.

나는 단지 자신의 실수도 함께 얼버무리면서 넘기려 했던 것뿐인지라 약간은 찜찜한 기분을 느낄 수밖에 없었다.

●

가바나로부터 필요 이상의 감사 인사를 받는 사이에 접수 담당 직원이 묘르마일을 불러줬다.

머리를 숙인 가바나와 접수 담당 직원의 배웅을 받으면서, 우리는 묘르마일의 집무실로 이동했다.

최상층을 넓게 활용한 그 방은 햇볕도 잘 들었고 전망도 최고였다.

최상층의 소파에 앉아 경치를 감상하면서 내 앞에 놓인 주스로 목을 축였다.

"리무루 님, 무슨 일이 있었습니까?"

"아니, 아무 일 없었는데."

"그렇다면 다행입니다만, 혹시 가바나 녀석이 무슨 실례되는 짓이라도 하진 않았는지——."

"아냐, 아냐, 그런 일 없었어!"

걱정스러운 표정을 지은 묘르마일을 달래면서 자연스럽게 화제를 전환했다.

"그보다 말이지, 묘르마일 군. 얘기를 들어보니 자네 방에 내 그림을 걸어뒀다면서? 왜 그런 거지?"

나는 벽의 한 곳에 시선을 고정한 채 평정을 가장하면서 그렇게 물어봤다.

"움찔?! 그, 그건 말이죠……."

"그림은 암시장에서 입수한 것 같군요. 하지만 출처도 물론이거니와 그린 사람의 정체까지도 전혀 알 수가 없습니다."

"뭐?"

"슬라임 모습을 그린 것도 있었으니까 리무루 님을 아는 인물의 작품인 것으로 보입니다만, 저희의 정보망으로도 파악할 수 없는 것을 보면 상당한 수완가인 것 같습니다."

뭐, 잠깐만?

상당한 게 아니라 그 정도면 위험한 것 아냐?

"저기, 소우에이가 조사해도 추적을 할 수가 없다는 뜻이야?"

"아쉽게도 그렇습니다."

"그럴 리가……."

"전시 중이기도 하기 때문에 이 안건의 중요도는 낮은 것으로 판단했습니다. 그렇기 때문에 많은 인원을 동원할 수 없었던 것도 원인일 수 있겠습니다만."

그렇군, 그런 이유도 있었단 말인가.

하지만 모르는 상대가 그린 그림의 모델이 되는 것은 기분이 찜찜한데.

"아니, 아니, 각국의 기자들도 리무루 님의 모습을 본 적이 있으니까요. 그들 중 그림에 조예가 있는 자도 있을 수 있으니 신기하게 여길 일은 아니지 않을는지요?"

"그런가……?"

그런 것 치고는 소우에이와 부하들의 조사를 통해서도 정체를 밝히지 못했다는 게 마음에 걸린단 말이지.

뭐, 더 이상은 생각해봤자 소용이 없는 일이다.

"그럼 그림은 몰수하기로 하겠어."

"네——아니, 네엣?!"

놀라면서 싫은 기색을 보이는 묘르마일에게 나는 설득을 시도했다.

아니, 이미 결정된 사항이었다.

"뭐가 좋아서 내 그림이 걸려 있는 모습을 봐야 하는 거냐고. 절대 금지야!"

"그, 그러실 순 없습니다! 이건 횡포입니다. 동서고금의 어느 폭군이라도 그런 짓을 하진 않을 겁니다!!"

"비교 대상이 너무 거창해! 아니, 그 전에 왜 그렇게까지 저항하는 건데? 그림값은 지불할 테니까 이건 몰수하겠어."

나는 그런 말을 뱉으면서 벽에 걸려 있던 그림을 회수했다.

왜냐하면 그 그림은 아예 나라는 생각이 들지 않을 정도로 지나치게 미화된 것이었기 때문이다.

단적으로 말해서 시즈 씨의 모습밖에 남아있지 않았다.

아름다움과 허망한 분위기가 훌륭하게 표현되어 있었다.

"여기에 리무루 님의 그림을 걸어놓고 감상하면서 스스로를 북돋우고 있었는데……."

그렇게 탄식하는 묘르마일의 어깨를 소우에이가 토닥였다.

"훗, 어쩔 수 없군. 그렇다면 이걸 묘르마일 공에게 주도록 하지."

"뭐?"

"그, 그건……."

놀라는 묘르마일.

그 그림을 본 순간, 나와 묘르마일은 미묘한 표정을 짓고 말았다.

그 그림에 그려져 있던 것은 슬라임이었던 것이다.

"으—음……."

"자, 잘됐네, 묘르마일 군. 그걸 보고 자신을 북돋우도록 하라고."

"아뇨, 아뇨, 아뇨, 이건 좀 아닌 것 같습니다만……."

뭐, 그렇겠지.

슬라임 모습을 한 나를 본들 1밀리미터만큼도 의욕이 생기진 않을 거야.

"그건 그렇고 왜 소우에이가 그런 걸 가지고 있는 거야?"

"네. 조사 중에 압수한 것입니다. 그 외에도 몇 점 더 유출된 게 있어서 전부 회수해뒀습니다."

"슬라임 모습인 것만?"

"……네."

그 '공백'은 뭐지?

"아뇨…… 실은 한 점을 디아블로에게 빼앗기는 바람에……."

뭐라고, 그 자식!!

"필사적으로 저항했습니다만, 제가 힘이 미치지 못해서 그만……. 죄송합니다."

"그렇군, 알았어. 디아블로한테선 내가 직접 회수한 뒤에 너에게 폐를 끼치지 말라고 꾸짖어두겠어."

디아블로도 정말 난감한 녀석이다.

그 녀석은 아무리 생각해도 나를 지나치게 미화하고 있으니까 말이지.

내 외모는 시즈 씨에게 유래된 것이기 때문에 강하게 부정할 수 없는 것이 난점이었다. 그렇기 때문에 한층 더 누구의 작품인지도 모를 그림을 소지하도록 놔둘 수 없었던 것이다.

소우에이도 내가 약속한 말을 듣고 안심했는지 빙긋 웃고 있었다.

묘르마일이 넌지시 "아니, 하지만…… 그러면 소우에이 공이 그림을 여전히 가지고 있는 게 아닌지……?"라고 중얼거렸지만, 그건 쓸데없는 걱정이라고 하겠다.

"소우에이는 인기가 많으니까 안심할 수 있겠지?"

내가 그렇게 말하자, 묘르마일은 미묘한 표정으로 고개를 끄덕였다.

그리고 그림의 출처는 철저하게 조사하기로 하면서 그 화제는 마무리를 지었다.

●

밤까지는 시간도 얼마 남지 않았기 때문에 본론으로 들어가기로 했다.

"계획이 순조로운 것 같아서 정말 다행이지만, 앞으로의 예정은 어떨 것 같아?"

"그게 말입니다만…… 저도 사실은 현재 상황이 어떤지 듣고 싶었습니다."

"그럼 내가 먼저 이야기할까?"

"아뇨, 아뇨, 그 건에 대해선 각 방면에서 문의가 쇄도하고 있습니다. 그래서 말인데, 오늘 파티에 초대를 받고 오셨으니 이참에 내일 회담하실 자리도 마련해뒀습니다."

"오오! 역시 묘르마일 군이로군. 빈틈없는 일 처리에 준비성도 좋다니까."

"왓핫하! 그야 당연하죠!"

같은 이야기를 몇 번이나 하고 있었기 때문에 슬슬 질리던 참이었다. 한꺼번에 해결할 수 있을 것 같으니까 그 말은 아주 반가웠다. 묘르마일의 배려가 고마웠다.

그렇게 되었다면 묘르마일의 보고를 들어보기로 할까.

계획은 순조로웠다.

뒷세계의 조직도 하나씩 산하로 흡수하면서 '리에가(삼현취)'에게 거역할 자는 거의 존재하지 않게 되었다고 한다.

합법적인 사업도 신뢰를 얻으면서 지금은 각국의 귀족들이 참가하고 싶다는 의사를 끝도 없이 타진해온다고 했다.

"훌륭하군. 너무 순조로워서 두려울 지경이야."

"동감입니다. 실제로 베르야드 공의 수완이 너무 뛰어난지라 저도 생각하지 못한 방법을 써서 세력을 확대하고 있죠. 솔직히 말해서 그자는 저보다 우수합니다."

"안심해. 베르야드 씨에겐 나도 한 방 먹은 적이 있으니까. 묘르마일 군이 이기지 못하겠다는 생각이 드는 것도 무리는 아니야."

"인정하고 싶지는 않습니다만, 그 정도면 괴물입니다. 제 생각을 다 파악 당한 상태에서 베르야드 공이 설치해놓은 함정으로 유도되는 기분이 들었으니까 말이죠. 저보다 그자가 대표에 어울릴지도 모르겠다는 생각이 듭니다만?"

글쎄, 과연 그럴까?

우수한 인물인 것은 분명하지만, 조직의 정점에 설 만한 자인가 아닌가는 또 다른 이야기다.

"그건 아니라고 생각해."

"……?"

"아니, 내가 묘르마일 군과 친해서 이런 말을 하는 건 아니지만, 실제로 부하의 고생을 위로해주는 것이 상사가 할 일이거든. 자신이 우수하면 타인의 공적을 올바르게 평가하지 못할 수도 있으니까 말이지."

"흠, 리무루 님이 하시려는 말씀이 뭔지는 알 것 같습니다만……."

묘르마일은 아직 납득하지 못하는 반응을 보였다.

그렇다면 여기서 조금 더 말해주도록 하자. 웃고 넘겨도 상관없지만 이런 불안은 초기 단계에 해소해두는 것이 좋겠다는 생각을 했다.

"사람에겐 개인차라는 게 있으니까 당연히 능력도 제각각 다르겠지? 그러니까 상사에겐 부하에게 걸맞은 일거리를 줄 수 있는 역할이 요구되는 거야. 그런 점에서 보면 스스로 일을 할 줄 하는 사람은 타인에게 의지하지 않고 자신이 모든 것을 끝내려는 경향이 있어."

"네에……."

"그러니까 그런 인간이 정점에 서면 상당히 높은 확률로 '자신이 가장 훌륭하고 옳다'는 생각을 하게 된단 말이지."

소위 원맨 사장이 그런 경우이지.

확실히 우수하긴 하지만, 부하가 일을 완수해내는 건 당연하며 실패하면 무능하다는 극단적인 견해를 지닌 자도 있다.

실패의 원인이 무리한 업무량을 떠넘긴 상사에게 있더라도 자신이 옳다고 믿는 상사의 입장에서 본다면 모든 것을 부하의 책임으로 여겨버릴 수 있다. 그런 자가 사장이었을 경우에는 그야말로 최악이다.

해고되는 게 두려워서 지적하는 자가 없을지도 모르며, 있다고 해도 그 말에 귀를 기울이지 않을지도 모른다.

그런 점에서 보면 묘르마일은 괜찮다고 믿을 수 있었다.

혼자서 모든 것을 맡으려는 점도 약간 있긴 하지만, 인간미도 있으며 부하의 실패를 자신의 실패로 받아들일 수 있는 넓은 도량도 갖추고 있기 때문이다.

그리고 베르야드라면 그런 부하는 무능하다고 여기면서 쳐내버릴 타입이다.

아니, 말이 좀 지나쳤다.

냉혈하다는 의미로 한 말이 아니라, 조직에게 있어서 필요 없는 인재는 우대하지 않는 '숫자만을 보는 타입'인 사람인 것이다.

그런 자가 정상에 있으면 조직발전에는 공헌할 수 있겠지만, 그건 내가 목표로 삼는 조직이 아니다. 조직에 속한 자들에겐 누군가의 도움이 될 수 있는 기쁨을 맛보게 해주고 싶다는 게 내 생각이니까.

이렇게까지 잘 준비된 '4개국 통상연맹'이라면 조직 확대를 애써 서두를 필요는 없다. 천천히 진행시켜도 괜찮으니까 동료들끼리 서로 신뢰할 수 있는 조직이 되면 좋겠다.

급속한 성장은 탈락자가 생기기 쉽다. 베르야드가 최고 지도자가 된다면 아마 그렇게 되어버리지 않을까.

나는 말을 신중하게 고르면서 묘르마일에게 내 생각을 얘기했다.

"……그렇군요. 그게 리무루 님의 생각이란 말입니까."

"기우일지도 모르지만 말이지. 베르야드 씨 자신이 나쁜 인간이라고 말하려는 게 아니라 유능하기 때문에 효율을 우선적으로 따지는 경향이 있지 않을까 하는 우려가 된다는 뜻이야."

"흠, 그건 부정할 수 없겠습니다. 그러니까 제 역할은 베르야드 공의 밑에 있는 자들이 일하기 편하도록 조정하는 것이 되겠군요?"

"눈치가 빠르군. 조직의 톱은 장식이어도 돼. 하지만 텅 빈 존재여선 안 돼. 모두가 기분 좋게 들어 올릴 수 있는 가마가 되어 주기만 하면 대부분의 일은 잘 돌아갈 거야!"

케이스 바이 케이스이므로 내 말이 절대적으로 옳은 것은 아니다. 하지만 이번 같은 경우에 한해선 묘르마일이 정상에 있는 게 정답이라고 확신하고 있었다.

애초에 묘르마일은 우리나라의 재무장관이기도 하므로 '4개국 통상연맹'의 대표로서 지나치게 일하지 않는 게 더 나은 것이다.

최고 지도자로 군림하면서 유능한 부하에게 일거리를 배분하기만 하면 된다. 그리고 베르야드도 자신이 정상에 서기보다 누군가의 밑에서 일하는 게 성격에 더 어울린다는 생각이 들었다.

그러므로 묘르마일이야말로 대표에 어울린다고 나는 자신 있게 말했지만, 그 말을 들은 묘르마일이 대폭소를 터뜨리기 시작했다.

"왓핫하! 역시 리무루 님은 겸손이 지나치십니다!"

……?

——!!

"이 바보! 내 얘기가 아니라 네 얘길 하는 거야!!"

그렇게 소리쳤지만, 묘르마일은 한동안 계속 웃기만 할 뿐이었다.

●

묘르마일의 보고도 다 들었고, 슬슬 파티가 시작될 시간이 되었다.

"오늘은 각국의 귀족분들을 초대했으니까 리무루 님이 주목을 받게 될 겁니다. 쉴 틈 없이 손님들이 몰려들 것 같은데 어떻게 하시겠습니까?"

흠, 그렇겠군…….

"내가 위압을 거는 건 안 되겠지."

그게 악수라는 건 말할 필요도 없지만 귀찮은 것도 피하고 싶었다.

그렇다면 처음부터 파티에 참가하지 않으면 되겠지만, 오늘 파티에는 가젤이랑 요움, 그리고 이곳 블루문드 왕국의 드럼 왕도 참가하기로 예정되어 있었다.

4개국의 대표가 묘르마일이라면, 우리는 바로 큰손이자 지원자라는 입장에 있으니까 말이지. 얼굴을 보이지 않을 수가 없는 것이다.

"제가 쫓아낼까요?"

소우에이가 그렇게 말했지만, 표정이 진지했다.

맡겼다간 피비린내 나는 참극이 벌어질 것이라고 내 본능이 경고하고 있었다.

"아, 아니, 괜찮아. 내 화려한 대인스킬로 적당히 넘기도록 할게."

"그렇게 하시겠습니까…… 알겠습니다. 그러면 저는 리무루 님으로부터 약간 떨어진 곳에서 호위하고 있겠습니다."
"응, 그렇게 해줘."
좋아, 이러면 일단은 안심이다.
이번에는 지체가 높은 사람들만 참가하기 때문에 폭력은 엄금이다.
딱히 지체가 높은 사람이 아니라도 폭력은 쓰면 안 되지만, 국제 문제가 되기라도 하면 우리만의 문제가 아니게 될 테니까 말이지.
"나의 주인이여, 저도 있으니까 안심하십시오!"
그림자에서 얼굴을 내밀면서 란가가 자신의 존재를 주장했다.
"응응, 널 믿고 있어!"
이 귀여운 녀석.
란가의 애교에 마음이 훈훈해지면서 긴장감이 풀렸다.
그리고 그 기세를 살리면서 나는 파티장으로 향했다.

한 층 아래인 9층은 커다란 공간으로 이뤄져 있었다.
큰 규모로 회의를 하거나 직원을 모아서 행사를 벌이는 등, 다양한 용도에 쓸 수 있도록 설계되어 있었다.
그리고 지금 그 공간은 화려하게 장식되면서 입식 테이블이 놓인 파티장으로 바뀌어 있었다.
참고로 8층은 직원용 식당이며 풍경을 감상하면서 식사를 즐길 수 있게 되어 있었다. 식사시간 이외에는 커피나 홍차도 제공되기 때문에 업무와 관련된 상담이나 회의 등도 할 수 있게 만들어져 있었다.
파티에 제공되는 요리는 물론 여기에 소속된 요리사가 열심히 준비한 것이었다.

온갖 피클이 듬뿍 담겨 있었으며, 각종 수프, 생햄, 고급 스테이크, 미트볼이랑 로스트비프, 각종 파스타, 타코야키, 야키소바, 오코노미야키, 카레라이스에 햄버그…… 어라?

아무리 그래도 라면까지 놓여 있지는 않았지만, 파티에 어울릴 것 같지 않은 메뉴까지 놓여 있는데.

"묘, 묘르마일 군?"

"왜 그러십니까?"

"요리 선택이 좀 이상하지 않아?"

"그렇습니까? 마국의 식당에선 포인트가 높았던 인기 메뉴입니다만?"

"어, 응, 그렇긴 하지만…… 어라?"

아니, 진정하자.

원래는 좀 더 귀족 분위기에 어울리는 메뉴를 제공해야 했을지도 모르지만, 지금까지의 관습에 얽매일 필요는 없지 않을까?

우리가 새로운 바람을 불게 하겠다는 기개만 있으면 이런 메뉴도 어쩌면 정답이 될 수 있을지도 모른다.

"애초에 개국제를 열었을 때에도 평범하지 않은 메뉴를 제공했으니까 말이죠. 오히려 이걸 기대하고 있을 분도 계실 것 같았습니다."

"과연, 그러면 문제 될 일은 없겠군."

"뭐, 문제가 되더라도 뭐라고 말하지는 못할 겁니다!"

으—음! 묘르마일의 그런 과감한 부분은 아주 마음에 든다니까. 내 걱정이 너무 지나쳤다고 반성하면서 다른 문제점은 없는

지 확인해보기 위해서 한 번 더 둘러봤다.

그러다가 파티장의 세팅을 지휘하고 있는 남자와 눈이 마주쳤다.

베르야드였다.

"이런, 이런, 리무루 폐하가 아니십니까! 아, 그렇지. 지금의 제 위치를 생각해보면 리무루 님이라고 불러도 괜찮겠습니까?"

빙긋 웃으면서 그렇게 인사를 했기 때문에 나도 모르게 고개를 끄덕이고 말았다.

딱히 문제는 없지만, 베르야드의 미소에는 씁쓸한 기억이 있기 때문에 지나치게 경계하는 것도 어쩔 수 없는 일이었다.

정말이지 이래선 묘르마일을 비웃을 수도 없겠군.

하지만 국가체제 그 자체를 유연하게 변화시킬 수 있는 블루문드 왕국 쪽이 정상이 아니라는 생각이 자꾸 든단 말이지.

생전의 세계에선 생각할 수도 없는 이야기이며, 절대왕정 체제라고 해도 무혈로 그런 결과를 만들어낸다는 것은 꿈에서나 생각할 수 있는 일이다. 그런 일을 해낸 걸 보면 역시 드럼 왕은 보통내기가 아니란 말이지.

자신의 나라를 칩으로 삼다니, 타고난 갬블러야.

솔직히 말해서 나에겐 그런 담력은 없으므로 존경할 수밖에 없는 인물이었다.

그런 드럼 왕의 심복이었던 만큼 베르야드도 얕볼 수 없다.

"오늘 준비도 빈틈없이 공을 들인 것 같으니 베르야드 공에게 맡기면 안심이 되는군. 앞으로도 묘르마일을 많이 도와줘."

"당연히 그래야죠. 그리고 저는 그냥 베르야드라고 불러주십시오. 아버지가 가장을 맡고 있는 친가는 후작가입니다만, 저는 상속하지 않고 가문을 버릴 예정이니까요."

"어, 그래?!"

아니, 장래를 생각하면 귀족의 지위도 흔들리긴 하겠지만, 그건 어디까지나 하위귀족에게만 해당하는 일이다. 백작은 어찌 될지 모르겠지만, 후작가 이상의 상급귀족이라면 어떤 상황이 되더라도 큰 탈은 없을 것이라 생각하는데.

"뭐, 귀족에서 화족으로 이름이 바뀌면서 결국은 권력도 빼앗길 것은 확실합니다. 애초에 그렇게 되도록 입안하여 드럼 폐하께 제안을 드린 것이 바로 저였으니까요."

당신이었어?!

그런 말을 입 밖으로 뱉지 않고 참아낸 것은 칭찬을 받을 만하다고 생각한다.

"하하하, 시대의 흐름이 그러니까요. 지금은 귀족이 정치를 좌우하고 있습니다만, 민중이 지혜를 얻기 시작하면 그런 현상에 불만을 품을 겁니다. 그렇게 되면 적대하지 않고 해결될 수 있도록 조금씩 권력을 양도할 필요가 있죠."

"그건 그렇겠지만, 지금까지 정치 같은 걸 해본 적도 없는 인간에게 갑작스럽게 국가운영을 맡겨봤자 무리일 텐데."

내가 그렇게 대꾸하자 베르야드가 씨익 웃었다.

"그렇기 때문에 이참에 평민이 되어서 나중에 양도될 권력을 인수하려는 겁니다."

아아, 그런 생각이었나…….

야비하다거나 치사한 수준을 넘어서 이미 결과가 확정된 레이스잖아.

하지만 뭐, 아주 합리적인 계획이라는 것은 이해할 수 있었다.
그런 작전이라면 확실히 귀족들의 불만도 최소한으로 억제할 수 있을 것 같다.
그건 그렇고 이 사람, 대체 얼마나 멀리까지 앞을 내다보면서 움직이고 있는 거지?
내가 아는 한, 인간이 아닌 존재에게도 절대 밀리지 않을 만큼 현명했다. 너무 대단해서 이름을 그냥 부르는 게 두려워질 지경이었다.
묘르마일도 어이가 없다는 듯이 고개를 절레절레 젓고 있었다.
어떻습니까, 제 말이 맞죠? ——그의 눈이 그렇게 얘기하고 있었지만, 나도 완전히 같은 의견이었기 때문에 고개를 깊게, 깊게 끄덕였다.

●

파티는 큰 문제 없이 시작되었다.
맨 먼저 대표인 묘르마일이 인사를 했고, 드럼 왕도 인사말과 함께 건배사를 외쳤다.
그리고 시작된 격식 없는 자리.
여기서 중요한 것은 정말로 무례하게 굴면 안 된다는 것이다.
굳이 설명할 필요도 없겠지. 왕족도 있으니까 당연히 그래선 안 된다.
그런데도 분위기를 파악하지 못하는 인간은 어디에나 있는지라 환담 타임이 시작되자마자 내 주위에는 사람들의 장벽이 생기고 말았다.

나와 화려한 대인 스킬에도 한계는 있다고!

한두 명이라면 모를까, 열 명이 넘는 사람들에게 둘러싸이면 난감할 수밖에 없다.

"리무루 폐하! 제 이야기를 좀 들어주십시오!"

"우리나라도 귀국으로 외교관을 파견하고 싶습니다!"

"무역을 할 수 있게 허락해주십시오! 그리고 교역용 도로의 정비를——."

"에잇, 보잘것없는 소국은 물러나 있으시게!! 우리, 우리나라는 귀국과 가까우니까——."

"뭘 그리 잘난 체를 하는 건지. 순서를 지키지 않는 자는 외교관의 자격이 없소이다!"

"나는 왕태자요. 순서를 따진다면 지위를 우선하는 게 어떨까."

"다른 나라에 자국의 권위를 들이대지 마시오!"

"우리나라와 싸워보겠다는 뜻인가?"

그런 식으로 더할 나위 없이 시끄러웠다.

내가 알 바 아니라는 소리를 하고 싶어지는 발언이 연달아 들려왔고 싸움을 시작하려는 분위기까지 생기는 바람에 나도 골치가 아파졌다. 함부로 대할 수는 없겠지만 진지하게 상대하는 게 귀찮았다.

이건 상상 이상이었다.

그만큼 내 위치가 중요해졌다는 뜻이겠지만, 나 자신에 빈틈이 있는 것도 원인이겠지.

그도 그럴 게, 가젤에게는 사람들이 몰려들지 않았으니까.

요움조차도 당당하게——아, 아니구나. 저 녀석은 뮬란이 미소를 활용한 가드로 지켜주고 있는 거로군.

부럽다.

뭐, 요움 같은 경우는 눈빛이 날카로운 무인상이니까 기품 있는 귀족들이라면 선불리 다가가려 하지 않는 것도 이유겠지만.

아아, 이런 소동에 휩쓸리게 되니까 에르땅은 좀처럼 모습을 보이지 않는 거겠지.

정식 절차를 밟고 순서를 기다려야 하며 예약을 하지 않고는 만날 수 없다고 했으니 나도 앞으로는 그렇게 하자는 생각을 했다.

그건 그렇고, 지금은 이 상황을 어떻게든 해결하는 것이 먼저다.

어떻게 할지를 고민하고 있으려니, 의외의 인물이 도움의 손길을 내밀어줬다.

"여러분, 조금 진정하시는 게 어떻겠소이까?"

예리하면서도 낮은 목소리로 그렇게 말한 자는 처음 만나자마자 나에게 시비를 건 가바나였다.

"리무루 폐하는 위대한 패권국가 '쥬라 템페스트 연방국'의 마왕 폐하이자 우리의 가장 큰 지원자이십니다. 귀공들의 절박한 심정도 이해는 됩니다만 오늘은 그쯤하고 물러나 주시길 바라겠소!"

오늘은 새로운 출발을 축하하는 자리니까 상담은 다른 기회에 하라——고 가바나가 무언의 압력을 담은 눈빛으로 노려봤다.

방금 전까지만 해도 내 앞에서 눈물을 흘리던 남자가 지금은 너무나 믿음직스러웠다.

그리고 내빈들의 반응도…….

"이, 이런, 가바나 공 아니십니까! 귀공이 '연맹' 간부가 되었다는 얘기는 들었습니다만 잘 지내시는 것 같으니 정말 다행이군요……."

"그, 그러게 말입니다. 그만 마음이 급해져서 실례를 저질렀군요. 오늘은 인사를 드린 것만으로도 요행이라고 생각하니 이만 실례하겠습니다——."

"저도 실례가 많았습니다. 나중에 다시 정식 수속을 밟아서 회담을 할 수 있기를 바랍니다."

그렇게들 말하면서 자리를 뜨는 사람은 그나마 담력이 있는 쪽이었으며, 대부분은 도망치기 바빴다. 결코 칭찬을 받을 만한 태도는 아니었지만, 딱히 흠을 잡지는 않았다.

애초에 내 시간은 한계가 있기 때문에 면회는 리그루도가 담당하고 있다. 그 과정에서 엄선된 상대만 내가 만나보는 형식을 취하고 있으므로 지금도 상당히 많은 수를 걸러내고 있었다.

앞으로는 에르땅을 본받아서 더 엄격하게 적용할 예정이므로 귀찮은 상대라면 최대한 만나지 않고 넘길 생각을 했다.

그러므로 이 사람들과도 두 번 다시 만날 가능성은 아예 없을 것이다. 그렇게 생각하면 어느 정도의 무례함은 마음에 담아둘 필요가 없었다.

그건 그렇고 가바나를 다시 봤다.

나에게서 약간 떨어진 위치에서 가바나가 눈에 불을 밝히면서 지켜주고 있었다. 그 덕분에 나도 차분하게 파티를 즐길 수 있게 되었다.

●

이제 자유롭게 움직일 수 있게 되었기에 나는 내빈들을 둘러봤다.

가젤과 요움과는 사전에 얘기를 나눴으니 일부러 인사를 하러 갈 필요는 없었다. 내일 회담에도 참석할 예정이므로 중요한 용건이 있으면 그때 얘기가 나올 것이기 때문이다.

오늘은 견식을 넓히기만 하면 된다.

그런고로 신경이 쓰이는 인물과 세상 돌아가는 얘기를 나눌 생각이었다.

누가 없을까 싶어서 둘러봤더니 그런 사람이 있었다!

누구라도 돌아볼 만큼 엄청난 미인입니다.

과연 누구일까요?

바로 히나타였습니다!!

히나타는 등이 크게 파인 드레스를 입고 있었다.

어두운 밤 같은 칠흑색 바탕에 별처럼 빛나는 보석을 박아 넣은 명품이었다.

그러나 특필할 부분은 드레스가 아니라 히나타 자신이 풍기는 색기라고 하겠다.

히나타의 머리카락은 짧았기 때문에 목덜미에서 허리까지 이어지는 맨살이 그대로 다 보였다. 목에 리본이 매여 있었지만 그것조차도 악센트가 되면서 히나타의 색기를 더 강조하고 있었다.

검은 드레스에 대비되는 흰 살결이 눈부셨다.

아니, 너무 눈부셔!!

백리스 드레스라고 하는 옷인 것 같았다. 누가 생각했는지 모르겠지만 참으로 훌륭한 디자인이었다.

머릿속에 저장해두었다.

아니, 그보다 시엘에게 지금 이 영상을 기록하게 시키면――.

《그런 기능은 없습니다.》

무슨 소리야, 있잖아?
미궁 내부의 정보를 선명한 영상으로 보여줬으면서 왜 그래.

《이곳은 미궁 내부가 아니므로 기록된 영상에 액세스할 수 없습니다.》

이봐, 농담이지?!
너라면 틀림없이 할 수 있다니까!
몬스터와의 전투기록 같은 것도 나중에 반성할 수 있게 보존해줬잖아. 그런 식으로 조금만――.

《아뇨. 그렇게 해야 할 필요성이 인정되지 않습니다.》

왜 그렇게 기계적인 응답을 하는 건데.
젠장! 정작 중요할 때 의지할 수 없는 파트너라니까, 정말이지.
어쩔 수 없는지라 나 자신의 슬라임 세포가 노력해주길 바라면서, 나는 방긋 웃는 표정으로 히나타에게 말을 걸었다.
"야아, 히나타 양. 오늘도 아름답군요. 그 드레스가 정말 잘 어울리는데요!"
히나타는 와인을 입에 대고 있었지만, 그걸 테이블에 놓고는 나를 향해 돌아봤다. 그리고 수상쩍다는 표정을 지은 채 날카로운 시선으로 날 보면서 입을 열었다.

"뭐라고? 당신도 빈말을 다 할 수 있게 됐네."

"아니야! 이건 진심으로 하는 말이라고. 나는 그런 빈말 같은 건 모르고 사는 사람이야!"

스스로 공감하지 못하는 것을 가지고 상대를 칭찬하는 것은 잘하지 못하기 때문에 절반은 진심으로 하는 말이란 말이지.

그런데도 히나타는 코웃음을 치면서 받아들이려 하지 않았다.

여기서 대화를 끝내선 안 된다.

그렇게 생각한 나는 필사적으로 말을 이어갔다.

"그건 그렇고 정말 대담한데. 이런 말을 하는 건 실례이겠지만, 히나타가 그렇게 공격적인 드레스를 입을 줄은 몰랐──."

나를 노려봤다.

꿀꺽하고 다음 말을 삼킨 나.

위험하다. 계속 호감도가 내려가고 있는 듯한 느낌이 들었다.

"스스로도 실례라고 생각한다면 굳이 말로 하지 않는 게 정답이지 않을까?"

"죄송합니다, 지당하신 말씀입니다!"

여기서 반박하면 안 된다. 사과 말고는 다른 선택지가 없었다.

가늘게 뜬 눈으로 보는 히나타.

당황하는 나.

그때 와인의 향기가 느껴졌다.

한숨을 내쉬는 히나타가 너무나도 매력적으로 느껴졌다.

어쩔 수 없었다. 뒷모습도 색기를 마구 풍기고 있었는데, 정면은 아예 코피가 터질 지경이었으니까 말이지.

목 부근까지 가리는 형태의 드레스였지만, 소매가 없기 때문에 하얀 어깨가 그대로 드러나 있었다. 그리고 중요한 것은 옆구리에서 옆가——.

"어딜 보는 거야. ——죽고 싶어?"

"죄송합니다."

실패했다.

인간의 모습인 걸 잊어버린 채 나도 모르게 노골적으로 바라보고 말았다.

그야 내 시선을 보면 뻔히 보이겠지.

코피가 나오지 않는 몸이라는 게 고마웠다.

"반드시 이 옷을 입으라고 루미너스가 억지로 떠넘긴 거야."

히나타는 그렇게 말했는데, 나이스야, 루미너스!

정말 잘했다는 말을 아낌없이 바치고 싶다는 생각이 들었다.

의기양양해하는 루미너스의 얼굴이 떠올랐지만 존경하고픈 마음이 들었다.

속으로 폴짝폴짝 뛰며 루미너스를 칭송하면서도 나는 쿨한 표정을 애써 유지했다.

"흐—음, 그랬구나. 루미너스의 센스는 틀리지 않았어. 왜냐하면 오늘의 너는 정말로 아름다우니까."

빈틈없는 표정으로 그렇게 말했다.

어디까지나 진심을 말했기 때문에 히나타가 나를 노려봐도 두렵지 않았다.

——아뇨, 거짓말입니다. 사실은 속으로 움찔거리고 있었습니다.

"또 그런 말을——."

히나타가 어이없다는 표정으로 하던 말을 내 입술로 덮——는 짓을 할 수 있었다면 완벽했겠지만, 자칫 잘못하면 성추행 정도로는 끝나지 않을 것이다. 그랬다간 성범죄자가 될 것이며, 나는 치킨 하트(소심한 사람)이기 때문에 그런 짓을 할 용기까지는 가지고 있지 않았다.

그래서 말로만 "정말이라니까!"라고 진지하게 내 마음을 밝힌 것이다.

그러자 히나타의 볼이 붉게 물든 것 같았다.

제대로 먹혔어!

오늘의 나는 최고로——.

《단순히 취한 것뿐이라고 생각합니다.》

——응?

나는 히나타가 마시고 있던 와인 쪽으로 눈길을 돌렸다.

"어라? 잠깐만, 이거, 알코올 도수가 높은 것 아냐?"

"그래? 맛은 아주 좋았어."

히나타는 의외로 술에 약한 사람이었나?

도저히 그렇게 보이지는 않았지만, 시엘이 그렇게 말하고 있으니…….

늘 그녀의 매력적인 색기에 시선을 뺏기고 있었으니 실제로 술에 취한 것인지 알고 싶기는 했다.

나는 손가락 세 개를 세워 보여주면서 히나타에게 물었다.

"이게 몇 개로 보여?"

"당신, 나를 바보로 아는 거야?"

"아니, 아니, 아니야. 결코 그런 생각은——."

당황하면서 부정하자, 히나타가 크게 한숨을 쉬었다.

"있잖아, 이래 봬도 나는 '성인(聖人)'이거든? 클로에와 여행을 한 경험도 있고, 되살아난 뒤에도 루미너스에게 많은 것을 배웠기 때문에 마음만 먹으면 알코올쯤은 얼마든지 해독할 수 있어!"

날 속였구나, 시엘!!

그러고 보니 당연히 그랬다.

그 후로는 한동안 화가 난 히나타를 달래주느라 큰 고생을 했다고만 말해두겠다.

그랬기 때문에——왜 히나타가 볼을 붉혔는지, 그 이유를 들을 여유 같은 건 없이 그대로 시간이 지나가고 말았다.

●

파티 다음 날.

점심시간 후에 회담이 시작되었다.

참가자는——.

우선은 '4개국'을 지원하는 각국의 왕과 왕비——나, 가젤, 요움과 뮬란, 드럼 왕, 이렇게 다섯 명이 있었다.

이 멤버들은 이미 의견이 통일되어 있었다. 그러므로 이번에는 승인만 하기 위해서 참가한 셈이 될 것이다.

그다음은 뮬란을 제외한 우리 네 명이 대표로 지정한 묘르마일, 서방성교회를 대표하여 히나타가 참가했다.

카운실 오브 웨스트(서방열국 평의회)에선 의장 자신이 참가했다. 이름은 레스터라고 했던가. 여전히 흰 수염이 풍성했다.

나머지는 엄선된 각국의 의원들이었으며, 총 서른 명 정도가 회의실에 모여 있었다.

베르야드도 서기로 참가했다.

그리고 사회를 맡은 시엔이 앞으로 나섰다.

"여러분, 오늘 바쁘신 와중에 이렇게 모여 주셔서 진심으로 감사합니다. 그러면 바로 회담을 시작하도록 하겠습니다. 우선은 가까운 미래에 일어날 위기에 대한 설명부터——."

그렇게 말하면서 시엔은 설명을 시작했다.

오늘 회담의 목적은 어제 묘르마일이 듣고 싶어 했던 내용이 될 것이다.

명확한 적의 존재와 그들이 노리는 것.

전화의 영향을 예측하는 것과 그걸 어떻게 대처해야 할 것인지에 대한 확인이었다.

참가자를 엄선한 것은 공포로 인해 패닉(공황상태)에 빠지는 것을 방지하기 위해서였다.

울면서 소리 쳐봐도 현실은 바뀌지 않으므로 가능한 한 가장 적절한 행동을 마음에 두고 움직일 필요가 있었던 것이다. 그러기 위해서라도 지도자는 당황해선 안 된다——고는 하지만, 그걸 실천하는 것은 상당히 어려운 일이다.

그래서 이렇게 미리 설명을 해두기로 한 것이다.

나도 같은 설명을 몇 번이나 해야 했기 때문에 이런 자리를 마련해준 묘르마일이 고마웠다.

시엔의 설명이 끝났다.

"……그러니까 마왕 리무루 님은 제국과의 전쟁에 승리하긴 했지만, 새로운 적인 미카엘이 출현했다는 말입니까."

레스터 의장이 그렇게 중얼거리자, 각국의 의원들이 그 뒤를 이어받았다.

"게다가 그 미카엘이 엔젤(천사족)을 이끌고 있다고요?"

"'천마대전'이로군요. 500년 주기로 일어나는 재앙이 설마 내가 살아 있을 때에 일어날 줄이야……."

그런 발언을 듣고 오해가 없도록 설명을 보충하기로 했다.

나는 손을 들고 발언했다.

"아, 방금 설명했던 대로 적이 노리는 것은 베루다나바의 부활입니다. 그 방법도 어디까지나 추측이며 확증은 없습니다. 그리고 가장 중요한 점은 시기가 정해지지 않았다는 것입니다. 가까운 시일 내에 일어날 것으로 예상되지만, 미카엘도 수명이 긴 종족이므로 내일 일어날지도 모르고 몇 년 후, 혹은 몇십 년 후일 가능성도 부정할 수 없습니다."

가장 골치 아픈 점이 그것이었다.

시기가 정해지지 않았단 말이지.

일단 무슨 움직임이 있으면 매일 아침 디노가 해주는 보고를 통해 알아낼 수 있을 것이고, 그 정보는 밀림을 거쳐 오베라에게 물어보고 확인하게 되어 있기에 정확하다.

현재까지 미카엘은 움직이지 않고 있었다.

마음이 편하지는 않지만, 우리가 먼저 시작할 수 없기 때문에 내버려 두고 있었다.

그렇게 되면 언제 쳐들어올지도 모르는 적을 계속 경계하는 것도 큰일이지만, 일상적인 생활을 계속 유지할 수 없게 되는 것이 문제란 말이지…….

일본도 그랬었다. 10년 안에 해구형 대지진이 발생할 확률은 16퍼센트이며 30년 안에 발생할 확률은 99퍼센트까지 올라가지만, 그래도 일상적인 나날을 보내면서 살아온 것이다.

무슨 일이 일어난 뒤에 어려움을 겪지 않도록 사전에 준비만 해두고 있었다. 그런 뒤에 일상을 소중히 여기자는 관점으로 대처했었지.

실제로 지진보다 화산 쪽이 더 무서웠지만, 그건 대처할 수 없는 천재지변이었으니까.

아소산의 거대 칼데아 분화가 일어날 경우엔 궤멸적인 피해를 가져올 것이라는 얘기를 들은 적이 있다. 다른 이름으로는 파국분화라고 불렀는데, 일본 내에선 도망칠 곳이 없다고 했다.

홋카이도의 일부라면 무사할지도 모르지만, 일단 일본은 틀림없이 멸망할 것이다.

어디까지나 가정의 얘기지만――.

이걸 예측하여 정부 발표를 통해 1년 이내에 확실히 발생할 것이라는 말을 들어도 말이지…….

정말로 발생하는지 아닌지 의심스러운데다, 믿고 도망친다고 해도 도망칠 곳은 없다.

일본 국민 전원을 받아들일 만한 나라는 없을 것이고 조금씩 여러 나라로 피신할 수 있다는 말을 들으면 그것도 의심스러울 것이다.

물론, 정말로 정확도가 100퍼센트인 예측이라면, 정부도 되도록 모든 방법을 동원하겠지만——정치체제가 다르면 일단 일본 국민들을 받아들이려 하지 않을 것이니 결국에는 개개인이 연줄을 이용하여 도망칠 수 있는 사람만 도망치게 되겠지.

나 같은 사람도 '정말 그렇게 된다면 실제 일이 터졌을 때 생각해봐야겠지'라는 생각을 마음 속 어딘가에서 할 것 같다. 너무 걱정한 나머지 매일 겁을 먹고 사는 것보다 매일을 즐겁게 살아가는 것이 더 행복할 테니까 말이다.

피신한 곳이 반드시 안전하다고 할 수도 없으므로 천재지변이라는 건 생각해봤자 의미가 없으니까 천재지변이겠지.

'진인사대천명'이라는 말도 있는 것처럼 지금 자신이 할 수 있는 것을 최대한 열심히 하는 것이 인간다운 삶이라고 할 수 있을 것이다.

"——그런고로 미카엘이 언제 쳐들어와도 괜찮도록 준비는 하겠지만, 사람들은 일상적인 삶을 소중히 여겼으면 좋겠어. 그렇기 때문에 이 사실을 아는 것은 지도층으로만 한정시켜두고 싶다는 게 내 생각이야. 이 자리에 있는 자들은 모두 그렇게 알고 우리를 도와줄 것을 기대하는 바야."

나는 그렇게 내 발언을 마무리했다.

내 이야기를 듣고 모두가 침묵하고 있었다.

큰 소리로 신음하고 있는 자도 있었다.

아무도 발언하지 않은 채 10초 정도의 시간이 지난 후에 히나타가 그 침묵을 깼다.

"서방성교회는 전면적인 지원을 약속하겠어."

히나타의 발언을 이어받아 레스터 의장도 말했다.

"그렇군요, 납득했습니다. 서방열국에서 빠른 속도로 진행되고 있던 개발계획은 이걸 준비하기 위해서였단 말이군요?"

그 질문에 시엔이 고개를 끄덕였다.

"바로 그렇습니다. 모든 것은 리무루 님이 바라시는 대로 진행되고 있었습니다."

'마도열차'를 달릴 수 있게 하기 위한 레일(철도)부설공사와 병행하여 역사의 건설도 진행하고 있었다. 그러는 김에 확장하여 주변 주민들이 이용할 수 있는 피난 장소도 준비시키고 있었던 것이다.

평시에는 체육관이나 강당, 다양한 용도로 쓸 수 있도록.

오늘 모인 김에 그 시설을 이용하여 지역주민들에게 피난훈련을 시켜달라고 부탁할 마음을 먹고 있었다. 하지만 내가 그 말을 하기도 전에 레스터 의장이 발언했다.

"중요한 것은 사전준비라는 말씀은 실로 합당합니다. 알겠습니다. 저 개인에겐 각국의 정책에 개입할 수 있는 권한은 없습니다만, 피난훈련을 하나의 의견으로 제시할 수는 있습니다. 저도 도울 수 있게 해주십시오."

"그래야죠. 나도 평의회에선 일개 의원에 불과하지만, 우리나라로 돌아가면 후작이니까 말입니다. 왕에게 진언하는 것은 물론이고 영주민들에겐 훈련을 시키도록 하겠습니다."

"당연히 그래야겠죠. 나도 돕겠습니다!"

의원들도 그렇게 말하면서 찬성해줬다.

예상한 것 이상으로 회담은 빨리 진행되었다.

뭐, 엄선된 인재들이니만큼 여기서 쓸데없는 고집을 부릴 어리석은 자는 없었을 것이다.

아니, 그렇게 되도록 적은 수의 인원으로 회담을 할 것이라고 묘르마일이 말했었다. 이런 중요한 결정을 내릴 때 많은 사람이 참가하면 결론이 좀처럼 나지 않는다는 것이 그의 의견이었다. 권력을 가진 소수정예를 먼저 설득시킨 뒤에 나머지 의원들은 개별적으로 설득하는 방향으로 진행하겠다고 했다.

그의 노림수는 성공했다고 할 수 있을 것이다.

그래도 평의회에서의 의결이 어떻게 될지는 명확하지 않은데, 그쪽은 과연――.

"허허허. 리무루 폐하께선 평의회의 결단을 걱정하시는 것 같은데, 안심하셔도 됩니다. 왜냐하면, 테스타로사 공을 거역할 수 있는 자는 없으니까 말이죠."

와이?

"핫핫하, 그러게 말입니다. 이권을 따지기 전에 자기 목숨이 더 중요하니까요. 본국의 존망에 관여된 안건이라면 또 모를까, 백성들의 피난 유도 훈련을 시키느냐 마느냐 정도의 얘기라면 테스타로사 공의 의견에 따라야죠."

"그렇죠. 맞붙어서 자신의 의견을 밀어붙일 정도의 안건은 아니니까 말입니다."

"음. 우리에게도 유익한 안건이므로 만장일치로 가결될 것이라 생각합니다."

의원들의 반응은 나랑 묘르마일이 생각했던 것과는 달랐다.

신중을 기해서 사전설명을 할 필요는 없었던 것 같았다.

"호오, 이건 제 인식도 안일했던 것 같군요. 만나본 적은 없지만 테스타로사라는 분은 상당한 걸물인 것 같습니다."

베르야드도 그렇게 말하면서 감탄하고 있었다.

그런 베르야드를 보는 의원들의 시선이 뜨뜻미지근했다.

자상한 눈빛이라고 해야 할지, 부러운 눈빛이라고 해야 할지…….

"훗, 여러분, 너무 방심하고 계신 것 아닙니까? 저는 이렇게 보여도 테스타로사 님의 충실한 하인입니다. 이번 회담에 대해서도 보고할 의무가 있으니까 그 사실을 잊지 않도록 부탁드리겠습니다."

시엔이 그렇게 말하면서 끼어들었지만, 그 말을 들은 의원들은 너무나도 당황하는 반응을 보였다.

"오해입니다! 믿어주십시오!!"

"결코 악의가 있어서 그렇게 말한 것이 아니라 그분의 지도력을 칭찬한 것뿐이오——."

"나는 사실을——아! 어흠! 테스타로사 님께 영광 있으라!!"

마지막 사람은 무슨 말을 하고 싶은 건지는 모르겠지만, 필사적인 심정으로 그렇게 말했다는 것만은 확실하게 전해졌다. 그 정도로 테스타로사가 두려움의 대상이 되어 있을 줄은 몰랐기 때문에 나도 놀라울 따름이었다.

"시엔, 의원 분들을 괴롭히는 건 그쯤 하도록 해."

나는 그렇게 말하면서 웃고 있는 시엔을 달랬다.

그리고 베르야드도 방금 그 짧은 대화만으로도 테스타로사가 얼마나 위험한지 알아차린 것 같았다.

"흠, 한 번 만나봐야겠다고 생각했습니다만, 테스타로사 공은 바쁜 것 같으니 포기해야겠군요. 그러면 오늘 회담은 이만 끝내도 되겠습니까?"

그렇게 말하면서 지뢰를 밟는 일 없이 바로 몸을 피했다.

그 위험예지능력은 본받을 만했기 때문에 나는 지금 이 자리에서도 베르야드가 우수한 자라는 것을 한 번 더 인정했다.

●

회담은 일단락되었지만, 또 하나 전해야 할 게 있다는 걸 떠올렸다.

"아, 그렇지. 그 테스타로사가 연락을 해왔는데, 제국 황제가 된 마사유키가 서쪽과도 협력관계를 구축하고 싶다고 하더군. 나아가선 카운실 오브 웨스트에 가입하고 싶다는 의견을 냈다고 하는데 어떻게 할까?"

여기로 오기 직전에 '사념전달'로 보고를 받았던 것이다.

나는 가벼운 기분으로 그렇게 전했지만, 대부분의 참가자들이 눈을 휘둥그레 뜨면서 움직임을 멈췄다.

"""""——네?"""""

다들 눈을 한껏 뜨면서 나를 바라봤다.

놀라지 않은 건 사전에 설명해둔 가젤과 요움, 그리고 묘르마일과 시엔뿐이었다.

드럼 왕에게도 아직 얘기하지 않았기 때문에 베르야드와 마찬가지로 놀라고 있었다. 좀처럼 보기 힘든 그 놀라는 표정을 보고 아주 조금 만족한 것은 비밀이다.

그건 그렇고 내 발언은 예상한 것 이상으로 위력이 큰 폭탄이었던 모양이다.

"그런 말은 듣지 못했습니다!"

"지금 말했으니까."

"가젤 왕은 알고 계셨습니까?"

"음, 부탁을 받고 논의를 하긴 했다. 하지만 자세한 얘기는 듣지 못했다. 하물며 이야기가 그렇게까지 진행되었다는 것은 나도 처음 들었다."

어라, 가젤은 알고 있었을 텐데?

《아니오, 그렇게 되면 좋겠다는 내용으로 의논은 했지만, 일시를 포함한 구체적인 이야기는 아직 하지 않았습니다.》

그랬던 것 같기도 하다.

타이밍이 약간 어긋나긴 했지만, '휴대전화'가 있으니까 일단 이야기를 해둘 걸 그랬나.

어차피 오늘 만나니까 그때 설명하자는 생각을 하면서 넘겨버렸다. 하지만 서로 사정이 맞지 않다 보니 지금 이 자리에서 발표하는 꼴이 되고 만 것이다.

"그러면 요움도 몰랐단 말이지?"

"그래요. 처음 듣습니다."

"그런데 왜 놀라지 않은 거야?"

"아아, 나리가 하는 일에 일일이 놀랐다간 내 몸이 버티질 못할 테니까요."

너무나 당당하게 나를 디스하는 것 같은데.

옆에서 듣고 있던 뮬란이 이마에 손을 얹고 있었지만, 아무 말 하지 않는 것을 보면 같은 의견인 것 같다.

그러고 보니 모두의 시선이 조금은 따갑게 느껴지네.

"어이가 없네. 왜 당신은 늘 그런 중요한 이야기를 대수롭지 않게 얘기하는 거야?"

히나타의 시선이 따갑다 못해 아팠다.

"그, 그렇게 물어보셔도……."

나도 모르게 존댓말이 나오고 말았지만, 이거 혹시 내가 잘못한 건가?

하지만 미카엘과의 결전으로 머릿속이 꽉 차 있었고, 제국이 협력노선을 선택하는 것은 당연한 일이라고 생각하고 있었단 말이지.

이런 때에 통일된 움직임을 갖출 수 있도록 우리나라가 지원을 하고 있기도 했고. 이렇게 되는 게 당연했기 때문에 다들 놀랄 것이라고는 생각하지 않았던 것이다.

"반성하고 있지 않는 것 같은데."

움찔?!

"잠깐만요, 히나타 씨! 우리나라와 제국이 전쟁을 치른 건 알고 있겠지? 우리는 승리했어. 그러니까 승전국으로서 권리를 행사하면서 앞으로는 협력관계를 구축하기로 한 거야. 그렇게 되면 필연적으로 서쪽과도 협조하는 관계가 될 것 아냐!"

될 대로 되라는 생각으로 변명을 늘어놓았다.

그러나 가늘게 눈을 뜬 히나타의 응시는 그칠 줄 몰랐다.

그야 그렇겠지.

내 주장이 틀린 건 아니지만, 미리 전하지 않은 것은 완전히 내 실수일지도 모른다.

전달할 방법이 없었던 것도 아니니까 바빴다는 건 변명이 되지 않겠지.

그렇게 생각하면 역시 나에게도 잘못이 있었다.

사과의 말을 하려고 했지만——바로 그때, 베르야드가 깊이 고개를 숙이면서 곤경에 처한 나를 도와줬다.

"지당하신 말씀이군요. 이건 리무루 폐하의 잘못이 아니라 그렇게 되도록 부탁하지 않은 저희에게 잘못이 있는 것 같습니다."

이해하는 거야? 이해해주는 거야, 베르야드 군?!

역시 머리가 잘 돌아가는 사람은 다르군. 이렇게나 믿음직스러운 아군은 달리 없을 거야.

히나타와 베르야드가 서로를 노려봤다.

먼저 물러난 것은 히나타였다.

"뭐, 그렇긴 하네. 리무루라면 최선의 결과를 목표로 삼고 움직였을 거라는 건 조금만 생각해봐도 알 수 있는 이야기야. 하지만——."

"하지만?"

"이 서방경제권에 사는 자의 상식을 기준으로 생각해봤을 때 유사 이전부터 원수였던 제국이 그런 태도를 보인다는 건 도저히 믿을 수 없는 일이었다는 얘기만은 해두겠어. 선입관이 너무 강했기 때문에 이렇게 될 가능성은 떠올리지 못했단 말이지……."

히나타는 분한 것 같았다.

무슨 뜻인지 이해는 됐다.

계속 적대관계였던 대국이 갑자기 화해를 청하는 꼴이니까.

우선은 의심부터 하고 대응해야겠지만, 승리자인 내 입을 통해서 그런 이야기를 들었다는 것이 컸다.

협력관계를 구축하는 것뿐이라면 리스크는 적을 것이고, 큰 전쟁이 시작되려고 하는 이 시기에 인간들끼리 전쟁을 벌이는 만큼 어리석은 짓은 또 없을 테니까.

"리무루 폐하, 묻고 싶은 게 있습니다만——."

"뭡니까?"

질문자인 레스터 의장에게 다음 말을 하도록 독촉했다.

"제국과 회담을 한다면 그 장소는 어디로 잡는 것이 좋겠습니까? 그리고 또 하나, 제국 황제를 '마사유키'라고 부르셨습니다만, 혹시 '섬광'의 마사유키 공을 말씀하시는 것인지요?"

레스터 의장은 흥분하고 있었다.

첫 번째 질문보다 두 번째 질문에 사람들이 크게 술렁이고 있었다. 다른 자들까지 흥분하고 있는 모습을 보고 나는 자신의 설명이 부족했다는 것을 깨달았다.

"어, 그러니까 회담은 잉그라시아 왕국에서. 최대한 빨리, 가능하다면 다음 평의회에 참가하고 싶다고 했던 걸로 기억하는데. 그리고 두 번째 질문에 대한 답 말인데, 레스터 공의 예상이 맞소. 내 친구이기도 한 '용사' 마사유키가 얼마 전에 황제로 즉위했지."

내가 그렇게 말하자마자 회의실이 갈채 소리에 휩싸였다.

"역시! 역시 마사유키 님이야!"

"음, 정말 잘된 일이군! 이제 전쟁을 피할 수 있게 됐어."

"어떻게 하면 그렇게 될 수 있는지 모르겠지만, 마사유키 님이라면 뭐든 가능하시겠지!"

"그 말이 옳아요! 악의 제국조차도 마사유키 님의 적이 아니었단 말이군요!!"

그런 식으로 대소동이 일어났다.

"새로운 황제의 대관식이 있었다는 보고는 받았지만, 설마 마사유키 님이었을 줄이야……."

레스터 의장까지 그렇게 말하면서 눈물을 훔치고 있었는데, 이런 반응은 예상 밖이었다.

왠지 마사유키에게 미안한 짓을 해버린 것 같은데…….

'용사'가 제국을 타도했다니, 어디선가 본 것 같은 그런 스페이스 오페라 같은 이야기가 실제로 일어날 리가 없잖아!

일반적으로 생각해서 한 개인이 나라를 함락시키는 것은 당연히 불가능한 일인데. 그런 시도를 성공시켰다고 당연하게 생각하는 것은 물론이고 사실로 믿어버리는 반응을 보면 마사유키에 대한 신뢰는 엄청난 수준이었던 모양이다.

하지만 이렇게 되어버린 이상, 내가 할 수 있는 일은 없었다.

"뭐, 어쨌든 그렇게 됐어. 자세한 사정은 나도 모르니까 자세한 이야기는 본인의 입을 통해 들었으면 좋겠군."

시치미를 뚝 뗀 채 그렇게 말하면서 아무것도 모르는 마사유키에게 귀찮은 일을 죄다 떠넘기고 말았다.

이리하여 이날의 회담을 통해 피난훈련 실시계획을 추진하는 사안이 공유되었고, 다음 평의회에 제국 황제가 참석하는 것이 결정되었다.

●

——대충 이런 식으로 최근 5개월을 보냈다.

약간의 착오도 있긴 했지만, 준비는 차근차근 진행되는 중이라 할 수 있겠다.

다음 평의회는 2주 후에 잉그라시아에서 열릴 예정이며, 마사유키를 비롯한 제국 간부들과 평의회 간부들과의 사전협의도 문제없이 끝났다. 사실상 제국의 평의회 가입은 가결된 것으로 봐도 될 것이다.

그쪽 문제는 테스타로사에게 맡겨두면 안심할 수 있다.

인류의 의사통일도 표면상으로는 완수할 수 있었다.

마왕들도 만반의 준비를 갖췄다.

남은 문제는 적의 전력이 예상을 넘어선 수준으로 강대하지 않으면 좋겠다는 것인데…….

그런 생각을 하고 있을 때 갑자기 디노가 연락을 해왔다.

『아, 디노인데, 내 말 들려?』

『물론이지. 왜 그래? 무슨 움직임이라도 있어?』

매일 아침 하던 연락이 아닌지라 무슨 일이 생긴 것은 분명한 것 같았다.

『으—음, 있느냐고 하면 있는 거라고 할 수 있으니까 일단은 연락을 해본 거야. 그리고 너무 많은 일이 있어서 어떤 것부터 얘기하면 좋을지 모르겠네. 귀찮아…….』

호오?

무슨 뜻인지 구체적으로 알아듣기는 힘든 말이지만, 무슨 일이 일어난 것은 분명한 것 같군.

간만에 얻은 평화로운 일상은 그 연락과 동시에 끝을 고했다.

Regarding Reincarnated to Slime

시간은 거슬러 올라간다.

펠드웨이에 의해 전장으로 출전한 카가리는 콘도 중위가 전사함과 동시에 의식을 되찾았다.

지배로부터 해방된 것이다.

그러나 그 장소는 카가리의 지식에 없는 이계였다.

(뭐가 어떻게 된 거지?)

그렇게 생각하면서 카가리는 상황을 파악하려고 했다.

그러다가 거기서 낯익은 얼굴을 찾아냈다.

"디노……."

"여어! 제정신을 차린 것 같네, 카자리무. 그렇다면 콘도라는 남자는 죽었단 말인가."

"당신, 내 정체를 알고 있었…… 그렇군요, 보스에게 들었겠네요."

디노가 예전에 버린 이름으로 자신을 부르는 걸 보고 카가리는 놀랐지만, 시선을 이리저리 돌린 끝에 유우키를 발견했다.

자연스럽게 의자에 앉아 있었지만 그의 표정은 '무(無)'였다.

즉, 유우키도 카가리와 마찬가지로 누군가의 지배하에 놓인 것으로 판단할 수 있었다. 그렇다면 유우키의 입을 통해 자신의 정체가 들통났다고 해도 이상할 게 없다고, 카가리는 순간적으로 깨달았다.

"그렇게 됐어. 너에게 무슨 일이 있었는지 자세히는 모르겠지만, 솔직히 말하자면 그 모습에 호기심이 더 느껴지긴 해."

마왕 카자리무와는 도저히 어울리지 않는 지금의 카가리를 보면서, 디노는 그런 감상을 입에 올렸다.

(변함없이 초연하다 못해 분위기를 파악하지 못하는 남자라니까.)

카가리는 긴장을 풀면서 그렇게 생각했다.

실제로 지금의 카가리에겐 전투능력이 모자랐다. A랭크 오버이긴 하지만 진짜 괴물들이 본다면 잔챙이 그 자체였다.

디노의 실력은 미지수이긴 했지만, 승부가 되지 않는다는 것은 잘 알고 있었다.

그래서 카가리는 현재 상황에서 동원할 수 있는 최선의 방법을 생각했다.

즉, 정보수집이었다.

"그건 그렇고 여긴 어디죠?"

그렇게 묻자, 디노는 귀찮은 표정을 지으면서 대답했다.

"이계라는 건 눈치채고 있겠지? 이곳은 특별한 땅이거든. 수많은 세계와 인접해 있으면서도 격리된 시작의 장소――'천성궁(天星宮)'이야."

귀에 익지 않은 이름이었다.

그러나 아주 중요한 단어가 포함되어 있었다.

(시작의 장소…… 설마 '성왕룡' 베루다나바가 태어난 땅――?!)

수많은 세계를 만들어내기 전에 존재했다고 하는 시작의 장소. 그건 신화 속에서만 기억되는 전승이었다.

존재하는 것으로 여기고는 있었지만, 아직 아무도 보지 못한 장소였던 것이다.

"어떻게……."

"여기로 오려면 문을 통과하기 위한 '열쇠'가 필요하지만, 그게 뭔지는 나도 몰라. 하지만 나를 데리고 와준 덕분에 이해할 수 있었지. 가르쳐주진 않겠지만."

카가리는 짜증이 솟구쳤지만, 디노가 쓸데없는 짓을 싫어하는 성격을 가진 자였다는 것을 떠올렸다. 가르쳐주지 않겠다고 말한다면 카가리가 무슨 짓을 하더라도 입을 열지 않을 것이다.

그렇다면 다른 것을 물어볼 수밖에 없다.

"무리하게 묻지는 않을 테니까 가르쳐줄 수 있는 것만이라도 대답해줘요."

"――귀찮네."

"옛정을 생각한다면 그 정도는 해줄 수 있잖아요?"

"칫, 나한테는 아무런 득이 없는데?"

"난 예전에 당신을 대신해서 많은 일을 해줬던 기억이 있는데 말이죠――."

카가리의 말이 끝나기도 전제 디노가 자세를 단정하게 바로잡았다.

"뭐가 듣고 싶어? 그걸 듣는다면 옛날 일은 잊어버릴 수 있겠지?"

"물론이죠. 그렇게 하겠어요."

카가리는 방긋 웃었다.

디노는 여전했다. 이렇게 뭐가 뭔지 모를 상황에 놓여 있으면서도 카가리는 그 사실에 안도했다.

"우리 보스― 저기 있는 카구라자카 유우키 말인데, 왜 아직 지배를 받고 있는 거죠? 콘도가 죽었다고 방금 말했는데— 설마?!"

"넌 정말 머리가 빨리 돌아가는구나. 아마 정답일 테니까 대답할 의미도 없을 것 같지만, 일단은 말해줄게. 너는 콘도의 지배를 받고 있었지만, 저기 있는 유우키는 콘도에게 권능을 빌려준 자의 지배를 받고 있어."

"역시……."

다른 자를 지배하는 권능을 빌려줄 수 있는 존재가 있다는 건 믿고 싶지도 않은 사실이었다.

하지만 디노는 이런 식으로는 거짓말을 하지 않는다. 말하고 싶지 않으면 입을 다무는 타입이기 때문에 그가 말하는 정보는 진실이라고 할 수 있었다.

유우키가 지배를 받고 있었다——. 온갖 스킬을 무효로 만들 수 있는 특이체질을 지닌 자인데, 그런 장벽을 돌파할 수 있는 권능이 있다면 공포를 느낄 수밖에 없었다.

여기서 탈출하기 위해서라도 유우키를 원래대로 돌려놓고 싶었지만, 그 방법이 전혀 떠오르지 않았다. 그렇다면——

"내 귀여운 아이들은 어디에 있죠?"

"네 뒤에 서 있는 녀석들 말이야?"

그 말을 듣고 카가리는 황급하게 뒤를 돌아봤다. 기척이 전혀 느껴지지 않았는데, 그것도 그럴 만했다.

(그렇구나. 내 명령에 따르기만 하는 킬링 돌(전투인형)이 되었단 말이군.)

스스로는 냉정하게 대처하고 있다고 생각했지만, 사실은 당황하고 있었던 모양이다. 카가리는 그렇게 생각하면서 자신을 나무랐다. 그리고 명령을 해제하여 티어와 풋맨을 원래대로 되돌렸다.

참고로 그들과 함께 낯선 데스맨(요사족)이 아홉 명 정도 멍하니 서 있었지만, 그들에 대해서 카가리가 관여할 부분은 없었다.

일단 의식이 몽롱한 상태에서도 지배를 당했을 때의 기억은 남아 있었다.

명령받은 대로 금기주법 : 버스데이(요사명산)를 사용한 기억은 있으니까 그걸 써서 만들어냈을 것이다. 하지만 그건 카가리 자신의 뜻에 따라 만든 것이 아니므로 그들에게 애착 같은 건 전혀 느껴지지 않았다.

"아, 회장! 무사했구나! 내가 얼마나 걱정했는데!"

"홋———홋홋호. 티어가 말한 대로입니다. 회장, 보스가 구해준 건가요?"

"아니에요. 그리고 숨겨봤자 소용이 없으니까 솔직히 말하겠는데, 상황은 최악이에요."

카가리는 그렇게 말하면서 두 사람에게도 현재의 상황을 전했다.

디노는 방치되고 있었는데도 딱히 상관없다는 듯이 그대로 잠이 들었다.

"그랬구나. 우리가 힘이 부족했기 때문이네."

"그렇지 않아요, 티어. 보스조차도 지배를 받았을 정도니까 우리는 아무리 발버둥 쳐도 저항하지 못했을 거예요."

"그러면 어떻게 하죠? 이대로 시키는 대로 따를 생각입니까?"

"감시도 없으니까 도망칠 수 있지 않을까?"

풋맨이 물었고 티어가 의견을 제시했다.

그 질문에 대답하는 카가리의 표정은 어두웠다.

"그게 문제예요. 나도 도망치고 싶은 마음은 굴뚝같지만, 이곳은 이계에 있는 '천성궁'이라고 하는군요. 마법 같은 걸로는 탈출할 수 없어요."

실은 카가리는 원소마법 : 워프 포털(거점이동)을 이미 시도해보고 있었다. 성공할 수 있을 것 같으면 티어와 풋맨, 그리고 유우키를 데리고 도망칠 생각이었다.

그러나 현시점의 좌표가 불명이었기 때문에 마법은 발동되지 않았던 것이다.

(내 지배가 풀린 것은 운이 좋았지만, 그래봤자 아무것도 하지 못할 것으로 이미 다 예상하고 있었단 말이군…….)

분하지만 그게 진실이었다.

확실히 감시하는 자는 없었다. 하지만 그건 카가리 일행이 탈출할 수 없다고 생각하기 때문이었다.

"디노."

"으, 응. 왜 불러? 사람이 기분 좋게 낮잠 좀 하려고 하는데. 아직도 질문할 게 남았어?"

"물어봤자 대답해주지 않겠지만, 여기서 나갈 방법이 없을까요?"

"있을 거라 생각해?"

"……아뇨."

"그렇지? 나는 말이지, 네가 그렇게 빨리 수긍하고 포기하는 면은 높게 평가하고 있었어. 그러니까 쓸데없는 짓은 그만두고 얌전하게 있으라고."

예상한 대로의 결과이긴 했지만, 이렇게 되면 아무런 방법이 없었다.

이곳 '천성궁'은 너무나 작은 평면 세계였다. 한 구체의 내면에 존재했으며 하반신이 대지, 상반신이 천공으로 이뤄져 있었다.

100제곱킬로미터에도 미치지 못할 평면 세계에는 4계절이 없는 온화한 기후와 아름다운 흰색의 성이 존재할 뿐이었다.

하지만 그것만으로도 완전했다.

꽃은 시들지 않고, 과일은 썩지 않으며, 물은 탁해지지 않고, 대지는 윤택했다. 그렇기 때문에 늘 만개한 꽃밭이 있었으며 곳곳에 우거진 나무에는 달고 향기로운 천상의 열매가 맺혀 있었다.

시간이 멈춘 것 같은 그 세계에선 변화라는 것을 느낄 수가 없었다.

카가리 일행은 정원에 세워져 있는 정자에 놓인 채 억지로 대기하고 있었던 모양이다. 그곳에서도 성의 전체 모습을 볼 수 있었으며, 그 반대편, 세계의 끝에 있는 거대한 문도 볼 수 있었다.

성에서 누가 나오려는 낌새는 느껴지지 않았다.

하지만 문이 닫혀 있는 이상, 이 세계에서 도망치는 것은 불가능하다고 생각해도 틀리지는 않은 판단일 것 같았다.

그랬기 때문에 카가리는 디노의 대답을 들어도 실망하지 않았으며, 냉정하게 대책을 생각하려고 했다. 그러나 그걸 방해하는 자가 성에서 나왔다.

●

탄탄한 근육질 체격에 예리한 느낌을 주는 얼굴을 가진 남자였다.

몸 전체를 휘감는 듯한 기백을 발산하고 있는 모습이 범상치 않은 강자임을 알 수 있게 했다.

"디노 님, 이러시면 곤란합니다. 당신 같은 분이 그런 자들과 친밀한 듯이 어울리시다니요."

그자는 실로 자연스럽게 카가리 일행을 깔보고 있었다.

뭐야, 이 녀석——. 카가리는 발끈했지만 일단은 참았다. 카가리는 신중한 성격을 지닌 자였던 것이다.

"그놈, 이라고 했던가? 그 모습을 보니 성공적으로 육체를 얻은 모양이군."

"네! 베가라는 남자의 육체는 실로 좋은 촉매가 되어줬습니다. 재생력도 높으니 이 정도면 다른 자들과 다리스 님도 육체를 얻을 수 있을 거라 생각합니다."

"그거 다행이네."

디노는 흥미 없다는 투로 대꾸했다.

상황이 이해가 되지 않는 카가리는 묵묵히 그들의 대화를 귀 기울여 듣고 있었다.

베가라면 '케르베로스(삼거두)'의 보스 중의 한 명인 '힘'의 베가를 말하는 게 틀림없는 것 같았다. 카가리의 흐릿한 기억 속에 여기까지 함께 온 정경이 남아 있었던 것이다.

(베가가 촉매가 되었다고? 혹시 육체를 얻기 위해서 빙의용으로 썼단 말인가? 아니, 어쩌면 가능할지도 몰라. 그 남자는 로조 일족의 연구 성과 중의 하나인 '마법심문관'의 피를 이었으니까. 마물과 인간의 성질을 함께 가졌으며, 먹이만 있으면 어떤 부상을 입어도 부활하는 괴물이었으니까.)

즉, 팔이 잘리더라도 다시 생겨나며, 그뿐만 아니라 머리만 남아 있어도 부활한다는 실험결과까지 남아 있었다.

정말 무시무시한 것은 잘려서 떨어져나간 부위까지도 자아가 없는 괴물로서 인간의 모습으로 돌아가려는 움직임을 보였다는 점이다.

그래서 유우키는 만약 팔다리가 잘리면 바로 회수하라고 베가에게 엄명을 내렸던 것이다.

하지만.

이 그놈이라는 남자는 베가의 특질을 이용하여 영혼이 없는 육체를 손에 넣은 것 같았다.

(애초에 이자는 왜 육체가 필요한 거지? 이자의 정체는 뭐야? 육체를 가질 필요가 있다면 데몬(악마족)인가? 아니, 이 신성한 기운을 보면 엔젤(천사족)이겠지. 그렇다면 분명 인간이나 마물에 빙의하기보다 더 강인한――.)

카가리는 빠르게 머리를 굴렸다.

전투능력의 대부분은 잃어버렸지만 그 두뇌는 건재했다.

그리고 어느 정도는 확정된 결론을 내렸다.

이 남자, 그놈의 정체는 엔젤――혹은 그에 속하는 정신생명체일 것이라고. 그리고 지상으로 침공하기 위해서 육체를 얻은 것이라고.

베가는 육체를 만들어내는 촉매로서 이용되고 있었다. 살아 있기는 하겠지만, 움직일 수 있는 상황은 아닐 것이라고 예상했다.

그놈의 종족이 팬텀(요마족)이라는 점을 제외하면 그 예상은 거의 정답에 가까웠다.

마력요소로 만든 임시 육체를 베가의 세포와 융합하여 강화한 것이다. 이로 인해 그놈과 동료들은 물질을 투입하는 방법으로 완전한 육체를 성공적으로 만들어냈다.

투입한 물질은 지상에서 회수한 단백질과 탄수화물이었다. 즉, 식사를 하기만 해도 되는 것이다. 데스맨과는 또 다른 방법이지만, 정신생명체인 그놈 일행에겐 오히려 더 그게 더 편했다.

참고로 이 그놈은 자라리오의 부하 중의 한 명이었다. 라미리스의 미궁 공략에서 제외된 채 동료들의 빈자리를 지키고 있었다.

그때 베가를 끌고 펠드웨이가 돌아왔으며, 그놈에게 육체를 얻으라고 명령했다. 타이밍 좋게 자라리오 쪽도 귀환하면서 디노와 마주치게 된 것이다.

실험체가 된 그놈이 성공하면서 다른 자들도 육체를 가지는 과정을 밟기 시작했다. 그랬기 때문에 그놈은 혼자만 먼저 밖으로 나온 것이었다.

과거에 스로네(좌천사)였으며, 지금은 상급에서도 하위에 속하는 '장관(將官)'급 팬텀인 그놈. 육체를 얻는데 성공하면서 마왕종 이하의 힘을 발휘할 수 있게 되었다.

그런 그놈이 보기엔 거의 인간과 차이가 없는 카가리는 쓰레기 같은 존재에 불과했던 것이다.

따라서 당연하게도 상대를 깔보는 듯한 발언이 자연스럽게 나왔다.

"카가리라고 했던가. 너희는 결국 전력증강을 위한 도구에 불과하다. 어느 정도는 쓸 만한 도구였던 콘도가 죽으면서 자유의지를 되찾은 것 같지만 분수를 모르고 까불지는 말아라. 여기 계시는 디노 님은 네놈들과는 '격'이 다르다!"

"이봐, 됐으니까 이제 그만해."

"아닙니다, 디노 님! 디노 님은 위대한 '시원의 칠천사' 중의 한 분이 아니십니까! 이런 자들과 가벼이 어울리면서 대화를 나누시는 것은 너무 지나친 자비를 베푸시는 것입니다!"

"그러니까 나와 카자리무는 오래 알고 지낸 사이라고 하잖아."

"지금의 내 이름은 카가리예요. 앞으로는 그렇게 불러주겠어요?"

"기억하는 게 귀찮다고 말하고 싶지만, 이름이 짧아지는 것은 좋군. 알았어, 카가리."

예전의 남자 모습과는 달리 지금의 카가리는 미인 여성의 모습을 하고 있었다. 이름이 바뀌었다고 해도 위화감이 없었기 때문에 디노는 별 저항 없이 받아들였다.

그런 식으로 그놈을 무시하고 디노와 카가리는 친근하게 대화를 나눴지만…… 이게 그놈의 감정을 자극했다.

그놈의 주인은 다리스라는 이름을 부여받았으며 예전에 케루브(지천사)였던 자였다. 전투능력과 품격이 높은 남자였으며 자라리오의 부관을 맡고 있었다.

그런 다리스조차도 함부로 대하지 못하는 것이 지고의 존재인 '시원'인 것이다.

그놈과 동료들처럼 최근에 이름을 얻은 것도 아니었다.

신에 해당하는 베루다나바가 스스로 창조하여 이름을 부여한 사도들. 창세기 때부터 악귀와 나찰을 궤멸시켜 온 위대한 세라핌(치천사)이었다.

그놈의 기준으로 보면 신들과 같은 존재였기 때문에 카가리가 디노를 대하는 태도는 도저히 참을 수가 없었다.

비록 디노 본인이 허락했다고 해도 이걸 방치해뒀다간 자라리오의 '격'에게까지 영향을 끼치고 말 것이다. 그렇게 생각한 그놈은 결국 실력행사에 나섰다.

"분수를 모르고 까불지 말라고 했을 텐데!!"

의자에 앉아 있던 카가리를 향해 영기를 모아서 천광탄(天光彈)을 날렸다.

디노는 움직이지 않았다.

그럴 필요가 없었기 때문이다.

"홋――홋홋호. 얘기는 이제 끝난 겁니까? 그건 그렇고 회장에게 무례하게 구는 건 바로 네놈이야!!"

"응응, 그렇고말고! 해치워버려, 풋맨!"

카가리의 소중한 동료이자 충실한 광대들이 만반의 준비를 하고 그놈에게 맞섰다――.

●

싸움은 일방적으로 가혹하게 전개되었다.

그놈은 원래 자라리오 휘하의 전력으로서 인섹터(충마족)와 전쟁을 치렀던 팬텀(요마족)이었다.

이제 막 육체를 얻었다고는 하나 위화감은 전혀 없었다. 아니, 오히려 전투능력은 강해져 있었다.

존재치도 100만을 넘었다. 게다가 영혼이 없었던 육체를 대신 채우려는 것처럼 현재진행형으로 에너지(마력요소)양이 계속 상승 중이었다.

절정의 컨디션이라고도 할 수 있는 그놈을 상대하는 자는 클레이만보다 전투능력이 높은 풋맨이었다.

지능은 낮지만 그 힘은 비할 데 없이 강력했다. 존재치는 130만까지 도달했으며 제한이 풀린 지금, 게루도와 싸웠을 때와는 비교할 수 없을 만큼 강한 힘을 발휘하고 있었다.

"콰—앙!!"

그렇게 소리치면서 풋맨이 그놈을 때렸다.

"크허억——?!"

안면이 크게 함몰되면서 그놈이 밀려 날아갔다.

"홋홋호. 계속 공격하겠습니다!"

그놈 따위는 전혀 문제 될 게 없다는 듯한 기세로 추격하여 때리고, 때리고 또 때렸다.

그놈의 다리를 붙잡고 빙빙 돌려 위로 던진 뒤에 풋맨도 점프했다. 몸을 웅크린 뒤에 뛰어올라 기세를 더했으며, 자신의 몸을 포탄처럼 날리면서 그놈의 등에 돌진했다.

"커허억——."

그리고 그대로 그놈을 붙잡고는 대지를 향해 처박았다. 풋맨의 체중까지 실리면서 아예 대지를 박살 낼 듯한 기세였다.

풋맨은 지능은 낮지만 전투센스만큼은 뛰어났다. 그놈이 베가의 세포를 얻었다면 갈가리 찢어버리거나 상처를 입히는 것만으로는 재생할 수 있기 때문에 효과가 없을 것이다. 그런 공격은 의미가 없다는 걸 본능적으로 깨닫고 대미지를 축적해 스태미너를 빼앗는 쪽을 선택한 것이다.

그놈은 풋맨이 상상보다 강하다는 것에 당황하고 있었다.

(마, 말도 안 돼!! 팬텀의 장수 격인 내가 이런, 이런 이름도 모르는 녀석한테 진단 말이냐?!)

육체를 얻으면서 전투능력도 크게 상승했다. 그런데도 일방적으로 지고 있었다.

그 사실에 그놈은 곤혹스러웠다.

"뭐야? 대체 뭐냔 말이다, 너느은——?!"

"나? 나는 풋맨입니다. 중용광대연합 멤버 중 한 명이자 '앵그리 피에로(분노한 광대)'인 풋맨이라고 하죠. 앞으로도 잘 기억해두시길!"

풋맨은 은근히 무례하게 인사하면서 정중하게 이름을 밝혔다.

그 여유 있는 태도가 그놈의 신경을 자극했다.

그런 그의 분노를 더욱 자극한 자가 티어였다.

"나도 이름을 밝힐게! 나는 티어라고 해. 중용광대연합 멤버 중의 한 명이고 '티어 드롭(눈물의 광대)'인 티어야! 풋맨 다음엔 나랑 놀아줘!"

귀엽게 말하긴 했지만 사악한 의도가 있는 것을 감추지 않고 있었다.

풋맨 만큼의 실력은 없지만, 티어도 상당히 강했다. 존재치는 100만을 약간 넘어선 수준이며 그녀의 유니크 스킬은 흉악한 비장의 수였다.

지금은 움직이지 않았다. 하지만 풋맨이 패배할 것 같으면, 그때가 바로 티어가 나설 차례가 될 것이다.

그때를 기대하면서 티어는 풋맨의 싸움을 계속 지켜봤다.

다시 풋맨의 맹공이 시작되었다.

때리고 차고 처박으면서, 고양이가 쥐를 가지고 놀듯이 풋맨이 그놈을 몰아붙였다.

초조해진 그놈.

비웃는 풋맨과 티어.

그들을 지켜보는 카가리는 실로 냉정하게 상황을 분석하고 있었다.

(최악이야. 이대로 가면 우리에게 미래는 없겠어. 이 싸움에서 승리한다고 해봤자 그놈이란 자는 말단 수준이니까. 티어가 있지만 그래도 방법이 없을 것 같아.)

카가리는 유우키 쪽으로 시선을 슬쩍 돌렸다.

(유우키 님이 패배할 정도로 강한 상대를 티어가 이길 수 있을 리가 없지…….)

그리고 애초에 천사나 악마를 물리적으로 궤멸시킬 수는 없다. 특수한 권능이 있으면 얘기는 달라지겠지만, 여기서 그놈을 죽여봤자 어차피 부활해버릴 것이다.

베가의 세포를 받아들인 시점에서 물리적으로도 죽기 어렵게 됐다. 더구나 죽어도 부활할 가능성이 높아지면 이 전투 자체가 무의미한 것이라는 생각이 들었다.

결국 패배는 약속된 것이었다. 그걸 이해하고 있는 만큼 카가리는 자신들이 바보 같다는 기분이 들었다.

"그만해요, 풋맨. 놀이는 여기까지만 해요."

"호오? 괜찮겠습니까, 회장?"

"그래요. 어차피 여기에선 도망칠 수 없어요. 저 대문을 파괴할 수 있다면 또 모를까, 무슨 수를 써도 그건 불가능할 것 같으니까요."

디노의 말을 믿는다면 이곳은 '천성궁'이라고 하는 닫힌 세계다. 문을 통과하려면 '열쇠'가 필요하다고 하며 카가리 일행이 그걸 손에 넣을 방법은 없었다.

외통수에 갇혔다.

그런 카가리를 보면서 그놈이 큰 소리로 웃었다.

"하, 하하하하하! 그렇고말고. 그걸 이해하고 있다면 길게 얘기할 필요가 없겠군. 너는 도구로서 필사적으로 열심히 일하면 되는 거다. 그렇게 하면 나도 유능한 부하로서 소중히 대해주마."

움직임이 멈춘 풋맨을 보면서 그놈도 상황을 이해했다. 풋맨에게 이기지 못한 것은 예상 밖이었지만 주인인 카가리는 머리가 똑똑하다는 것을.

주인만 복종시킨다면 풋맨이나 티어는 인형에 불과한 것이다. 그렇다면 그놈의 우위성은 지켜질 것이다.

그렇게 생각하면서 그놈은 여유를 되찾았지만, 다음 순간, 자신을 휘감는 압도적인 죽음의 기운에 공포를 느끼면서 겁을 먹었다.

"꼴사납구나, 그놈. 네놈에게 '이름'을 준 것은 내 실수였다."

어느새 대문이 열려 있었으며 세 명의 그림자가 모습을 드러내고 있었다.

그들 중의 한 명, 밤하늘에 빛나는 별들을 아로새긴 것 같은 칠흑의 장발을 나부끼고 있는 자는 두드러진 미모를 지닌 '삼요사'의 필두, 자라리오였다.

귀환한 자라리오는 기척을 지운 채 그놈의 언동을 지켜보고 있었다. 그 꼴사나운 모습을 보면서 어이가 없다 못해 실망했던 것이다.

그런 자라리오 곁을 떠나 디노 쪽으로 걸어간 자는 그의 동료인 피코와 가라샤였다.
“여, 수고했어.”
“응. 우리는 일하느라 피곤한데 그쪽은 다투고 있었던 거야?”
“뭐야, 무슨 일이 있었어?”
목소리를 낮추면서 물어봤지만 디노는 “보는 대로야”라고 말하면서 어깨를 으쓱하기만 했다. 설명할 마음도 없다는 걸 알아차리고, 피코와 가라샤는 그놈 쪽으로 시선을 돌렸다.
“자. 자라리오 님?!”
“이름을 부르지 마라. 내 이름이 더러워진다.”
“그, 그렇게 말씀하실 것까진……! 기다려주십시오. 이건 오해—.”
“네놈은 착각을 하고 있다. 내 말은 정의다. 따라서 착각 따위는 존재하지 않는다.”
“그, 그건…….”
그 말이 옳다고 받아들이면 자신의 실수를 인정하는 결과가 된다. 하지만 그렇지 않다고 부정하면 그건 자라리오에 대한 적대 행위였다.
그놈은 순식간에 궁지에 몰리고 말았지만, 이 상황을 탈출할 수 있는 지혜는 떠오르지 않았다.
“네놈과 비교하면 아니, 비교하는 것도 실례인 수준이군. 펠드웨이가 주워온 자이지만, 나에게도 네놈보다는 그자가 더 유익할 것 같다.”
자라리오의 말투는 담담했으며 감정의 동요가 전혀 느껴지지 않았다. 그럼에도 불구하고 불길한 기운을 느낀 그놈은 필사적으

로 소리쳤다.

"기다려 주십——."

그러나 모든 것이 이미 늦었다.

고결한 자라리오는 어리석은 자를 싫어했다.

"네놈의 죄는 자신을 잘못 평가한 것이다. 나를 따랐던 세월을 고려하여 그 '인격'을 소거하는 것만으로 용서해주마."

자라리오가 잔혹하게 선고했다.

('인격'을 소거한다고——?!)

카가리는 경악했다.

"안 돼! 안 돼, 싫습니다. 제발 용서를, 용서해주십시오, 자——."

자라리오는 그놈이 자신의 이름을 부르는 걸 허용하지 않았다.

"주피터(천벌굉뢰, 天罰轟雷)."

자라리오의 손가락에서 한줄기 섬광이 번뜩였다.

신의 번개가 그놈을 불태웠다.

그러나 그 몸에는 아무런 상처가 없었다. 하지만 그의 마음(심핵)은 파멸적인 정보량이 억지로 흘러 들어가는 바람에 초기화되었으며, 새로운 '인격'으로 덧씌워졌다.

터무니없는 힘이었다.

자라리오는 라미리스의 미궁 안에선 진짜 실력을 드러내지 않았던 것이다.

그리고 그 힘을 직접 본 카가리도 절망적인 상황에 처해 있다는 걸 깨달았다.

(무리야. 이건 싸움이 성립될 만한 상대가 아냐. 디노도 위험하다고 생각했지만, 이자는…… 기이나 밀림과 동등한 클래스야…….)

차원이 달랐다.

그래서 카가리는 모든 저항을 포기했다.

"그러면 나는 이제 어떻게 되는 거죠?"

카가리는 당당하게 물었다.

처분될 바에는 순순히 처분을 받으면서도 마지막까지 긍지를 잊지 말자는 생각을 했다.

"딱히 뭘 할 생각은 없다. 그놈이 폐를 끼친 것 같긴 하다만, 사과할 마음도 없고."

"뭐라고요?"

대수롭지 않게 넘겨버리는 바람에 카가리는 오히려 당황했다.

자라리오의 입장에선 모든 것을 솔직하게 얘기한 것이다.

카가리를 거둔 자는 콘도 중위였지만, 그건 펠드웨이의 뜻에 따른 것이었다. 미카엘이 준 권능을 이용하여 자신들이 빙의할 육체를 만들도록 시키는 것이 목적이었다.

그리고 그 목적은 무사히 완료되었으며 불과 아홉 개밖에 되지 않았지만, 훌륭한 육체가 마련되었다.

초월적인 존재인 자라리오와 동료들은 빙의할 육체를 선별할 필요가 있었다. 현재 쓰이고 있는 임시 육체와 마찬가지로 단순한 인간이나 마물은 그들의 힘을 버티지 못하면서 붕괴되어 버리기 때문이었다.

그건 태초의 악마들이 육체를 얻기 위해 경쟁하던 것과 같은 모습이었다.

물질세계에 쉽게 모습을 드러낼 수 없기 때문에 침공 작전이 마음대로 풀리지 않는다는 시정도 있었던 것이다.

그때 적절하게 나타난 것이 카가리였으며, 데스맨(요사족)을 소재로 이용하자는 의견이 힘을 얻으면서 부상했다. 실제로 시험해 볼 필요가 있었지만 결과는 만족스럽다고 할 수 있었다.

다른 수단으로 베가를 이용하자는 의견도 채택되었지만, 그 결과가 그놈의 폭주였다. 성격에 영향을 받은 것처럼 보였기 때문에 자라리오는 실패한 것으로 판단했다.

그에 비해 데스맨에는 자유의지가 깃들어 있지 않았다. 그리고 그 힘은 풋맨이 증명하고 있으니 이 정도면 자라리오와 동료들이 빙의하더라도 충분히 버텨낼 수 있다고 판단한 것이다.

"그건 그렇고 베가라는 남자를 이용하자는 의견은 기각해야겠군. 그놈은 좀 더 신중한 남자였는데, 이상한 영향을 받은 것으로밖에 보이지 않아."

자라리오가 혼잣말을 하듯이 중얼거렸지만, 카가리는 그 말을 듣고 생각했다. 그리고 자신도 모르게 대꾸할 필요가 없는데도 입을 열고 말았다.

"베가는 욕심이 많았어요. '힘'을 상징하는 역할에 걸맞게 온갖 욕망을 받아들여 자신의 능력을 높이고 있었을 뿐이죠."

"호오?"

실수했다는 생각이 들었지만 이미 때는 늦었다.

계속하라는 무언의 압력을 받으면서 자신의 추론을 말했다.

"베가는 순수해요. 강한 자에게는 따르며 약한 자는 먹이로 삼죠. 천박한 성격을 가지고 있긴 했지만 나름대로의 신념은 가지고 있었어요. 그래서 강했던 거예요."

패하더라도 주눅 들지 않았으며, 이길 수 없다는 생각이 들면

한없이 비굴해지기도 했다. 그렇게 해서라도 살아남아서 다음 기회를 얻을 수 있다면 승리라고 생각했다.

그래서 베가는 한 번도 졌다는 생각을 한 적이 없었던 것이다. 자신을 놓아준 상대가 멍청이이며 언젠가 이길 수 있게 되었을 때 되갚아주면 된다고 생각했을 것이다.

카가리는 그런 식으로 베가를 평가하고 있었다.

(애초에 탐욕스러움을 기준으로 생각한다면 유우키 님이 더 욕심이 많지만 말이지.)

베가의 성격을 꿰뚫어 보고 유효하게 써먹을 정도였다. 유우키의 강함은 카가리도 한 수 접고 들어갈 수준이었던 것이다.

"그렇군. 그러니까 너는 베가의 세포 하나하나까지 그런 탐욕스러운 성질이 침투해 있을 가능성이 있다고 말하고 싶은 거로군?"

카가리는 아직 설명이 부족했다고 생각했지만, 자라리오의 정확한 지적을 듣고 고개를 끄덕였다.

"그 말이 옳다고 할 수 있겠네요. 그러니까 그 남자의 세포를 증식시켜 이용하는 것은 솔직히 말해서 권하고 싶지 않아요."

"참고하도록 하지."

자라리오는 그렇게 말하고는 성 쪽으로 시선을 돌렸다.

"과연…… 그건 확실히 써먹을 것이 못 되겠군. 너도 따라와라."

"네?"

되물었지만, 자라리오는 이미 성을 향해 걸어가기 시작했다. 기척이 희박해진 그놈도 역시 자연스럽게 자라리오의 뒤를 따랐다.

어떻게 할지 순간적으로 망설였지만, 거역하는 것은 좋은 방법이 아니라고 카가리는 판단했다.

"당신들도 따라와요."
"알겠습니다."
"네—에!"
카가리는 풋맨과 티어를 데리고 자라리오의 뒤를 쫓았다. 그리고 그게 당연하다는 듯이 유우키도 카가리를 따라 걸어갔다.

그 자리에 남은 것은 디노, 피코, 가라샤뿐이었다.
"어떡하지?"
"우리하고는 관계가 없는 일이니까 굳이 따라갈 필요도 없잖아."
"그건 그러네."
"그런 점이 문제라고 생각하거든, 나는. 피코도 말이지, 디노를 너무 닮아가지 마. 너까지 그런 꼴이 되면 내가 힘들어지니까."
"알았어—."
"이봐, 그렇게 말하면 내가 마치 몹쓸 인간인 것처럼 들리잖아?"
"몹쓸 인간은 맞잖아."
"The 몹쓸 천사란 말이지. 정말로 타천사네!"
"이 바보! 네 딴에는 그럴듯한 발언인지도 모르지만, 시끄러우니까 그만 입 닥쳐—!"
그렇게 세 사람이 아웅다웅 다투는 소리가 그들 말고는 아무도 없는 정자에서 울려 퍼지고 있었다.

●

성안으로 발을 들인 카가리는 그 장엄한 모습에 감동하고 있었다.

클레이만에게 넘겨줬던 자신의 성도 최대한 화려하게 만들었다고 스스로 생각하고 있었지만 아직 멀었다는 것을 깨닫게 되었다. 먼 옛날에 살았던 왕성도 여기에 비하면 초라할 것 같았다.

"정말 대단하네."

"당연하지. 이 성이 바로 베루다나바 님이 사셨던 곳이니까."

자신의 말에 대꾸를 할 거라곤 생각하지 않았기 때문에 카가리는 자라리오를 다시 평가했다.

의외로 이야기가 통하는 상대인 것 같다고.

그런 생각을 하고 있는 사이에 목적지에 도착했다.

그곳은 두 개의 큰 배양조가 설치된 방이었다.

연구실 같은 분위기였다.

다섯 명의 남녀가 있었으며 한쪽 배양조를 둘러싸고 있었다.

그 안에 떠 있는 것은 인간의 형태를 한 존재였다.

잘 보니 베가와 똑같이 생겼다.

자라리오의 기척을 느끼면서 그들은 모두 뒤를 돌아보면서 머리를 숙였다.

한 명의 남자가 대표로 인사를 했다.

"자라리오 님, 돌아오셨습니까."

그 남자의 이름은 다리스였다.

엄밀히 말하면 팬텀족(요마족)에겐 성별이 없지만, 그들의 근원이었던 케루브(지천사) 시절부터 남자의 모습으로 자라리오를 따랐던 심복이었다.

자라리오는 가볍게 고개를 끄덕인 뒤에 자신이 할 말을 전했다.

"이 계획은 중지다."

"알겠습니다."

다리스는 이유 같은 건 묻지 않았다. 자라리오가 하는 말은 그 어떤 것이든 옳으니까 자신들은 그저 따르기만 하면 된다는 생각을 하고 있었던 것이다.

이런 점이 바로 천사의 자아가 약하다는 평가를 받는 원인이었다. 그렇기 때문에 베가의 침식에도 쉽게 영향을 받았을 것이다.

"모처럼 너희에게 이름을 주었는데, 이래선 의미 없는 짓이었을지도 모르겠구나."

"죄송합니다. 저희가 무슨 실수라도 한 것인지요?"

"아니, 그렇진 않다. 단지 내 기대가 너무 컸기 때문이라고 하겠다."

자라리오는 최선을 다한다고 해서 모든 결과가 완벽해진다는 생각을 하지는 않았다. 확정된 결과를 정확하게 평가하여 향후에 활용할 수 있도록 움직이고 있었다.

그러므로 딱히 어떤 결과가 나와도 감정이 흔들리는 일은 없었던 것이다.

다리스는 자라리오가 자신에게 실망하는 것을 두려워했다.

그렇기 때문에 분하게 생각하면서도 자라리오의 말에 따랐다.

부하인 그놈과 베른에게 명령해서 배양조를 멈췄다.

다리스와 동격인 니스도 이견은 없었기 때문에 그녀의 부하인 벰과 선에게 명령하여 작업을 돕게 했다.

참고로 다리스가 남성이고 니스가 여성이었다.

다른 자들은 그놈과 마찬가지로 예전에 스로네(좌천사)였기 때문에 명확한 성별은 가지고 있지 않았다. 하지만 자라리오가 말한 대로 최근에 '이름'을 얻게 되면서 성격에 특색이 생기고 있었다. 그 영향으로 개성이 생기고 있었지만, 아직 발전 중인 양상이었다.

자라리오와 동격인 '삼요사' 코르느의 부하 중에 침략한 곳의 현지인에게 빙의한 탓에 주도권을 빼앗긴 자가 있었다고 한다. 자아가 약했기 때문에 그런 일이 일어난 것으로 분석되었으며, 그 대책으로 과거에 천사였던 간부들에게만 이름이 주어진 것이다.

그러나 그 후로 수십 년이 지났으며, 그래도 변화는 미미했기 때문에 이 이상의 성장은 기대할 수 없겠다고 자라리오는 생각하고 있었다.

그렇기 때문에 빙의하기에 적합한 육체를 찾고 있었던 것이다.

(——베가의 육체를 배양하는 계획은 성공할 것이라 생각했는데, 세포 자체가 사악함으로 똘똘 뭉친 것이었을 줄이야. 그렇다면 이제 남은 방법은 새로이 만들어낸 데스맨(요사족)을 이용하는 것뿐인데…….)

그 수는 아홉.

지금 존재하는 상위 팬텀족에게만 육체를 준다면 그 수는 충분했다.

그러나 펠드웨이가 새로운 전력증강을 목표로 삼고 미카엘에게 '하르마게돈(천사지군세)'을 사용하도록 부탁할 예정을 잡고 있었다. 그때에는 수많은 천사를 소환하는 게 아니라 에너지를 집중시켜 세라핌(치천사)을 만들어낼 계획을 세우고 있었던 것이다.

그러기 위한 데스맨이었다.

자라리오의 부하들은 심복인 다리스마저도 상급 제2위에 지나지 않았다. 흔들리지 않는 강대한 전력을 모으기 위해서라도 데스맨은 세라핌을 위해서만 이용해야 했다.

(뭐, 좋아. 몇 명을 소환할 수 있는지는 알 수가 없으니까 지금부터 조바심을 낼 필요는 없지. 이 건은 나중에 펠드웨이와 의논해보기로 하자.)

자라리오는 그렇게 생각하면서 그 자리를 떠나려고 했다.

하지만 그때 유리가 깨지는 소리가 났다.

배양조가 파괴된 것이다.

"기다려. 용서할 수 없다. 내 팔을 갈기갈기 찢어놓은 놈은 바로 너였지?! 여기서 그 빚을 갚겠어!!"

장치가 정지되는 바람에 베가가 눈을 뜨고 움직이기 시작한 것이다.

그리고 그 표적이 된 것은 베가의 세포와 융합한 그놈이었다.

"그르륵, 그그그——그르윽."

아무도 제지하지 못한 사이에 베가의 팔이 그놈을 붙잡았다. 그리고 그대로 융합이 시작되었고, 그놈은 베가에게 흡수되고 말았다.

"오오, 맛있잖아—! 힘이, 힘이 용솟음치고 있어!!"

베가는 환희했다.

흡수한 그놈은 방대한 에너지(마력요소)양을 가지고 있었으며, 그게 자신의 기본적인 힘을 상승시켜줬다는 것을 느낀 것이다.

"크카카카카카! 이거 좋군. 지금의 나라면 어떤 녀석도— 윽?!"

베가의 절정은 자라리오와 눈이 마주친 순간에 끝났다.

"네 얘기는 많이 들었다. 얌전히 동료가 될 것인지, 아니면 여기서 싸울 것인지 선택해라."

베가는 그런 질문을 받았지만, 이미 답은 정해져 있었다.

"헤헷, 미안하군. 내가 너무 신이 나서 좀 지나치게 까분 모양이야. 물론, 당신을 따르겠어."

그의 비열한 생존 방법은 이 정도면 실로 감탄이 나올 수준이었다.

그 태도는 예상한 것이었기 때문에 자라리오도 황당하게 여기지는 않았다. '역시'라고 생각하면서 받아들였다.

그놈을 잃은 것은 아쉬웠지만, 그만큼 베가가 강화되는 결과로 이어졌다.

앞으로 일어날 전쟁에 필요한 것은 대규모의 군대가 아니라 개개인의 무용이었다. 그렇다면 강력한 아군이 늘어나는 것이 이득이 되는 것이다.

그리고 그놈은 지금 막 자아를 잃었기 때문에 장기말로 쓰기에도 그리 좋은 평가를 내릴 수 없었다. 오히려 여기서 베가의 힘이 되어주는 것이 더 좋을지도 모르겠다는 생각이 들었다.

다른 자들도 자라리오가 좋게 받아들인다면 딱히 불만은 없었다.

베가의 난동은 용서를 받았으며, 그는 동료로서 받아들여지게 되었다.

그 과정을 전부 보고 있었던 카가리의 심정은 그저 어이가 없을 뿐이었다.

베가의 태도도 심했지만, 그걸 대수롭지 않게 받아들이면서 허용한 자라리오는 대체 무슨 사고방식을 가지고 있는지 이해하기가 어려웠다.

유우키와 비슷하지도 않았기 때문에 자라리오의 생각을 도저히 읽을 수가 없었다.

유우키는 베가의 위험성을 잘 알고 있는 상태에서 그를 능수능란하게 다뤘다. 그러나 자라리오는――.

(베가 따위는 전혀 위험하지 않다고 생각하는 모양이네. 그러니까 그만큼 압도적인 실력차이가 있다는 뜻인가?)

상황을 보면서 카가리는 그렇게 판단했지만, 그건 정답이었다.

자라리오는 지금의 베가조차도 안중에 없었던 것이다. 자신의 부하들마저도 어느 정도는 쓸 만한 도구 정도로만 인식하고 있었던 것이다.

하지만 그건 오만이 아니었다.

왜냐하면 자라리오의 인식은 틀리지 않았기 때문이다.

정보를 정확하게 파악하는 자라리오의 성질은 오만과는 거리가 멀었다. 하지만 카가리는 그런 걸 알 리가 없었기 때문에 당혹스러울 뿐이었다.

"여어, 카가리잖아. 그리고 유우키도 있군. 뭐, 옛날에 알고 지냈던 사이니까 잘 지내보자고."

베가가 카가리를 발견하고는 그렇게 말을 걸었다.

지금의 카가리는 베가를 이길 수가 없었다. 그리고 티어와 풋맨이 한꺼번에 베가에게 덤빈다고 해도 승률은 반반이었다. 유우키도 자유의지를 빼앗긴 상태였기 때문에 지금은 그에게 동조하는 것이 상책이라고 판단했다.

"그러네요. 우리 사정도 많이 변하고 말았으니까 앞으로도 사이좋게 지내도록 해요."

"그래. 그건 그렇고 여긴 어디야?"

"'천성궁'이라는 곳이라고 하더군요. 탈출은 불가능한 것 같으니까 저 사람들을 따르는 것 말고는 방법이 없는 것 같아요."

"그렇군. 뭐, 도망칠 필요도 없겠지. 어차피 내 힘이 필요해지게 될 것 같으니까 이 상황을 즐겨보도록 하겠어."

카가리는 베가의 단순함이 부러웠다.

자라리오에게 그런 마음은 없는 것 같았지만, 유우키를 지배하고 있는 자들의 의도는 불명이었다.

금기주법 : 버스데이(요사명산)가 카가리 일행에게 있어 비장의 수단이 될 것 같았지만, 그것도 확실하지 않다고 카가리는 생각했다.

애초에 몇만 명의 시체가 필요한 의식 같은 건 그리 쉽게 다룰 수 있는 게 아니기 때문이다.

(어떻게든 우리가 유용하다는 인식을 심어줄 필요가 있겠군. 최악의 경우엔 아부를 하거나 호감을 사서라도 살아남고 말겠어.)

카가리는 그렇게 생각했다.

여기까지 와서 자신들의 야망을 저버리는 건 생각할 수도 없었다. 지금은 엎드려서 때를 기다려야 한다고 생각하면서, 긍지 같은 건 전부 버릴 각오를 굳히고 있었다.

그리고 그 각오는 곧바로 시험을 받게 되었다.

미카엘과 펠드웨이가 귀환한 것이다.

●

성의 중앙에 알현실이 있었다.

옥좌에 사람의 모습은 없었다. 계속 공백 상태가 이어지고 있었다.

넓은 공간에는 의자가 나란히 놓여 있었고, 손님들은 저마다 다른 생각을 하면서 앉아 있었다.

미카엘은 옥좌에 가장 가까운 의자에 앉아 있었다. 그 옆에는 펠드웨이가 서 있었으며, 그는 이 자리에 모인 자들을 응시하고 있었다.

자라리오 일행 외에 카가리 일행도 앉아 있었다.

디노 일행도 농땡이를 부리지 않고 참가했다.

갓 태어난 데스맨(요사족)들도 이 자리에 함께 와 있었다.

그뿐만이 아니었다.

'요이궁'에 있던 오베라와 그녀의 심복까지 급하게 호출을 받고 와 있었다.

오베라의 심복은 한 명뿐이었으며, 그 이름은 오마라고 했다.

다른 자들은 크립티드(환수족)와 싸우면서 전사했다. 그 사실을 봐도 알 수 있겠지만, 가장 가혹한 전장을 맡고 있는 자가 오베라였던 것이다.

오마는 요마가 되었을 때에 두 눈을 잃었지만, 그 대신 모든 것을 꿰뚫어 볼 수 있는 외눈을 가지게 되었다. 입도 꿰맨 자국만이 남아 있었으며, 말이 아니라 '염화'만으로 의사소통을 할 수 있었다.

기분 나쁘게 생겼지만, 과거에는 케루브(지천사)였던 자였으며 오래전부터 오베라를 따르고 있는 역전의 전사였다.

펠드웨이가 데려온 자는 오베라와 오마만이 아니었다.

영겁이라고도 표현할 수 있을 만큼 오랜 세월 동안 싸워온 상대이자 현재는 동맹관계를 맺은 인섹터(충마족)의 모습도 보였다.

충마왕 제라누스를 필두로 심복인 십이충장(十二蟲將)이 모였다.

무엇보다 열두 명이 아니라 지금은 여덟 명밖에 남지 않았다.

사라진 한 명은 서방의 수호신이었던 라즐이었다. 2,000년도 더 된 옛날에 제라누스의 명령을 받고 기축세계를 침공했지만, 배신하면서 '용사' 그란베르의 맹우가 되었던 것이다. 시온과 란가에게 쓰러진 인섹터(곤충형 마인)가 바로 그였다.

또 한 명은 미나자. 세계의 반을 넘겨주겠다는 약속을 받은 제라누스가 황제 루드라를 도와주기 위해 파견한 충장이었다. 이자도 하필 시온에게 패하고 말았다.

나머지 두 명은 대를 잇기 위해서 태어난 유체가 도망을 치고 말았다. 그중 하나는 제라누스의 직계이기도 했기 때문에 극비리에 수색명령을 내렸지만…… 현재도 행방불명 상태였다.

이 자리에 있는 여덟 명은 라즐이나 미나자가 그랬던 것처럼 각각 각성마왕에 필적하는 전투능력을 갖추고 있었다.

그 중에서도 충장들의 수석이자 제라누스의 직계인 제스는 다른 자들과는 차원이 다른 실력을 자랑하고 있었다. 자라리오의 호적수이자 사력을 다해 싸웠던 사이였다.

나머지 일곱 명의 실력은 비등비등했다.

벌과 메뚜기의 특징을 지닌 비트호프.

왕지네를 의인화시킨 것 같은 무지카.

사마귀처럼 생긴 티스폰.

잠자리의 날개가 달린 풍이, 토른.
거미처럼 생긴 손발이 등에 달린 아바르트.
전갈처럼 생긴 사릴.
명주잠자리처럼 아름답게 생긴 피리오드까지.
만만치 않게 보이는 강자들이 의자에도 앉지 않은 채 말없이 서 있었다.
넓은 알현실이 압박감으로 인해 갑갑하게 느껴질 정도였다.
카가리는 위축되는 느낌을 받으면서도 돌아가는 분위기에 몸을 맡기기로 했다.

전원이 소집된 후, 미카엘과의 알현이 시작되었다.
"제군. 루드라가 사라지면서 미카엘 님이 자유로운 몸이 되셨다. 그리고 베루다나바 님의 부활을 위한 첫걸음으로서 베루글린드의 추방에 성공했다. 이것으로 계획은——."
그때 자라리오가 앞으로 나서서 발언했다. 원래는 상사인 펠드웨이의 발언을 방해하는 짓을 하는 일은 없지만, 이번만큼은 급한 안건이라고 판단한 것이다.
"펠드웨이 님, 잠시만 기다려주십시오. 아무래도 우리들의 인식에 서로 차이가 있는 것 같습니다."
펠드웨이는 기분 좋은 표정을 짓고 있었지만, 자라리오의 말을 듣자 그 표정이 사라졌다.
"——뭐라고?"
약간은 기분이 상한 반응을 보이면서 되물었다.
"베루글린드는 건재합니다. 더구나 그녀 때문에 코르느가 죽었습니다."

""""——?!""""

이 발언에는 제라누스까지도 움찔하면서 반응했다.

펠드웨이는 불쾌하다는 듯이 얼굴을 찌푸리고 있었다.

마왕 리무루라는 새로운 방해자가 눈엣가시였지만 계획은 실로 순조로웠던 것이다. 기이 크림존과 리무루 템페스트, 이 두 명이 방해가 되겠지만, 베루다나바 부활은 바로 눈앞까지 다가와 있었다.

지상에 남은 세 명의 '용종' 중에서 베루글린드의 인자는 손에 넣었다. 남은 것은 두 개지만 그걸 손에 넣을 계획은 세워두고 있었던 것이다.

그런데 자라리오의 말이 진실이라면 계획에 큰 차질이 발생한다는 것을 의미했다.

그리고 그 말을 뒷받침하는 것처럼 코르느의 기척은 소실된 상태였다. 이곳 '천성궁'에도, 이계에 있는 '요이궁'에도 코르느의 존재는 보이지 않게 되었다.

"틀림없는 사실이냐?"

"사실이야. 코르느가 사라진 탓에 계획은 실패했어. 우리도 물러날 수밖에 없게 됐지. 네 계획이 실패할 거라곤 생각하지 않았지만, 책임은 너의 안일함에 있지 않을까?"

자라리오가 아니라 디노가 대답했다. 은근슬쩍 계획실패의 책임 전가까지 시도하는 걸 보면 자라리오보다 머리가 잘 돌아갔다.

자라리오도 그 의견을 묵인했다.

디노의 의견이 옳다고는 생각하지 않았지만, 굳이 부정할 필요도 없다고 생각했기 때문이다. 공명정대하면서 자신에게도 엄격한 자라리오였지만 융통성을 발휘할 줄은 알았다.

그런 두 사람의 반응을 보고 펠드웨이도 의심을 거둘 수밖에 없었다.

………………….

……………….

…….

예상하지 못한 사태에 펠드웨이는 불쾌함을 느꼈다.

하지만 그의 명석한 두뇌는 재빨리 대책을 생각해냈다.

우선 중요한 것은 '용종'의 확보다.

베루다나바의 부활에는 '용의 인자'가 필수적이므로 이걸 무엇보다 우선하는 것은 당연했다.

다행히도 베루글린드의 인자는 확보되어 있었다.

이 세계로 돌아올 것이라곤 예상하지 못했지만 최악의 상황이진 않았다. 그래도 상당히 통렬한 실수라고 할 수 있었다.

(내가 어설펐군. 어차피 사라질 것이라 생각하고 권능을 회수했는데, 그 결과로 '지배회로'까지 사라지고 말았어. 부활하더라도 적으로 나타나지 않도록 시공의 저편으로 추방한 것이었는데, 이래선 귀찮은 적이 늘어나 버린 꼴이 된 게 아닌가…….)

그때의 베루글린드는 힘의 대부분을 잃은 상태였다. 게다가 '용의 인자'까지 빼앗기면서 소실되기 직전이었던 것이다.

그래서 미카엘이 '라구엘(구휼지왕)'을 회수한 것이었는데, 이게 코르느를 죽이는 결과로 이어질 줄은 예상하지도 못했다.

(뭐, 좋아. 베루다나바 님만 부활한다면 그 다음은 아무래도 상

관없다. 베루글린드는 방치해두고 먼저 베루자도를 동료로 끌어들이기로 하자.)

이번에는 소실되지 않도록 주의하면서 어느 정도의 자유의지를 남겨둔 채 동료로 삼을 것이다. 그렇게 하면 베루글린드에 대한 대책도 될 것이며 베루도라를 포획할 때도 도움이 될 것이다.

베루자도를 동료로 끌어들인다면 그다음은 어떻게 할까?

지금 당장이라도 베루도라를 노릴 예정이었지만, 이건 재고할 필요가 있었다.

(베루글린드까지 적대하게 된다면 우리도 전력을 정비해둬야 하려나. 나와 미카엘만으로 어떻게든 될 거라고 생각했지만, 방심은 금물이니까 말이지.)

디노한테서도 안일하다는 말을 방금 들었다.

그래서 펠드웨이는 당초의 작전을 크게 변경하기로 한 것이다.

………………….

………….

…….

"그렇다면 우리도 빨리 새로운 수를 쓸 필요가 있을 것 같군요. 우선은 베루자도를 끌어들이도록 하죠. 시공의 저편으로 추방하지는 말고 동료로서 활용하는 방향을 선택해야겠습니다."

"그럴 수밖에 없겠지. 불확정요소는 최대한 제거해두고 '용종' 셋을 확보한 시점에서 최종의식에 착수하는 것이 위험하지 않을 것 같다."

펠드웨이의 말을 듣고 미카엘도 고개를 끄덕였다.

베루자도는 베루다나바로부터 얼티밋 스킬(궁극능력) '가브리엘(인

내지왕)'을 부여받았다. 즉 '지배회로'가 유효하기 때문에 안전하고 확실하게 동료로 가담시킬 수 있었다.

문제는 그 다음이었다.

미카엘의 시선이 이 자리에 모인 자들의 역량을 감정하고 있었다.

"필요 없을 거라 생각했지만, 전원이 육체를 얻는 과정도 마쳐야 하겠군. 그렇게 하면 무슨 일이 일어나도 대처할 수 있을 것이다."

"그건 그렇습니다. 베루도라는 일단 뒤로 미루고 먼저 가능한 준비를 마치도록 하죠."

펠드웨이와 미카엘끼리 얘기를 나누면서 결론을 냈다.

그 모습을 보면서 자라리오가 보고했다.

"그 의견에 대해서 보고드릴 게 하나 있습니다."

"뭐냐?"

"거기 있는 베가를 이용하여 빙의용 육체를 만든다는 계획이 실패로 끝났습니다. 가장 확실한 방법은 역시 데스맨(요사족)에게 빙의하는 것입니다."

"흠. 그렇다면 빙의할 수 있는 건 아홉 명인가. 누구에게 육체를 줄 것인지 고민이 좀 되는군……."

그렇게 말하면서 펠드웨이는 생각에 잠겼다.

그때 제라누스가 발언했다.

"그 데스맨이란 것들은 마음대로 하도록 해라. 우리에겐 필요가 없으니까."

인섹터(충마족)는 여차하면 마력요소를 응고시키는 방법으로 육체를 만들어낼 수 있다. 그렇기 때문에 어느 세계이든 진출할 수 있었던 것이다.

육체가 있다면 편리하지만 없어도 문제될 것은 없다.

실제로 미나자도 그랬다.

그 세계의 물질을 받아들여 육체를 만들어냈으며, 그녀가 소환하는 인섹트(곤충형 마수)도 같은 성질을 가지고 있는 것이 확인되었다.

그렇기 때문에 세계를 넘어오는 것이 어렵긴 하지만, 한 번 다른 세계로 넘어오기만 하면 비할 데 없이 강력한 그 힘을 완벽하게 다룰 수 있게 되었다.

이번에 '다른 세계로 넘어오는 문제'는 이미 해결되었다.

제라누스가 양보하는 것은 당연했다.

동맹상대를 배려할 필요가 없다면 팬텀(요마족) 중에서 고르면 될 것이다.

그렇다면 강한 자, 도움이 될 자부터 고르는 것이 올바른 선택이다.

"'삼요사'인 자라리오와 오베라는 결정되었군. 남은 일곱 명은 간부들로 채울까?"

"그에 대해서도 드릴 말씀이 있습니다."

"자유로운 발언을 허용하마."

"감사합니다."

그런 점을 보면서 '자신과는 달리 자라리오는 성실하구나'라고 디노는 생각했다.

허가를 받은 자라리오는 얘기를 시작했다.

"우리 '시원'들과는 달리 케루브(지천사) 이하의 자들은 의지가 약합니다. 이계라면 힘으로 밀어붙여서라도 싸울 수 있었지만, 앞으로 있을 싸움에선 전력으로 기대할 수 없을 것이라 생각합니다."

"흠. 그럼 어떻게 하자는 거냐?"

"네. 지금은 반대로 생존경쟁을 자연의 손에 맡겨보는 것이 어떨까요?"

자라리오는 부하들이 가망이 없다고 여기고 있었다.

코르느의 부하도 그랬지만, 침략지인 이세계에서 빙의한 인간들에게 주도권을 빼앗기면서 자신의 자아를 잃어버렸던 것이다.

그리고 이번에는 겨우 베가의 세포 따위에 영향을 받으면서 감정을 폭주시키는 꼴까지 보였다. 그런 자들에게 귀중한 빙의용 육체를 줘봤자 앞으로 있을 싸움에서 도움이 될 것 같지 않다는 생각이 들었던 것이다.

"아직 우리를 방해할 자들은 많습니다. 베루글린드에 베루도라, 그리고 마왕들도 건재하죠. 그 저주받을 악마들까지 훼방을 놓을 것이니 명령을 따르기만 하는 도구들은——."

"가치가 없단 말인가."

"그렇습니다."

자라리오의 발언을 듣고 펠드웨이도 수긍했다. 자신도 또한 같은 걱정을 하고 있었기 때문이다.

(그래. 중요한 것은 강한 의지를 가지고 있느냐의 여부다. 강렬한 바람이 없는 자에겐 얼티밋 스킬을 줘봤자 의미가 없지. 반대로 말하자면——.)

아무리 강렬한 자아가 있더라도 얼티밋 인챈트(궁극부여) '얼터너티브(대행권리)'를 부여한다면 배신할 걱정은 없었다.

펠드웨이가 미카엘을 보자 시선이 마주쳤다. 아무래도 다른 의견이 있는 것 같았다.

"다른 의견이라도 있으십니까?"

"나는 만반의 준비가 갖춰진 '하르마게돈(천사지군세)'으로 세라핌을 불러내어 빙의시킬 생각을 하고 있었는데 말이지."

"그것도 좋겠습니다만, 몇 명을 불러낼지도 어떤 의지를 깃들게 할지도 명확하지 않을 텐데요?"

"최대가 일곱 명이겠지. 세라핌에 의지가 있을지 없을지는 소환해볼 때까지는 확실히 알 수가 없다."

데스맨에게 세라핌을 빙의시킨다면 각성마왕을 능가하는 전력이 될 것이다. 하지만 의지가 얼마나 강할지가 불안요소였다.

자신들도 그랬지만, 자아가 확립될 때까지는 오랜 세월이 필요했던 것이다.

급조한 전력은 의미가 없다――는 것이 펠드웨이의 결론이었다.

이때 제라누스가 발언했다.

"재미있군. 남는다면 그 세라핌이라는 것을 나나 나의 자식이 먹어줄 수도 있다만?"

"흠……."

펠드웨이는 그 제안에도 고민했다.

지금은 공동전선을 펼치고 있지만, 그건 이해가 일치하기 때문이었다. 어느 한쪽의 목적이 달성된 시점에서 적대관계로 돌아갈 가능성이 높은 것이다.

그런 상대를 강화해주는 것은 망설여졌지만, 세계를 파멸시키기 위해서는 유효한 작전이 될 것 같았다.

"보류하겠어. 그 제안은 그때 가서 생각해보기로 하지."

"그렇게 해라. 무리하게 요구하진 않겠다."

세라핌에 대한 얘기는 나중으로 미루고 누구에게 육체를 줄 것인지에 대한 논의를 다시 시작했다.

"그렇다면 역시 준비되어 있는 빙의용 육체는 자라리오 일행을 위해 써야겠군요."

"그렇게 하는 게 좋겠지. 불확정요소를 줄인다는 점에선 펠드웨이의 의견은 타당하니까 말이지."

"이견은 없다."

이리하여 양 진영의 의견도 일치되었다.

"자라리오의 의견을 채용하겠다. 너희도 불만은 없겠지?"

펠드웨이가 자신의 진영을 향해 물었다.

질문하듯이 말했지만 이건 이미 결정된 사항이었다. 이의를 제기한 시점에서 자신이 겁을 먹은 것으로 여길 수도 있기 때문에 다리스와 그 아래에 속한 자들은 감히 반론할 수도 없었다.

이리하여 자라리오 일행이 데스맨에 빙의하는 것과 동시에 그 육체에 깃들 의지를 풀어놓는 것이 결정되었다.

●

그렇게 방침이 정해지면서 육체를 얻는 의식이 시작되게 되었다.

이번에 육체를 얻게 될 자는 자라리오와 그의 부하 다섯 명. 그리고 오베라와 오마였다.

데스맨(요사족)에 자아를 깃들게 하는 일은 카가리가 맡게 되었다.

(하나가 남을 텐데 그건 어떻게 할 생각이지?)

카가리가 그런 의문을 가졌을 때 펠드웨이와 눈이 마주쳤다.

"그건 그렇고 카가리라고 했던가. 콘도가 죽으면서 지배가 풀린 것 같은데, 너는 이제 어떻게 할 생각이지?"

올 것이 왔다――. 카가리는 그렇게 생각하면서 긴장했다.

"날 놓아줄 수 있을까요?"

어느 정도의 발언까지 허용될지 모르기 때문에 카가리는 신중하게 물었다. 그러자 의외의 대답이 돌아왔다.

"이 의식이 끝난 뒤라면 그렇게 해줄 수도 있다."

"뭐라고요?"

"사실은 빙의용 육체가 될 데스맨을 만들어낸 시점에서 네 역할은 끝난 것이다. 그 공적도 충분하므로 원한다면 지상으로 돌려보내 주마."

진심으로 하는 말인가? ――카가리는 당혹스러웠다.

잘해야 감금. 최악의 경우에는 처분되는 것도 각오하고 있었다.

그런데 놓아줄 수 있다고 했다.

펠드웨이의 발언이 거짓말로는 느껴지지 않았다. 왜냐하면 그런 귀찮은 교섭을 할 필요가 없기 때문이다.

힘의 차이는 명확했으며 카가리의 이용가치는 전무했다. 그런 상대를 속일 이유가 생각나지 않았기 때문에 그의 말은 진실로 인식해도 틀리진 않을 것이라고 카가리는 생각했다.

그렇다면……. 카가리는 얇은 얼음 위를 걷는 듯한 심정으로 다음 요구를 언급해봤다.

"유우키 님의 지배를 해제하고 우리와 함께 해방해줄 수는 있을까요?"

그 질문에 대답한 자는 미카엘이었다.

“그건 허락할 수 없다. 왜냐하면 카구라자카 유우키가 소유한 얼티밋 스킬(궁극능력) ‘마몬(탐욕지왕)’은 나에게 아주 유익한 것이기 때문이다.”

미카엘에게 있어서 자신의 지배하에 놓인 유우키 개인의 전투능력은 딱히 상관없었지만, 그의 권능은 이용가치가 높았다. 따라서 해방해달라는 요구는 거절했다.

그걸 이해한 카가리는 더 이상 요청하지 않았다.

(어떡하지. 도망치는 게 정답일까?)

그렇게 생각하던 카가리에게 펠드웨이는 다시 말했다.

“너와 그 두 사람까지는 지상으로 보내주겠다. 하지만 기축세계는 큰 혼란에 휩싸일 것이다. 나는 지상에 사는 자들을 증오한다. 내 목적을 위해서 살아 있는 모든 것들의 죽음이 필요한 것은 아니지만, 방해하는 자들과의 전쟁으로 인한 불길에 분명 휩싸이게 되겠지. 하지만 그게 바로 천벌이다. 베루다나바 님이 사랑한 자들은 그 사랑을 배신했다. 벌을 받아 마땅할 것이다.”

실로 담담하게 내뱉은 그 말을 들으면서 카가리는 등줄기가 얼어붙는 것 같았다.

불꽃에 휩싸인다는 말은 말 그대로 전 세계에 전화가 번질 것이라는 의미로 한 말일 것이다. 그렇게 되면 자신들이 도망친 곳도 안전하다고 하기는 어려웠다.

애초에 우리는——. 카가리는 생각에 잠겼다.

(애초에 우리는 자신들이 즐겁게 살 수 있는 나라를 만들고 싶었어. 이런 상황에서 그런 소원을 바라는 것은 참으로 허망한 짓

이겠지. 이렇게 되면 중요한 건 살아남는 거야. 그러기 위해선 힘이 필요해——.)

그건 어리석은 판단이었을지도 모른다.

그러나 그때의 카가리에겐 그게 유일한 정답인 것처럼 느껴졌다.

그래서—— 그 소원을 말했던 것이다.

"나에게 데스맨을 하나 주세요. 그리고 내 육체에 세라핌(치천사)이 깃들 수 있도록 허락해주기 바랍니다——."

카가리는 절실하게 바랐다.

지금의 약한 육체를 버리고 데스맨으로서 다시 태어나고 싶다고. 그런 후에 세라핌을 받아들여 강대한 힘을 얻고 싶다고.

힘이 필요했다.

힘만 있으면 더 이상은 아무것도 빼앗기지 않아도 될 테니까.

카가리의 말에 승산 같은 건 없었지만 그 누구도 반론하지 않았다.

디노는 어이가 없다는 표정을 지었지만 아무 말도 하지 않았다.

자라리오와 오베라는 미카엘의 결정에 따를 뿐이었다.

그리고 인섹터(충마족)는 무관심했다. 약자에겐 흥미가 없었던 것이다.

그런 반응 속에서 미카엘이 고개를 끄덕였다.

"흠, 재미있군. 하지만 배신은 용서하지 않겠다. 내 얼티밋 인챈트(궁극부여)를 받아들일 수 있다면 그 소원을 이뤄주마."

"배신하지 않겠다고 맹세하겠어요. 그리고 당신의 지배를 받아들이겠습니다."

계약은 정해졌다.

………………,

…………,

……

데스맨에게 자아를 싹트게 한다는 건 그 근본이 된 인격을 불러낸다는 의미와 동등하다.

가장 강한 의지가 이기는 경우도 있으며, 서로 섞이면서 새로운 자아가 태어나는 경우도 있다.

카가리라고 해도 결과는 미지수인 것이다. 티어나 풋맨을 보면 알 수 있지만, 원하는 대로 인격을 불러내는 것은 아주 어려운 일이었다.

그러므로 카가리 자신조차도 자신의 자아가 이길 수 있을지는 직접 부딪쳐봐야 알 수 있는 도박이었다.

하지만 그래도 힘을 손에 넣어야 한다고 생각하면서 각오를 굳혔다.

그리하여 여덟 명의 자아를 각성시킨 후, 자신이 깃들게 될 데스맨에게도 각성 의식을 치렀다. 그런 뒤에 호문클루스(인조인간)에서 빠져나와 데스맨으로 이동한 것이다.

그리고 의식은 끝났다.

과연 그 결과는――.

………………

…………

……

자라리오는 눈을 떴다.

자신이 육체의 갑옷에 싸여 있는 것을 자각했고, 기축세계에서도 강대한 힘을 발휘할 수 있게 되었다는 것을 실감했다.

오베라는 눈을 떴다.

자신의 숭고한 의지가 누구에게도 질 리가 없다는 긍지를 속에 품고 있었으며, 그걸 증명해냈다.

다리스가 눈을 뜨려 했을 때, 자신 안에 다른 인격이 깃들어 있다는 것을 깨달았다. 그 이름은 토르네오트라고 하며, 향상심이 강한 남자였던 모양이다. 그의 전사로서의 기술이 자신의 것이 되었다는 것을 실감하면서 다리스 자신의 존재감이 크게 늘어났다는 것을 확신했다.

니스는 눈을 떴다.

명령대로 강해졌지만 그녀는 아무것도 바뀌지 않았다. 강인한 자아는 건재했던 것이다.

오마는 눈을 떴다.

불굴의 의지는 그대로 남아 있는 채 비슷한 감정을 지닌 존재를 내포한 상태로. 그 이름은 제로라고 했으며, 지금은 오마의 육체가 되어 있었다.

그녀들, 오르카=아리아는 눈을 떴다.

아리아의 마법사로서의 지식과 오르카의 전사로서의 역량을 겸비한 상태로. 양쪽의 자아가 공존하면서 마법전사로 다시 태어난 것이다. 그들 사이에 자라리오의 부하였던 선의 자아는 조금도 남아 있지 않았다.

아리오스는 눈을 떴다. 유니크 스킬 '죽이는 자(살인자)'는 건재했다. 다무라다에게 살해당한 원한을 잊지 못했기 때문에 더 강한 힘을 추구하면서 부활한 것이다.

후루키 마이는 눈을 떴다.

그녀는 죽을 수 없었다. 이곳이 아니라 다른 세계에, 자신이 원래 살았던 세계에 병약한 동생을 남겨두고 왔으니까. 그래서 그녀는 반드시 돌아가겠다고 맹세했던 것이다.

이리하여 여덟 명이 눈을 떴다.

남은 자는 한 명.

그러나 **그녀**는 아직도 깊은 잠에 빠져 있었다…….

●

카가리는 꿈을 꾸고 있었다.

너무나도 그리운 꿈이었다.

자신이 아직 마왕 카자리무였을 때의 꿈일까?

아니었다.

그보다 더 옛날, 아직 소녀였을 때의 꿈이었다.

지금은 그 당시의 이름조차 생각이 나지 않았지만, 카가리는 행복한 왕녀였다.

카가리의 나라는 하이 휴먼(진정한 인류)이 일대문명을 쌓아올린 곳을 기반으로 흥하고 있었다. 큰 강이 흐르고 숲이 우거졌으며 토양이 풍요로운 평야가 넓게 펼쳐진 자연의 요충지와 고대에 존재했던 초마도제국의 유적도 이용하여 엘프(장이족, 長耳族)의 낙원——초마도대국은 최고 수준의 영화를 누리고 있었던 것이다.

하지만—— 아버지인 왕이 갑자기 미치고 말았다.

카가리의 기억에 남아 있는 그는 너무나 자상하고 온화한 인물이었다.

그랬는데——.

영명한 하이 엘프(풍정인)의 왕으로 칭송받았던 그는 어느 날 갑자기 다른 사람처럼 변했다. 스스로 이름을 바꾸고 마도대제 '자히르'라고 자신을 칭하게 됐다.

그 후의 기억은 뚜렷하지 않았다.

자히르는 폭거의 끝을 달렸다.

백성들을 착취하면서 자신의 영화만을 추구하게 되었다.

어리석은 실험을 반복하면서 온갖 악몽을 만들어냈다.

카가리도 또한 희생자가 된 자 중 한 명이었다.

하이 엘프였던 카가리는 그 힘을 빼앗겼다.

그리고 살해당하면서 데스맨(요사족)으로 되살아났다.

그때 추악한 모습과 함께 '카자리무'라는 이름을 부여받았던 것이다.

아름다운 용모는 온데간데없었으며 마치 저주를 받은 듯한 모습으로 바뀌어 있었다.

썩어버린 살덩어리가 뼈를 덮고 있을 뿐인 모습. 건조된 상태였기 때문인지 썩은 내가 나지 않는 것은 그나마 다행이었다.

그 비밀을 아는 자는 적었다.

카가리는 탄식하면서 자신의 몸을 가면으로 가리게 되었다.

'왜 이런 짓을 하시는 건가요——?!'

'낄낄낄낄! 재미있기 때문이다. 기뻐해라. 너를 되살리기 위해서 수만 명의 백성이 죽었으니까! 낄낄낄낄낄!!'

악몽이었다.

그 자상했던 아버지가 어찌하여 이런 악마로 변해버린 것인지 알 수가 없었다. 하지만 그게 현실인 이상, 탄식만 하고 있는 건 아무 소용이 없었다.

'아버님! 저는 어찌 되어도 상관없습니다. 하지만 옛날처럼 백성들을 생각하시면서——.'

'닥쳐라!! 너도 나를 우롱하는 것이냐? 역시 계집애는 안 되겠구나. 그분처럼 어리석은 짓을 저지를 수는 없지. 나에 대한 충성심을 새겨놓긴 했지만 믿을 수가 없다! 카자리무여, 네놈은 오늘부터 남자로 살아라. 알겠지?'

그건 절대적인 명령이었다.

카가리의 말은 부왕 자히르에겐 전해지지 않았으며, 대화는 일방적으로 단절되고 말았다.

살해당하지 않은 것만으로도 다행——아니, 이미 살해당하여 충실한 인형으로 바뀌었기 때문에 도구로 이용하기 위해서 폐기되지 않았을 뿐이었다.

카가리는 그때 자신의 마음속에 있던 아버지와 결별했던 것이다.

그 후로 악몽의 나날이 이어졌다.

오만한 자히르, 마도대제의 영화는 마치 끝날 줄 모르는 것 같았지만, 마침내 종말의 날이 찾아왔다.

용황녀 밀림을 꼭두각시로 삼으려다가 그녀의 분노를 사는 어리석은 짓을 저지른 게 원인이었다.

초마도대국의 수도 '소마'는 하룻밤 사이에 폐허가 되었다.

자히르는 생사불명.

그 섬광 속에서 살아남을 수 있을 거란 생각은 들지가 않았으니 아마도 죽었을 것이라고 추측했다. 그래서 카가리는 죽은 자보다 자신에게 중요한 자들을 우선적으로 생각했다.
늘 자상하게 지켜봐 주던 시녀들.
전사가 되고 난 뒤의 자신을 따라주던 기사들.
행복하게 살고 있던 사랑스러운 백성들.
그런, 그녀가 사랑하는 자들을 떠올리면서 금단의 주법을 발동시킨 것이다.
금기주법 : 버스데이(요사명산)――자신이 실험체가 되면서 그 이론은 완벽히 학습한 뒤였다.
주법이 완성되면서 태어난 것이 티어와 풋맨, 그리고 클레이만이었다.
카가리가 이름을 지어준 귀엽고 귀여운 아이들이었다.
그리고 그때 알고 싶지 않은 사실을 알았다.
버스데이로 만들어진 데스맨은 딱히 외모가 추하지 않았다. 카가리만 그렇게 되도록 일부러 추하게 만들었던 것이다.
그 증오스러운 부왕 자히르는 카가리를 괴롭히려는 목적 하나만으로 그녀의 미모를 빼앗았던 것이다.
그 사실을 알았어도 이제 와선 의미가 없는 이야기였다.
카가리의 모습은 저주의 결과였으며 회복시킬 방법이 없었으니까.
하지만 카가리가 만들어낸 아이들은 카가리를 외롭게 하지 않았다. 자신들도 가면을 쓰고 맨얼굴을 감추면서 카가리의 고통을 분담해줬던 것이다.
나는 혼자가 아니다――. 그런 생각과 함께 카가리에게도 계속 살아가려는 희망이 싹텄다.

그렇게 네 명이 된 카가리 일행 앞에 각지에서 살아남았던 엘프들이 합류하기 시작했다.

——한 번 더 자신들의 나라를 부흥시키자. 그리고 모두가 웃으면서 살아갈 수 있는 나라를 만드는 거야——.

카가리는 속으로 그렇게 결의했다.

그러나 그건 희미하고 허망한 꿈이 되었다.

카오스 드래곤(혼돈용)의 습격을 받으면서 그 땅은 오염되고 말았다. 그 결과, 카가리를 따르는 자들은 저주를 받으면서 다크 엘프(흑요장이족, 黑妖長耳族)가 되어 버린 것이다.

그때에는 카가리도 저주를 받은 것처럼 연기했다. 카가리와 티어를 비롯한 동료들은 데스맨이었기 때문에 저주도 버텨낼 수 있었지만…… 모두와는 다르게 바뀌어버린 자기 자신을 다시 인식하면서 슬퍼했다.

가면으로 맨얼굴을 가리고 있던 것이 오히려 다행이었고 아무도 알아보지 못했지만, 슬픔은 더욱 늘어나고 말았다.

티어를 비롯한 동료들이 있어 준 것이 그나마 마음의 위안이 되어줬다.

그 후, 카가리와 동료들은 고향을 버리고 도망치게 되었다. 미련을 느끼면서도 동료들을 이끌고 여행을 떠났던 것이다.

계속 떠돌고 방랑한 끝에 겨우 안주할 수 있는 다음 땅을 발견했다.

모두의 생활이 안정되었을 무렵, 카가리는 고향을 다시 찾아가 보기로 결심했다.

남겨두고 온 재산이나 보물을 회수할 필요도 있었지만, 무엇보다 한 번 더 그 땅을 봐두고 싶었던 것이다.

도시는 멸망하고 말았지만 추억 속에선 아름답게 빛나고 있었다. 그에 대한 미련을 끊어버리고 앞으로 나아가야 한다고 생각했기 때문이다.

그리하여 여행을 떠났으며, 카가리는 도착한 곳에서 한 명의 남자를 만나게 되었다.

'뭐야, 당신…… 보고 있었다면 좀 도와줘도 되잖아?'

'멍청한 소리 하지 마. 내 힘이 저런 사룡에게 통할 것 같나?'

'겸손이 지나치구먼. 내가 보기엔 당신도 충분히 벅찬 존재일 것 같은데…… 아얏――.'

남자의 이름은 살리온 그림왈트――이 땅에서 카오스 드래곤(혼돈룡)을 몰아낸 '용사'였다.

하지만 아쉽게도 카오스 드래곤과의 사투로 인해 그는 죽어가고 있었다.

'무리하지 마. 지금 회복마법을――.'

'소용없으니까 그만둬. 카오스 드래곤의 공격은 저주가 걸려 있으니까 상처가 완전히 낫지 않아. 나도 회복할 수 있는 방법을 몇 가지 준비했는데도 이런 꼴이 됐거든.'

사실, 살리온의 몸은 가슴 밑 부분이 아예 사라진 상태였기 때문에 살아 있는 것이 신기할 지경이었다. 그런데도 웃을 여유가 있는 걸 보면 분명 엄청난 정신력을 가지고 있을 것이다.

'사람들에게 전해주면 좋겠네. 나는 여기서 카오스 드래곤에게 승리하고 '용사'답게 멋지게 죽었다고——.'

'훗, 뭐가 '용사'라는 건지. 네가 죽기 전에 제안을 하지. 내 주법이라면 오래 살 수 있는 가능성이 있다. 기억도 사라질지도 모르고 이런 꼴이 될지도 모르지만 시험해 볼 마음은 있나?'

그렇게 말하면서 카가리는 가면을 벗었다.

그곳에 존재하는 것은 추한 맨얼굴이었다. 하지만 그걸 보고 살리온은 넉살 좋게 웃었다.

'뭐야, 당신. 좋은 면도 있잖아. 이런 데서 죽었다간 실비아가 나를 죽일 거야. 그런 생각을 하면 그 제안은 바라마지 않던 얘기라는 뜻이지!'

'괜찮겠나? 나는 저주를 받았는데. 앞으로 박해를 받을 바엔 나쁜 짓도 벌일 생각이다. 네가 '용사'라면 나는 마왕이 되어서 모두를 지킬 각오를 하고 있는데? 그리고 이 주법을 이용하면 너는 내가 조종하는 인형이 되어버린다만?'

'괜찮아. 상관없어. 재미있겠는데. 나는 자유인이니까 쉽게 지배를 받을 생각은 없어. 그리고 '용사'와 '마왕' 사이엔 인과가 존재한다고 하니까 말이지. 아마도 그게 당신과 나의 인연이겠지.'

'훗, 이런 때에도 그런 헛소리를 하다니 재미있는 녀석이군. 그렇다면 내 꼭두각시가 되도록 해라!'

교섭은 성립되었다.

카가리는 살리온의 말을 농담으로 받아들였지만, 그건 진실이었다. 그리고 이 변덕스러운 선택의 결과로 인해 살리온은 데스맨이 되어서 살아남은 것이다.

그리고 그게 '커스 로드(주술왕)' 카자리무와 '원더 피에로(향락의 광대)' 라플라스가 탄생한 순간이었다.

그 후로도 많은 일이 있었다.

지배영역의 확보. 인간과 데미 휴먼(아인)들과의 싸움은 너무나도 치열했지만 박해를 극복하면서 '커스 로드(주술왕)' 카자리무로서 대두하게 되었다.

마왕의 일원으로 인정을 받고 차근차근히 세력을 확대시켜나갔다.

'비스트 마스터(사자왕)' 칼리온과 '스카이 퀸(천공여왕)' 프레이를 마왕으로 추천하면서 강력한 동맹 관계도 구축했다.

모든 것은 순조로움 그 자체였다.

따라서 어느새 그 자리에 자만심이 싹트고 있었다는 것을 깨닫지 못했다――.

카가리가 다음에 노린 것은 신진기예인 레온이라는 남자였다. 변경의 땅에서 마왕을 자칭한 레온에게 분수를 가르쳐주고 산하에 가담시킬 계획을 세우고 있었다.

첫눈에 보자마자 카가리는 질투에 사로잡혔다.

마왕을 자칭하는 레온이라는 남자가 너무나도 아름다웠기 때문이다.

자신은 악마 같은 부왕 때문에 추한 모습이 되고 말았다. 성별도 빼앗기면서, 그저 필사적으로 살아왔는데――. 그런 생각과 함께 남자이면서 여자보다도 아름다운 레온의 외모에 사고력이

둔해지는 바람에 카가리는 상대의 역량을 잘못 가늠하는 큰 실수를 저지르고 말았던 것이다.

카가리는 레온의 일격에 의해 육체를 잃었으며, 스피리추얼 바디(정신체)만 남아서 떠도는 꼴이 되고 말았다.

소멸하지 않은 것이 기적이었다.

원념도 있었다.

하지만 그 이상으로 바람이 컸다.

그렇기 때문에 카가리는 죽지 않으려고 기를 쓰며 버텼다.

거의 사라지다시피 한 '커스 로드'로서의 힘을 이용하여 시간을 들여 자신이 부활하기 위한 준비를 했다.

그리고 의식이 몽롱해진 상태에서 최후의 환술을 시도했고—— 빙의에 실패했다.

계획은 실패로 끝났고 육체는 얻지 못했다.

이제 남은 것은 소멸하는 것뿐——.

'——살려줘. 나를 구해줘. 빼앗기는 건 더 이상 싫어. 동료들과 사이좋게 살고 싶었던 것뿐인데 왜 나는, 나만 이런 꼴을——.'

자신의 불행함을 탄식하면서 구원의 손길을 바랐지만, 아무도 자신의 목소리에 대답해주지 않았다.

카가리는 혼자가 아니었지만 아무도 그녀를 구해주지 않았던 것이다.

그건 고난의 여정이었다.

이상은 멀었으며, 카가리는 모두를 이끄는 입장이었다.

약한 소리는 허용되지 않았으며 늘 앞을 바라봐야할 필요가 있었던 것이다.

그렇기 때문에 카가리는 어느새 자신이 구원을 받는 것을 포기하고 있었다.

믿을 수 있는 것은 자신과 그녀가 사랑하는 동료들뿐. 그렇게 생각하면서 살아왔다.

하지만 그 소년──카구라자카 유우키는──.

'좋아. 보아하니 많이 지친 것 같으니까 지금은 내 안에서 쉬어.'

'──?!'

그의 목숨을 빼앗으려 한 카가리를 향해서, 아무도 구해주지 않았던 카가리를 향해서 손을 내밀어준 것이다.

그 후로 몇 년──.

유우키 안에서 쉬면서 카가리는 의논에 응해주거나 조언을 하면서 보냈다.

유니크 스킬 '꾀하는 자(기획자)'가 영혼만 있어도 부릴 수 있는 권능이었다는 것이 다행이었지만, 그래도 버거운 상대가 많았다.

특히 마리아베르 로조라는 소녀는 너무나도 상대하기 까다로웠다.

유우키는 천재적인 전략가였으며 카가리도 자신의 지략에는 자신이 있었다. 그런 두 사람이 협력하여 계책을 꾸몄음에도 불구하고 마리아베르를 이기는 것은 참으로 어려웠다.

자금력도 인재도, 그 외의 모든 면에서 밀리고 있었다. 자신들이 자유롭게 될 수 있는 조직을 얻어도 그걸 자유롭게 부릴 수 있는 권리는 마리아베르가 쥐고 있는 판국이었다.

'저 녀석은 죽이겠어. 언젠가 반드시 처리하지 못하면 우리 계

획은 좌절될 거야.'

'틀림없이 그렇게 되겠죠. 소녀의 가죽을 뒤집어 쓴 그 악마는 우리에게 있어 최대의 장벽이 되었으니까요.'

경제권에서 벌이는 싸움은 단순한 전투능력만 가지고는 승패를 가를 수 없다.

아직 어린아이인데도 그렇게나 강했다. 마리아베르가 성장하여 어른이 되기라도 하면 모든 면에서 대적할 수 없는 존재가 되어버릴 것 같았다.

두 사람이 그런 각오를 굳히고 나서 몇 년이 지난 후, 변화의 시기가 찾아왔다.

수상쩍은 슬라임, 마왕 리무루의 탄생——이 아니었다.

유우키의 안에 있던 카가리가 드디어 호문클루스(인조인간)의 육체를 얻은 것이다.

유우키가 약속을 지켜준 것이다.

더구나——.

(이건 원래의 내 모습——.)

유우키의 다정함이 눈물겨울 정도로 기뻤지만, 카가리는 애써 쿨한 표정을 유지했다. 그대로 남자 말투를 유지하려고 했지만 라플라스가 말렸다. 놀리는 척을 하면서 카가리를 배려해줬던 것이다.

"고마워요, 보스."

그렇게 카가리는 진심으로 감사의 인사를 했다.

육체를 얻으면서 맛있는 식사나 디저트가 카가리의 낙이 되었다.

특히 슈크림은 일품이었다.

동료들과 웃으면서 즐거운 한때를 보내는 것. 그게 얼마나 행복한 일이었는지.

하지만 그 행복은 오래가지 못했다.

클레이만이 죽은 것이다.

또다시 소중한 동료를 빼앗기면서 카가리는—— 카가리와 동료들은 인식을 새로이 했다.

자신들의 행복을 위해서라도 세계정복을 완수해야만 한다.

이 세계의 지배자가 되어 올바르게 세계를 이끌어가기 위해서.

(어리석고 오만하고 그리고 귀여웠던 클레이만. 많이 힘들었겠지. 편안히 쉬면서 우리를 지켜봐주렴. 우리의 야망을 반드시 실현해낼 테니까.)

카가리와 동료들은 정의의 사자는 아니지만 사악하지도 않았다.

중용이었던 것이다.

그렇기 때문에 모든 사람들이 행복하게 살 수 있는 세계를 만들 수 있을 것이다.

그렇게 믿고 활동을 이어갔다.

마리아베르를 쓰러트리고, 마왕 리무루에게 정체를 들켰으며, 제국으로 도망쳐서 콘도 중위에게 지배를 받았다.

그리고 유우키까지 지배를 당하고 말았다.

카가리는 마음이 꺾일 것만 같았지만 여기서 포기할 수는 없었다.

'배신하지 않겠다고 맹세하겠어요. 그리고 당신의 지배를 받아들이겠습니다.'

계약은 이행되어야 하며 받은 은혜는 갚아야만 한다.

그래서 카가리는 어떤 수단이라도 쓰는 것을 망설이지 않았다.

그리하여 카가리도 눈을 떴다――.

나약한 호문클루스(인조인간)의 육체를 버리고, 마왕 카자리무였을 때보다도 강인하고 아름다운 데스맨(요사족)으로서의 육체를 되찾으면서.

그런 과정을 거치면서 아홉 명의 데스맨이 탄생했다.

그러나 그건 아직 시작 단계에 지나지 않았다.

마지막에 눈을 뜬 카가리의 눈에 들어온 것은 베루자도를 데리고 돌아온 펠드웨이 일행의 모습이었다.

미카엘은 베루자도로부터 '용의 인자'를 받아들이면서 새로운 진화를 이룩할 생각이었다. 그리고 그러기 전에 카가리를 비롯한 데스맨들에게 세라핌(치천사)들을 깃들게 하기 위해서 '하르마게돈(천사지군세)'을 사용한 것이다.

타협 같은 건 없다는 강한 의지가 느껴졌다.

소환에 성공한 세라핌은 일곱 명이었다.

예전에 천사가 아니었던 자 중에서 육체를 제공할 자가 선별되었다.

카가리도 당연히 그중 한 명으로 뽑혔다.

그 외에는 티어와 풋맨, 베가, 오르카=아리아, 아리오스, 후루키 마이가 선택되었다.

몸 안에서 엄청난 힘이 맞붙어 싸우면서 육체가 새로 만들어지고 있었다.

그리고 베가를 제외한 카가리와 데스맨들도 '요천(妖天)'으로 다시 태어난 것이다.

그런 일들을 겪으면서 어느새 카가리가 '천성궁'에 온 지 5개월의 시간이 지나가려 하고 있었다——.

●

광대한 천상의 성.

흰 기둥이 나란히 서 있는 알현실.

그 넓은 공간은 신성하기까지 한 신의 기운으로 채워져 있었다.

순백의 날개를 지닌 천사들이 넓은 공간을 가득히 메우고 있었다.

아직 육체를 얻지 못한 자들이지만, 지상으로 침공할 때를 기다리고 있었다.

자신의 의사가 없기 때문에 일절 움직이지 않은 채 조각처럼 일사불란한 모습으로 서 있는지라 알현실은 장엄한 분위기를 풍기고 있었다.

그 최전선에는 의자가 놓여 있었으며, 다른 자들과는 확연히 구분이 되는 자들이 원형으로 앉아 있었다.

다시 태어난 카가리와 동료들이었다.

예전 수준을 상회하는 '힘'을 얻으면서 그들이 풍기는 존재감도 대폭 늘어나 있었다.

미카엘이 눈을 뜨면서 소집 명령이 내려졌다.

세라핌(치천사)이 깃든 카가리가 눈을 떴을 때도 아직 미카엘은 잠이 들어 있었다.

하지만 아직 모습을 드러내지 않았으니 아마도 예정보다는 지체될 것으로 보였다.

딱히 할 일이 없었던 카가리는 천사들 쪽으로 시선을 돌렸다.

한 번에 소환할 수 있는 수에는 제한이 없다고 하지만 에너지의 총량에는 한계가 있었다. 일반적으로는 100만 명의 군대가 동원된다고 하는데, 이번에는 세라핌을 일곱 명이나 불러냈기 때문에 수 자체는 많지 않았다.

하지만 질은 높았다.

어중이떠중이에 불과한 하급 천사들은 배제되었으며 중급 이상의 천사들로만 구성되어 있었다.

대충 계산하면 도미니언(주천사)이 1,000명, 버처(역천사)가 3,000명, 파워(능천사)가 6,000명 정도였다.

육체를 얻지 못한 천사는 완전한 힘을 발휘할 수 없다. 하지만 파워의 전투능력만 따져보더라도 그 수준은 A랭크 오버에 해당했다. 활동한계는 7일이지만 지상을 잿더미로 만들기에는 충분한 전력이라고 할 수 있었다.

(——하지만 마왕들이라면 대처할 수 있겠지.)

그게 카가리의 감상이었다.

"부족하겠군요. 겨우 이 정도밖에 없다면 어느 한 세력을 함락시키는 것조차도 어려울 것 같아요."

고요한 넓은 방에 카가리가 중얼거리는 소리가 울려 퍼졌다.

딱히 누군가의 대꾸를 기대한 건 아니었지만 의외로 동의하는 목소리가 들려왔다.

"그렇긴 하지. 나에겐 부하가 없었지만, 다른 자들은 강한 녀석들을 부리고 있었으니까. 솔직히 말해서 팔성마왕 중의 한 명을 쓰러트릴 수 있을지도 잘 모르겠어."

카가리는 발언자 쪽으로 시선을 돌렸다.

"당신과 의견이 일치할 줄은 몰랐군요. 그건 그렇고 디노. 당신이 펠드웨이 님의 부하였다는 건 지금 처음 알았는데요?"

카가리가 몰래 속삭였다.

디노는 태연스럽게 대답했다.

"말할 수 있을 리가 없잖아. 나는 '감시자'니까. 정체를 숨기고 눈에 띄지 않도록 행동하는 것이 기본이라고. 그리고 말이 나온 김에 네 착각을 정정해줄게. 난 말이지, 펠드웨이의 옛 동료이지 부하는 아니야."

옥타그램(팔성마왕)에 잠입하여 '감시자'로 활동하고 있었던 디노. 그 목적은 지상의 감시였다.

디노, 피코, 가라샤로 이뤄진 폴른(타천사) 세 명은 인간의 땅을 조사하기 위해서 보내진 특수임무에 종사하는 자들이었던 것이다. 베루다나바의 뜻에 따라서 인류가 멸망하지 않도록 감시하는 역할을 맡고 있었다.

인류가 지나치게 성장하며 오만해지면 그걸 제압하는 것이 기이를 필두로 하는 마왕들의 역할이었다. 그리고 마왕들의 행동이 도가 지나치지 않게 억제하는 힘으로서 '용사'가 존재했다.

이 마왕과 용사의 인과관계가 제대로 작동하고 있는지, 그걸 조사하는 것이 디노를 비롯한 폴른들의 역할이었다.

디노가 마왕이라는 눈에 띄는 지위에 앉아서 주목을 모았고, 피코와 가라샤는 무대 위로 올라오지 않은 채 조사를 했다. 이 두 사람이 움직이기 쉽도록 은폐 공작을 하는 것도 디노의 숨겨진 역할이었다.

그러나 베루다나바가 부활하지 않은 지금 보고할 상대가 사라지고 말았다. 그래서 디노는 마왕으로서 자유로운 생활을 만끽하고 있었던 것이다.

디노는 숨길 마음도 없었는지 그런 이야기를 당당하게 하고 있었다.

그렇다면 여기 왜 있는 걸까. 카가리는 그게 의문이었다. 그런 생각이 얼굴에 드러났는지 가라샤가 웃으면서 말했다.

"이 녀석은 펠드웨이에게 진 빚이 많아서 부탁을 받으면 거절하지 못하거든."

피코도 한 마디 보탰다.

"하지만 이렇게 된 이상 마왕 리무루에겐 돌아갈 수가 없다는 이유만으로 미카엘 님을 따르기로 했대."

말도 안 돼. 카가리는 그렇게 생각하면서 황당해했다.

"뭐, 그렇게 된 거야."

그렇게 말하면서 디노도 고개를 끄덕였다.

그런 이유 때문에 미카엘을 따르고 있을 거라고는 생각하지 못했지만, 너무 한심한 이유인지라 오히려 디노답다고 생각하면서 카가리는 납득했다.

카가리는 다른 화제를 꺼내기로 했다.

"그건 그렇고 마왕 리무루는 어땠죠? 그자에겐 클레이만을 죽인 원한이 있으니 나도 기회가 있으면 복수를 하고 싶거든요."

거짓말이었다.

실제로는 마왕 리무루에겐 아무 원한이 없었다.
깊은 인연으로 맺어진 상대인 것은 틀림없었다. 그러나 유우키와는 얼마 전에 막 동맹 관계를 맺었으니, 다시 적이 된다고 해도 신경이 쓰이는 존재였다.
클레이만 건으로 증오해야 할 대상은 그를 조종하고 있었던 콘도 중위이며, 그 콘도마저도 지배하고 있었던 미카엘이 될 것이다.
카가리는 냉정하게 사태를 이해하고 있었지만, 그런 생각을 입 밖으로 뱉을 만큼 어리석지는 않았던 것이다.
디노는 딱히 깊이 파고들지 않은 채 카가리의 질문에 대답했다.
"부하들까지 골치 아픈 존재야. 특히 제기온이라는 녀석이 그랬지."
예전에 실행한 작전에선 미궁의 전력을 무력화시키는 것이 디노가 맡은 역할이었다고 한다. 구체적으로는 라미리스를 유괴하거나 혹은 말살하는 것이 임무였다고 했다.
성공하기 직전까지 갔다고 디노는 과장되게 말했지만 실패한 것이 현실이었다. 그리고 그 이유가 제기온이라는 너무나도 강력한 마인이 방해했기 때문이라고 했다.
"그렇게 강했나요?"
"그냥 강한 게 아니었어. 진심으로 장난이 아닌 수준이었다고. 미궁십걸 중에서 최강이라는 소문이 돌 정도였으니 적어도 나보다는 틀림없이 강할 거야."
디노는 그렇게 단언했다.
연달아 싸우면서 지치기도 했고 상대를 약간 얕보기도 했다. 하지만 제기온은 디노를 상대하면서 제 실력을 다 발휘하지도 않은 채 가볍게 농락하는 모습을 보였던 것이다.

자신이 진 것에 대한 변명을 하고 싶은 마음도 들지 않는다는 것이 디노의 본심이었다.

"약한 소리를 하는군. 그런 녀석은 쳐부수면 그만이야! 걱정할 것 없어. 내가 박살을 내줄 테니까!"

베가가 큰소리를 쳤다.

(마음 편해서 좋겠어. 바보는…….)

디노는 그렇게 생각했지만 굳이 말로 하지는 않았다.

말해도 의미가 없었기 때문이다.

(베가는 여전하네. 이래선 힘을 얻더라도 유효하게 활용하지 못할 수도 있겠어…….)

카가리도 어이가 없다는 듯이 한숨을 쉬었다.

자신의 실력에 자신감을 가지는 것은 좋은 일이지만, 싸움에 있어서 가장 중요한 센스가 결여되어 있다면 이길 것도 이기지 못한다.

그건 피아의 전력 차이를 파악하는 능력이다. 이기지 못할 상대와 맞서 싸워봤자 쓸데없이 전력을 잃는 결과를 초래할 뿐이기 때문이다.

피코와 가라샤도 그걸 이해하고 있는지 불쾌한 표정으로 눈썹을 찌푸리고 있었다.

아무 말도 하지 않는 것은 베가와 친하지도 않거니와 충고해봤자 소용이 없다는 걸 깨달았기 때문일 것이다.

그렇게 이야기가 끝나는 줄 알았는데――.

"뭐, 너희도 미궁 안에서 인섹터(곤충형 마인)를 보게 되면 조심하도록 해. 갑충처럼 생긴 게 제기온이지만 벌처럼 생긴 아피트도 위험하니까 말이지."

그렇게 별생각 없이 마무리를 지으려고 뱉은 디노의 말에 제라누스가 갑자기 강한 반응을 보였던 것이다.

"갑충처럼 생긴 자와 벌처럼 생긴 자라고? 자세하게 얘기해봐라."

엄청난 기백으로 다그치는 걸 보면서 디노는 압도되었다. 그리고 자신도 모르게, 자세히는 모르지만 일단 자신이 아는 최대한의 정보를 제공했다.

"으, 응. 어, 그러니까 분명 그 녀석들은 리무루가 마왕이 되기 전에 보호했다고 들었는데——."

그 말을 들은 제라누스는 아무 말이 없었다.

디노의 이야기가 끝나자 어색한 침묵이 감돌았다.

(뭐라고 반응이라도 해!)

디노는 그렇게 생각했지만, 제라누스의 위압감은 장난이 아니었다. 말을 걸기도 껄끄러운지라 어쩔 수 없이 화제를 바꿔서 분위기를 전환하기로 했다.

"——어쨌든 라미리스의 미궁은 수비하는 측이 철저히 유리하게 만들어져 있어. 거기에 제기온을 필두로 하는 강자들이 여러 명이나 있으니까 그곳을 공략하는 건 정말 어렵다는 걸 염두에 두고 있어!"

그렇게 말하면서 디노는 이야기를 끝냈다.

●

다시 침묵이 지배하는 가운데, 그 자리에 모인 자들은 저마다의 생각에 사로잡혀 있었다.

카가리에겐 생각해야 할 것이 아주 많았다.

디노의 발언도 중요했지만, 지금은 자신이 어떻게 변화했는지를 아는 것이 선결과제였다.

정보를 조사하면서 자신의 변화를 확인하고 있었던 카가리는 자신에게서 터무니없는 힘이 솟구치는 것을 느끼고 있었다.

세라핌(치천사)라는 존재는 각성마왕에 필적하는 수준이라고 일컬어지는 최상위 천사였다. 그 힘을 받아들이면서 '요천'이 된 카가리는 마왕 시절의 자신이 우스꽝스럽게 느껴질 정도로 강해진 것이다.

더구나 자신의 유니크 스킬 '꾀하는 자(기획자)'와는 별개로 '영혼'에 묻혀 있던 새로운 권능의 존재를 발견했다.

얼티밋 인챈트(궁극부여) '멜키세덱(지배지왕)'——미카엘의 '지배'의 권능을 분리해서 부여한 그것은 다양한 권능을 순식간에 분석하여 지배하에 둘 수 있을 만큼 무시무시한 성능을 자랑하고 있었다.

하지만 카가리 자신도 권능의 지배하에 있었기 때문에 이걸로 미카엘을 배신하는 것은 불가능했다.

(무시무시하네. 이런 힘을 지닌 자들의 싸움이라니, 나 같은 건 상상도 하지 못할 세계야…….)

그게 자신의 본심이었지만, 정작 싸움이 벌어지면 카가리 자신이 아무 생각을 하지 않더라도 몸이 멋대로 적을 제거해버릴 것이다. 그걸 본능적으로 이해할 수 있게 되면서, 카가리는 자신의 변화가 두렵게 느껴졌다.

하지만——그렇기 때문에 더더욱 그런 생각이 들었다.

자신이 손에 넣은 절대적인 힘을 시험해보고 싶다고.

그런 생각을 해선 안 된다고 경계하면서도, 왠지 모르게 자꾸만 그걸 바라고 있었던 것이다.

그리고——.

그 힘을 시험해볼 수 있는 기회가 지금 당장이라도 찾아올 것을 예감했다.

복수심이 사라지는 일은 있을 리가 없었다.

그런데도——자신을 죽인 레온이나 클레이만을 죽인 리무루에 대한 증오의 감정이 느껴지지 않았다.

그리고 지금의 자신이라면 이길 수 있지 않을까……. 그런 생각이 무의미하다는 것을 이해하고 있으면서도 솟구치는 욕망이 도저히 절제가 되지 않았다.

과연 지금의 자신은 디노보다 약할까?

아니다. 그런 생각은 전혀 들지 않았다.

사실상 '요천'이 된 지금의 카가리는 디노와는 동격인 위치에 서게 된 것이다.

(훗, 디노도 꼴사납게 됐네. 마왕 시절부터 그랬지만 디노 자신이 싸우는 모습을 본 적이 없었지. 그래서 약한 거야, 분명——.)

카가리는 마음속에서 유쾌한 감정이 솟아나오는 것을 억제하느라 고생했다.

결코 방심해선 안 되는 상대일 것이다.

하지만 그래도——.

디노가 농락당한 상대라고 해도 자신은 이길 수 있을 거라는 생각이 들었다.

무엇보다 카가리의 힘은 각성마왕조차도 능가하는 수준이니까.

오래 전부터 마왕이었던 루미너스나 디노라고 해도 지금의 카가리라면 패배하지는 않을 것이다.

그렇다면 마왕 레온조차도 자신의 적이 될 리가 없었다.

(기다리고 있어, 레온. 다음은 네가 눈물을 흘릴 차례니까!)

잿빛의 어두운 환희를 억누르면서 카가리는 생각을 거듭했다. 그게 바로 권능에 지배되었기 때문에 일어나는 사고의 과격화 현상이었지만, 카가리 자신은 아직 깨닫지 못하고 있었다…….

베가는 아무런 생각도 하지 않았다.

명령을 기다릴 뿐이었다.

그는 힘을 얻었다.

몇 번이나 죽음을 경험하면서 이 세상의 새로운 심연을 엿본 것이다.

글라딤을 잡아먹고 그의 무기가 변화한 청룡창——갓즈(신화)급도 받아들였다. 나아가서는 세라핌(치천사)까지도 먹어치우면서 그 힘을 자신의 것으로 만들었다.

그 순간, 지금까지 얻은 스킬(능력)의 조각들이 융합되면서 강화되는 것을 느낄 수 있었다.

헤아릴 수 없이 많은 패배가 그에게 힘을 준 것이다.

폭발하는 힘의 화신.

그게 바로 베가였다.

유우키의 손에 의해 다시 만들어진 존재이자 다양한 스킬을 받아들이고 융합하면서 보완한 결과, 베가는 궁극의 전투생물이 되었다.

그리고 유니크 스킬 '비천한 자(악식자, 惡喰者)'가 드디어 얼티밋 스킬(궁극능력) '아지 다하카(사룡지왕)'로 변화한 것이다.

그건 기존의 스킬을 압도할 만큼 엄청난 파괴능력을 가지고 있었다.

힘의 제어 같은 건 전혀 생각하지 않는 베가에게 이 권능이 깃든 것은 이 세상에 있어서 재앙이었다.

아니, 그 반대였다.

아무것도 생각하지 않고 극한의 힘을 추구했기 때문에 이 권능을 얻을 수 있었던 것인지도 모른다.

어찌 됐든 간에.

베가는 기다렸다.

이 몸에 명령이 내려지기를.

그는 단지 자신을 가로막는 자들을 섬멸하고 잡아먹을 뿐이었다.

디노는 고개를 숙이면서 현재의 상황에 대해 생각했다.

어쩌다가 이렇게 된 걸까?

그렇게 몇 번이나 자문자답해봤지만, 답이 나오지 않았다.

먼 옛날, 베루다나바로부터 역할을 부여받고 지상으로 내려왔다.

당시에는 자아라고 할 만한 게 없었던 것 같지만, 어느새 스스로 세상이 돌아가는 이치를 생각할 수 있게 되었다.

동료인 피코나 가라샤에게도 물어봤는데 거의 같은 시기에 자아가 싹튼 것 같았다.

많은 일을 겪으면서 디노 일행은 타천했다.

사라진 주인의 명령만이 디노 일행이 살아가는 목적이 되었고, 그걸 존중하며 지키기 위해서 마왕이 된 것이다.

디노는 계속 감시를 이어갔다.

기이와 루드라의 승부의 결말도 개입하지 않고 지켜볼 생각이었다.

베루다나바에 대한 충성심은 절대적이었다.

언젠가—— 기나긴 시간이 흐른 끝에 반드시 돌아올 것이라고, 디노는 그렇게 믿고 있었으니까.

그리고 만났다.

그 수상쩍은 슬라임을.

한눈에 이해할 수 있는 영혼의 광채.

베루다나바와는 전혀 달랐지만 왠지 그리운 느낌이 들었다.

그리고 시작된 즐거운 나날.

일하는 걸 정말 싫어하는데도 인간에게 부려 먹히면서 만족했다. 디노는 그런 자신을 믿을 수가 없었지만, 무슨 이유인지 충실한 만족감을 느끼고 있었던 것이다.

그곳에는 함께 일하는 동료들이 있었기 때문이었다.

(아아, 그런데 나는 라미리스를 배신하고 말았단 말이지…….)

디노가 후회하는 것은 바로 5개월 전에 일어난 라미리스 습격 사건이었다.

펠드웨이의 명령을 받는 바람에 리무루 일행을 배신하고 적을 미궁 안으로 끌어들였다. 그뿐만 아니라 최중요목표인 라미리스를 포획하기 위해 움직였던 것이다.

포획이 무리하면 처리하라는 명령을 받았지만, 디노에겐 그럴 마음이 없었다. 사실은 죽이지 않고 '딥 힙노(영구수면)'로 봉인하여 대충 마무리 지을 생각이었다.

하지만 그 건은 다행인지 불행인지 실패로 끝났다.

그리고 지금 와서는 왜 그런 짓을 했는지를 의아하게 생각하고 있었다.

(아니, 그렇기 때문에 그 녀석이 한 말이 진실이었다는 증거가 되겠지.)

디노는 그렇게 생각했다.

라미리스를 배신한 것에 대한 변명은 하고 싶지 않지만 자신이 미카엘의 지배를 받으면서 그런 행동을 한 것은 분명한 사실이었다.

(즉, 나에게 '아스타르테(지천지왕)'가 있는 한 미카엘이나 펠드웨이에겐 거역하지 못한단 말인가. 정말이지 이게 무슨 웃기지도 않는 소리인지…….)

그렇게 사태를 정확히 파악해보긴 했지만 이 상황을 타개할 묘안은 여전히 떠오르지 않았다.

그나마 위안이 되는 것은 리무루가 디노를 믿어줬다는 점이라 할 것이다.

(그 녀석은 빈틈없이 굴어도 사람은 좋으니까 말이지. 금방 속아 넘어갈 것 같이 생겼지만 그렇게 보여도 쉽게 방심하지 않는 면도 있고.)

디노는 문득 오른쪽 팔에 새겨진 푸른 나비 모양의 증표(멍)을 봤다.

제기온이 그냥 보내준 줄 알았는데, 그 멍이 회랑이 되면서 마음과 마음이 이어지게 된 것 같았다. 그랬기 때문에 그 멍을 통해서 리무루가 연락을 해온 것이다.

(정말 빈틈이 없다니까, 그 녀석.)

마음을 통해 직접 말을 걸어왔는데, 그러면서 정보를 왕창 빼앗기고 말았다.

더구나 당당하게 스파이 행위까지 강요받고 말았다.

디노는 신기하게도 짜증 나는 감정보다 후련한 기분을 느꼈다.

의외로 리무루가 자신을 믿어주는 것이 기뻤던 것이다.

'또 보자고'란 말을 했단 말인가.

디노는 오랜만에 진심으로 유쾌한 기분이 든 것을 자각했다.

그리고 일이 정말 커졌다는 생각에 머리를 감싸 쥐었다.

디노는 창조주인 베루다나바를 배신할 마음은 전혀 없었다.

미카엘과 펠드웨이의 목적이 베루다나바의 부활인 이상, 디노도 협조해야 할 것이라고 생각하고 있었다.

하지만…….

일이 골치 아프게 되었다――는 것이 지금의 디노가 느끼는 솔직한 심정이었다.

(뭐, 어쩔 수 없나. 어차피 나는 그리 큰 도움이 되지 않으니까. 아니, 성실하게 일하면 일할수록 약해진단 말이지. 이건 이미 어쩔 수 없는 일이야. 내가 성실하게 일하지 않는 게 양쪽에게 좋은 결과가 된다면 그거야말로 내가 바라던 일이라고!)

바로 납득하고 넘어가면서 깊게 고민하지 않는 것이 디노의 장

점이었다.

늘 전향적으로, 게으름을 부리는 것에 타의 추종을 불허하는 디노는 낙관적인 사고방식으로 그런 결론을 냈다.

그 긍정적인 성격이 디노라는 남자의 두려운 점이었다.

개운해진 디노는 환한 표정으로 펠드웨이와 미카엘을 기다렸다.

아리오스는 생각했다.

그의 상사였던 카가리와 다른 자들이 대화를 나누고 있었지만 무슨 이야기인지 쉽게 알아들을 수가 없었다.

아리오스의 성격이라면 불평을 늘어놓을 법도 하지만, 그건 좋은 방법이 아니라고 본능이 알려주고 있었다.

그것도 당연했다.

아리오스는 카가리의 지배하에 있었으니까. 데스맨(요사족)을 거쳐서 '요천'이 된 지금도 '주언(呪言)'의 효력은 건재했던 것이다.

이게 자신의 힘으로 각성한 것이라면 얘기는 달라지겠지만 어디까지나 계획된 진화였기 때문에 지배력이 강화되는 것도 필연적이었다.

아리오스에겐 그걸 불쾌하게 여길 여유도 없었지만 자신의 현재 상태에 대해선 이미 파악을 끝내놓고 있었다.

믿어지지 않을 정도로 힘이 넘쳐나는 바람에 뭐든지 해낼 수 있을 것 같은 감정을 느끼면서 한껏 흥분하고 있었다.

가장 큰 변화는 유니크 스킬 '죽이는 자(살인자)'가 얼티밋 인챈트(궁극부여) '산달폰(단죄지왕)'으로 진화한 것이라고 하겠다.

물론 자신의 힘으로 얻은 것은 아니다.

미카엘이 콘도에게서 회수한 '산달폰'을 그대로 아리오스에게 준 것이다. 그런 이유로 인해 '살인자'는 소비되었지만, 아리오스의 의지로는 저항하는 게 불가능했다.

하지만 아리오스 본인에게는 불만이 없었다.

힘이 손에 들어왔다는 사실은 솔직하게 기뻐하면서 자신들의 차례를 기다렸다.

오르카=아리아는 혼란스러웠다.

주위의 대화에 귀를 기울일 여유도 없이 마음속의 목소리로 서로 이야기를 나누고 있었다.

'나는 누구지? 아리아야? 아니면 오르카인가?'

'모르겠어. 나는 아이라이면서 오르카이기도 해.'

그렇게 혼란스러워하면서 자신들의 의식이 통일되어가는 것도 느끼고 있었다.

그 과정은 불쾌하지 않았으며 오히려 쾌감이 느껴졌다.

'나는 '오르리아'——.'

그녀 안에서 대답이 나온 순간이었다.

오르리아는 이제 갓 태어났지만 일류 전사와 마법사의 기능을 구사할 수 있었다.

더구나 부여받은 얼티밋 인챈트(궁극부여) '얼터너티브(대행권리)'가 오르리아 안에서 최적화되면서 얼티밋 인챈트 '멀티 웨폰(무창지왕, 武創之王)'으로 변화했다.

이로 인해 오르리아는 자신의 육체에 축적된 경험을 살려서 다양한 무기를 만들어낼 수 있게 된 것이다. 동시에 꺼낼 수 있는 무기에는 한계가 있었지만, 그 등급은 갓즈(신화) 급에 해당되었다.

복수의 무기로 완전무장한 오르리아는 적과 싸우는 것을 두려워하지는 않을 것이다.

후루키 마이는 절망하고 있었다.

죽은 줄 알았는데 되살아났다.

그건 좋았다.

문제는 큰 힘을 얻은 지금의 마이라고 해도 일본으로 돌아간다는 희망을 이룰 수 없다는 것이었다.

(――나는 포기하지 않아. 내 유니크 스킬 '떠도는 자(여행자)'로는 무리지만, 유우키 군은 가능성이 있다고 말했는걸. 스킬이 절실한 바람에서 태어나는 거라면 내 소원을 이뤄줄 힘이 분명――.)

허망한 마음으로 그렇게 생각한 순간――.

세라핌(치천사)이 깃들도록 허락한 것과 동시에 미카엘이 준 얼티밋 인챈트(궁극부여) '얼터너티브(대행권리)'가 소비되면서 마이의 '여행자'가 진화했다.

얼티밋 인챈트 '월드 맵(지형지왕)'으로.

이 세계의 온갖 장소를 떠올릴 수 있을 뿐만 아니라 거기서 일어나고 있는 현상도 파악할 수 있는 엄청난 권능이었다. 그리고 더욱 놀라운 점은 원하는 장소로 시차 없이 '순간이동'할 수 있게 되었다는 것이다.

공간 계열 능력자가 본다면 믿을 수 없을 권능이었다.

그런데도―― 마이의 바람은 이뤄지지 않았다.

이 '월드 맵'에 기재되어 있는 좌표는 어디까지나 이 세계만이

대상이었기 때문이다.

즉, 차원의 벽을 넘을 수는 없었던 것이다.

마이는 시험해보지도 않고 그 사실을 이해했다.

그건 큰 절망을 안겨줬지만 어차피 지금의 마이에겐 자유가 없었다.

모든 것은 미카엘이 원하는 대로.

언젠가 자유로운 몸이 되어 사랑하는 동생 곁으로 여행을 떠날 때까지 마이는 마음을 닫고 명령을 계속 따를 것이다.

●

현재 상황을 파악하기 위해 애쓰는 것은 '요천'으로 다시 태어난 자들만이 아니었다.

자라리오와 오베라도 각자가 처한 상황을 열심히 생각하고 있었다.

우선 자라리오는 육체를 얻은 것에 대해선 고맙게 생각하고 있었다. 큰 힘이 있는데도 그걸 제대로 다룰 수 있는 곳은 이계뿐이었다. 기축세계에선 힘을 쓰면 쓸수록 에너지를 잃어버렸던 것이다.

그걸 막기 위해서라도 육체가 필요했지만, 자라리오 정도의 강자라면 그 힘을 버텨낼 수 있을 만한 그릇을 준비하는 게 너무나 힘들었다.

그 문제가 해결되었으니 이제 지상에서도 진정한 실력을 낼 수 있게 되——긴 했지만 그러면서 큰 문제가 발생했다.

(이것 참. 힘이 늘어난 탓에 천사 계열인 '이스라필(심판지왕)'을

획득하고 말았단 말인가…….)

그렇다. 그게 문제였다.

자라리오가 육체를 얻었을 때에 얼티밋 스킬(궁극능력) '이스라필'이 깃들고 말았던 것이다.

(이렇게 되면 미카엘에겐 거역하지 못하는데. 하지만 이걸 버린다면 반역할 마음을 품고 있다고 의심을 받겠지?)

자라리오의 입장에서 펠드웨이는 동료였다. 상사로서 인정하고 있지만 절대복종할 정도의 관계는 아니었던 것이다.

그리고 미카엘에 대해선 회의적인 생각을 품고 있었다.

펠드웨이는 미카엘을 신용하고 있지만 자라리오는 그럴 수가 없었다. 권능에서 생겨난 의지 같은 존재를 자라리오는 그리 쉽게 믿을 수가 없었던 것이다.

지금은 그 목적에 납득하고 있으며 동의도 하고 있지만, 그게 계속 유지될 것인지는 미지수였다. 길이 갈릴 경우도 상정해서 천사 계열의 능력이 자신에게 깃드는 것은 피하고 싶다는 생각을 하고 있었다.

그랬는데 '이스라필'이 깃들고 만 것이다.

이게 얼티밋 인챈트(궁극부여)가 아닌 이상, 미카엘의 의지가 개입한 결과는 아닐 것이다. 자연스럽게 얻은 권능이라는 것은 분명했으며. 그렇기 때문에 함부로 버려서는 위험하다는 생각이 들었다.

(과연 미카엘은 어디까지 파악하고 있을까?)

베루글린드나 베루자도를 따르게 만든 수완을 보더라도 천사 계열을 지배할 수 있다는 건 의심할 여지도 없었다. 하지만 그 소유자를 어디까지 파악할 수 있는지, 그에 따라서 행동을 달리해야 할 것이다.

(내 의지는 내 것이다. 나도 모르는 사이에 내 생각이 덧씌워져 바뀌는 것은 절대 허용할 수 없어.)

자라리오는 합리적인 사고의 소유자였다.

그렇기 때문에 작전 성공률이 높다는 점을 존중하여 '용종' 자매의 지배에도 딱히 뭐라고 하진 않았지만, 속으로는 그 작전을 혐오하고 있었던 것이다.

그랬는데 지금은 자신도 같은 입장에 처하고 말았다.

(정말 마음에 안 드는군…….)

처음부터 반대하지 않았으니까 지금 자신이 이렇게 된 것은 자업자득이었다. 그렇게 받아들이고 넘어가면서도 미카엘에 대한 대책을 속으로 생각했다.

그리고 오베라도.

자라리오과 마찬가지로 천사 계열의 얼티밋 스킬(궁극능력)을 획득하고 있었다. 그리고 그게 그녀가 바란 것이 아니라는 점도 자라리오와 같았다.

오베라가 손에 넣은 것은 얼티밋 스킬 '아즈라엘(구제지왕)'이었다.

터무니없이 강력한 권능이지만 그녀에게는 아무 소용이 없었다.

왜냐하면 시원의 천사로 태어난 그녀들은 스킬에 의지하지 않아도 관리자 권한을 가지고 있었기 때문이다.

갖가지 마법을 순식간에 발동할 수 있으며, 그걸 구사하면 스킬에 의존할 필요가 없었다. 임기응변으로 훨씬 더 적절하게 무엇이든 실현할 수 있었던 것이다.

존재 그 자체가 궁극 레벨인 오베라와 동료들에게는 있어도 없어도 큰 차이가 없는 것이 얼티밋 스킬이었다.

그래서 원한 적도 없는데 이런 타이밍에 손에 넣고 말았다. 게다가 아무리 생각해도 천사 계열로 보이는 권능을…….

(이거 위험한데. 이대로 가다간 내가 반역할 마음을 먹고 있다는 걸 들킬 수도 있어.)

완전히 배신할 생각을 품고 있었던 오베라의 입장에선 자라리오보다 훨씬 심각한 상황에 빠져버린 것이다.

이제 어떻게 한다. 오베라는 고민했다.

마음을 읽힐 수도 있다는 걱정은 하지 않았다.

표층 심리를 철저히 지우는 것쯤은 그녀에겐 딱히 힘든 일도 아니었기 때문이다.

하지만 모르는 사이에 조종당하고 있었을 경우엔 그것만 믿을 수는 없으므로 그에 대한 대책을 생각해둘 필요가 있었다.

(자기암시를 걸어두자.)

오베라는 그렇게 결심했다.

자신 안에서 모순이 발생했을 경우 망설이지 않고 '아즈라엘'을 파괴하도록.

그녀들은 궁극의 정신생명체이므로 그런 식으로 상식을 파괴하는 짓도 가능했던 것이다.

애초에 그렇게 되어버린다면 그건 펠드웨이와의 완전한 결별을 의미했다.

상황에 따라선 오베라라고 해도 무사히 넘어갈 수 없을 것이다.

하지만 그래도 베루다나바가 남긴 아이인 밀림을 위해서라면 고민할 필요가 없다고 오베라는 생각했다.

(창조주의 생각을 우리가 함부로 가늠하는 것은 불경한 짓에 지나지 않는데 말이지. 스스로 생각하시는 바가 있어서 부활하시지 않는 것인지도 모르는데 펠드웨이는 지나치게 멋대로 행동하고 있어.)

그게 본심이었다.

그리고 오베라는 밀림이야말로 정통한 후계자라고 믿고 있었던 것이다.

●

아름다운 종소리가 울렸다.

엄숙하고 투명하게, 심금을 자극하여 울리는 것처럼.

그리고 문이 열렸다.

유유히 걸어 나온 자들은 미카엘과 펠드웨이, 그리고 베루자도였다.

단지 세 명만으로 넓은 방을 가득 채우고 있던 신기를 날려버릴 만큼 강력한 패기를 내뿜고 있었다.

미카엘이 자리에 앉기를 기다렸다가 펠드웨이와 베루자도도 각자의 자리에 앉았다.

"그럼 시작하자."

그리하여 작전 회의가 시작되었다.

명령을 받고 마이가 일어나더니, 원탁의 중앙에 기축세계의 전체 모습을 입체적인 영상으로 비췄다.

그건 지구의 미니어처였다.

신의 시점에서 마왕 세력의 거점이 표시되고 있었다.

"이게 우리와 적대하는 옥타그램(팔성마왕)들의 지배지, 그 요충지다. 그 수는 여섯 군데——."

기이가 있는 북극점, 다구류루가 있는 서쪽 끝 지역, 루미너스가 있는 서쪽으로 약간 치우친 대륙의 중앙부, 리무루가 있는 숲, 밀림이 있는 남동쪽 지역, 레온이 있는 대륙이었다.

미카엘의 말을 듣고 마이가 지상의 여섯 군데를 반짝거리게 만들었다.

"여기를 어떻게 공격할 것인지에 대한 제군의 의견을 들려주기 바란다."

제군이라고 부르기는 했지만, 펠드웨이의 시선은 단지 몇 명만을 응시하고 있었다.

심복인 자라리오와 오베라, 그리고 유우키과 카가리였다.

디노, 피코, 가라샤는 작전을 세우는 것이 서툴렀으며, 베가는 처음부터 기대도 하지 않고 있었다. 그 밖의 자들은 한 단계 아래로 보고 있었기 때문에 발언권이 아예 주어져 있지 않았던 것이다.

자라리오와 오베라는 좀 더 지켜볼 생각인지 침묵을 고수하고 있었다. 그런 분위기를 눈치 채고 카가리가 입을 열었다.

"이런 경우는 공격하는 쪽이 유리하겠죠. 전력을 집중시켜서 한 곳을 노려야 한다고 생각합니다."

"찬성이야. 하지만 어디를 노릴 것인지가 어려운 문제인데."

방어하는 쪽은 전력을 분산시키게 될 것이다. 그런데 우리가 상대에게 맞춰줄 필요는 없다고, 카가리와 유우키은 일치된 의견을 말했다.

그 말을 듣고 발언한 자는 의외로 디노였다.

"미리 말해두겠는데 라미리스의 미궁은 제외하는 게 좋아. 말을 꺼낸 김에 하나 더 설명하자면 마국연방의 수도 '리무루'는 전쟁 시에는 미궁 안으로 격리돼. 쉽게 함락되지는 않도록 되어 있으니까 맨 뒤로 미루는 것을 권하겠어."

이 정보는 공유되어 있기 때문에 아무도 반대의견을 말하지 않았다. 미궁에서 애를 먹게 되면 다른 나라가 보낸 원군에 포위되면서 섬멸될 수도 있다는 걸 알고 있었기 때문이다.

"그곳은 마지막으로 미루지. 다른 곳을 공격하면 그 안에 틀어박혀 있는 자들을 이끌어낼 수 있을지도 모르니까."

방어전으로 전개될 경우, 라미리스는 너무나도 번거로운 상대가 된다. 그걸 생각하면 공격하더라도 면밀한 작전을 짤 필요가 있는 것이다.

"'백빙궁'에는 아무도 남아 있지 않아요. 기척이 느껴지지 않으니까."

갑자기 그런 발언을 한 자는 베루자도였다.

그녀의 시선은 날카롭게 레온이 있는 대륙에 고정되어 있었다.

"흠, 적도 대책을 세웠다는 말이군. 마왕끼리 뭉치면서 전력분산을 피한 건가."

"――확실히 그런 것 같군. 지상의 다섯 군데에 거대한 힘이 집중되어 있는 것 같다."

마이가 기이의 북극점을 지우고 나머지 다섯 군데를 가리키는 불빛을 더 강하게 했다.

선택지가 하나 줄어든 것뿐인데 난이도는 크게 높아진 것 같았다. 하지만 그래도 공격하는 입장에서의 우위성은 뒤집히지 않았다.

그러면 어디를 노려야 할까.

그때 움직인 것은 자라리오였다.

"펠드웨이 님, 질문이 있습니다."

"뭐지?"

"미카엘 님은 천사 계열의 권능을 지닌 자를 절대적으로 지배할 수 있습니다만, 그 소유자가 어디 있는지를 찾아낼 수는 없습니까?"

자신에게도 영향을 줄 수 있는 중요한 질문을 이 타이밍에서 시도해본 것이다.

오베라도 이에 동의했다.

"저도 궁금하군요. 만약 그걸 알아낼 수 있으면, 먼저 그자를 아군으로 끌어들여야 할 것입니다."

흠, 하고 미카엘은 고개를 끄덕였다.

"예전에는 느낄 수가 없었지만 지금이라면 알 수 있군. 너희에게 '이스라필(심판지왕)'과 '아즈라엘(구제지왕)'이 깃든 것도, 디노 일행이 각각 '아스타르테(지천지왕)', '하니엘(영광지왕)', '지브릴(엄격지왕)'을 가지고 있다는 것도 말이지. 나머지 '멜키세덱(지배지왕)'은 카가리가, 그리고 거기 있는 아리오스가 '산달폰(형벌지왕)'의 소유자가 되었다. 그리고 나와 '동격'인 상위의 천사 계열 말인데——."

거기까지 얘기하다가 미카엘이 얼굴을 찌푸렸다.

"——수가 모자란다."

그 한마디를 듣고 모두가 긴장했다.

"그게 무슨 뜻입니까?"

펠드웨이가 물었다.

그 질문에 대해 미카엘은 담담하게 설명했다.

"우선 베루글린드가 소유하고 있었던 '라구엘(구휼지왕)' 말인데, 회수한 것을 적성이 있는 자에게 부여했다."

그 말에 반응하는 자는 없었다.

불길한 침묵이 흘렀지만, 미카엘은 딱히 신경 쓰지 않고 이야기를 이어갔다.

"그리고 '가브리엘(인내지왕)'이 있는데, 이건 회수하지 않았으니 베루자도가 계속 가지고 있지."

얼음 같은 미모는 무표정을 유지한 채 움직이지 않았다. '얼티밋 도미니언(천사장의 지배)'을 유지하기 위해서라도 그건 당연한 조처였다.

"여기까지는 소유자가 판명된 권능이지만 나머지 네 개 중에서 세 개가 문제다."

그렇게 말하면서 미카엘은 계속 설명했다.

미카엘은 베루글린드의 힘을 자신의 것으로 삼았고, 그뿐만 아니라 베루자도의 인자도 받아들였다. 그로 인해 힘이 크게 늘어났기 때문에 지배하에 있는 천사 계열 권능의 소유자도 기척을 통해 찾을 수 있게 되었다.

그랬는데 그래도 찾을 수 있었던 것은 '메타트론(순결지왕)'뿐이었던 것이다.

“뭐라고요? 얼티밋 스킬(궁극능력) ‘사리엘(희망지왕)’은 분명 ‘용사’ 클로노아가 소유하고 있지 않았습니까?”

“반응이 없었다. 라미리스의 미궁 안까지는 내 감시가 닿지 않는 것인지, 그게 아니면 다른 이유가 있는 것인지, 그 점은 명확하지 않지만 말이지.”

“흠, 역시 라미리스는 얕볼 수가 없군요. 미궁 안을 들여다보지 못하더라도 이상한 일은 아니란 말인가. 그렇다면 ‘우리엘(서약지왕)’과 ‘라파엘(지식지왕)’도 같은 장소에 소유자가 있는 것으로 생각해야 할까요?”

“확정된 건 아니지만 그렇게 생각하는 게 타당하겠지. 애초에 내 권능으로 찾아내지 못하는 장소는 달리 존재하지 않으니까.”

베루다나바가 창조한 권능에는 존재하지 않으며, 그럴 수 있는 가능성이 있는 것은 라미리스의 고유능력인 ‘작은 세계(미궁창조)’뿐이다.

그렇기 때문에 미카엘은 남은 세 개는 같은 장소에 존재한다는 결론을 내린 것이다.

그 생각은 정확했다.

그러나 지금은 이미 사라지면서 그 본질조차도 변해버리고 말았지만…….

그렇게 된 것은 알지도 못한 상태에서 미카엘은 그 문제는 이제 해결된 것으로 판단하고 말았던 것이다.

그리고 그건 펠드웨이를 비롯한 다른 자들도 마찬가지였다.

“흠. 그렇다면 문제는 없겠군요. 어찌 됐든 그 미궁에는 베루도라가 있으니까 어차피 공격할 예정입니다. 그때 찾아내서 동료로 가담시키면 됩니다."
"적 쪽에 내통자가 있는 것과 같다고 생각해도 될까요?"
"그렇다. 한 번 보기만 하면 찾아낼 수 있으니까 그 건은 일단 뒤로 미루기로 하지. 그보다 지금 생각해야 할 것은 어디를 맨 처음 타깃으로 정할 것이냐 하는 것인데——."
"답은 이미 나와 있군. 소유자가 딱 한 명 판명되었다고 하니까 먼저 그자를 동료로 가담시키는 게 좋은 것 아닌가?"
그렇게 단정한 자는 유우키였다.
자유의지는 빼앗겼지만. 깊게 생각하면서 멀리까지 내다보는 성격은 그대로였던 것이다.
"흠. '메타트론'을 소유한 자는 이곳에 있다——."
모두의 시선이 그 손가락 끝에 집중되었다.
미카엘의 손가락이 가리킨 곳은 레온의 지배영역——그 수도인 엘도라도(황금향)였다.
"저를 죽인 마왕 레온 말이군요."
카가리는 넌지시 중얼거렸다.
자신을 불태운 섬광이 '메타트론'에 의한 것임을 깨달은 순간이었다.
"정해진 건가. 그럼 누가 공격하지?"
유우키가 웃으면서 물었다.
"나는 가겠어. 마왕 레온이든 뭐든 잡아먹어도 되겠지?"
"얘기를 못 들었어? 레온은 동료가 될지도 모르는 자야."
"칫, 어쩔 수 없군. 그럼 다른 녀석들로 참아주겠어."
공격할 장소가 정해졌을 뿐인데 유우키와 베가는 벌써 가벼운 대화를 주고받고 있었다.

그걸 말릴 자는 없었기 때문에 방침은 그대로 결정되었다.

●

이번 싸움에는 베루다나바를 부활시킨다는 목적이 있기 때문에 선전포고 같은 것은 필요가 없었다.

미카엘과 펠드웨이는 그렇게 판단하고 있었다.

필연적으로 기습부터 한 뒤에 본격적인 전쟁을 시작하게 될 것이다.

전력을 아낄 필요도 없——지만, 그에 관해선 펠드웨이도 생각하고 있는 게 있었다.

"우리의 목적은 '메타트론(순결지왕)'의 소유자를 동료로 끌어들이는 것이다. 그걸 방해하는 자를 몇 명은 제거할 수 있으면 좋겠지만, 그때 우리도 피해를 보는 것은 달갑지 않다. 그러므로 잡병들은 그냥 내버려 두기로 하자."

강자만으로 공격하겠다고 선언한 것이다.

미카엘의 '얼티밋 도미니언(천사장의 지배)'은 만능이지만 무조건으로 발동되는 것은 아니었다. 천사 계열의 권능을 가진 자는 절대적으로 지배할 수 있지만, 그 대상과 시선을 교차시켜야 할 필요가 있었던 것이다.

말이 나온 김에 추가로 설명하자면 '레갈리아 도미니언(왕권발동)'은 더 복잡한 조건이 있었다.

콘도 중위에게 빌려줬던 '도미니언 불릿(지배의 주탄)'은 대상이

한 명으로 한정되는 것은 물론이고 상대를 방심시키지 않으면 성공률도 낮았다. 그에 비해 '레갈리아 도미니언'은 지배할 대상의 존재력에 의해 지배를 당하는 자의 수가 바뀌었다. 그리고 중요한 것이 동격인 상대라면 성공률이 내려가기 때문에 상당히 심한 부상을 입히지 않으면 실패하고 만다는 점이었다.

적어도 자신보다 약한 상태가 아니면 성공하지 않으므로 사용할 때를 쉽게 정할 수 없는 권능이었다.

지금의 미카엘의 존재치는 대략 9,000만에 달해 있었다. 하지만 거기서 유우키의 존재치 : 약 200만이 감산 되기 때문에 존재치가 8,800만을 넘는 베루도라에겐 거의 성공하지 못할 것으로 예상되었다.

그런 사정까지 알 리가 없는 미카엘이지만 베루도라의 지배는 난항을 겪을 것이라고 생각하고 있었다. 그렇기 때문에 라미리스의 미궁을 공격하기 전에 전력을 모을 필요가 있었던 것이다.

그러므로 더더욱 자신의 진영에 속한 전력을 잃어버리는 일 없이 목표로 삼은 인물을 동료로 가담시키려 하고 있었다.

그런고로 출격 멤버가 정해졌다.

"나는 남아서 여길 지킬게."

그렇게 선언한 디노는 잔류하기로 했다.

"나와 우리군은 어떻게 하면 되겠나?"

"너희에겐 군을 움직일 준비를 부탁하고 싶다. 이번 작전이 끝나면 본격적으로 침공을 개시할 예정이니까."

"알았다."

제라누스가 이끄는 인섹터(충마족)는 팬텀(요마족)군과 마찬가지로 전쟁 준비에 착수하게 되었다.

자라리오 군의 지휘는 다리스와 니스가 맡기로 했다.

오베라 군은 아직도 이계의 거점에 진을 펼치고 있었기 때문에 오베라도 한 번은 돌아가서 오마에게 지휘권을 인계하기로 했다.

그렇게 하기로 정하면서 남은 간부들은 전원 출격하게 된 것이다.

간부들만 나선다면 마이의 '순간이동'으로 목적지까지는 순식간에 갈 수 있었다. 그리고 오베라라면 '기척감지'로 좌표를 특정하는 건 딱히 어려운 일도 아닌지라 금방 '공간전이'로 합류할 수 있었다.

그런 판단 하에 기습작전을 벌이게 되었다.

제4장

분쇄되는 야망

Regarding Reincarnated to Slime

나는 디노의 보고를 받았는데, 그 내용이 실로 터무니없는 것이다.

역시라고 해야 할까, 미카엘이 결국 움직인 것이다.

예상했던 대로의 움직임이라 그건 딱히 상관없었다.

놀라운 건 오베라의 행동이었다.

자신의 부대를 이끌고 미카엘의 진영에서 이탈했다는 말을 듣고 깜짝 놀랐다.

그 내용에는 나도 아연실색했다.

『뭐, 농담하는 거야?』

『진담이야. 나도 놀랐어. 참고로 이건 미카엘도 아직 몰라. 이제 보고할 참이야.』

그 말을 듣고 나는 이 녀석(디노)은 바보라고 확신했지 뭐야.

너무 많은 일이 생긴 수준도 아닌 데다 귀찮아하고 있을 상황도 아니다. 아니, 그 이전에 적인 나에게 내부사정을 누설하기 전에 자신의 상사에게 보고부터 하라는 생각을 나도 모르게 하고 말았다.

그렇잖아?

디노가 그런 성격이었기 때문에 우리도 큰 도움을 받는 것이지만 말이지?

아주 조금 미카엘과 펠드웨이에게 동정심이 드는군.

이런, 황당해하기 전에 중요한 것을 물어봐야지.

『그래서 어디를 공격하기로 한 거야?』

『아, 응, 레온이 있는 곳이야. 방금 말한 대로 오베라는 이탈했고 나는 남기로 했지만, 다른 간부들은 전원 출격했어. 피코와 가라샤도 내키지 않아 하면서도 끌려갔으니까 싸움이 벌어져도 좀 봐주면서 싸워줘.』

『그렇게 우리 마음대로 일이 잘 풀릴 리가 없잖아! 뭐, 일단 염두에 두고는 있을게.』

『부탁할게. 아, 이왕 하는 김에 하나만 더 부탁하고 싶은데.』

『나도 바쁘니까 짧게 말해줘.』

출격 준비를 하면서 디노의 이야기를 들었다.

『역시 나는 베스터 씨나 라미리스 쪽이랑 일하는 게 재미있었던 것 같아. 그래서 여기 있으려니 심심해 죽겠어. 그러니까 말이지, 리무루, 어서 미카엘을 물리쳐버리고 나를 해방해줘!』

…….

나도 모르게 말문이 막혀버렸다.

『저기, 머리는 괜찮은 거야? 그건 적대하고 있는 상대에게 할 말이 아니라는 걸 이해하고는 있어?』

『너무하네! 우리는 친구잖아? 그렇게 차가운 말은 하지 말라고! 그러고 보니 생각났는데, 나중에 화해할 수 있도록 라미리스에게도 사과의 말은 제대로 전해줬겠지?』

『웃기는 소리 하지 마! 네 입으로 직접 사과하라고 했을 텐데!』

『자, 잠깐만, 리무루 씨!』

『어쨌든──.』

그래 어쨌든 간에.

자신의 뜻이 아니라 누군가의 조종을 받아서 한 짓이라고 해도 그런 상황으로 빠트린 것을 게 용서할 수는 없는 것이다.

『어서 지배에서 풀려나도록 스스로 노력해. 빨리하지 못하면 마왕이라는 이름이 아까우니까!』

『하하하, 선처할게. 뭐, 너는 믿을 수 있는 녀석이라는 걸 알고 있으니까. 나만큼 타인에게 의지하면서 사는 게 어울리는 남자도 없으니까 마음껏 이용하도록 하겠어.』

헛소리도 작작 하라고 쏘아주고 싶었다.

하지만 디노답다고도 생각했다.

『그리고 마지막으로 하나만 더 충고할게. 펠드웨이 녀석은 인섹터(충마족)와 손을 잡았어.』

『알고 있어. 위험한 녀석들인 것 같더군.』

『위험한 수준이 아니야. 나도 처음 봤지만, 그 제라누스라는 왕은 기이보다 강할지도 몰라. 실제로 싸워보지 않으면 모르겠지만, 나는 온 힘을 다해서 싸워도 이기지 못하겠다는 걸 깨달았어. 녀석들은 이번에는 참가하지 않고 대기 중이지만 언제 움직일지 알 수가 없으니까 너도 절대 방심하지 마.』

쓸데없는 간섭이라고 말하고 싶었지만, 실로 귀중하면서도 너무나 듣기 싫은 정보였다.

기이보다 강할 것이라는 말을 듣는 것만으로도 내 우울감은 최대치에 도달했다.

그리고 그 이상으로, 그런 위험한 녀석이 군단을 이끌고 대기

중이라면 즉시 대응할 수 있는 대책을 생각해둘 필요가 있을 것 같았다.

게루도나 각국에 맡겨두고 있는 자들을 다시 불러 모을까 하고 생각했지만 그러지는 않았다. 방어가 약해진 곳을 노리기라도 한다면 우리가 단번에 불리해지기 때문이다.

그렇다면 역시 지금 가지고 있는 전력으로 어떻게든 대응할 수밖에 없을 것 같았다.

『충고해줘서 땡큐. 다른 사람들에게도 전해주고 경계하도록 시킬게. 그러면 너도 진짜 열심히 노력하라고.』

『그럴게. 죽지 마, 리무루.』

말하지 않아도 그렇게 할 것이다.

나는 이번 생이 두 번째로 살아가는 인생——슬라임생이기 때문에 좀 더 자유를 구가할 생각이었다.

최근에는 전쟁이 연거푸 일어나고 있었으니 귀찮은 일을 얼른 해치우고 마음 편히 지낼 생각을 하고 있었던 것이다.

그리고 동료들과 재미있게 살 예정이었으며, 그들 중에는 당연히 디노도 포함되어 있었다.

『너도.』

진심에서 나온 말을 직접 들려주듯이 나는 디노에게 그렇게 대꾸했다.

●

디노와의 대화를 끝내자마자, 나는 수도 '리무루'에 남아 있던 간부들을 소집했다.

장소는 미궁의 '관제실'이었다.

감시마법 '아르고스(신의 눈)'를 통해 비친 레온의 거점을 보니 현지는 맹렬한 눈보라에 덮여서 아무것도 보이지 않았다.

엘도라도의 기후는 온화했다. 이런 눈보라는 아무리 생각해도 부자연스러웠다.

베루자도의 짓이라는 것은 누가 봐도 명확했다.

레온 쪽에서 보내온 연락도 없었으며 눈으로 직접 보고 적을 확인하는 것도 불가능했다. 이렇게 되면 디노의 말을 믿을 수밖에 없었다.

적이 주력만 동원해서 쳐들어온 이상, 적절한 전력을 소집할 필요가 있었다. 섣부르게 대응했다간 우리의 피해도 막대해질 수가 있기 때문이다.

너무 많이 보내면 미궁의 방어가 약해질 것이고 너무 적게 보내면 목적을 완수할 수 없다.

어느 정도가 적절할지, 실로 어려운 계산이 요구되었다.

"과연, 적도 강대한 전력을 보냈군요."

디노에게서 들은 것을 설명하자마자 베니마루가 눈을 빛냈다.

갈 생각이 가득하군. 그렇다면 나도 말릴 생각은 없었다.

"나와 란가, 그리고 소우에이만으로 대응하러 갈 생각이었지만 예상 이상의 전력으로 추측된다. 섣불리 힘을 아꼈다간 우리가 위험해질 테니까 베니마루, 너도 참전해다오."

"굳이 말씀하실 것도 없습니다. 그런데 그 밖에는 누구를 데려가실 생각입니까?"

베니마루는 내가 데려가겠다고 선언하자마자 기쁜 표정으로 얼굴이 밝아졌다. 자신이 간다면 나머지는 누가 가더라도 상관없다는 반응이었다.

"내가 가면 되려나?"

"안 됩니다."

베루도라의 발언을 즉살했다.

생각을 좀 했으면 좋겠다. 베루도라는 확실히 든든한 아군이며 큰 전력이라는 것도 인정하지만 적이 최우선적으로 노리는 목표라는 것을 잊어선 안 되는 것이다.

"너 말이다, 적이 널 노리고 있다는 자각은 좀 하고 있어. 그리고 애초에 나나 너, 둘 중의 한 명이 무사하다면 부활할 수 있으니까 둘이 함께 싸우러 가는 건 넌센스잖아!"

"크아———핫핫하! 내가 그만 깜박했군. 미궁을 지키는 건 나에게 맡기면 돼!"

"부탁할게."

지금은 정말로 위기니까 진심으로 부탁하고 싶다.

여기서 가장 문제아인 인간이 납득한 것을 보면서 나는 제기온을 바라봤다.

"제기온, 그리고 아피트는 계속 미궁을 지켜다오. 위험한 적이 대기 중이라고 하니까 이곳의 전력을 비울 수도 없으니까 말이지."

"여긴 저에게 맡겨주십시오. 리무루 님의 무운을 빌겠습니다."

실로 믿음직스러웠다.

드래곤 로드(용왕)들도 전력으로 남겨뒀으니 전력분석도 어떻게든 될 것이다.

남은 건 트레이니 씨와 베레타, 그리고 카리스로군.

"카리스, 베루도라가 폭주하지 않도록 잘 감시해다오."

"굳이 지시하실 필요도 없습니다. 리무루 님이 안심하고 싸움에 임하실 수 있도록 베루도라 님을 감시하는 눈길을 늦추지 않겠습니다."

"응? 내가 감시를 받고 있었나?"

"신경 쓰지 마십시오."

"아니, 신경이 안 쓰일 리가 없잖아."

"이거라도 읽고 진정하시죠."

만화책으로 보이는 책을 건네주면서 베루도라를 달래는 카리스를 보고, 다른 의미로 든든하다는 생각이 들었다.

"사부는 우리에게 맡겨두도록 해!"

"미궁의 방비도 완벽하니까 이번에는 실수하지 않도록 훈련을 해두고 있었습니다. 그 성과를 보여드리는 것이 기대가 되는군요."

그럴 기회는 없는 게 더 좋겠지만 여차할 때를 위한 대비가 있는 것은 마음이 든든했다. 나는 트레이니 씨를 향해 부탁한다는 의미로 고개를 끄덕였다.

"리무루 님으로부터 힘을 받으면서 예전보다 더 강해졌습니다. 카리스 공과의 훈련도 게을리 하지 않았으니 다음에는 디노 님을 상대로도 지지 않을 것입니다. 부디 안심해주십시오."

음, 믿겠어.

디노에게 이길 수 있을지는 모르겠지만 지금의 베레타, 트레이니, 카리스라면 그렇게 밀리지는 않을 것이다.

그런고로——.

"쿠마라는 데려가겠다."

나, 베니마루, 란가, 쿠마라, 그리고 소우에이가 이번에 출격할 멤버로 결정되었다.

단, 마음에 걸리는 점이 있다면…….

"미안하다, 베니마루. 네 의견도 듣지 않고 정하고 말았지만, 싫다면 거절해도 된다. 너는 남아서 네 아내들을 지켜도 괜찮아."

모미지와 알비스가 현재 임신 중이었던 것이다.

마물의 임신 기간은 천차만별이라고 한다. 모미지의 어머니인 카에데 씨 같은 경우는 300년 이상이나 모미지를 배 속에 품고 있었다고 하니까 말이지.

게다가 라이칸스로프(수인족)는 아예 같은 종족이라도 태생은 물론이고 난생도 있는 지경이었다. 알비스는 난태생이라고 하는데, 임신 중에는 계속 변신한 상태가 유지된다고 한다.

인간의 모습일 때가 무리를 하고 있다는 뜻이 되겠지만, 이것도 개체별로 차이가 있다고 한다. 뭐, 마물의 생태가 전부 해명된 것도 아니므로 그런 점은 일일이 신경 써봤자 소용이 없겠지만.

나중에 관심을 가진 생태학자 같은 사람이 무리하지 않는 범위 내에서 해명해주기를 기대하자.

그러므로 그 이야기는 일단 넘어가기로 하고.

지금 중요한 것은 임신 중인 부인 두 명을 남겨둔 채 전장으로 가게 될 베니마루의 심정이었다.

일과 나, 어느 게 더 중요해?

이 질문만큼은 누가 들어도 싫어하지 않을까.

나는 뭐 독신이었으니까 말이지. 그런 질문과는 인연이 없었다.

분하지도 않고 질투를 하는 것도 아니거든?

자신의 생일에도 일 때문에 집에 돌아가지 못하는 회사의 노예였으니까 연인이 있었다면 위험했을 거라는 생각이 들었을 뿐이다.

심정적으로는 부인을 고르겠지만, 이성적으로는 일을 고를 것이다. 돈이 없으면 생활을 할 수가 없으니까 일을 우선하지 않을 수가 없다는 것이 솔직한 마음일지도 모르지.

하지만 가정을 지키지 않으면서 일을 하는 게 무슨 소용이란 말인가. 그렇게 따질 수도 있으니까 어려운 선택이란 말이지.

그런 것을 이해해주는 회사를 다니는 것이 분명 이상적인 답일지도 모른다.

어쨌든 그 이상을 최대한 추구할 수 있게 해주고 싶다는 게 우리나라의 방침이라고 나는 생각한다. 내 입장에선 베니마루가 부부의 위기를 맞길 바라지 않으니 본인의 의사를 존중하기로 한 것이다.

그런 나의 배려 따위는 웃어넘기듯이 베니마루가 대답했다.

"쓸데없는 걱정입니다. 저는 제가 사랑하는 자들을 지키기 위해서 최선을 다해 싸울 생각이니까요. 애초에 저에게 무슨 일이 생겼을 때를 대비하기 위해서 후손을 바랐던 것이었습니다. 그랬는데 그것 때문에 싸우지 못하게 된다면 사실상 주객이 전도되는 꼴입니다."

그렇군. 논리적으로 따지면 그렇겠네.

하지만 정말로 그래도 괜찮을까?

"하지만 말이지……."

이상한 일이지만 내가 주저하고 말았다.

그런 나를 안심시키려는 듯이 베니마루가 웃었다.

"괜찮다니까요. 이 세상에서 가장 안전한 곳은 여기인데다 하쿠로우에게도 호위를 부탁했습니다. 만약 무슨 일이 생긴다면 저를 대신해 그가 제 후손을 훌륭하게 키워주겠죠. 그러니까 아무런 걱정도 하실 필요 없습니다! 그리고 애초에 저는 질 마음이 없으며, 리무루 님의 승리를 의심하지 않습니다."

실로 호쾌하고 자신만만한 말투로 그렇게 말했다.

소우에이도 그 말이 옳다는 듯이 고개를 끄덕였으며, 다른 자들의 얼굴을 둘러봐도 모두 같은 생각을 하고 있는 것 같았다. 이렇게 나오는 걸 보니 내가 잘못 생각한 게 아닐까 하는 기분까지 들고 말았다.

"헛헛허. 리무루 님은 자상하셔서 그렇습니다. 평화로운 시대에 태어났기 때문에 그런 생각을 하시는 것이겠지만, 전란의 세상에선 그런 가치관이 주류라고 할 순 없겠지요. 제 딸——모미지도 알비스 공도 각오는 되어 있습니다. 그렇게 각오한 상태에서 베니마루 님을 믿고 있는 것이니까요."

베니마루를 도련님이라고 부르지 않는 걸 보더라도 그 발언이 얼마나 진지한 것인지 알 수 있었다. 그리고 어느새 그 자리에 와 있던 모미지와 알비스도 그런 하쿠로우의 말에 동의하고 있었다.

"그 말이 옳습니다. 제 남편이 지는 일은 있을 리가 없습니다!"

"네, 모미지 씨와 같은 의견입니다. 베니마루 님, 만약 저희를 놔두고 먼저 가신다면 어디든지 쫓아갈 생각이니까 각오해두세요."

이 두 사람도 단단히 각오를 했다는 분위기를 풍기고 있었다.

그렇다면 내가 끙끙거리며 고민하고 있을 때가 아니로군.

"좋아, 그 마음은 확실히 받아들였다. 반드시 이기겠다고는 말하지 않겠지만, 반드시 모두 살아서 돌아오겠다고 약속하지."

"훗, 맡겨두십시오, 리무루 님. 이기면 됩니다. 이기면."

잊어버리고 있었지만, 베니마루는 원래 터무니없을 정도로 자신만만한 인간이었지. 소우에이와 둘이 함께 있으면 어떤 상대라도 이길 것만 같았다.

그건 쿠마라나 란가도 마찬가지였다.

"그렇습니다. 저도 열심히 싸울 테니까 패배는 있을 수가 없습니다."

"나의 주인이여, 저도 있습니다! 어떤 적이라도 제가 한 번 물기만 하면 절대 지지 않을 것입니다!"

그렇게 되지 않을 경우도 있을 것 같지만 말하고자 하는 바는 전해졌다.

"그렇군. 주저하고 있을 때가 아닌 데다 싸우기 전부터 고민하고 있어봤자 소용이 없겠지. 지킬 상대가 레온이라는 것도 묘한 인연이라는 생각이 들지만, 최대한 노력해서 미카엘의 야망을 쳐부수도록 하자!"

나는 그렇게 선언했다.

미카엘과도 차분하게 대화를 나눴다면, 어쩌면 서로를 이해하게 될 가능성도 있다――는 그런 번드르르한 소리를 뱉을 생각은 없다.

그 녀석은 위험하다.

인간미가 없는 수준을 넘어서, 목적을 위해서는 그 어떤 것을 희생해도 상관없다는 사상을 지닌 자니까 말이지.

민폐도 이만저만이 아니라고 할까, 결국 양보할 수 있는 선을 넘어선 상대와는 자웅을 겨루는 수밖에 없는 것이다.

"가자!"

내 말에 모두가 고개를 끄덕였다.

고민은 모든 것이 끝난 뒤에 할 것이다.

나도 그렇게 각오를 굳히면서 전장을 향해 '전이'하려고 했다.

●

리무루 일행이 준비를 시작했을 무렵, 이미 전투는 시작되고 있었다.

선전포고 같은 것은 전혀 없이 베가가 폭주한 것이 그 원인이 된 것이다.

"쳇, 저 녀석은 작전대로 행동하지 못하는 건가?"

그렇게 말하는 펠드웨이의 푸념을 듣고 카가리도 "동감이네요"라고 말하면서 고개를 끄덕였다.

이번 작전의 목적은 엘도라도(황금향)의 섬멸이 아니었다. 천사계열의 권능을 소유한 자를 펠드웨이 앞으로 끌어내서 동료로 가담시키는 것이었다.

미카엘의 '지배'는 펠드웨이도 다룰 수 있다는 말을 듣고 카가리도 당황했다. 하지만 총대장인 미카엘이 전장에 나오지 않도록 펠드웨이가 대신 나서는 것은 전술적으로 볼 때 정답이라고는 생각했다.

그래서 아무런 의심도 없이 이번 작전을 받아들였던 것이다.

작전내용은 단순했다.

여기에 있는 전원, 펠드웨이, 베루자도, 자라리오, 피코, 가라샤, 카가리, 유우키, 티어, 풋맨, 베가, 오르리아, 아리오스, 후루키 마이, 총 열세 명이 난동을 부릴 수 있는 만큼 난동을 부리는 것이었다.

그 공격에 당황하여 반격하기 위해 뛰쳐나온 자들을 처리하면서 천사 계열 권능을 소유한 자를 찾아낸다는 게 그 내용이었다.

확정이 아니라 추정이긴 했지만, 카가리는 분명 그자가 레온일 것이라고 생각하고 있었다. 아니라고 해도 문제는 없었다. 대상자를 억지로 납치해가면 그걸로 작전은 성공적으로 종료되는 것이니까.

만약 도시의 방어를 굳히면서 나오지 않을 경우에는 카가리가 이끄는 자들이 돌격팀이 되어서 돌입하도록 얘기가 되어 있었다.

하지만 마이의 '순간이동'으로 현지에 도착하자마자 지시를 무시하고 베가가 폭주했다. 도시방위결계에 달려들었고 그걸 격파해버린 것이다. 그리고 그대로 왕성으로 보이는 장소에 돌격하고 만 것이다.

카가리도 어이가 없을 뿐이었다.

(저 녀석, 힘을 얻으면서 예전보다 더 바보가 된 것 같아. 이대로 가면 작전에 제대로 써먹을 수가 없을 테니 진심으로 숙청을 생각하는 게 좋을지도 모르겠네.)

조직에서 명령 위반은 엄금이다.

하물며 간부급인 자가 그렇게 굴다간 군기가 제대로 통솔되지 못하는 것은 물론이고 그 이상의 위험을 초래할 수도 있다. 부하에 대한 본보기를 보여주기 위해서라도 베가의 처분을 생각할 필요가 있을 것 같았다.

어쨌든 작전은 이미 시작되었다.

베가에 대한 처분은 귀환한 후에 생각하기로 하고, 카가리는 자신들에 대한 방침을 펠드웨이와 의논하기로 했다.

"나와 베루자도가 있으면 양동으로서 완벽하겠지만, 자라리오, 그리고 피코와 가라샤도 여기 남아 다오. 남은 자들을 네 지휘를 받을 수 있게 배치할 테니까 최대한 화려하게 난동을 부리면서 우리가 노리는 인물을 찾아내도록 해라."

티어나 풋맨은 말할 것도 없이 아리오스, 오르리아, 마이처럼 데스맨(요사족)이었다가 부활한 자들도 카가리의 '주언'의 영향을 받고 있었다. 명령에 강제력은 없지만 '염화'가 이어져 있었던 것이다.

그리고 작전 입안은 카가리의 특기이기도 하기 때문에 펠드웨이가 그걸 인정하여 지휘권을 부여한 것이다.

그래서 카가리는 명령했다.

"베가의 폭주는 나중에 질책하기로 하고, 어쨌든 지금은 전력으로 적과 싸우도록 하세요. 이기지 못할 것 같으면 물러나도 좋으니까 마음껏 날뛰면서 싸우도록 해요!"

여기 있는 것은 유우키를 제외하면 모두 큰 힘을 얻은 자들이었다. 베가만큼 자제심이 없는 것은 아니지만, 자신이 얼마 강해졌는지 시험해보고 싶은 마음은 컸던 것이다.

그렇기 때문에 카가리가 허가하자마자 모두가 일제히 움직이기 시작했다.

그리고 카가리는 혼자서 늦게 그 뒤를 따랐다.

(자유의지가 남아 있는 것은 물론이고 어느 정도의 권한까지 부여받았어. 이 이상 좋은 기회는 앞으로 얻기 힘들지도 몰라――.)

좀 더 시기가 무르익기를 기다려야 할지도 모른다. 그런 생각도 뇌리를 스쳤지만, 자신의 의지가 미카엘에게 붙잡혀 있다는 현재의 상황은 그야말로 공포였다.

완전히 꼭두각시 인형이 되어 버린다면 모든 희망은 사라져버릴 것이다.

이게 마지막 기회일 가능성은 낮지 않았다. 낙관적인 판단은 위험하다고 생각하면서 카가리는 행동으로 옮길 결의를 했다.

처음부터 펠드웨이 쪽에 충성을 맹세할 마음은 없었던 것이다.

미카엘과 펠드웨이는 미쳐 있었다.

그 광기는 피부로 느껴질 정도였기 때문에 카가리는 그들과의 미래는 결코 밝지 않을 것이라고 확신하고 있었던 것이다.

'배신하지 않겠다고 맹세하겠어요. 그리고 당신의 지배를 받아들이겠습니다.'

그렇다.

카가리는 동료들을 배신하지 않겠다고 맹세했다.

비록 미카엘의 지배를 받더라도 말이다.

그리고 유우키로부터 받은 은혜를 갚기 위해서 자신의 손을 얼마든지 더럽혀도 좋다는 각오를 하고 있었다.

(미카엘의 지배는 일정 범위 안에선 절대적인 것 같아. 하지만 거리를 벌리면 효과는 약해질지도 몰라. 어쩌면 동일 공간에서

격리해버리면 영향을 받지 않게 될 가능성도 있어!)
소유자가 어디 있는지는 그자의 기척으로 찾아낼 수 있다. 그러나 세 개의 권능의 소재지는 불명이었다.
즉 그곳은 안전지대일 가능성이 높은 것이다.
라미리스의 미궁.
그곳으로 피신하여 숨으면 카가리와 동료들은 살아날 수 있을지도 모른다.
다행히도 마왕 리무루와는 동맹을 맺은 관계였다.
아니, 이제 와선 그것도 확신할 수 없지만, 그 사람 좋은 리무루라면 카가리 일행을 숨겨줄 가능성이 높았다.
그러므로 카가리 일행이 취해야 할 행동은 여기서 큰 혼란을 일으킨 후 틈을 봐서 도주하는 것이었다.
그러기 위해서라도——.
『내 말이 들려요, 라플라스?』
『——회장?! 무사했군요!!』
『무사하지만 골치 아픈 상황에 놓였어요. 그러니까——.』
『뭐든 명령만 내리십쇼. 그래서 어디로 가면 되는 거요?』
『——엘도라도(황금향)에요.』
카가리는 가장 믿을 수 있는 비장의 수단을 불러왔다.
이리하여 라플라스도 참전하게 된 것이다.

●

한편, 레온의 부하들은 단번에 긴박감을 느꼈다.

언젠가는 올 것으로 예상하고 훈련도 시행해왔다.

오늘, 그 예상이 실제로 일어난 것이다.

레온이 '도시방위결계가 파괴되면서 적이 침입했다'는 보고를 받을 때까지 그렇게 오랜 시간이 필요하지는 않았다.

안색이 변한 기사들이 자신들이 가져온 속보를 큰소리로 알렸다.

"침입자는 겨우 여덟 명입니다만, 그 전력은 절대적입니다! 성안까지 침입을 허용하는 바람에 우리 쪽은 혼란에 빠져 있습니다!"

그렇게 보고한 뒤에 반격하기 위해 돌아가는 기사를 눈으로 배웅하다가 레온은 기이 쪽으로 시선을 돌렸다.

"리무루에게 연락은 했나?"

"쳇, 차단됐어. 위에 있군. 베루자도야. 즉, 적은 여덟 명이 아니라는 뜻이지."

그렇겠지. 레온은 그렇게 생각하면서 고개를 끄덕였다.

자신이 적이라도 해도 우선은 적들의 연계를 끊기 위해 움직일 것이다. 이것도 당연히 예상했어야 할 사태였다.

그러므로 그렇게 될 경우의 대항수단으로 리무루가 각 세력의 상황을 감시마법 '아르고스(신의 눈)'로 파악하고 있었던 것이다. 어느 정도는 타임래그가 일어나겠지만, 무슨 일이 있었는지는 전해질 수 있었다.

반드시 도와주러 올 것이다.

그리고…… 만약 제 때에 오지 못하면서 최악의 사태가 일어나더라도 리무루가 반쯤은 농담처럼 얘기하던 작전이 있었다.

아마 진심으로 한 얘기가 아니었을 것이고 레온도 단호히 거부하고 싶었지만, 만약 정말로 그렇게 된다면 이것저것 따지고 있을 수 없을 것이다.

어쨌든 지금은 그렇게 되지 않도록 최선을 다해야 한다고 생각하면서, 레온은 기이에게 물었다.

"어떻게 하지? 리무루와 부하들이 올 때까지 여기서 기다릴까?"

"아니, 그건 어렵겠어. 베루자도가 없다면 어떻게든 버틸 수도 있었겠지만 말이야. 저 녀석이 진심으로 힘을 쓰면 여기도 쉽게 소멸할 테니까."

"……그건 곤란하군."

공간 전이를 하려면 현재의 지점과 전송할 곳의 정확한 좌표가 필요하다. 연락이 끊어진다는 것은 그런 공간대책도 제 역할을 하지 못할 것으로 봐도 틀리지 않을 것이다.

'전이용 마법진'까지 파괴되면 원군의 도착이 훨씬 더 늦어지고 말 것이다.

10여분의 시간을 벌면 분명 리무루가 올 것이다. 그걸 기대하기 위해서라도 이 거점을 사수할 필요가 있을 것 같았다.

"그렇지? 그렇다면 내가 나서서 상대할 수밖에 없겠군."

그렇게 말하면서 기이가 일어났다.

"함께 하겠습니다."

"저도 오늘은 최선을 다해서 싸울 생각입니다."

미저리와 레인이 기이를 따랐다.

이 두 사람의 실력도 최근 몇 개월 동안 함께 살면서 완전히 파악했다.

특히 레인 쪽은 실력이 부쩍 상승하면서 레온도 고전을 강요당할 만큼 성장했다.

평소에는 짜증 나는 상대였지만, 아군인 지금만큼은 믿음직스러웠다.

늘 최선을 다하면 좋을 텐데——. 미저리가 그렇게 투덜댔지만, 그 한 마디가 모든 자들의 심정을 대변하고 있었다.

그때 또 한 명의 귀찮은 자도 끼어들었다.

"쿠후후후후. 약자인 당신 둘이 따라가 본들 큰 도움이 못 될 겁니다. 기이를 돕는 것은 제 본의가 아니지만 저는 리무루 님의 명령을 더 중시합니다. 도와드릴 테니 함께 가시죠."

도와줄 테니 고맙게 생각하라는 듯이 그 남자, 디아블로가 웃었다.

그에 반발하면서 말다툼을 시작하는 레인.

진저리난다는 투로 성을 내며 소리치는 기이.

한숨을 쉬면서 고개를 젓는 미저리.

시끌벅적 떠들어대며 사라지는 자들을 보면서 레온은 '사이가 좋군'이라고 생각했다.

하지만 느긋하게 그런 생각을 하고 있을 여유는 없었다.

바깥은 기이 쪽에게 맡기고 레온은 자신이 맡은 역할을 완수해야 하는 것이다.

복도에서 부하들의 절규가 들려오는 걸 보면 상황이 좋지 않은 것은 명백했다.

자신이 지배를 당할 위험이 있으므로 섣불리 움직일 수는 없었다. 레온은 그게 안타까웠다.

"도시 쪽으로 간 자는 없겠지?"

늘 옆에서 대기하고 있는 심복, 실버 나이트(은기사경) 알로스에게 물었다.

그러자 기사들과 '사념전달'로 대화를 나누면서 지시를 내리고 있던 알로스가 간결하게 대답했다.

"네! 모두 성안을 목표로 삼고 있는 것 같습니다."

그건 정말 잘된 일이라고 생각하면서 레온은 고개를 끄덕였다.

"그렇다면 매직 나이츠(마법기사단)로 성을 봉쇄하라. 침입자를 성안에서 격리하고 바깥과 연계하지 못하게 막아라!"

"알겠습니다!"

기이 일행은 걱정할 필요가 없다고 확신하면서 레온은 지시를 내렸다.

적을 성안에 가두기만 한다면 성 아래 도시에 피해가 생기는 일도 없을 것이다. 그런 상태를 유지하면서 리무루의 응원을 기다렸다가 격리해둔 적을 함께 치자고 판단한 것이다.

"더 이상의 피해가 생기지 않도록 각 기사단장이 적을 상대해서 싸워라."

"알겠습니다!"

상설방위대만으로는 해결이 안 된다고 생각했기 때문에 성을 격리결계로 봉쇄한 후에 기사단장들을 적을 상대하러 보냈다.

보존해둔 병력을 투입한 것이다,

도시방위결계의 유지는 그대로 방위에 특화된 황기사단과 회복에 특화된 백기사단에게 맡겨 놓았다. 그리고 공격에 특화된 적기사단을 출동시켜 적을 요격하러 보낸 것이다.

남은 전력은 유격에 특화된 청기사단뿐이었다. 상황에 임기응변으로 대응하면서 방어가 약한 지점을 커버할 것이다.

레온이 명령한 대로 알로스가 병력을 배치했다.
그런 레온 앞에 여섯 명의 이형들이 무릎을 꿇었다.
"마왕 레온 님. 저희에게도 출격 허가를 내려주십시오."
그들은 기이의 휘하에 속하는 마장들이었다.
정확하게는 기이가 아니라 미저리와 레인의 부하들이었다.
원래는 아크 데몬(상위마장)들이었지만, 미저리와 레인의 진화에 맞춰서 '데몬 로드(악마공)'라는 단계까지 이른 상태였다.
그 중에서도 레인의 부하의 필두인 미소라는 그야말로 온갖 고생을 다 했기 때문에 공작 급의 실력자가 되어 있었다. 같은 공작 급이었던 모스보다는 약하지만 남들보다 뛰어난 전투능력을 보유하고 있었다.
미저리의 부하의 필두인 칸도 그에 밀리지는 않았다.
전투능력으로는 미소라에게 밀리지만 후작급에 해당하는 강자였던 것이다.
다른 네 명도 매직 나이츠의 각 기사단장에 필적했다. 그냥 놀려두기에는 아까운 전력이었다.
"허가한다. 가라. 프란 쪽과 협력해서 적을 쓰러트려라."
이리하여 악마들도 밖으로 나가 싸울 수 있게 되었다.
레온의 곁을 지키면서 대기하는 자는 단장 알로스와 레온의 검술스승을 맡고 있는 블랙 나이트(흑기사경) 클로드만 남게 되었다.
사실은 이 둘도 적을 상대하러 보내고 싶었다. 하지만 이번에 쳐들어온 적의 목적이 레온인 이상, 이 자리에 호위를 남겨둬야 했던 것이다.
"답답하군."

"참으십시오. 제가 레온 님을 지킨다는 것도 우스꽝스러운 이야기이긴 합니다만, 지금은 모두를 믿고 움직이지 않아야 합니다."

"후후후. 성안의 적은 여덟 명. 우리에겐 네 명의 기사단장들과 저 악마들이 가세했습니다. 그리고 훈련을 잘 받은 기사단도 있습니다. 절대 질 리가 없습니다."

클로드가 레온에게 진언하며 타이르자, 알로스도 자신에게 들려주듯이 낙관론을 늘어놓았다.

그렇게 마음 놓고 있을 상황이 아니라는 것은 이해하고 있었지만, 레온이 적의 손에 들어가는 것만큼은 저지해야만 했다.

지금은 가만히 참고 있을 때라고 생각하면서, 옥좌에 앉은 채 좋은 소식이 오기를 기다렸다.

그리고 잠시 시간이 지나자 성안의 곳곳에서 격렬한 진동이 관측되게 되었다.

가장 격렬한 전투가 벌어지는 구역은 베가가 날뛰고 있는 전장이었다.

미소라가 지휘를 맡았으며, 악마 네 명이 철저하게 시간벌이에 치중하고 있었다.

그들을 뒤에서 받쳐주는 자가 백기사단 단장인 화이트 나이트(백기사경) 메텔이었다.

메텔은 금발벽안의 단아한 미녀였다. 특기는 회복마법이며, 그녀가 있는 것만으로도 전투를 계속할 수 있는 능력이 높아졌다.

악마들은 그 덕을 보면서 베가를 상대로 선전하고 있었다.

그렇다. 선전이었다.

한 명이 일격을 날리고 이탈하면 메텔이 그자를 치료하여 전선으로 복귀시켰다. 그런 과정을 반복했다.

압도적인 폭력 앞에선 죽음을 각오하고 도전할 수밖에 없었던 것이다.

미소라의 표정도 고통으로 일그러졌다.

하지만 그녀는 주눅 들지 않았다.

그녀의 주인인 레인의 무모한 행실 때문에 매번 고통을 겪었기 때문이다.

그리고 어차피…… 악마들의 입장에서도 여기서 물러나면 기이에게 숙청될 뿐이다. 그렇다면 긍지 높게 싸우면서 자신의 역할을 완수하자는 생각을 하고 있었다.

하지만…… 베가의 존재치는 1,000만을 넘는데 반해 악마들은 상위의 존재조차도 50만 정도밖에 되지 않았다. 미소라마저도 70만 전후인 수준이었던 것이다.

얼티밋 스킬(궁극능력)을 가지고 있는 것도 아니다 보니 실력 차이는 확연했다.

"크와하하하! 약해, 약해, 약하다——!! 아니!! 내가 너무 강한 거겠지. 미안하구나, 네놈들이 너무 약해서 잡아먹을 생각도 들지 않는다. 그러니까 마음고생이 길어지겠지만 자신의 약함을 원망하도록 해라!!"

그런 말로 악마들의 긍지를 짓밟거나 신경을 긁어대는 폭언을 뱉어대는 베가를 상대해도 냉정하게 대처할 수밖에 없었던 것이다.

아니, 그게 바로 악마들의 작전이었다.

감정을 읽어내는 것이 장기인 만큼 베가의 성격을 이용하고 있었던 것이다. 여기서 유쾌하게 압도적인 싸움을 벌이도록 유도하여 이 교착상태를 유지하고 있었다.

격전을 벌이면서도 안정된 상태를 유지하고 있는 베가와의 싸움과는 달리 끈적끈적한 긴장감을 풍기는 것은 아리오스를 상대하는 자들이었다.

"끼앗——핫핫하! 마음껏 죽일 수 있네!! 뭐야, 뭐야, 이 힘은. 최고잖아!!"

폭력에 도취한 아리오스는 인간이었던 시절의 이성을 잃은 것처럼 날뛰고 있었다.

얼티밋 인챈트(궁극부여) '산달폰(형벌지왕)'은 아리오스의 바람을 그대로 마구 쏘아댈 수 있는 권총의 모습으로 구현되어 있었다.

그리고 또 하나, 오른손에는 바스타드 소드(한손검)도 있었다. 이쪽은 오르리아의 '멀티웨폰(무창지왕)'으로 창조된 무기였다.

이 두 가지는 단순한 갓즈(신화) 급은 비교도 되지 않을 만큼 강력했다. 이 무기들을 구사함으로써 아리오스는 기사들을 상대로 살육을 거듭하고 있었다. 콘도 중위를 모방한 것 같은 모습이었지만, 그건 아리오스 자신도 인정하지 않을 '동경'이 표현된 것이었다.

그런 아리오스에게는 청기사단 단장인 블루 나이트(청기사경) 오키시안과 칸이 태그를 이뤄 도전하는 식으로 싸우고 있었다.

무기의 차이는 메울 수 없을 것 같았지만, 레벨(기량) 면에선 비등비등했던 것이 그나마 다행이었다. 칸이 대악마로서의 긍지를 걸고 마법을 써서 방해했으며, 오키시안이 그 화려한 검기로 아리오스와 대치했다.

오키시안의 특기가 보조마법인 점도 컸다. 신체 능력이나 검의 내구력은 칸과 오키시안의 마법을 다중으로 거는 방법을 통해 보강되고 있었던 것이다.

그래도 승산은 거의 제로였다. 직격을 맞춰도 상처를 입지 않는 상대를 만나면서 니힐한 귀공자인 오키시안은 승리 따위는 바라지도 않았다. 검이 파괴되지 않도록 주의하면서 이 싸움을 조금이라도 더 오래 끌 수 있기만을 바라고 있었던 것이다.

경애하는 레온의 바로 앞까지 적이 도달할 수 없도록.

그렇게 끝이 아득히 멀어 보이는 싸움은 아직 시작되었을 뿐이었다.

오르리아의 상대로는 적기사단 단장인 레드 나이트(적기사경) 프란과 황기사단 단장인 옐로 나이트(황기사경) 키조나가 싸우고 있었다.

프란은 적갈색의 피부를 가진 건강미 넘치는 미녀였으며, 가벼운 무장을 한 채 공격력을 중시하는 싸움을 벌였다. 키조나는 작은 몸집이면서도 밝은 성격을 가졌으며, 중후한 전신 갑옷으로 몸을 보호하고 있었다.

그런 두 명의 여성은 운이 좋았다. 왜냐하면 오르리아의 전의가 강하지 않았기 때문이다.

오르리아는 신중했다.

베가나 아리오스와는 달리 신중하게 자신의 권능을 파악해나갔다.

하지만 프란과 오르리아의 상성은 최악이었다. 그녀의 마법은 전부 오르리아의 방패 앞에 무력하게 흩어지고 말았다.

오르리아는 자신의 '멀티웨폰(무창지왕)'으로 어떤 무기를 창조할 수 있는지 실험했다. 아리오스에게는 바스타드 소드(한손검)를 줬으며 마이에게도 크레센트 보우(궁장월)를 부여했다. 그리고 자신은 모닝스타(성구곤)와 타워 실드(대벽순)를 준비하고 싸운 것이다.

공격과 방어, 양쪽의 성능을 시험하기 위해서.

두 사람은 오르리아의 성격 때문에 구원을 받았다고 할 수 있었다.

오르리아는 두 사람을 실험대상으로 삼고 천천히, 그리고 확실하게 자신의 얼티밋 인챈트(궁극부여)로 창조한 무기를 파악해나갔다.

마이는 전장에 있으면서도 여기가 자신이 있을 곳이 아니라는 느낌을 떨쳐내지 못하고 있었다.

싸우는 의미를 알 수가 없었다.

하지만 미카엘에게 거역하는 것은 불가능했다.

신뢰하고 있던 유우키까지 부리는 상대인 이상, 마이의 실력으로는 저항한다고 해도 이길 수 없으니까.

그렇다고 해서 원한도 없는 기사들을 향해 칼을 휘두를 마음도 들지 않는지라 그저 철저히 방관하고 있었다.

만약 그녀가 진심으로 참전했다면 상황은 이미 천사들 쪽에게 유리하게 전개되었을 것이다.

하지만 그렇게 되지는 않았다.

"이대로 가면 다들 불행해질 뿐이야. 하지만 나는 어떻게 하면 좋을까? 가르쳐줘, 유우키……."

마이는 망설이고 고뇌했으며, 그리고 아직 답을 찾아내지 못하고 있었다.

그녀가 행동에 나설 때까지는 아직 한동안의 시간이 필요했던 것이다.

●

기이 일행은 적을 맞아 싸우기 위해 나갔지만, 성 바깥은 맹렬한 눈보라가 치고 있었다.

베루자도의 짓이었다.

"저 녀석의 상대는 내가 하겠다."

기이의 말에 아무도 이견을 제기하지 않았다.

먼 옛날, 그리고 비교적 최근까지도 여러 번 싸웠던 상대지만, 확실히 말해서 베루자도는 엄청나게 강했다. 필연적으로 기이가 베루자도와 대치하는 것이 타당했다.

그리고 지금의 베루자도는 힘을 전혀 조절하지 않았다. 소녀의 모습에서 성인 여성의 모습으로 변해 있는 것이 그 증거였다.

그리고 그 눈은 평소처럼 블루 다이아몬드(심해색의 눈)가 아니라 황금색이었다. 요사스럽고 불길하게, 그리고 아름답게 빛나고 있었다.

그게 바로 베루자도의 본래의 모습, 인간 상태일 때의 전투형태였던 것이다. 그걸 보고 기이는 그녀가 진심으로 싸우고 있다는 것을 깨달았다.

그리고 베루자도는 적당한 수준으로 미쳐 있었다.

대공에 정지한 상태로 눈보라의 중심이 되어 있는 베루자도 앞까지 날아가자, 기이를 본 베루자도가 기쁜 표정으로 이렇게 외쳤다.

"사랑해요, 사랑해요, 사랑하고 있어요, 기이. 그러니까—— 당신도 나와 함께 더, 더, 더, 더 많이 서로를 죽이도록 해요!!"

그리고 그녀는 만면의 미소를 지으면서 기이에게 달려들었다.

"쳇, 그런 건 귀찮다고 말했을 텐데!"

기이도 진지하게 응전했다.

베루자도를 상대하면서 힘 조절을 한다는 건 단지 자살행위일 뿐이었다.

그리하여 성의 상공에선 이 세계의 최고전력끼리 벌이는 전투가 촉발된 것이다.

기이는 강하다.

존재치도 아주 높았으며 그 수치는 4,000만에 육박할 정도였다.

그러나 베루자도는 '격'이 달랐다.

기이의 배 이상인 상상을 초월하는 힘을 가지고 있었던 것이다. 창조신의 여동생이라는 건 빈말이 아니었으며, 지상의 존재 중에선 절대자였다.

그리고 베루자도는 여동생인 베루글린드를 상대할 때도 진심으로 싸운 적이 없었다. 늘 소녀의 모습, 즉, 자신의 힘을 봉인한 상태에서 대응했다.

베루도라를 날려버렸을 때에도 장난치듯이 일격을 쏘았을 뿐이다. 그 말은 즉, 그녀의 공격은 늘 에너지 효율이 높다는 것을 의미하고 있었다.

그녀가 진지하게 싸울 때는 기이를 상대할 때뿐이었다.

기이가 호각으로 싸울 수 있는 것은 전적으로 탁월한 전투센스가 있기 때문이었다. 게다가 가능한 한 지상에 영향을 주지 않도록 배려하고 있었으니까 기이 크림존이라는 남자가 얼마나 대단한 존재인지 이해할 수 있을 것이라 생각한다.

싸움은 늘 그랬던 것처럼 교착상태로 빠져들었다.

그리고 기이는 깨달았다.

역시 이 녀석은 조종당하고 있는 게 아니로군——이라고 생각하면서.

아니, 지배는 받고 있었지만 그건 베루자도의 바람과 합치하기 때문에 굳이 레지스트(저항)하지 않았던 결과일 것이라고 예상했다.

베루자도는 아주 기뻐하는 것 같았다.

그건 한창 싸울 때에만 볼 수 있는 아주 그리운 표정이었다.

낭보라고 하기보다 진절머리가 나야 할 사실이었다.

오랜 세월 동안 억압되어 있던 바람이 펠드웨이와 미카엘을 핑계 삼아 해방된 것뿐이었다. 그건 즉, 베루자도가 납득할 때까지는 이 관계는 개선되지 않는다는 뜻이 되기 때문이었다.

조종당하고 있는 것뿐이라면 그 상태를 해제하면 그만이다. 그러나 그렇지 않은 이상, 기이도 아무런 방법이 없었가.

설득에 응해줄 베루자도가 아니다. 그녀를 제정신으로 돌려놓으려면 만족할 때까지 기이가 어울려주는 수밖에 없었던 것이다.

"이것 참, 정말 미치겠군!"

그렇게 투덜대면서도 기이는 대담하게 웃었다.

그리고 유쾌한 표정으로 베루자도를 맞아 싸웠다.

●

성의 상공, 베루자도와 기이보다도 훨씬 더 높은 곳에서.

펠드웨이와 자라리오 앞에 서 있는 자는 디아블로였다.

"분수를 모르는 사악한 악마가 단지 혼자서 우리에게 도전할 생각이냐?"

"쿠후후후후. 다음에 만날 때는 각오하라는 말을 지껄이셨습니다만, 오늘은 절 즐겁게 만들어주실 수 있습니까?"

"……쳇. 너 같은 놈이랑 놀고 있을 만큼 나는 한가하지 않다. 자라리오, 녀석의 상대는 너에게 맡기겠다."

펠드웨이는 디아블로와의 결전을 피했다.

디아블로는 귀찮은 악마였던 것이다. 그걸 잘 알고 있는 만큼 상대하는 게 망설여졌다.

펠드웨이는 그대로 아무 말도 없이 성 안쪽으로 사라졌다.

디아블로는 그걸 방해하려고 했지만, 자라리오가 그걸 허락하지 않았다.

억지로 떠맡게 되는 것도 상당한 민폐였던 데다 정확히 말하면 거절하고 싶은 것이 본심이었다. 그러나 직속 상사의 명령이다 보니 지금은 적당히 응할 수밖에 없다고 판단했던 것이다.

"어쩔 수 없군. 디아블로라는 이름을 얻은 것 같은데, 네가 얼마나 강해졌는지 시험해보도록 하지."

그렇게 말하면서 둘은 전투에 돌입했다.

자라리오는 내키지 않았지만 이길 자신은 있었다.

육체를 얻은 지 얼마 되지 않았지만 그 몸은 쾌적했다. 오랜만에 전력을 발휘해도 망가지는 일 없이 자라리오의 기분을 고양해 줬다.

"명위팔장(冥威八掌)."

자라리오가 선제공격을 날렸다.

요기를 손바닥에 담아서 날리는 실로 단순한 기술이지만, 그 위력은 쉽게 가늠할 수 없었다. 여덟 개로 갈라져서 날아가는 기탄이 디아블로를 노렸다.

"한심하군요. 역시 그 정도밖에 안됩니까."

상대하는 디아블로는 시시하다는 투로 그렇게 말했다.

딱히 상대를 도발하거나 허세를 부리는 작전을 쓰는 게 아니라 진심으로 한 말이었다.

격이 낮은 상대라면 또 모를까 동격인 자를 상대하는 거라면 약한 기술을 써서 상대의 역량을 판단하는 시도는 신중히 해야만 한다.

디아블로는 가볍게 기탄을 피하면서 자라리오를 노려봤다.

"쓸데없이 에너지를 소모하다니 혹시 힘만 넘치는 초보자입니까?"

상당히 진지하게 물었다.

그 말에 발끈하면서도 냉정함을 유지한 자라리오.

이래서 이 녀석은 마음에 들지 않는단 말이지――. 그렇게 생각하면서 분노를 감춘 채 대답을 늘어놓았다.

"입 닥쳐라. 그 정도는 나에겐 소모 축에도 들어가지 않는다. 애초에 나와 너는 내포된 힘의 절대량이 차이가 나니까 말이지.

내가 아니라 너 자신을 걱정하도록 해라."

이건 사실이었다.

지금의 자라리오는 라미리스의 미궁을 침공했을 때와는 조건이 달랐다. 육체를 얻으면서 '요이궁'에 있던 본체의 힘을 완전히 발휘할 수 있게 되었다. 존재치도 2,000만을 넘었으며, '용종'을 상대해도 밀리지는 않는다고 자부하고 있었던 것이다.

어느 정도는 낭비해도 바로 회복하니까 신경을 쓸 필요까지도 없었다.

하지만 디아블로는 코웃음을 쳤다.

"이래서 초보자는 안 된다니까. 우리 싸움은 일격으로 상대를 소멸시키거나 혹은 장기전을 각오해야 한답니다. 그러므로 얼마나 힘을 소모하지 않으면서 싸울 수 있는가에 중점을 두는 것이 기본이죠. 그걸 이해하지 못하고 있더니, 자라리오, 아무래도 훈련을 게을리 하고 있었군요."

자신을 깔보는 듯이 바라보는 디아블로의 시선에 짜증이 난 자라리오.

패한 후에 그런 말을 듣는다면 참을 수도 있겠지만, 싸움은 이제 막 시작된 참이다. 상대의 정신을 어지럽히는 것도 전술적으로 있을 수 있는 일이겠지만, 디아블로는 딱히 그걸 노리고 있는 것은 아니었다.

진심으로 진지하게, 충고를 해줄 생각이었던 것이다.

그걸 이해하고 말았기 때문에 그만큼 자라리오는 한층 더 발끈했다.

"입 닥쳐라. 네 충고는 쓸데없는 간섭일 뿐이니까 그만 닥쳐.

네가 걱정하지 않아도 나도 데몬(악마족)에겐 천적이나 다름없는 인섹터(충마족)들을 상대로 최전선에서 계속 싸워왔다. 네놈처럼 지상에서 편하게 지낸 자는 지금의 내 적이 되지 못한다는 걸 알아라!"

"흠, 그건 반가운 얘기군요. 그리고 안심하십시오. 저도 제기온 공을 상대로 사투를 계속 벌여왔으니까요. 제기온 공도 인섹터(곤충형 마인)인지라 아주 강한 분이랍니다. 더구나 부럽게도 리무루 님의 세포를 부여받는 바람에 공격할 수 있는 부위가 적습니다. 그렇기 때문에 저도 이기는 게 어려운 상대였죠."

공격할 수 있는 부위가 적다는 말은 디아블로가 멋대로 정한 자신만의 규칙이었다. 리무루의 세포로 만들어진 부위는 노리지 않는다는 속박 플레이였던 것이다.

이런 규칙이 있었기 때문에 악마 아가씨 3인방도 제기온을 이기지 못하고 있었지만…… 그건 별개의 이야기였다.

"무슨 뜻인지 이해가 안 되지만, 만만하기 그지없는 지상에서 아무리 훈련해본들——."

거기까지 말하다가 자라리오는 문득 떠올렸다.

흘려듣긴 했지만 제기온이라는 이름을 들은 기억이 있었던 것이다.

디노가 상대하기 힘든 자라고 단언했으며, 그 제라누스까지도 흥미를 보인 자의 이름이 분명 제기온이었다고 생각하면서. 그런 자를 상대로 훈련이 아니라 사투를 벌이고 있었다면…….

"과연, 놀고 있었던 건 아닌 것 같군."

그리하여 자라리오도 진지하게 싸울 마음을 먹었다.

디아블로 대 자라리오의 싸움은 지금부터가 본격적으로 시작된 것이었다.

●

레인과 미저리 앞은 피코와 가라샤가 가로막았다.

"추, 추워요."

레인의 마음은 이미 꺾일 것 같았다.

자신이 악마가 아니라면 이미 난로 앞으로 도망쳐서 되돌아왔을 거예요――라고 생각하면서 레인은 어떻게 이 자리를 빠져나갈 수 있을지 고민하면서 머리를 굴렸다.

"레인… 당신, 아까 '저도 오늘은 최선을 다해서 싸울 생각입니다'라고 큰소리쳤지? 그런데 왜 그렇게 의욕이 없는 듯한 표정을 짓고 있는 거야?"

"어리석은 질문이네요, 미저리. 추우니까 그렇죠. 왜 이렇게 추운 날, 그것도 맹렬한 눈보라가 치는 속에서 딱히 싫어하지도 않는 상대와 싸워야만 하는 거죠?!"

미저리의 질문을 받은 레인은 딱히 숨길 생각도 없이 본심을 그대로 드러냈다.

미저리는 무슨 잠꼬대 같은 소리를――이라고 생각하면서 어이가 없었지만, 놀랍게도 그 말에 동의하는 자가 나타났다.

그건 적이어야 할 피코였다.

"그 말은 맞네! 이렇게 새하얘서 아무것도 안 보이는 장소에서 왜 이런 모습으로 싸워야 하는 거냐고!"

실제로 피코는 추워 보이는 차림을 하고 있었다.

그렇게 따지고 보면 가라샤도 마찬가지였다.

"그만 투덜대. 나도 추우니까."

피코를 달래고는 있었지만, 같은 기분을 느끼고 있다는 것은 명백했다.

레인이랑 미저리의 메이드복도 심각했지만, 피코와 가라샤도 얇은 옷 한 벌만 입고 있었다. 가라샤는 아예 어깨가 다 드러나 있었기 때문에 보고 있기만 해도 추워 보이는 차림이었던 것이다.

(어, 진지하게 싸우려 하는 사람은 혹시 나뿐인 거야?)

그 충격적인 사실을 깨닫고 미저리는 동요했다. 그런 그녀에겐 아랑곳하지 않고 레인과 피코와 가라샤는 의기투합하여 서로 불평을 늘어놓고 있었다.

"그건 그렇고 베루자도 님도 갑자기 이런 식으로 눈보라를 일으키지는 않았으면 좋겠네요."

"완전 동감이야. 아니, 눈보라를 일으키는 건 딱히 상관없지만 사전에 말은 좀 해주면 좋겠어. 그랬으면 나도 즐겨 입는 모피 코트를 입고 왔을 텐데."

그랬으면 자랑도 할 수 있었을 거라고 피코는 말했다.

"잠깐, 피코. 언제 그런 걸 산 거야?"

"후후후, 일하는 중에 틈틈이♪"

"아아! 얼마 전에 들른 그 도시 말이구나! 거긴 어쩌면 숨겨진 명소일지도 몰라."

그들이 말하는 곳은 블루문드 왕국이었다.

동쪽과 서쪽이 교차하는 도시로서 지금은 전 세계의 상품이 모이기 시작하고 있었다. 당연히 그곳에는 마국에서 만들어진 물건도 흘러들어왔으며, 상당히 질이 좋은 옷들도 다루고 있었던 것이다.

피코와 가라샤는 감시라는 명분을 앞세워서 전 세계를 여행하며 돌아다니고 있었다. 디노의 동료답게 하고 싶은 대로 하면서 돌아다니는 것 같았다. 거점이 될 은신처도 전 세계에 준비해놓았기 때문에 최첨단 패션 같은 것도 취미 삼아 즐기고 있었던 것이다.

그런 식으로 대화에 꽃을 피우는 두 사람을 레인이 차가운 시선으로 봤다.

"자랑하는 건 좋아요. 하지만 그 전에 해야 할 일이 있을 텐데요?"

그 발언을 듣고 미저리가 놀랐다.

(오오, 역시 레인이네요. 아까 한 말은 이 두 사람을 방심시키기 위한 것이었나요. 이렇게 허를 찌르는 걸 노렸다니——.)

그런 생각과 함께 동료를 다시 보면서 감탄했다.

그렇다면 나도 제대로 싸워야겠지. 그렇게 생각하면서 전투 개시의 신호를 기다리는 미저리. 그러나 그녀의 귀에 들린 것은 레인의 터무니없는 제안이었다.

"이런 장소에서 얘기를 나누는 건 말도 안 돼요! 우선 이 추위를 막아야 한다고 생각하지 않나요?"

실로 마이페이스하게 그런 말을 뱉은 것이다.

"""""——!!"""""

놀라는 세 사람.

그 자리에 적과 아군이라는 개념은 사라졌고 당혹감만이 남게 되었다.

레인은 주위의 반응에는 아랑곳하지 않았다.

곧바로 자신만 지면으로 내려가더니 어떤 마법을 발동시켰다.

"전략마법 : 코퀴토스(빙결지옥)!"

"잠깐, 레인! 그건 도시섬멸용―― 아니, 그런 식으로 이용할 줄이야……."

미저리는 어이없다는 반응을 보였지만 그녀는 잘못하지 않았다.

이상한 것은 레인이었던 것이다.

레인이 쓴 코퀴토스는 광범위한 곳을 얼음 속에 가두는 마법이었다. 적용 범위는 마법을 쓰는 자에 따라 달라지지만, 레인이 진지하게 쓴다면 그 범위는 반경 30킬로미터에 달했다.

그런 위험하기 짝이 없는 마법을 쓰다니 대체 뭐하자는 거지――. 그렇게 생각했지만, 미저리 앞에 나타난 것은 얼음으로 만든 3제곱미터 크기의 입방체였다.

쓸데없이 사악한 마력이 감돌기는 했지만 피해는 없었다.

열심히 노력했다는 분위기만큼은 물씬 풍기지만, 어떤 의미로는 웃기기 짝이 없는 결과가 남은 것이다.

"어때?"

레인은 그렇게 말하면서 자랑스러운 표정을 지었다.

그리고 그녀의 생각을 이해했는지 피코가 씨익 웃었다.

"가라샤!"

"응, 내게 맡겨. 나에게도 네 생각이 뻔히 보이니까!!"

가라샤도 레인의 생각을 이해하고 있었다.

그리고 그 아이디어에 동참하면서 속공으로 마법을 준비했다.

"아이스 브레이커(빙괴파쇄, 氷塊破砕)!!"

이것도 또한 대인용으로는 상위에 위치하는 원소마법이었다. 대기 중의 수분을 의도적으로 동결시킨 후에 그걸 파쇄하는 마법으로, 살상력만 따지면 타의 추종을 불허하는 마법인 것이다.

하지만 지금 가라샤는 그걸 능숙하게 조작해서 얼음으로 만든 입방체만 만들어내고 만 것이다.

이리하여 즉석에서 '얼음 움집'이 완성되었다.

"솜씨가 좋군요."

"훗, 너도."

레인과 가라샤는 서로를 인정했고 그들 사이에는 우정이 싹텄다.

"어서 들어가자고!"

그렇게 말하면서 피코가 맨 먼저 안으로 들어갔다.

아무런 망설임도 없이 레인과 가라샤가 그 뒤를 따랐다.

밖에 혼자 남은 미저리는 아연실색하면서 중얼거렸다.

"저기, 레인? 농담이나 작전이 아니라 진심이었단 말이네……."

하지만 그 질문에 대답해야 할 자는 움집 안에 있었다.

미저리도 자신이 바보 같이 느껴지는지라 서둘러 안으로 들어갔다.

………………….

…………….

…….

"──그런 일이 있었기 때문에 방법은 비밀이지만, 우리도 리무루 님의 손에 의해 진화하는 영예를 입은 것이죠."

그건 그렇고 너희는 전에 봤을 때보다 더 강해진 것 같은데──

라는 가라샤의 질문에 대한 대답이 바로 그 말이었다.

"——그런 정보까지 적에게 다 알려주다니…… 아니, 이제 됐어."

미저리가 그렇게 말하면서 어이없어 했지만, 레인도 피코와 가라샤로부터 쓸 만한 정보를 입수하고 있었다.

디노나 피코, 가라샤가 보유한 권능이 아무래도 미카엘의 지배를 받는 것 같다는 사실을.

피코는 얼티밋 스킬(궁극능력) '지브릴(엄격지왕)'을, 그리고 가라샤는 얼티밋 스킬 '하니엘(영광지왕)'을 각각 소유하고 있다고 한다. 본인들에게 자각은 없지만 아마도 미카엘의 명령에는 거역하지 못할 것이라고 얘기했다.

얘기가 나온 김에 적의 전력이 어느 정도의 규모인지도 전부 들었다.

레인이 흘린 정보는 대단한 것이 아니었다.

리무루의 이름을 멋대로 언급한 것만큼은 경솔했지만, 그것도 딱히 사전에 입단속을 당한 것도 아니니까 문제될 것이 없다——고 레인은 멋대로 판단하고 있었다.

이 이야기를 리무루가 듣는다면 화를 내기——전에 입단속을 시켰어야 했다고 한탄할 것이다.

어쨌든 레인은 '리무루 덕분에 진화할 수 있었다'는 정보를 대가로 제공하면서 상당히 중요한 이야기를 캐내고 있었던 것이다.

그 후에는 서로 불평을 늘어놓고 있었다.

각자 고생한 이야기부터 시작해서 점차 상사에 대한 불만사항으로 전개되고 있었지만, 그런 흐름이 전혀 멈추질 않았다.

참고로 넷이서 협력하여 불을 피웠고 마력을 주입하여 유지하고 있는지라 움집 안은 쾌적한 온도를 유지하고 있었다. 게다가 레인이 몰래 간직하고 있었던 고구마를 꼬치에 꿰어 굽자 은은하게 맛있는 향기까지 풍기고 있었다.

그 자리에 레인이 아마자케까지 꺼내놓았다.

"추울 때는 이게 제일이죠."

"당신, 아무리 그래도 그건……."

"자, 자, 미저리 씨, 완고한 소리는 그만하자고. 나는 괜찮은 것 같은데?"

"가라샤도 참. 그렇게 말은 하지만, 사실은 자기가 마시고 싶어서 그러는 거잖아? 뭐, 나도 마셔보고 싶으니까 말리지는 않겠지만 말이지."

"그래요, 미저리. 싸운 뒤에는 거하게 마시면서 화해할 것. 이게 상식이라는 거예요."

언제 싸웠다는 건지 모르겠다.

하지만 이 자리에는 미저리 이외에는 지적할 사람이 없었다.

3대1, 실로 불리한 승부인지라 미저리도 고집을 꺾을 수밖에 없었다. 그리하여 움집 안은 여자들만의 모임이라는 양상을 띠게 되었다.

바깥에선 전투가 격해지는 가운데, 그녀들의 의견교환은 조용히 이어지고 있었다…….

●

레온은 옥좌에 앉아 있었다.

평온한 시간은 끝났다.

큰 소리와 함께 정면에 있던 문이 파괴되었다.

알현실로 이어지는 대문이 산산조각이 났고 파편이 먼지처럼 사방으로 흩어졌다.

그리고 그 분진 가운데에서 침입자가 당당하게 모습을 드러낸 것이다.

"훗――훗훗호. 안녕하십니까, 여러분! 저는 풋맨이라고 합니다. 중용광대연합의 멤버이자 '앵그리 피에로(분노의 광대)' 풋맨은 바로 절 말하는 거죠. 앞으로도 기억해주시길 바랍니다!"

뚱뚱한 몸에 성난 피에로 얼굴은 일종의 이상한 분위기를 자아내고 있었다.

그런데도 밝은 말투로 말하는 그 피에로는 레온도 한 번 본 적이 있었다.

지금에 와선 자신의 어리석음을 되살려주는 기억, 그때 그 계약을 맺었던 거래 상대였다.

예전에 만났을 때도 확실한 실력자라는 것을 느꼈지만, 지금은 그때와는 비교도 되지 않았다.

불길한 힘이 느껴졌다.

그건 그렇고 마음에 걸리는 것은 풋맨의 목적이었다.

레온을 붙잡을 생각이라면 단지 혼자서 오는 것은 무모한 짓이다.

(역시 적의 전력은 우리보다 강하단 말인가. 하지만 이해가 안 되는군. 이 녀석은 무슨 생각을 하고 있는 거지? 다른 동료들을 도왔다면 전황을 바꾸기에 충분한 힘을 지니고 있는 것 같은데…….)

그렇게 생각하면서 레온은 자리에서 일어났다.

"네 이놈, 이 자리에 너 혼자서 오다니 살아서 돌아갈 생각은 하지 마라!"

알로스가 소리쳤다.

클로드는 언제든지 레온을 지킬 수 있도록 검에 손을 댄 채 움직이지 않았다.

레온은 생각했다.

풋맨에겐 뭔가 다른 목적이 있는 게 분명하다고. 어쩌면──.

그런 생각이 들었을 때 한 명의 여성이 파괴된 문을 통과하면서 알현실로 들어왔다.

"아아, 여기 있었나요, 마왕 레온. 우후후후후, 날 기억하고 있는지 모르겠네요?"

그렇게 말하면서 웃는 것은 단아한 외모를 지닌 아름다운 여성이었다.

비서의 귀감이라 할 수 있는 감색 슈트를 입고 있었다.

그 피부는 희고 매끄러웠으며 가지런한 이목구비에 뒤로 틀어 올린 금발이 잘 어울렸다.

그 눈은 신비로운 광채가 깃든 남색이었으며 레온만을 응시하고 있었다.

"모습이 바뀌었으니까 처음 뵙게 되어 반갑다는 인사를 드리는 게 옳을지도 모르겠군요. 제 이름은 카가리. '중용광대연합'의 회장을 맡고 있답니다. 당신에겐 살해당한 원한도 있으니까 역시 제가 직접 상대해드려야겠죠."

말할 것도 없이 카가리였다.

왠지 지나친 연기 톤으로 그렇게 인사한 것이다.

그리고 카가리의 뒤를 따르듯이 광대 두 명이 뒤따라 들어왔다.

눈물이 맺힌 가면을 쓴 소녀는 티어였다.

큰 낫을 어깨에 걸친 채 익살스러운 동작으로 인사했다.

"나는 티어. 중용광대연합 멤버이자 '티어드롭(눈물의 광대)'인 티어야. 나는 슬픈 게 싫어. 카가리 님의 적은 내가 제거할 거야!"

티어는 그렇게 선언하고는 큰 낫을 능숙하게 회전시키면서 춤추듯이 자리를 양보했다.

그녀가 양보한 자리로 걸어 나온 자는 사람을 놀리는 것처럼 생긴 좌우비대칭의 광대가면을 쓴 남자, 라플라스였다.

"나는 '중용광대연합'의 부회장, '원더 피에로(향락의 광대)'인 라플라스라는 자라고 합죠. 자, 여러분. 오늘은 날씨도 좋은 것 같은데――아니, 그건 어찌 됐든 상관없어! 여기까지 '전력으로 달려와라'는 말을 듣고 달려오는 바람에 너무나도 피곤해 죽을 지경이거든. 게다가 일이 엄청 커진 것 같단 말이지. 나는 그만 돌아가고 싶은 마음이 가득해……."

인사는 대충하고 넘기면서 불평을 바로 늘어놓는 것이 실로 라플라스다웠다.

광대들이 그렇게 말을 마치자마자 마지막 한 사람이 모습을 드러냈다.

검은색의 제국군복을 입은 채 넉살 좋은 미소를 지은 소년. 여전히 미카엘에게 지배를 받고 있는 카구라자카 유우키였다.

"야아, 내가 마지막인 것 같네. 내 이름은 유우키라고 한대. 넌 분명 마왕 레온이겠지? 만나본 적은 있는 것 같은데, 기억이 좀 흐릿해서 말이야. 미안하지만 자신이 없네."

미카엘의 지배에는 단계가 있었다.

자유의지를 남겨둔 경우와 어느 정도의 제한을 걸어둔 경우였다.

천사 계열 권능의 소유자에 대한 지배라면 배신을 당할 우려가 없으므로 꽤나 자유로운 행동이 허용되고 있었다. 그러나 유우키는 '레갈리아 도미니언(왕권발동)'에 의해 지배를 받고 있기 때문에 상당한 제한을 받고 있는 것이었다.

그건 어떤 의미에선 미카엘이 유우키를 인정하고 있다는 증거이기도 했다. 더 격이 낮은 존재로 인정했다면 카가리와 광대들처럼 자유행동을 인정했을 것이기 때문이다.

어쨌든 지금의 유우키는 어딘가 멍한 상태인 것 같았으며 자기소개를 끝내자마자 레온 쪽에 대한 흥미를 잃으면서 그대로 문에 기대듯이 잠자코 서 있었다.

흠——. 레온은 상황을 파악했다.

전부 다섯 명이지만 한 명 한 명이 자신과 동격이었다. 아니, 그보다 더 강한 실력을 가지고 있는 것 같았다. 수로 따져보더라도 밀리고 있는 이상, 상황은 최악이라고 할 수 있었다.

그렇게 판단한 레온은 비장의 수를 쓸 것인지에 대한 판단을 망설였다.

한 명 정도라면 쓰러트릴 수 있을지도 모르지만, 지금은 결사의 각오로 싸움에 임할 상황이 아니었다. 이기지 못한다면 도망쳐야 했으며, 그러기 위한 수단도 마련되어 있었다.

그런데도 레온이 망설인 것은 카가리의 눈 안에서 광기가 아니라 이성의 빛을 봤기 때문이었다.

카가리가 마왕 카자리무였다는 것은 리무루를 통해 들어서 알고 있었다. 거의 잊고 있었던 상대이기는 하지만, 그 광기에 가득 찬 눈만은 확실하게 기억하고 있었던 것이다.

카가리의 입장에서는 그때는 질투에 미쳐 있었다고 말할 수 있겠지만, 레온이 보기에 그것은 역겨운 빛이었다. 그랬는데 지금은 라피스라줄리처럼 아름다웠다.

(다른 사람, 은 아니로군. 그렇다면 뭔가 다른 생각을 하고 있는 건지도 모르겠어. 그리고 그건 교섭의 여지가 있다는 뜻인가?)

이런 상황에 처해 있으면서도 레온은 정확하게 상대의 사정까지 알아차린 것이다.

그런 레온을 앞에 두고 광대들의 말은 계속 이어지고 있었다.

"마왕 레온. 당신에겐 카자리무 님을 죽인 원한뿐만 아니라 우리의 동생이자 친구인 '크레이지 피에로(광희의 광대)'인 클레이만을 그냥 죽게 내버려 둔 죄가 있습니다! 결코 편하게 죽이진 않겠어요. 왜냐하면 나는 화가 나 있으니까!!"

그렇게 말하면서 뚱뚱한 몸을 재주 좋게 구부려서 인사하는 풋맨.

그다음은 라플라스가 이어받았다.

"그렇지. 그 멍청한 클레이만은 좋아서 마왕이 된 게 아니었지. 그 녀석에게만 어울렸기 때문에 회장에게 무슨 일이 있을 때의 대리라는 명목으로 그 자리를 맡도록 보낸 거였어. 그랬는데 그런 꼴을 당하는 바람에 엄청 후회했지 뭐야."

클레이만을 떠올린 것인지 그 목소리는 쓸쓸하게 들렸다.

"정말 슬픈 일이네. 하지만 말이지, 카가리 님이 이렇게 복수할 기회를 마련해줬어! 우리의 원한을 최선을 다해서 풀고 말 테니까 마지막까지 어울려줘!"

마지막으로 티어가 슬픈 말투로 말했다.

그리고 싸움이 시작되었다.

●

레온 쪽은 세 명.

그에 비해 카가리 쪽은 다섯 명.

하지만 유우키는 움직이지 않았다.

티어는 알로스와 대치했고, 풋맨의 상대는 클로드가 맡은 형태로 전개되었다.

남은 자는 두 사람이었지만 당연하게도 레온이 상대해야만 했다.

원래는 패배할 수밖에 없었다.

하지만 그렇게 되지는 않았다.

레온이 플레임 필러(성염세검)을 뽑고 자세를 잡았을 때 카가리가 미카엘로부터 받은 루인 셉터(파괴의 왕홀)을 휘둘러 공격했다.

갓즈(신화) 급이 서로 충돌하는 충격으로 인해 넓은 방에 충격파가 일어났다.

그와 동시에 레온의 머릿속에 목소리가 들렸다.

『내 말이 들리겠죠? 교섭을 하고 싶어요.』

예상은 옳았던 것이다.

음, 하고 레온은 고개를 끄덕였다.

『고마워요. 나에게는 감시의 눈길이 딸려 있어요. 늘 그렇게 생각하고 행동 중이죠. 아무리 조심해도 지나치지 않은 수준이에요.』

확실히 그렇겠군. 그렇게 눈빛으로 수긍하면서 다음 말을 재촉하는 레온.

두 사람은 격렬한 공방을 연기하면서 외줄 타기 같은 대화를 나누기 시작했다.

참고로 라플라스가 맡은 역할은 '사념'을 중계하는 거였다.

카가리와 라플라스의 주종의 인연을 통해 암호화된 정보를 전달하고 있었다. 카가리가 라플라스에게 정보를 보내고, 그걸 레온에게 재송신하는 방식이었다. 그리고 레온의 대답도 라플라스를 통하여 암호화된 상태에서 카가리에게 전해졌다.

이런 특수한 방법을 쓰는 것은 미카엘에에 마음을 읽히는 걸 방지하기 위해서였다. 모든 사고를 읽어내지는 않을 것이라 믿으면서, 마음속 깊은 곳에 몇 겹이나 되는 방벽을 세워놓고 생각하고 있었던 것이다.

그렇게까지 경계하는 것은 지금부터 카가리가 미카엘을 배신하려 하고 있기 때문이었다.

한 번은 레온에 대한 원한에 사로잡혀 있던 카가리였지만, 미카엘과 떨어지면서 냉정함을 되찾았다.

그 결과, 레온과 손을 잡는 것이 최선의 방법이라고 판단한 것이다.

라미리스의 미궁에 들어가기만 하면 미카엘의 감시에서 벗어날 수 있다. 그리고 그 신기한 슬라임이라면 어떤 수단을 써서라도 카가리와 동료들을 자유롭게 만들어줄 것이라고 계산한 것이다.

『보나 마나 긴급할 때를 대비해서 연락할 수 있는 통로 같은 것을 준비해놓았겠죠? 마법으로는 미궁까지 갈 수가 없을 테니까,

그런 게 있다면 그걸 써주면 좋겠어요.』

전송마법이라는 방법도 있지만 그걸 썼다간 도박이 된다. 예정에 없는 행동을 취한 시점에서 미카엘의 지배가 강화되고 말 우려가 있기 때문이다.

가장 이상적인 방법은 미궁으로 직접 피난하는 것이었고 그렇게 하고 싶었다.

그게 불가능하다면 카가리와 동료들을 받아들여 줄 준비를 해주면 좋겠다고 생각하고 있었던 것이다.

『그렇군, 너희의 사정은 이해했다.』

『꽤나 여유만만한 소리를 하고 있는데, 미카엘이 노리는 건 당신이거든요? 보나 마나 당신이 '메타트론(순결지왕)'을 가지고 있겠죠?』

『……부정하지는 않겠다.』

이제 와서 숨겨봤자 의미가 없다는 걸 레온도 인정했다.

여기로 공격해 온 시점에서 이 땅에 소유자가 있다는 사실은 이미 들통났을 것이라고 판단한 것이다.

그렇게 되면 카가리 일행의 말에도 신빙성이 생긴다.

이 정도로 전력 차이가 심하다면 레온으로부터 정보를 이끌어내는 것은 아무런 의미가 없었다. 곧바로 레온을 행동불능으로 만들고 미카엘 앞으로 데려가면 끝나는 일이니까.

그리고 티어랑 풋맨은 화려하게 날뛰고 있었지만 알로스나 클로드는 무사했다. 만약 진지하게 죽일 생각이었다면 그들은 이미 시체가 되었을 것이다.

이 상황에선 이런 연기를 하는 의미가 없었다.

그렇기 때문에 카가리의 말은 진실이라고 확신할 수 있었던 것이다.

『너희를 믿기로 하지. 확실히 이 성에는 라미리스의 미궁과 이어진 '전이용 마법진'이 있다.』

『역시!』

이제 계획의 성공할 확률이 높아졌다고 생각하자 카가리의 표정은 밝아졌다. 그리고 격렬하게 칼을 교차시키면서도 적극적으로 교섭에 열을 올렸다.

레온은 카가리에 대한 의혹은 버렸지만, 여기서 쉽게 고개를 끄덕여도 괜찮을지 고민했다.

하지만 그때 머릿속을 스친 것은 레온이 사랑하는 소녀, 클로에의 미소였다.

무슨 이유인지 그 웃음은 레온이 아니라 리무루를 향해 있었지만…….

레온의 마음 깊은 곳에서 검은 감정이 부글부글 끓어오르기 시작했다.

이건 질투가 아니다. 결코!

레온은 그 감정을 속으로 삼키면서 꾹 참았다.

그리고 생각했다.

(리무루라면 이자들을 받아들이겠지. 귀찮은 일을 떠넘기는 꼴이 되겠지만 양심의 가책이 그리 크지는 않군.)

고민할 필요도 없었을지 모른다는 생각을 하면서 레온은 기분이 약간 개운해지는 것을 느꼈다.

레온은 힘차게 고개를 끄덕였고 적극적으로 준비과정을 밟기 위한 확인을 시작했다.

『그러니까 너희 다섯 명만 보내주면 되는 거냐?』

『그래요. 유우키 님의 부하였던 자는 달리 더 있지만, 그자는 신용할 수 없거든요. 방치해도 죽지는 않을 테고 우리를 위협하기 위한 인질로 삼는 의미도 없을 테니까 남겨두고 갈 생각이에요.』

『데려가는 게 적의 전력을 줄일 수 있는 것 아닌가?』

레온은 의외로 자상했다.

오해를 쉽게 사면서 차가운 인상을 주는 것은 레온이 인간관계에 서툴렀기 때문이었다.

카가리도 그걸 느끼고 있었다.

『당신은 생각했던 거랑 다르네요. 나와 싸웠을 때에는 힘 조절 같은 건 하지도 않았으면서…….』

『어쩔 수 없었다. 마왕이 쳐들어왔으니 나도 냉정할 수가 없었지. 민간인에게 피해가 생기지 않게 하려면 승부를 오래 끌 수는 없었으니까.』

그 해명은 충분히 이해할 수 있었다.

마왕급이면서 실력이 비슷한 자들끼리 싸운다면 주위에 끼칠 피해는 장난이 아니게 될 것이다. 그걸 막기 위해선 레온처럼 단기 결전을 노리는 게 정답이었을 것이다.

『그것도 그렇군요. 그리고 애초에 그때는 내가 바보였으니까 당신에게 불만을 제기할 자격도 없겠죠. 그만 잊어버려요.』

더 많은 불평을 쏟아낼 것이라고 생각했기 때문에 레온은 카가리의 반응이 당혹스러웠다.

『——정말 바뀌었군.』

그렇게 말끝을 흐린 뒤에, 심기일전하여 하다 만 얘기를 다시 시작했다.

『'전송용 마법진'은 이 방의 뒤에 있다. 이 방 자체를 '다중결계'로 가장 엄중하게 경비하고 있으니까 옥좌의 뒤에 숨겨진 문을 열면 곧바로 갈 수 있다.』

『고마워요. 그런데 당신은 어떡할 거죠?』

미카엘이 노리는 건 레온이었다.

함께 도망쳐야한다고, 카가리는 그런 뜻을 은근히 담아서 말했다.

레온은 그 질문에 대한 대답을 망설임 없는 목소리로 말했다.

『나는 남겠다. 애초에 도망칠 생각이었다면 처음부터 리무루가 있는 곳으로 갔을 것이다.』

그 말도 옳다고 생각하면서 카가리는 고개를 끄덕였다.

『미카엘의 지배는 절대적인데요?』

『하지만 분명 조건이 있을 것이다. 최악의 경우 내가 지배를 받게 된다고 해도 기이라면 그 과정을 관찰하면서 어떤 식으로든 대처 방법을 이끌어낼 수 있겠지.』

그건 이유 중의 하나이지 모든 것은 아니었다.

레온은 사실 이곳 엘도라도(황금향)에 사는 백성들을 자신의 손으로 끝까지 지키려 하는 것뿐이었다.

그게 바로 '용사'였다는 과거를 저버리면서까지 인간과 마물의 혼혈을 지키려 했던 남자, 레온 크롬웰의 의지였던 것이다.

『당신은 정말로 요령이 없군요. 자신을 버리면서까지 남을 위해 필사적으로 굴다니――.』

『훗, 그렇지는 않다. 나만큼 악덕을 많이 쌓은 자도 없으니까. 난 말이지, 내가 사랑한 유일한 한 사람을 구하고 싶다는 이유로 타인의 희생을 허용했다. 그 대가를 내 몸으로 치르고 있는 것뿐이야.』

그 말은 레온의 각오를 표현하고 있었다.

그것을 이해하고 카가리는 레온의 뜻을 존중하기로 했다. 자신들의 문제가 우선이니까 무리해서 설득할 생각도 없었던 것이다.

그런고로 어떻게 움직일 것인지는 정해졌다.

카가리는 라플라스를 통해 티어와 풋맨에게도 상황을 전달했다.

레온은 레온대로 알로스와 클로드에게 얘기를 전했다. 두 사람 다 적이 진심으로 싸우고 있는 게 아니라는 것을 느끼고 있었기 때문에 레온의 설명을 듣고 납득한 것이다.

남은 문제는 유우키지만, 여기까지 왔으면 강제적으로 끌고 갈 수밖에 없었다.

레온은 카가리에게 눈짓만으로 어떤 방향을 가리켰다. 그 시선 끝에는 숨겨진 문이 있었다.

그의 의도를 이해하고 카가리는 공격을 받고 날아가는 척 하면서 문을 파괴했다. 그걸 본 라플라스가 풋맨과 티어에게 신호를 줬다.

알로스와 클로드도 연기에 협력했고, 지나치다는 생각이 들 정도로 공격에 밀려 날아가는 척 하면서 풋맨과 티어도 숨겨진 방에 겨우 도착했다.

"유우키 님!"

"이것 참, 이제 내가 나설 차례인가?"

그렇게 말하면서 유우키가 천천히 숨겨진 방으로 이동했고——.

(좋아! 이제 레온이 마법진을 발동시켜주기만 하면 돼!)

카가리는 성공을 확신했다.
위험한 시도였지만 이제 미카엘에게서 벗어날 수 있다.
분명 그랬을 것이다.

하지만——.
여기서 운명은 카가리 일행을 저버렸다.
'천성궁'에 남아 있던 미카엘이 디노의 보고를 받기도 전에 오베라의 배신을 알아차린 것이다.
미카엘은 격노했다.
그것은 태어나서 처음 겪어보는 경험이었다.
자신의 계획이 틀어졌다는 사실에 격렬한 분노를 느낀 것이다.
그 원인은 굳이 따지자면 자신의 안일함에 있었다.
절대적인 지배의 권능이 있으면서도 동료라는 불확정요소를 믿고 마음대로 움직이도록 놔뒀기 때문에 이런 결과를 초래하고 만 것이다.
오베라는 '아즈라엘(구제지왕)'을 얼마 전에 막 획득했지만 미카엘은 그걸 알고 있었다. 그렇다면 그 시점에서 확실하게 지배해 뒀어야 했던 것이다.
그렇게 하지 않은 것은 미카엘의 실수였다.
실수를 했다면 다시 되돌려야 한다.
미카엘은 격노하면서도 냉정하게 그런 생각을 했다.
그 결과, 현시점에서 자신의 지배하에 있는 천사 계열 권능의 소유자들에게, 펠드웨이를 통해서 '얼티밋 도미니언(천사장의 지배)'에 의한 지배강화를 실행했다.

이로 인해 카가리의 자아도 빼앗기게 된 것이다.

●

앞으로 한 걸음.

그 한 걸음이 한없이 멀었다.

알현실로 이어지는 부서진 문에서 펠드웨이가 모습을 드러낸 것이다.

"마음에 걸려서 와봤더니 설마 배신을 획책하고 있었을 줄이야. 이놈이고 저놈이고 다들 나의 대의를 이해하지 못하는 어리석은 자들뿐이로구나!"

격노하여 소리치는 펠드웨이를 보면서 카가리는 계획이 실패했다는 것을 깨달았다. 이렇게 된 바에는 차선책으로서 라플라스와 다른 동료들만이라도 피신시키기 위한 시도를 했다.

그건 단 한마디의 말로 명령만 하면 되는 것이었다.

그랬는데 목소리를 내는 것조차 봉인되고 말았다.

"쓸데없는 짓이다. '얼티밋 도미니언(천사장의 지배)'으로 너희를 완전히 지배했으니까. 미카엘 님도 분노하셨다. 네놈들을 너무 멋대로 설치도록 놔뒀다고 말이지. 그리고──."

펠드웨이의 차가운 시선이 움직임을 멈추고 있던 레온을 꿰뚫었다.

"우리의 목표인 인물도 여기 있었던 것 같구나. 네놈도 충실한 하인이 되도록 하여라."

그 목소리를 듣기도 전에 레온은 '메타트론(순결지왕)'을 전력으로 발동시키고 있었다. 필살의 의지를 담은 신속의 일격을 날리기 위해서.

하지만 이미 늦은 뒤였다.

(제길, 이건 저항할 수 없어——.)

마음속 밑바닥에서 솟구쳐 나오는 것처럼, 만난 적도 없는 미카엘에 대한 충성심이 용솟음치기 시작했다. 기억과 지식은 그대로 유지된 채 레온의 자아는 황홀한 감정으로 차츰 덧씌워졌다.

(클로에, 나는 너를——!!)

머릿속에 떠오르는 사랑하는 소녀의 미소도 역시 저항할 수 없는 고양감으로 덧씌워지고 말았던 것이다.

그런 레온과 마찬가지로 카가리도 마음을 빼앗기고 있었다.

소중한 동료들에 대한 마음보다도 미카엘을 향한 충성심이 더 강해진 것이다.

(나는 정말 늘 마무리가 어설프다니까——.)

카가리는 너무나도 슬픈 기분으로 탄식했지만, 그 후회조차도 이내 사라졌다.

"회장, 여기서 포기하겠다는 거야?! 나는, 나는 당신을 믿고 있어."

카가리의 마음을 뒤흔드는 목소리가 들려왔다.

그러나 그건 몇 겹이나 겹쳐진 유리 너머에서 울며불며 소리치는 어린아이의 목소리 같아서 뚜렷하게 들리지 않았다.

"카가리여, 그 녀석에게는 '주언'이 듣지 않는 것이냐?"

"네. 라플라스는 특별하기 때문에 제 명령에 따르지 않아도 되도록 되어 있습니다."

"그렇군. 그렇다면 필요가 없겠구나."

일체의 감정이 빠져나간 차가운 목소리는 카가리에게도 전염되었다.

"네. 지금까지 수고했어요, 라플라스. 그동안의 정이 있으니까 당신의 최후는 내 손으로 처리해줄게요."

"잠깐, 회장?!"

카가리의 변화에 당황한 것은 라플라스뿐이었다.

티어도 풋맨도 유우키도, 적이었던 레온까지 그게 당연하다는 듯이 지켜보고만 있었다.

카가리가 든 루인 셉터(파괴의 왕홀)이 황금색으로 빛났고——.

"멍하니 서 있지 마!!"

모든 것을 포기하려 했던 라플라스를 어느새 나타난 인물이 밀쳐낸 것이다.

그리고 모든 것을 파괴하는 황금색 광선을 그 인물은 검으로 튕겨냈다.

"누구야?!"

"이름을 밝히고 있을 때가 아니거든. 하지만 가르쳐줄게. 내 이름은 실비아야. 아주 강한 도우미니까 안심하고 이 자리는 나에게 맡기도록 해!"

녹색이 약간 깃든 은발을 크고 길게 땋은 미녀였다.

실크 같은 광택을 지닌 얇은 드레스는 전투에서도 활용할 수 있는 마국의 특제품이었다. 슬릿 사이로 슬쩍 보이는 흰 다리. 하지만 잘 보면 데님 소재의 천으로 만든 숏팬츠를 입고 있었다.

반칙이었다.

격렬한 전투가 벌어져도 괜찮도록 그렇게 입었겠지만, 그럴 바엔 처음부터 바지를 입으라는 소리가 나올 만했다.

멋 부림도 포기하고 싶지 않다는 강한 의지가 느껴지는, 이기적인 고집을 구체화시킨 듯한 패션센스. 그것 하나만 보더라도 그녀의 성격이 어떤지 엿볼 수 있었다.

그 여성은 자신의 이름을 실비아라고 밝혔다.

그리고 그녀야말로 비장의 수단으로 불리고 있던 레온의 스승이었던 것이다.

라플라스는 실비아를 보면서 그리운 기분이 들었다.

라플라스는 카가리에 의해 되살아난 데스맨(요사족)이었다.

생전에 '용사'였기 때문인지 카가리에게 지배를 받지는 않았지만 거의 모든 기억을 잃어버렸다.

그렇기 때문에 자신의 진짜 이름이 살리온 그림왈트라는 것도 기억하지 못했으며, 지금 구해준 실비아가 자신의 아내라는 것도 알아차리지 못했다.

그래도 실비아가 자신에게 중요한 인물이라는 것만은 본능적으로 깨달았던 것이다.

"뭐가 뭔지 모르겠지만 나도 남자야. 댁한테만 이 자리를 맡기는 그런 한심한 짓은 하고 싶지 않다고!"

라플라스는 본래의 모습으로 돌아왔다.

너무 전개가 급박했기 때문에 상황파악도 제대로 되지 않을 정도였지만, 그건 늘 있는 일이었다.

그렇다면 늘 그랬듯이 이 자리의 위기를 어떻게든 돌파하면 그만인 것이다.

"거기, 당신들. 아직 살아 있으면 여기서 도망치라고. 티어와 풋맨을 상대하느라 상태가 말이 아닌 것 같은데 여기에 계속 있다간 죽을 거야."

시선을 카가리와 유우키에게 고정한 채, 방구석에 주저앉아 있던 알로스와 클로드에게 말했다.

두 사람은 회복약으로 겨우 버텨내고 있었지만, 공간을 확장한 허리 주머니 안에 든 약도 거의 다 소비해버린 상태였다. 이대로는 제대로 도망칠 수도 없는 상황이었지만, 라플라스의 제안을 코웃음을 치면서 거절했다.

"핫핫하, 걱정할 필요 없습니다. 힘들 때야말로 도망치면 안 된다고, 제자들에게도 그리 가르쳐온 저입니다. 그런 제가 모범을 보이지 않으면 누가 절 따르겠습니까."

"후훗, 기사라면 모름지기 주군을 저버리고 도망칠 순 없으니까 말이죠."

두 사람 다 자신들이 이미 전력이 아니라 방해밖에 되지 않는다는 것을 이해하고 있었다. 그래도 도망치지 않은 것은 레온을 위해 목숨을 버릴 각오를 했기 때문이었다.

머지않아 리무루와 그의 동료들이 도와주러 올 것이라고 믿으면서, 자신들의 목숨마저도 시간을 벌기 위해 쓰겠다는 생각을 하고 있었던 것이다.

"바보들이구먼, 당신들도."

"핫핫하! 광대에게 칭찬을 받을 줄은 몰랐는데."

"클로드 경, 그 말은 칭찬이 아닌 것 같습니다만. 하지만 뭐 웃을 수 있는 여유가 있는 것은 솔직히 부럽군요!"

그렇게 말한 알로스의 입가에도 약간의 웃음이 배어 있었다.

각오를 굳힌 자는 강하다.

라플라스도 '나도 지고 있을 수 없겠군'이라고 생각하면서 마음을 고쳐먹었다.

"다시 시작이로군. 댁을 죽이면 회장도 원래대로 돌아온단 말이지? 그렇다면 나도 최선을 다해서 싸우겠어!"

그렇게 외치면서 펠드웨이를 한껏 노려봤다. 이 자리에 없는 미카엘보다 펠드웨이가 무슨 짓을 벌이고 있는 것으로 의심한 것이다.

●

이리하여 다시 알현실이 전장이 되었다.

라플라스와 실비아, 그리고 만신창이가 된 기사 두 명.

그들이 상대할 자들은 펠드웨이와 카가리, 레온에 유우키, 그리고 풋맨과 티어였다.

수로 따져보더라도 4대6, 전력으로 비교해보면 압도적으로 불리했다.

"실비아 씨, 하나 물어봐도 될까?"

"어머나, 뭔데?"

"솔직하게 말해서 어디까지 상대할 수 있을 것 같아?"

"으—음, 그러네…… 그걸 물어봤자 행복해지진 않을걸?"

"그렇겠지. 그럼 대답하지 않아도 돼!"

그 말이 옳다고 생각하면서 라플라스는 웃었다.

실비아는 그 대화가 왠지 오랜만에 나누는 것 같은 반가움을 느꼈다.

아니, 대화가 아니라 라플라스라는 남자의 존재 그 자체에서 그리운 감각을 느낀 것이다.

(혹시 내가 아는 사람인가? 아니, 그럴 리는 없겠지. 뭐, 됐어. 지금은 그런 걸 신경 쓰고 있을 때가 아니기도 하고.)

가슴은 좀 작아도 단아한 인상을 주는 실비아였지만 그녀는 두말할 필요 없는 역전의 용사였다. 곧바로 잡념을 떨치고 전투모드로 바꾸면서 자신의 적을 바라봤다.

잡다한 일은 부하에게 맡길 생각인지 펠드웨이는 움직이지 않았다.

그 태도를 보더라도 실비아 쪽을 얕보고 있는 것은 명백했다.

그러나 압도적으로 불리한 현재의 상태에선 오히려 감사해야 할지도 모를 일이었다.

(저 오만함이 자신의 목숨을 앗아갈 것――이라고 말해주고 싶지만 이자는 '시원의 천사'들의 수장이란 말이지. 신조님한테서 들은 적이 있지만, 솔직히 말해서 나보다 강하지 않을까?)

신조는 매사가 두루뭉술한 성격이었기 때문에 그의 이야기는 반 정도는 대충 흘려듣는 게 더 나았다. 실비아도 몇 번이나 속아서 뼈아픈 꼴을 겪은 적이 있었던 것이다.

하지만 '시원의 천사'들의 활동내용을 통해 판단하더라도 결코 약하다는 생각이 들지 않았다. 말 그대로 대충 흘려듣고 생각해보더라도 실비아보다 격이 높은 존재로 추정되었다.

사실 이렇게 대치해보니 그 기운이 무시무시할 정도로 농밀하다는 것을 감지할 수 있었다.

애초에 이 자리에 있는 자들은 모두 괴물이었다.

알로스나 클로드조차도 시대가 시대라면 마왕을 자처할 수 있는 인재였다.

그중에서도 펠드웨이는 각별했다.

정면에서 맞붙어 싸운다면 반드시 질 것이다. 그렇다면 여기서 취해야 할 작전은 오직 시간벌이뿐이다.

(에르가 말했던 리무루 군이 이제 곧 와주겠지? 이런 괴물들을 상대로 어디까지 통할 수 있을지는 모르겠지만 그 베루글린드까지 쓰러트렸다고 하니까. 뭐, 거기에 기대를 걸 수밖에 없겠네.)

실비아도 신조의 수제자로서 상당한 실력자임을 자부하고 있었다. 실제로 존재치만 따지면 200만에 조금 못 미치는 각성마왕 수준의 전투 능력을 가지고 있었던 것이다. 그뿐만 아니라 그녀의 무기는 갓즈(신화) 급인 바즈라(금강저)였으며, 기량 면에선 레온을 능가할 정도였다. 칼날의 수는 변환자재이며 창처럼 늘려서 다루는 것이 장기였다.

더구나 기후 계열 최상위인 얼티밋 스킬(궁극능력) '인드라(뇌정지왕)'까지 소유하고 있었으니까 티어나 풋맨보다는 강했던 것이다.

하지만 그래도 펠드웨이의 실력에는 미치지 못했다.

발끝에도 미치지 못하는 수준이었다.

라플라스에겐 자신만만하게 호언장담했지만 이 판국을 뒤집는 것은 어려웠다. 하지만 펠드웨이가 움직이지 않는다면 아직 승산은 남아 있었다.

레온이 조종을 당하고 있을 가능성도 고려하고 있었다. 마음(심핵)과 스킬(권능)을 분리하는 방법은 가르쳐주었으니까 지금도 레온은 필사적으로 자아를 되찾으려 하고 있을 것이다.

참고로 그렇게 했다간 권능을 잃어버릴 가능성이 아주 높았다. 오베라가 실행한 것이 바로 그 방법이었으며, 전력상으로는 큰 마이너스가 되고 말 것이다.

애초에 그렇게 쉽게 해낼 수 있는 것도 아니기 때문에 최후의 수단으로 전수해둔 것이었다.

(뭐, 그것도 레온 군이 어떻게 하느냐에 달린 셈이지. 아주 우수한 제자였지만 성공확률은 5대5니까 말이야…….)

너무 낙관할 수는 없지만, 레온이 전선으로 복귀할 것이라는 희망은 남아 있었다.

거기서 활로를 찾아내는 것은 너무 불리한 도박이지만 달리 방법이 없었다. 불평을 늘어놓아도 해결이 안 된다면 남은 것은 각오를 굳히고 최선을 다하는 것뿐이었다.

"거기 두 사람, 철저하게 나를 서포트하는 것에만 전념해! 그리고 거기 피에로(광대)! 당신 상대는──."

"나로군. 가끔은 일하는 모습을 보여줘야 평가가 내려가지 않겠지."

실비아의 발언에 끼어든 것은 적 중의 한 명인 유우키였다. 다짜고짜 라플라스에게 발차기 공격을 날린 것이다.

"어, 잠깐?! 진심이야, 보스?!"

아무런 대화도 없이 갑자기 전투를 시작하게 된 라플라스는 그래도 자신을 어필하는 것을 잊지 않았다.

"나는 피에로이긴 하지만 라플라스라는 이름이 있다고."

유우키를 상대하면서도 실비아에게 소리쳐 대꾸하고 있었다.

"역시 당신은 위험하군요, 라플라스. 아직 여유가 있는 것 같으니까 유우키 님뿐만 아니라 나도 상대해줄게요."

그렇게 말하면서 카가리까지 참전했다.

"그건 비겁하잖아! 아니, 그렇게 나오면 나도 울 수밖에 없거든?!"

아무리 라플라스라고 해도 필사적으로 응전할 수밖에 없었다.

둘 중 한 명만 상대하는 것도 큰일이었다.

그런데 둘이 동시에 덤비는 바람에 실없는 짓을 할 여유까지 사라진 것이다.

그때 레온이 움직였다.

"훗, 아무래도 내 상대는 당신인 것 같군, 실비아 스승. 하지만 나는 당신에게 검을 들이대고 싶지 않아. 우리 편으로 돌아서지 않겠나?"

레온은 신사적으로 그런 제안을 했다.

조종당하고 있어도 기억은 그대로 남아 있었다. 미카엘이나 펠드웨이한테서 '죽여라'라는 명령이라도 받았다면 어쩔 수 없겠지만, 그렇지 않다면 어느 정도는 자신의 판단으로 행동할 수 있었다.

무엇보다 배신은 절대 할 수 없도록 명령을 받은 상태였다. 이런 제안을 입에 올린 것만으로도 지금의 레온에겐 최대한의 양보라고 할 수 있었다.

"있잖아, 레온 군. 네가 나를 불렀거든?"

"그랬지. 그러니까 부디 우리 편으로——."

"얘기가 안 통하겠네. 왜냐하면 레온 군의 원망을 듣고 싶지 않거든. 만약 내가 지금의 레온 군을 도왔다간 나중에 제정신을 차렸을 때 잔소리를 들을 테니까.”

실비아는 그렇게 대꾸하면서 웃었다.

그녀는 레온이 무엇을 목표로 삼고 살고 있으며, 살아왔는지 알고 있었다. 그렇기 때문에 레온의 진심을 배신할 수 없었던 것이다.

하지만 레온에게 그 마음은 전해지지 않았다.

“——?”

레온에게도 클로에의 기억은 있었다.

클로에가 소중하다는 감정은 남아 있지만, 그건 ‘명령’보다 우선되지는 않았던 것이다.

“좋아하는 아이가 있잖아? 지금의 레온 군을 보면 그 아이는 어떻게 생각할까?”

그런 질문을 받고 레온의 마음이 흔들렸다.

하지만.

곧바로 진정되면서 냉정함을 되찾았다.

“시시한 질문이로군. 펠드웨이 님의 소원이 이뤄진 후에 내 바람을 이루면 그만이다. 그녀도 분명 그때까지 나를 기다려주겠지.”

“어, 글쎄. 과연 그럴까……?”

실비아는 꽤나 진지하게 되물었다.

에르메시아나 다른 사람들로부터 들은 이야기를 종합해서 생각해보면 클로에의 마음이 레온에게 향하지 않은 것은 명백했다.

지금부터라도 레온이 맹공을 시도해야 했다. 마냥 기다리고 있을 상황이 아니라는 생각이 들었다.

하지만 그건 레온 자신의 문제였다.

자신이 끼어들 일이 아니라고 생각하면서 실비아는 "뭐, 됐어. 나중에 그 아이에게 차이더라도 울지 않도록 해"라는 충고만 하고 그쳤다.

그 말을 들은 레온이 깜짝 놀라면서 반응했지만, 그걸 알아차린 자는 아무도 없었다. 그리고 그대로 실비아와 레온의 싸움도 시작된 것이다.

●

라플라스는 '중용광대연합'에선 최강의 마인이었다.

무관의 마왕이라고 불러야 할 만큼 흉악한 힘을 가지고 있었다.

카가리의 손에 의해 데스맨(요사족)으로 다시 태어나긴 했지만, 과거에 '용사'였을 때의 경험과 레벨(기량)은 그대로 남아 있었다. 그뿐만 아니라 라플라스는 두 개의 유니크 스킬을 소유하고 있었다.

첫 번째는 유니크 스킬 '속이는 자(사기사, 詐欺師)'였다.

상대의 인식에 간섭할 수 있는 이 권능은 자유자재로 변환하는 공격을 펼치는 데 도움을 줬다.

무기를 위장하는 것도 마음먹은 대로 할 수 있었다.

창을 쥐고 있는데도 적의 눈에는 나이프로 보인다거나.

맨손인 것처럼 생각하도록 만들어놓고 아무것도 없는 공간에서 나이프가 갑자기 튀어나오게 한다거나.

혹은 폭탄을 나이프로 보이게 만들 수도 있기 때문에 적을 농락하는 데 있어선 최고의 권능이었던 것이다.

그리고 이 권능이 있다면 죽은 척하고 도망치는 것도 간단했다.

이것만으로도 흉악하기 짝이 없었지만, 또 하나의 권능은 이걸 능가했다.

꿰뚫어 보는 힘, 유니크 스킬 '보이는 자(미래시, 未來視)'—— 그게 라플라스의 비장의 수단이었다.

이 권능으로 인해 라플라스는 몇 초 앞의 미래를 볼 수 있었다.

이게 있기 때문에 자신의 '사기사'가 적에게 통할지 아닐지를 확실하게 알 수 있었던 것이다.

그래서 라플라스는 늘 방심하는 일 없이 싸울 수 있었다.

높은 신체 능력에 전투센스.

그리고 완전한 미래 예지와 천차만별한 공격수단 덕분에 라플라스는 무적이었다. '중용광대연합'의 부회장을 자처하고 있었지만, 단순한 전투능력으로 비교한다면 회장인 카가리를 가볍게 상회하고 있었던 것이다.

그런 라플라스이기에 더더욱 마인이 된 후에도 오랫동안 불패를 자랑하고 있었다.

그리고 도망조차도 라플라스에겐 하나의 전술이기 때문에 그가 패배를 인정하는 일은 좀처럼 일어나지 않는 일이었다.

그런 라플라스마저도 패배를 인정한 것이 눈앞에 서 있는 소년, 카구라자카 유우키였던 것이다.

그러나 그건 얼마 전까지의 이야기였다…….

"풋맨, 티어! 레온을 도와줘요. 그리고, 그러는 김에 저기 있는 아직 죽지 못한 녀석을 처리하세요!"

그렇게 외친 카가리의 명령이 시작을 알리는 신호가 되었다.

피하기만 하다간 방법이 없다는 듯이 라플라스가 반격에 나섰다.

상대는 두 사람. 더구나 자신과 동격이거나 그보다 더 강한 자로 여겨졌다.

(실제로 위험한 건 보스겠지. 카가리 님은 이러니저러니 해도 근접전투는 약하니까.)

카가리와는 오래 알고 지낸 라플라스였다.

어떤 걸 잘하고 못하는지는 숙지하고 있었으며, 카자리무 시절과 비교해서 존재감이 격이 다르게 상승했다고 하더라도 대응은 할 수 있다고 판단했다.

그리고 사실, 카가리의 체력은 늘어나서 쓰러트리기 어려워졌고 힘이 늘어나면서 파괴력도 올라갔으며 속도도 차원이 다르게 빨라졌지만, 그것들을 종합해서 다루는 레벨(기량)은 변하지 않았다. 그렇기 때문에 예전보다 반응속도를 높여서 상대의 공격을 미리 예상하면 충분히 대응할 수 있었던 것이다.

하지만 그런 라플라스라고 해도 유우키가 상대라면 불리할 것이라고 생각했다.

유우키의 실력은 예전과 차이가 없는 것처럼 보였지만, 정말로 그렇게 믿는 것은 위험했다. 그래서 라플라스는 카가리에 대한 대처보다 유우키에 대한 경계를 우선해야한다고 판단했다.

“나쁘게 생각하지 말라고, 유우키 씨!”

그렇게 소리치면서 유우키를 향해 나이프를 던졌다. 하지만 그건 전부 빗나갈 것이라는 답이 ‘미래시’를 통해 나왔다.

라플라스는 당황하지 않고 다음 공격에 착수했다.

유우키가 회피할 방향을 미리 노리면서 차례로 나이프를 투척했다.

카가리에 대한 견제도 잊지 않았다.

겉으로는 아무렇지 않은 듯이 굴면서도 라플라스는 필사적으로 두 개의 권능을 구사하여 싸웠다.

그러나 그래도 유우키에게는 자신의 공격이 닿지 않았다.

(말도 안 돼!! 미리 예상해서 던졌는데도 전부 빗나간다는 미래밖에 보이지 않는다니…….)

몇 초 뒤의 미래는 의미가 없었다.

애초에 유우키에겐 '사기사'가 통하지 않았던 것이다. 예전에도 라플라스가 이기지 못했던 상대이니만큼 역시 이번에도 승리는 어려울 것 같았다.

(하지만 뭐, 그렇다고 포기할 수도 없는 노릇이지.)

그렇게 쉽게 패배를 인정할 정도라면, 처음부터 이런 위험한 장소까지 오진 않았을 것이다.

라플라스도 또한 유우키의 말을 듣고 꿈을 꾼 자 중의 한 명이었던 것이다.

"보스, 당신이 말했잖아! 세계를 정복하겠다고——!!"

"아하하, 바보구나, 라플라스. 아직 그런 잠꼬대를 믿고 있었어?"

"당연하지. 나는 끈질긴 사람이거든. 포기는 죽을 때에나 하겠다고 정해놓았으니까 살아 있는 동안에는 보스를 계속 믿을 거야!"

자포자기하듯이 외치는 라플라스를, 유우키가 비웃듯이 입꼬리를 올렸다.

"우스꽝스러운 걸, 라플라스! 광대라고 해서 이상하게 웃길 필요는 없지 않아?"

얕보듯이 그렇게 내뱉으면서 유우키가 라플라스에게 육박했다. 두 사람이 접근하는 바람에 다시 루인 셉터(파괴의 왕홀)로 황금색의 파괴광선을 날리려고 했던 카가리의 움직임이 멈췄다.

그러나 라플라스는 그런 걸 신경 쓸 겨를이 없었기에 필사적으로 유우키의 공격을 받아서 흘려냈다.

(무슨 주먹이 이렇게 무겁담. 이 사람, 정말 인간 맞아? '이세계인'이란 존재도 너무 천차만별이라 두렵다니까, 나 참. 하지만 그렇다 쳐도 말이지…….)

마음에 걸리는 것이 있었다.

유우키의 공격은 언뜻 보기엔 격렬했지만, 사실 미묘하게 포인트가 어긋나 있었던 것이다.

라플라스 때문에 그렇게 된 것이 아니었다.

유우키 자신의 뜻에 따라 그렇게 되도록 유도하고 있었던 것이다.

그때 라플라스는 눈치를 챘다.

(어, 잠깐? 이 신호, 이거 혹시——.)

주먹을 받아내서 흘렸을 때, 발차기를 막았을 때에 미약한 진동이 전해지고 있었는데, 그 패턴이 낯이 익었던 것이다.

클레이만과의 연락에서도 이용했던 그것은 암호화되면서 다른 자는 해독하지 못하게 되어 있었다. 그리고 그 암호를 아는 자는 신뢰할 수 있는 동료들뿐이었다.

즉——.

(어, 뭐야, 뭐야…… '어서 알아차려, 바보야! 알아차렸으면 자연스럽게 나와 몸싸움을 벌여'라고?)

어, 정말이야? 라플라스는 의심했지만 이게 덫일 가능성은 한없이 낮다는 생각이 들었다.

유우키가 그런 귀찮은 짓을 하지 않아도 라플라스는 그냥 졌을 테니까 말이다.

시키는 대로 라플라스는 유우키와 엉키면서 몸싸움이 벌어지도록 이끌어봤다.

"힘이라면 내가 더 강해!"

"시험해 봐주지."

그런 식으로 둘은 정면에서 서로 맞잡고 힘을 겨뤘다.

그리고 순식간에 내던져졌다.

(정말이었어!)

그건 덫이 아니라 다음 메시지를 맡긴 것이었다.

바닥을 구르는 척——하지만 실제로 아팠다——하면서, 라플라스는 그걸 읽어내기 시작했다.

순간적인 공방이 아니라 짧은 시간이라도 서로 붙은 채 몸싸움을 벌였기 때문에 이번에 보낸 정보량은 나름대로 많았다. 그리고 그로 인해 유우키의 현재 상태가 판명된 것이다.

(보스, 제정신으로 돌아왔단 말이야?!)

이런 절망적인 상황 속에서 그건 기쁜 보고였다.

라플라스는 가면으로 환희의 표정을 감추면서 그 정보를 다시 읽어냈다.

(어디 보자, 뭐라고? 이대로 계속 전투를 벌이는 척하면서 회장을 움직이지 못하게 붙잡으라고? 그다음은 자신에게 맡기라는 건 보스에게 무슨 생각이 있다는 뜻인가? 좋아, 어디 한번 해보자고!!)

주저 없이 라플라스는 행동으로 옮겼다.

유우키와의 공방에 여념이 없는 듯한 모습을 보이다가 그대로 카가리를 끌어안았다.

"——?!"

"좋아——'스킬 스틸(권능탈취)'——!!"

"이게, 무슨——."

카가리는 다리에 힘이 풀리면서 무릎을 풀썩 꿇었다.

그런 그녀를 라플라스가 안아서 일으켰다.

"괘, 괜찮아, 회장?"

"어, 라플라스? 저기, 내가 어떻게 된 거— 아, 설마, 권능이— '멜키세덱(지배지왕)'이 사라진 건가?!"

카가리는 혼란에 빠진 모습을 보였지만, 순식간에 상황을 파악했다.

"돌아와요, 티어, 풋맨!"

그렇게 소리치면서 자신의 몸을 지키도록 지시한 걸 보면 역시 카가리는 대단했다. 그런 카가리도 놀란 표정은 감출 수 없었던 모양이다. 그래도 이 시점에서 전황이 바뀌었다는 것만큼은 마음속으로 이해한 것이다.

●

레온을 상대하고 있던 실비아는 고전을 강요당하고 있었다.

레온은 제자지만 실비아가 인정했을 만큼 뛰어난 재능을 가지고 있었다.

빛의 정령과 동화하여 '용사'로서 활약하고 있던 무렵에도 검의 실력은 실비아와 어깨를 나란히 할 정도였던 것이다.

더구나 지금은 얼티밋 스킬(궁극능력) '메타트론(순결지왕)'을 얻으면서 비할 데 없는 검사로서 마왕들 사이에 이름을 올리고 있었다.

진심으로 싸우기 시작한 레온은 '광속의 참격'을 날렸다. 정말로 빛의 속도에 도달한 것은 아니지만 검이 움직이는 궤도가 섬광처럼 번뜩였기 때문에 그런 이름으로 불리고 있는 것이다.

그리고 얼티밋 스킬 '메타트론'의 권능이 그걸 흉악한 수준으로 바꿨다.

그건 성(聖) 속성의 궁극의 힘이었다.

최강의 신성마법인 '디스인티그레이션(영자붕괴)'도 자유롭게 다룰 수 있는 터무니없는 권능이었던 것이다.

레온은 '메타트론'을 제어함으로써 자신의 몸과 검의 주위에 '영자'를 전개하고 있었다. 이로 인해 접촉하는 모든 것을 붕괴시켜버리는 '파괴의 화신'으로 변했다.

초고속의 검기와 절대파괴의 권능이 합쳐지면서 레온은 무패를 자랑하고 있었던 것이다.

실비아도 밀리지는 않았다.

그녀의 권능인 '인드라(뇌정지왕)'는 자연계 최강의 위력을 자랑하는 '번개'를 지배하는 스킬(능력)이었다.

그 뇌격의 위력은 나무랄 데 없었지만 '인드라'의 진면목은 따로 있었다. 실비아는 자신의 신체를 뇌정(雷霆)으로 변화시켜 신속의 공격을 가능하게 했다.

따라서 실비아는 태곳적에 '뇌제'라는 이름으로 불리면서 두려움의 대상이 되었던 것이다.

그런 실비아였기 때문에 레온의 맹공에도 대처는 할 수 있었다. 바즈라(금강저)를 임기응변으로 변화시키면서 물 흐르듯 자연스럽게 공격을 펼쳐나갔다.

그리하여 스승으로서의 체면을 유지하고 있던 실비아였지만, 속으로는 위기감을 느끼고 있었다.

(강한 것은 알고 있었지만 이렇게까지 성장했을 줄이야……. 제자의 성장은 기쁘지만, 그것도 때와 장소에 따라서겠지…….)

그게 본심이었다.

그리고 그 위기감의 원인은 레온이 진지하게 싸우는 게 아니라는 것을 느끼고 있었기 때문이었다.

………………….

……….

…….

실비아는 스승이기 때문에 레온에게 약점이 있는 것을 꿰뚫어 보고 있었다.

레온은 마음이 너무 착했다.

근처에 같은 편이 있으면 진짜 실력을 발휘하지 못하게 된다. 그런 자상함은 미덕이긴 하지만, 전장에선 빈틈이 될 수밖에 없었다.

'용사'라는 입장에선 '지키고 싶은 마음이 힘이 된다'는 것이 이상적인 전개이겠지만, 그건 어디까지나 이야기 속에나 있는 일이다. 현실에선 풋내 나는 생각이라고 표현할 수밖에 없었다.

실비아는 알고 있었다.

레온이 거둬온 고아나 학대받은 마인들이 모여서 이 도시를 만들었다는 것을. 에르메시아한테서도 자금 원조를 받았지만 건국을 뒤에서 도왔던 자는 실비아였던 것이다.

위악적인 언동이 눈에 띄기 때문에 오해를 사기 쉽지만, 진짜 레온은 자상한 인간이었다.

시즈라는 소녀가 폭주하여 친구를 희생시키고 말았을 때도 자신 탓이라고 자책하면서 슬퍼했었다. 그리고 자신 같은 마왕 밑에서 자라는 것보다 인간의 세상에서 사는 것이 더 나을 것이라고 생각하여 당대의 '용사'에게 맡겼다는 것도 알고 있었다.

그 소녀를 지켜보고 있던 것도 알고 있었으며, 그 결과, 마왕 리무루의 존재를 남들보다 먼저 알아차린 것도 알고 있었다.

에렌 일행이 그 소녀——이자와 시즈에와 아는 사이가 된 것은 우연이었지만, 실비아는 에르메시아의 부하들을 통해 마왕 레온 이상으로 감시를 강화했던 것이다.

그렇기 때문에 여러 가지로 오해가 계속 겹치는 현실을 답답하게 생각하기도 했으며, 제자의 한심스러운 모습에 황당해하기도 했지만 필요 없는 간섭을 하지는 않았다.

레온의 불행 체질을 감안해보면 일을 그르칠 뿐이라고 판단했기 때문이다.

답답하고 안타까워도 지켜보기만 하는 세월을 보냈다.

하지만 이번에야 드디어 도와달라는 부탁을 받은 것이다.

그래서 그에 응해주고 싶다는 마음으로 달려온 것이지만, 지금 이 상황은 아주 좋지 않았다.

그 이유는 하나.

레온의 약점이 사라지고 말았기 때문이다.

그 자상한 성격 때문에 진심으로 싸우지 못했던 레온이었지만, 미카엘의 지배가 모든 것에 앞서는 지금이라면 상황에 따라선 그 권능을 전력을 다해 발휘할 것이다.

그 무시무시한 '메타트론'을.

레온은 '메타트론'을 제어하여 최소한의 힘으로 가동하고 있었다. 하지만 '메타트론'의 원래의 모습은 대규모섬멸에 특화된 권능이다.

그건 '인드라'도 마찬가지였기에 실비아의 위기감은 너무나 커지고 말았다.

(만약 레온 군이 진심으로 싸우기 시작한다면…….)

주위의 피해 따위는 신경도 쓰지 않은 채 레온이 권능을 발휘한다면 어떻게 될까?

만약 레온이 진심으로 싸운다면 이 나라는 소멸할 것이다.

그것만은 반드시 저지해야 한다고 생각하면서, 실비아는 마음을 단단히 먹고 정신을 차렸다.

………………….

…………….

…….

격렬한 공격을 펼치면서 일진일퇴의 공방이 이어졌다.

초고속전투의 여파로 알현실은 존재하는 모든 것이 파괴되고 있었다.

최악인 것은 '전이용 마법진'까지 파괴되고 말았다는 것이다. '마강'으로 만든 것이니까 강도도 나름대로 단단한 것이었는데, 레온이 날린 유탄을 맞고 덧없이 부서지고 말았다.

저렇게 되면 이제 사용할 때의 충격을 버틸 수 없다. 도망은커녕 리무루 일행이 올 수도 없을 것이다.

실비아는 아차 하고 후회했지만, 레온은 뭔가를 지키면서 싸울 수 있는 상대가 아니었기 때문에 어쩔 수 없다고 생각하면서 포기했다.

알로스와 클로드도 실비아를 도와주고 있을 상황이 아니었다.

"차, 참으로 엄청난 싸움이로군……. 안 보여. 내 눈으로 봐도 누가 우세한 건지 모르겠어."

"안심하시라――고 말하는 것도 이상하지만 저도 마찬가지입니다, 클로드 경. 지금의 저라면 진짜 실력을 발휘하는 레온 님과 어느 정도는 맞싸울 수 있을 것이라고 생각했는데, 아무래도 그건 지나친 자만이었던 것 같군요."

"으, 음. 확실히 그렇군."

두 사람은 실비아의 정체를 몰랐지만, 평범한 자가 아니라는 것은 꿰뚫어 보고 있었다. 그러나 상상 이상인 실비아의 실력을 직접 보니 말문이 막힐 수밖에 없었던 것이다.

그리고 그건 티어와 풋맨도 마찬가지라고 할 수 있었다.

"위험하네. 레온 녀석, 생각했던 것보다 더 강했어."

"호호호. 저 싸움에 끼어드는 것은 어렵겠군요! 그렇다면 우리가 할 수 있는 건……?"

"응응, 잔챙이 사냥밖에 없겠지!"

두 사람은 짝, 하고 서로의 손바닥을 치면서 하이파이브를 했다.

그리고 알로스와 클로드 쪽으로 그 눈길을 돌렸다.

"크, 저 녀석들, 우리를 노리기로 결정한 건가……."

"이기지 못하더라도 최소한 한 방을 노립시다. 기사의 긍지를 보여주자고요!"

"자살행위겠지만 말이지. 뭐, 그것밖에 할 수 있는 게 없을 것 같으니까 어쩔 수 없겠군."

알로스와 클로드도 각오를 굳혔다.

긍지 높은 매직나이츠(마법기사단)의 단장과 검술스승을 맡은 자로서 죽을 자리를 정한 것이다.

그들의 목숨은 바람 앞의 등불이 된 셈이지만, 여기서 그 이름을 떨칠 것이다.

"돌아와요, 티어, 풋맨!!"

간발의 타이밍에서 카가리가 제정신을 차렸고, 알로스와 클로드는 운 좋게 위기를 넘어갈 수 있었다.

●

펠드웨이는 당혹스러웠다.

믿기 어려운 일이 지금 눈앞에서 일어난 것이다.

수만 년 동안 자신의 계획이 틀어지는 일은 없었다.

그랬는데 최근 들어서는 그런 일들이 연달아 터지고 있었다.

코르느의 추태가 그 시작이었다.

군단을 잃어버린다는, 생각할 수도 없는 사태. 그 원인을 추궁하려고 해도 문제가 발생한 세계로 통하는 '명계문'이 닫혀버렸기 때문에 상세한 사항은 여전히 명확히 알지 못하고 있었다.

그다음으로 충격을 받은 것은 베루글린드의 복귀였다.

이계의 저편으로 추방한 베루글린드는 가장자리의 세계에서 소멸만을 기다리고 있어야 했다.

그랬는데 어떻게 한 것인지 기축세계로 귀환하는 데 성공했고, 더구나 코르느를 완전히 소멸시키고 만 것이다.

있을 수 없는 사태였다.

그러나 그게 현실이라면 인정할 수밖에 없었다.

그렇기 때문에 이번에는 완벽한 상태가 될 수 있도록 계획을 세운 것이다.

그랬는데 이런 꼴이 되고 말았다.

완전히 지배하고 있었을 유우키가 자유를 되찾았을 뿐만 아니라 천사 계열 권능을 부여했던 카가리까지 제정신을 차리고 만 것이다.

"——무슨 짓을 한 거지? 네 이놈, 어떻게 '레갈리아 도미니언(왕권발동)'에서 벗어날 수 있었던 거냐?"

지옥의 밑바닥에서 울려 퍼지는 듯한 목소리로 펠드웨이가 유우키에게 물었다.

대답을 기대하고 물은 것은 아니었지만 상대는 유우키였다.

씨익 하고 능글맞은 웃음을 짓고는 도발하듯이 대답했다.

"이유는 간단해. 나는 천재라서 그 '레갈리아 도미니언'이라는 게 위험하다는 걸 느끼고 내 안에 싹트고 있던 이상한 의지를 대신 내세운 거야."

"——이상한 의지, 라고?"

"그래. 아마 내 예상이지만 내가 획득한 얼티밋 스킬 '마몬(탐욕지왕)'의 자아가 아닐까? 탐욕의 권능은 마리아베르한테서 빼앗은 거니까 말이지. 기분이 좀 불쾌해서 신용하지 않고 있었지."

실컷 이용해먹고서 실은 '마몬'을 신용하고 있지 않았던 것이다. 그 깊은 신중함이 유우키가 유우키로 있을 수 있게 하는 이유였다.

정말 힘들었지 뭐야——. 유우키는 그렇게 말하면서 이야기를 이어갔다.

"지배된 '마몬'의 자아를 관찰하면서 어떤 원리로 그렇게 되는 것인지를 밝혀냈지. 생각했던 것보다 시간이 걸렸지만, 최악의 타이밍에는 늦지 않게 맞출 수 있었던 것 같으니 용서해줘."

그렇게 말하면서 라플라스와 다른 동료들을 향해 윙크까지 해보였다.

이건 모두 작전이었던 것이다.

유우키는 조종당하는 동안에도 현재의 상황을 차분히 관찰하고 있었다. 그리고 그가 내린 결론은 펠드웨이에게는 이길 수 없다는 것이었다.

물론 장래를 생각해보면 그건 별개의 이야기였다.

이대로 힘을 길러 나가면 언젠가는 좋은 승부를 겨룰 수 있을 거라 예상했다. 리무루 만큼은 아니지만 유우키의 성장 속도도 그야말로 비정상적이었던 것이다.

그러므로 지금은 일부러 적을 도발할 것이다.

여유가 있는 것처럼 보여주면서 펠드웨이 일행이 물러나게 유도할 수 있으면 대성공이다.

최악의 경우에는 리무루 일행이 도와주러 올 때까지 시간을 벌고 싶다는 생각을 하고 있었다. 이대로 대화를 이어가는 것만으로도 목적은 달성할 수 있다고 생각한 것이다.

그런 유우키의 태도에 펠드웨이는 잠깐 발끈했지만 냉정하게 생각했다. 유우키의 말의 진위를 판정하고 거짓말이 아니라는 것을 꿰뚫어 보고 있었다.

(미카엘 님의 권능을 밝혀냈다고? 단순한 인간이라면 그런 짓을 해낼 리가 없지. 위험하다. 이 녀석은 너무 위험해…….)

펠드웨이는 가늘게 눈을 좁히면서 유우키를 '적'으로 인정했다.

그렇기 때문에 숨겨두고 있던 비장의 수를 꺼낼 결단을 했다.

(더 아슬아슬해질 때까지 숨겨두고 싶었지만 어쩔 수 없군. 배신자의 동향을 파헤치는 것보다 지금 여기서 유우키를 처리하는 걸 우선해야 한다.)

펠드웨이는 유우키를 위험하다고 본 것이다.

물론 유우키가 도발했기 때문이지는 않았다.

유우키의 권능――'마몬'을 이용한 '스킬 스틸(권능탈취)'의 존재를 허용할 수 없었다.

이걸 내버려 두면 레온만이 아니라 다른 자들도 미카엘의 지배에서 풀려나고 말 가능성이 있었다.

'레갈리아 도미니언'을 발동해버린 지금, 신뢰 관계는 잃어버린 것이나 마찬가지다. 따라서 그게 적은 확률이라고 해도 허용해선 안 되는 리스크라고 판단한 것이다.

"역시 대단하십니다, 유우키 님!"

"응, 이 정도야 뭐……."

"역시 보스는 다르다니까! 이런 상황에서도 어떻게든 유리해질 수 있는 요인을 찾아내는군!!"

"그 정도는 아닌데 말이지."

"그러네, 그러네! 이제 이긴 거나 마찬가지이려나."

"훗훗호. 뭐가 뭔지 잘 모르겠지만 우리가 유리해진 것은 분명하겠죠!"

"그건 좀 지나친 평가지만 뭐, 약간 여유가 생긴 것 같긴 해."

그런 대화를 나누는 유우키 일행을 짜증 나는 눈길로 노려보는 펠드웨이.

"거기, 너! 하나 묻고 싶은데, 레온 군의 권능도 빼앗을 수 있겠어?"

실비아와 레온은 상황의 변화에는 아랑곳하지 않고 공격을 주고받고 있었지만, 잠시 쉴 시간이라도 가지려는 듯이 일단 거리를 벌렸다. 그 틈을 놓치지 않고 실비아가 유우키에게 물었다.

인사를 나눌 틈도 없었지만 유우키는 사람 좋아 보이는 웃음을 지으면서 대답했다.

"아쉽게도 지금은 무리겠는데. 내가 받아들일 수 있는 여유도 없고 말이지——."

"쳇, 아쉽네. 그렇다면 그쪽은 맡기겠지만 내 도움은 기대하지 말라고."

"알았어. 일단 당신은 레온을 어떻게든 처리해줘."

"나도 알았어! 스승으로서 진지한 모습을 보여주도록 할까."

실비아는 그렇게 말하면서 레온과의 싸움을 다시 시작했다.

그녀를 믿음직스럽게 생각하면서 유우키는 펠드웨이에게 온 신경을 집중시켰다.

권능을 빼앗을 수 없다는 방금 전의 발언은 정말이었다.

지금 유우키는 카가리로부터 '멜키세덱(지배지왕)'을 막 빼앗은 참이다. 그에 대한 해석도 끝나지 않은 상태에서 다른 권능을 빼앗을 수는 없었다.

그것보다 중요한 것이 스스로 만들어낸 권능과 주어진 권능의 차이점인데, 카가리의 경우는 주어진 것이었기 때문에 안정되지 않아서 쉽게 빼앗을 수 있었던 것이다.

자신에게 뿌리를 내린 권능은 유우키가 완전한 상태였더라도 빼앗지 못할 가능성이 높았다. 하물며 자신보다 격이 높은 상대에겐 통하지 않을 것이다.

자아를 조종당하고 있는 지금의 레온이라면 가능성이 제로이진 않지만…… 어느 쪽이든 지금은 무리였다. 그걸 일일이 설명하다간 자신이 불리해질 뿐이므로 유우키는 마지막에는 말끝을 흐렸다.

(어쨌든 적은 내 말을 의심할 수밖에 없겠지.)

유우키는 그렇게 생각했다.

자신이라면 적의 말은 믿지 않을 것이다.

즉 유우키가 '빼앗지 못한다'고 대답해도 펠드웨이 측은 '권능을 빼앗길 가능성이 있다'고 생각하면서 움직일 수밖에 없는 것이다.

이게 바로 자신을 과대하게 포장하여 보여주는 유우키의 테크닉이었다.

이제 적은 섣불리 움직일 수 없게 되었다. 이대로 교착상태가 지속되면 전술적 승리라는 목표를 달성할 수 있을 것이다.

그랬는데 그때 펠드웨이가 웃음을 터트렸다.

"후후후, 이것 참. 역시 네놈은 여기서 처리해둬야겠구나."

그 오싹해지는 목소리를 들으면서 유우키도 계획이 어긋난 것을 깨달았다.

(너무 도발했나? 아니, 여기서 녀석이 진심으로 싸우더라도 우리라면 버텨낼 수 있을 거야.)

혼자서 상대하는 건 무리여도 자신들은 다섯 명이나 된다.

레온은 실비아가 붙잡아두고 있었다.

그렇다면 유우키 일행은 전원이 펠드웨이 한 명만 상대하면 되는 것이다.

하지만 여기서 큰 오산이 발생했다.

펠드웨이의 비장의 수가 유우키의 상상을 초월하는 형태로 그 이빨을 드러낸 것이다.

●

"눈을 떠라, 자히르(그 꼬맹이를 죽여라)!"

그렇게 펠드웨이가 명령했다.

"——?"

그의 의도를 이해하지 못한 유우키.

레온은 실비아를 상대하느라 여유가 없었기 때문에 그 명령에 응할 수 없었다. 움직인다면 펠드웨이 본인이 움직여야 할 것이다.

(무슨 뜻으로 그런 말을——.)

한순간의 망설임 끝에 답이 나오기 전에 결과가 판명되었다.

"나를 불렀나, 펠드웨이. 네놈에게 빚이 있긴 하지만 늘 멋대로 부려 먹히는 건 짜증이 나는군."

가슴에 작열하는 고통을 느낀 후, 그 목소리가 유우키의 귀에 들렸다.
피를 토하는 유우키. 자신의 가슴을 보니 불길하기 짝이 없는 누군가의 팔이 튀어나와 있었다.
"풋맨!! 무슨 짓을 하는 거예요?!"
카가리가 소리치자 그 목소리에 반응하면서 풋맨이 돌아봤다.
유우키의 가슴에서 팔을 빼내면서 사악하게 웃었다.
그리고 대답했다.
"입 닥쳐라, 카자리무. 내가 준 '이름'과 '모습'을 버리다니 너야말로 무슨 짓을 하고 있는 거냐?"
풋맨답지 않게 유창한 말투였다.
그리고 그 사악한 기운은 지금까지와는 비교가 되지 않을 만큼 거대하게 부풀어 있었다.
"제길, 실수했어……."
그렇게 중얼거리면서 유우키가 무릎을 꿇었다.
'성인'인 유우키는 정신생명체로서 육체를 완전히 컨트롤하고 있었다. 그렇기 때문에 흘러나온 피도 자신의 뜻에 따라 멈출 수 있었지만, 받은 대미지는 가볍지 않았다. 일반적인 사람이라면 즉사할 수준이었던 것이다.
"호오? 아직 살아 있다니 끈질긴 쓰레기로군. 더 이상 내 손을 번거롭게 하지 마라!!"
풋맨은 그렇게 내뱉으면서 빈사 상태의 유우키를 걷어찼다. 심상치 않은 힘을 지니게 된 풋맨의 발차기는 일격만으로 유우키를 행동불능으로 만들 수 있는 파괴력을 가지고 있었다.

"크헉!!"

"유우키 님——."

카가리와 티어가 유우키를 돌보기 위해 달려갔고 라플라스가 풋맨 앞을 가로막고 섰다.

"누구야, 당신?"

"내가 누구냐고? 이 위대한 마도대제를 모르다니 어디서 살던 미천한 쓰레기냐?"

그렇다. 그 남자는 풋맨이 아니었다.

과거에 죽었어야 할 마도대제——또 다른 이름은 자히르라고 하는 자였다.

"마도대제라니, 혹시 자히르야?"

레온에 집중하면서도 넓은 시야를 유지하면서 전황을 분석하고 있던 실비아. 당연히 대화에고 귀를 기울이고 있었기 때문에 마도대제라는 말에 반응한 것이다.

"호오, 그러는 너는 실비아로군? 바로 그렇다. 나는 자히르다!"

자히르의 선언에 의해 그 자리에는 긴장감이 감돌았다.

카가리는 창백해졌고, 실비아는 얼굴을 찌푸렸다.

자히르의 딸이었던 카가리는 당연히 그를 알고 있었으며, 실비아도 신조 밑에서 함께 배운 수제자였기 때문에 예전부터 면식이 있었다. 서로의 존재를 싫어하여 결별하긴 했지만, 상대의 실력은 높게 평가하면서 경계하는 사이였던 것이다.

자히르의 사악함을 아는 두 사람은 그의 부활이 최악의 사태라는 것을 이해했다. 그리고 그게 바로 펠드웨이의 비장의 수였던 것이다.

밀림이 분노하여 멸망시킨 땅에서 육체를 잃고 떠돌던 '영혼'이 된 자히르를 찾아냈다. 그대로 있다간 소멸을 면할 수 없었을 자히르를 보호하여 계속 잠재워놓았던 것이다.

콘도 중위가 마왕 클레이만을 조종하고 있을 때 펠드웨이는 그 옆에서 자히르의 '영혼'을 풋맨에게 심어놓았다. 자아와 지혜가 약한 풋맨이라면 자히르의 힘으로 충분히 육체를 빼앗을 수 있을 것이라고 생각했던 것이다.

그 계획은 성공했으며 자히르는 서서히 풋맨의 육체를 침식했다. 처음에는 펠드웨이에게 정보를 흘려보내 주는 게 고작이었지만, 이번에 세라핌(치천사)를 깃들게 했을 때에 힘의 저울이 역전되면서 자히르가 주도권을 쥐게 된 것이었다.

남은 것은 펠드웨이의 신호에 맞춰 눈을 뜨게 하면 그만이었다.

가장 효과적인 타이밍에 그를 불러서 깨울 생각이었던 펠드웨이는 그때가 지금이라고 판단한 것이다.

"자, 자히르여. 내가 준 힘을 마음껏 발휘해서 그자들을 몰살시키도록 해라."

쓸 수 없는 도구는 처분할 뿐이라고 생각하면서 펠드웨이는 명령을 내렸다.

자히르는 세라핌과 함께 미카엘이 베루글린드에게서 회수한 '라구엘(구휼지왕)'을 대여 받았다. 그걸 몰래 얼티밋 인챈트(궁극부여) '아그니(화염지왕)'로 강화해 자신의 것으로 만들었던 것이다.

"낄낄낄낄! 이날을 기다리고 있었다. 이제야 이 힘을 마음껏 써 볼 수 있겠구나!"

자히르는 사악하게 웃었다.

풋맨의 거구가 불꽃에 휩싸이자 접촉하는 모든 것을 소멸시키는 염제로 변했다. 불꽃을 자유자재로 다루는 자히르가 그 흉악한 힘을 해방한 것이다.

풋맨의 '분노한 가면'이 부서지면서 녹았다.

그리고 드러나는 모습은 그의 마음을 그대로 드러내고 있는 것처럼 추하게 일그러져 있었다.

"풋맨을, 나의 풋맨을 돌려줘!!"

카가리가 외쳤다.

그러나 그 비통한 목소리는 자히르를 기쁘게 할 뿐이었다.

"낄낄낄낄! 나약하기 짝이 없는 것. 그 근성을 두들겨 패서라도 고쳐주고 싶지만 아쉽군! 펠드웨이 공은 죽이라는 명령을 내렸으니까. 용서해라, 어리석은 딸아."

카가리의 외침에도 전혀 아랑곳하지 않은 채. 그런 말을 내뱉으면서 자히르가 카가리를 향해 불덩어리를 던졌다.

베루글린드 수준의 위력은 내지 못해도 자히르의 불꽃은 강력했다. 그 열량을 그대로 뒤집어쓴다면 어떤 물질이라도 순식간에 불타버릴 것이다.

"빌어먹을, 나를 무시하지 마!"

라플라스가 마력탄을 날리면서 불덩어리의 궤도를 바꾸려고 했지만 위력이 너무 차이가 났다. 그대로 흡수되면서 아무런 영향도 주지 못했다. 그리고 불덩어리는 카가리, 티어, 유우키를 집어삼키려는 듯이 팽창했다.

하지만 불꽃이 잦아진 후에 누군가의 그림자가 서 있었다.

"소용없는 짓이야."

유우키였다.

빈사의 상태에서도 일어서서 '안티 스킬(능력살봉)'로 불덩어리를 봉인한 것이다.

"……호오? 내 불꽃이 통하지 않는단 말이냐? 그렇군. 위력이 문제가 아니야. 귀찮군. 실로 귀찮은 녀석이라는 걸 인정해야겠구나."

자히르의 눈에 연구자로서의 빛이 깃들었다.

그의 입가는 환희로 일그러졌으며 새로운 장난감을 흥미진진하게 느끼는 것 같았다.

"보스, 괜찮아?"

"괜찮을 리가 있겠어? 어서 침대에 눕고 싶은 지경이지만 적이 놓아주지 않을 것 같다는 게 문제란 말이지."

"그러네…… 어떻게 하지?"

"중요한 건──."

중요한 건 살아남는 것이다.

그건 이해하고 있지만, 그러기 위한 계책이 생각나지 않았다.

유우키의 관찰에 따르면 자히르의 힘은 라플라스의 열 배 이상이었다. 유우키 자신과 비교해봐도 다섯 배 이상인 것은 확실했다.

………………….

……………

…….

사실 신의 시점에서 밝힌다면 라플라스의 존재치는 100만을 조금 넘었다. 마왕종과 비교하면 비할 데 없이 강했지만 각성한 마왕으로 치면 가장 밑바닥에 속할 정도였다. 자신의 스킬(능력)을 적절히 구사할 줄 아는 라플라스의 센스(경험)가 있기 때문에 강자라고 할 수 있었다.

그리고 아직 '성인'이지만 '신인'이 되어도 이상하지 않을 만큼 상위에 존재하는 유우키의 존재치는 약 200만이었다. 단, 강력한 권능인 '마몬'이나 스킬을 무효로 만드는 반칙에 가까운 '안티스킬'을 가지고 있었기 때문에 수치로는 측정할 수 없는 전투 능력을 가지고 있었다.

티어는 존재치가 240만이며 수치만 보면 유우키보다 높았다. 자신의 욕망이 희박한 그녀에겐 유니크 스킬 '무지한 자(낙천가)'라는 권능이 있었다. 특정 조건 아래에선 모든 신체 능력을 세 배로 끌어 올리는 효과를 발휘하지만 그게 통용되는 것은 자신보다 격이 낮은 상대로 한정될 것이다.

라플라스처럼 레벨(기량)이 뛰어난 것도 아니기 때문에 이 네 명 중에선 가장 약한 자로 판단되었다.

그리고 이 네 명 중에서 가장 존재치가 큰 자는 카가리였다.

300만이 조금 안 되는 수치로 남들보다 많이 앞서 있었다. 게다가 루인 셉터(파괴의 왕홀)가 보강해주기 때문에 종합적으로 계산하면 400만에도 도달하는 수준이었다.

그러나 슬프게도 카가리는 보조요원이었다. 근접전투도 원거리전투도 그렇게 능하지 않았던 것이다. '돼지 목에 진주'라고 말할 수준까지는 아니었지만, 전투 면에서는 그리 크게 기대할 수 없었다.

그에 비해 자히르의 존재치는 1,400만에 달했다.

힘만 많았던 풋맨에 자히르의 힘도 더해진 결과였다. 그리고 자히르는 마법전투뿐만 아니라 약자를 괴롭힌다는 목적으로 근접전투도 즐기고 있었다.

순수한 폭력만으로 모두를 쓰러트릴 수 있었던 것이다.

이건 틀림없이 최악의 상황이었다.

…………………

…………

……

유우키는 천재임에도 불구하고 이 자리를 돌파할 답을 내지 못하는 자신에게 부아가 나 있었다.

조금 더 제정신을 잃은 척을 했어야 했다고 고민하면서도 그 생각은 부정했다. 그것도 하나의 방법이긴 했지만, 카가리를 되찾을 수 있는 타이밍은 그 순간이 베스트였기 때문이다.

단지 펠드웨이 쪽이 한 수 위였을 뿐이다.

주도면밀하게 준비하면서 다양하게 대책을 세워놓았다. 그리하여 이번 싸움에 임했지만, 숨겨놓은 수가 많은 자가 더 유리한 것은 당연했다.

이번에는 자신이 졌다고 생각하면서 유우키는 순순히 반성했다.

무엇보다 같은 편으로 알고 있었던 풋맨에게 사악한 의지가 깃들어 있다는 사실은 줄곧 같이 있어도 깨닫지 못했다. 이건 알아차리지 못한 유우키의 잘못이라기보다 그렇게까지 주도면밀하게 준비해온 펠드웨이를 칭찬해야 할 일이었다.

(늘 그랬어. 이 세상은 정말 불공평하다니까…….)

유우키는 반성하면서도 이 세상의 부조리를 한탄했다.

어쩌면 티어에게도 같은 짓을 해놓았을 가능성이 있었다. 그렇게 경계해보긴 했지만 곧바로 의미가 없다고 생각하면서 마음을 고쳐먹었다.

만약 그런 방법이 있다면 지금 이 시기에 아끼고 있을 이유가 없기 때문이다.

문득 그 불공평한 세상을 구현시킨 듯한 슬라임이 떠올랐다.

(리무루 씨라……. 그 사람이라면 절대 포기하지 않겠지. 이 세계로 온 건 내가 먼저였는데 나중에 와 놓고도 자기 하고 싶은 대로 다 하면서 살고 있단 말이지. 더구나 그게 내가 필사적으로 실현하려고 했던 이상보다 더 훌륭한 걸 보면 정말 진절머리가 나.)

그렇게 생각했지만 불쾌하지는 않았다.

오히려 마음속에서 웃음이 북받쳐 올라오는 것 같았다.

"왜 웃고 있는 거냐?"

"아니, 좀 유쾌한 생각이 떠올랐거든. 당신은 실로 귀찮고 위험한 상대인 것 같지만, 그보다 훨씬 더 무서운 사람이 있다는 생각이 말이지. 내가 설치해 둔 덫을 가볍게 돌파하면서도 대수롭지 않게 구는 건 그 사람 정도밖에 없을 거야."

"하하, 리무루 씨 말이군. 뭐, 그 사람은 정말로 스펙을 벗어난 존재이긴 하지."

"그렇지? 다른 사람에게 의지하는 건 내 성미에 안 맞지만 이용하는 걸 딱히 싫어하진 않아. 이제 곧 그 사람이 우리를 도와주기 위해 달려올 테니까 쓸 수 있는 계책은 하나뿐이네."

그렇게 말하면서 유우키는 대담하게 웃었다.

"그런가. 그것도 그렇겠네."

라플라스도 웃었다.

"시간을 벌자는 말이군요. 처음부터 그 방법밖에 없었으니까 이제 와서 새로 결단을 내릴 일도 아니죠."

덩달아 그들을 따라 하는 것처럼 카가리도 일어났다.

"좋―아, 나도 열심히 싸워볼까!!"

티어도 의욕을 보였다.

유우키, 라플라스, 카가리, 티어.

네 명은 나란히 서서 풋맨의 몸을 차지한 자히르와 대치했다.

"원수는 갚아줄게, 풋맨."

기합이 들어간 라플라스의 말을 신호로 격렬한 싸움이 시작되었다.

●

실비아는 레온과 싸우면서 넓은 시야로 유우키 쪽을 관찰했다.

4대1이라 수적으로는 유리하지만 실제로 우세한 자는 자히르였다.

유우키는 반은 죽고 반은 살아 있는 상태였다.

가슴에 뚫린 구멍은 아문 것 같았지만 그로 인해 힘을 크게 소모한 상태였다.

다행인 것은 유우키의 체질이 '안티 스킬(능력살봉)'이라는 특수한 것이었다는 점이었다. 그걸 이용하여 자히르의 불덩어리를 막아내면서 겨우 사투를 유지할 수 있는 상황이었다.

유우키를 수비의 핵으로 삼은 채 라플라스와 티어가 유격을 실행했다. 그리고 카가리가 동료들의 지원을 맡으면서 강대한 상대

(자히르)와 비등비등하게 싸울 수 있는 구도가 만들어진 것이다.

(유우키 군이라고 했던가? 저 아이가 쓰러지면 단번에 무너지겠는데…….)

그건 수비를 맡은 자가 사라지는 것만 의미하는 것이 아니었다. 파티의 무드는 유우키가 밝게 지시를 내리는 것으로 인해 겨우 유지되고 있었던 것이다.

그에 응하려는 듯이 라플라스가 무리를 했다.

티어는 그 무드에 그냥 영향을 받고 있을 뿐인지라 분위기에 따라서 약하게도 강하게도 변화할 것이다.

사령탑인 카가리는 그 상태를 이해하고 있는 것 같았지만──.

(뭐, 알고 있어도 방법이 없으면 어쩔 도리도 없겠지…….)

즉, 반격할 방법이 없었다.

조금씩 체력이 깎이면서, 패배할 때까지의 시간을 얼마나 더 늘릴 수 있는지에 대한 승부가 형성되고 있었다.

시간 벌이.

그들이 도출해낸 그 답이 바로 유일한 정답일 것이다.

"쳇, 정말로 말도 안 되게 강하군. 내 '안티 스킬'이라면 '방어결계' 같은 건 전부 무시할 수 있는데 순수한 내구치가 너무 높아서 대미지를 주지 못하고 있잖아……."

"그러게, 순수하게 능력 차이가 너무 나는걸. 내 예측으로도 대미지를 줄 수 있는 미래가 보이지 않아."

무슨 짓을 해도 통하지 않는다──. 그 사실을 알아버리면서 일동은 당장이라도 절망감에 사로잡혀버릴 것 같았다.

하지만 그렇게 되지 않은 이유는 단 하나.

머지않아 리무루 일행이 도착할 것이라고, 그렇게 믿고 있기 때문이었다.

(에르도 말했지만 리무루 군은 정말 대단하네. 이 자리에 없는데도 모두의 희망이 될 수 있으니까.)

늦지 않게 와주면 좋겠다고, 실비아도 자신의 성격에 어울리지 않게 그런 소원을 빌고 있었다.

"나를 상대하면서 다른 곳을 보고 있다니, 스승이라고 해도 날 너무 얕보는 것 아닌가?"

"그럴지도 모르지. 하지만 권능을 지닌 자들끼리의 싸움에선 먼저 조바심을 내는 쪽이 지는 거야!"

레온이 펼친 신속의 연속 베기를 실비아는 가볍게 회피했다. 자신이 한 말 그대로 같은 계열의 권능 소유자인데다 유파도 같았다. 상대의 행동은 훤히 알 수 있었다.

그건 레온도 마찬가지였지만, 이쪽은 미카엘의 지배로 인해 적을 쓰러트리라는 명령을 받고 있었다. 느긋하게 시간을 벌기만 하면 되는 자와 상대를 쓰러트려야만 하는 자, 그 차이가 명백한 차이를 만들면서 싸움의 추세에 영향을 주고 있었던 것이다.

그리고 또 하나의 이유가 있었다.

그건 레온의 심층 심리였다.

레온은 무의식 속에서 자신의 자유의지를 되찾으려고 발버둥치고 있었던 것이다. 그건 사사로운 영향에 불과했지만, 그래도 확실히 몸의 움직임을 둔하게 만들고 있었다.

그런고로 실비아와 레온의 싸움은 실비아가 우세를 유지한 채 아주 안정적으로 진행되고 있었다.

실비아는 생각했다.

(그건 그렇고 펠드웨이는 왜 움직이지 않는 걸까? 이 상황에서 참전한다면 나도 조금은 위험해질 텐데?)

하물며 유우키 일행은 단번에 밸런스가 무너지면서 패배할 것이다.

그렇게 되지 않은 것은 왜일까?

실비아는 그 이유를 찾아내기 위해서 펠드웨이 쪽으로 시선을 돌렸다.

그리고 관찰하면서 추론을 이끌어 냈다.

(초조한 기색이 전혀 없네. 즉, 이 녀석은 레온 군이랑 자히르를 쓰고 버리는 장기말로 생각하고 있는 것 같아. 여기서 우리의 데이터를 얻고 나서 그 후에 확실히 우리를 처리할 생각을 하고 있는 거야.)

너무나도 불쾌한 대답을 이끌어내면서 실비아는 진저리를 쳤다.

조심성이 많은 것도 도가 지나친 수준이었다.

일반적으로 고려해보면 여기서 적을 끝장내는 것이 확실하다고 생각할 것이다. 그렇게 하지 않은 것은 펠드웨이 자신의 안전을 가장 우선적으로 생각하고 있기 때문이었다. 그리고 그런 점을 통해 살펴보자면 레온이나 자히르보다 더 강력한 비장의 수단을 보존해두고 있다는 예측이 가능했다.

그건 정답이었다.

펠드웨이는 관찰결과를 기반으로 판단하면서, 이번에 데리고 오지 않은 전력으로 점을 섬멸시킬 수 있다는 생각을 한 것이다.

적이 뭔가 비장의 수단을 숨기고 있을 가능성을 고려하여 지금은 섣불리 손을 대는 것을 자제하고 있었던 것이다. 겁쟁이가 아닌가 하는 의심이 들 정도인 그 병적인 조심성이야말로 펠드웨이의 진면목이었던 것이다.

어쨌든 펠드웨이가 손을 대지 않으면서 시간을 번다는 목적은 달성할 수 있을 것 같았다. 실비아가 그렇게 생각하면서 약간 여유를 되찾았을 때 그 일은 일어났다.

"그렇군, 기억이 났다. 그 '안티 스킬'이라는 것은 과거에 용황녀의 애완동물이 가지고 있던 특성이었지. 그건 분명 마법과 스킬을 봉인해서 묵살시키는 아주 번거로운 체질이었지만 대처 방법도 확립되어 있었어. 간단해. 마법도 스킬도 아닌 단순한 힘이라면 반사될 일이 없는 거다!"

자히르는 사악했지만 연구자로선 일류였다. 신조의 수제자로서 부끄럽지 않은 실적도 있었으며, 그의 관찰안은 실로 확실했다.

그렇기 때문에 정답을 간파했다.

밀림의 애완동물이 변한 모습인 카오스 드래곤(혼돈용)에게도 '안티 스킬'은 계승되었지만 밀림의 힘을 앞세운 타격으로 쓰러트리면서 봉인에 성공했던 것이다.

자히르는 그런 실례가 있다는 걸 몰랐지만 자신이 찾아낸 답에 자신이 있는지, 망설이지 않고 공격방법을 변경했다.

쉽게 말해서 단순한 폭력이었다.

자신의 육체를 흉기로 삼고 유우키를 때리기 시작한 것이다.

"낄낄낄낄! 빈약하기 그지없구나!"

자히르는 새된 소리로 웃으면서 유우키를 마구잡이로 때렸다.

그때부터는 일방적인 전개로 진행되었다.

유우키가 체술로 겨우 버티면서 대항했지만 힘의 차이는 도저히 뒤집기 어려웠다. 라플라스와 티어도 가볍게 농락을 당하고 말았으며, 세 사람이 한꺼번에 바닥에 쓰러질 때까지의 시간은 그리 오래 걸리지 않았다.

"자히르——!!"

아직도 분노하고 있는 카가리가 주박을 발동했지만, 자히르의 몸을 감싼 투기에 의해 막혀버렸다. 그리고 자히르의 주먹이 카가리의 배에 파고들었다. 순수한 힘의 차이가 잔혹할 지경으로 승패를 결정한 것이다.

"낄낄낄낄! 나에게 도전하는 게 얼마나 어리석은 짓인지 이제 이해했나? 그건 그렇고 펠드웨이 공, 이 녀석들은 여기서 바로 처리해버려도 되겠지?"

자히르는 최종 확인을 했다.

처음부터 죽일 생각을 하고 있었겠지만, 일단은 상사의 체면을 세워준 것이다.

"마음대로 해라."

펠드웨이가 간결하게 대답했다.

그 말을 듣고 자히르가 사악하게 웃었다.

"카자리무여, 불초한 자식이여. 너는 좋은 실험재료였는데 실로 아쉽구나. 하지만 안심해라. 널 대신할 장난감은 곧바로 준비할 수 있으니까!!"

자히르는 그렇게 선고했고, 앞으로 내민 두 손 사이에 힘이 모이기 시작했다. 그러자 순수한 투기가 소용돌이치면서 응축되었으며 시공조차도 일그러질 정도로 방대한 에너지로 변환되었다.

대기가 삐걱거리면서 불타올랐다.

이건 마법도 스킬도 아닌, 순수한 파괴의 힘이었다. 유우키를 죽이기에 충분한 수준을 넘어서 자히르 자신도 대미지를 입을 수 있을 만큼 강대한 힘이었던 것이다.

그걸 옆에서 본 실비아는 이건 안 된다고 생각하면서 창백해졌다.

모든 위력이 한 점에 집중된 만큼 핵격마법쯤은 상대가 안 되는 파괴력이 만들어지고 있었다. 그걸 제대로 맞았다간 육체마저 남지 않고 소멸하게 될 것이다,

이건 위험하다고 생각하면서 실비아는 전력으로 '방어결계'를 펼쳤다. 레온도 같은 판단을 했는지, 실비아에 대한 공격을 중단하고 펠드웨이를 지키기 위해 움직이고 있었다.

유우키는 '마몬(탐욕지왕)'으로 방어를 굳히려고 했지만 이미 기력이 다 떨어져 가는 상태였다. 카가리가 유니크 스킬 '꾀하는 자(기획자)'로 펼친 '결계'만이 그나마 마지막으로 의지할 수 있는 것이었다.

유우키에게 '멜키세덱(지배지왕)'을 빼앗기긴 했지만 한 번은 궁극의 단계에 도달했던 카가리였다. 따라서 그녀의 권능인 '기획자'는 유니크이면서도 궁극에 필적하는 수준까지 성능이 높아져 있었던 것이다.

그러나 부족했다.

압도적이기까지 한 힘의 차이를 뒤집는 건 카가리의 힘만으로는 도저히 어려웠다.

(저걸로는 무리야. 절대 버텨낼 수 없을 거야…….)

그게 실비아의 직감이었다.

자히르의 공격은 2단계로 이뤄져 있었다. 순수한 파괴에너지를 '아그니(화염지왕)'로 감싸고 있었다. 카가리의 '결계'를 불덩어리로 날려버린 뒤에 대기하고 있던 진짜 공격이 덮치게 되어 있었던 것이다.

그것도 다 자히르의 터무니없는 에너지(마력요소)양이 있었기 때문에 가능한 이야기였다. 실비아의 몇 배는 될 법한, 상상하기도 어려운 수준의 고밀도 에너지체. 지금의 실비아가 가세해봤자 이 공격을 막는 것은 불가능했다.

달리 누군가 이걸 막아낼 수 있는 사람은 없는 것일까?

그렇게 생각하면서 뭉쳐 있는 네 명을 둘러봤다.

카가리도 온 힘을 다해 결계를 펼치고 있었지만 의미가 없었으며, 유우키의 힘이 거의 바닥이 난 것은 방금 전에 말한 대로였다.

그럼 나머지 두 사람은 어떨까?

티어는 얼티밋 스킬(궁극능력) 같은 건 가지고 있지 않기 때문에 '방어결계'를 펼치고 있지만 언 발에 오줌 누기나 마찬가지일 것이다.

그렇다면 마지막 한 명인 라플라스에게 희망을 걸 수밖에 없다.

그렇게 생각하여 시선을 돌린 실비아는 그때 놀랄 만한 것을 직접 눈으로 보게 되었다.

(어? 저 얼굴——설마, 설마 저 사람은——.)

라플라스의 부서진 가면 밑에 그게 보였다.

그건 너무나도 그리웠던 얼굴이었다.

이미 예전에 잊어버렸다고 생각하고 있었는데, 한 번 보기만 한 것만으로도 옛 추억이 넘쳐 나올 정도로.

실비아는 자신도 모르게 외쳤다.

"도망쳐, 살리온——!!"

하지만 그 충고는 이미 늦은 것이었고——.

"그럼 작별이다. '영혼'조차도 산산이 박살 내서 이 세상에서 사라지게 해주마!!"

그런 자히르의 말이 종언을 고한 것이다.

그 선고대로 그건 거대한 파괴를 일으켰다.

섬광, 그리고 폭발.

레온의 성도 날아가 버렸다.

거대한 불덩어리가 폭위가 되어 미친 듯이 휘몰아쳤고 열파와 불꽃을 사방에 흩뿌리면서 사라져갔다——.

Regarding Reincarnated to Slime

유우키는 절망 속에서 웃었다.

(이것 참. 열심히 노력해봤지만 결국 여기까지인가?)

이 세계에 온 지 10여 년.

마왕 카자리무, 그러니까 카가리와의 만남을 시작으로 자신의 바람을 성취하기 위해 매진해왔다.

마음이 통하는 동료도 생기면서 고락을 함께 했다.

그러나 급속적인 성장에는 빈틈이 동반되기 마련이었다. 성공만을 거듭하고 있는 리무루가 이상할 지경이다.

클레이만의 이변을 꿰뚫어 보지 못한 시점에서 계획이 파탄 나는 것은 필연적이었다. 유우키에게 있어서 그 일은 죄책감으로 남아 있었다.

그 외에도 몇 가지의 미련이 남아 있었으며, 그랬기 때문에 마지막으로 사고를 가속시킨 '사념전달'로 모두에게 인사를 하기로 했다.

"미안해, 다들. 내가 악수를 두는 바람에 이런 꼴을 겪게 하고 말았어."

유우키가 사과의 말을 하더라도 그걸 책망할 자는 아무도 없었다.

"보스만의 책임이 아니에요. 오히려 내 실수가 더 큰 요인이라고 생각하니까."

카가리도 또한 큰 자책감을 느끼고 있었다.

애초에 카가리가 레온에게 집착하지 않았다면 지금 같은 사태가 일어나지는 않았을 테니까. 그랬다면 유우키와 만날 일도 없었을지도 모르니까 모든 것이 최악이진 않았겠지만.

그런 카가리를 달래듯이 티어도 더듬더듬 얘기하기 시작했다.

"울지 마, 공주님. 나도, 조금 기억이 났어. 이름은 완전히 잊어버렸고, 다양한 추억이랑 감정이 뒤섞인 것 같지만, 나는 공주님의 시녀였어. 그리고 말이지, 잘못은 저 왕에게 있어! 우리는 모두, 공주님 편이었어. 그러니까, 공주님은 후회하지 마. 나는 마지막까지 함께 할 수 있다면, 그것만으로 기뻐!"

여기서 끝나더라도 티어는 분하지 않았다.

이미 끝난 목숨을 구해준 사람이 카가리였으며 살아갈 목적까지 주었다. 그런 그녀와 함께 죽을 수 있다면 그것만으로도 행복하다고 티어는 말했다.

"티어, 당신……."

"아하하, 즐거웠지?! 풋맨이랑 클레이만도, 공주님을 정말 좋아했어. 그러니까, 보스에게는 감사하고 있었어. 마왕 카자리무였던 공주님도 믿음직스럽고 멋져서 좋아했지만, 역시 공주님은 그 모습이 가장 보기 좋아!"

"뭐, 그렇긴 하지. 처음에는 어울리지 않는다고 생각해서 웃었지만, 지금은 그 모습이 딱 어울려. 그게 본래의 모습이라면 그것도 당연하겠지."

라플라스도 진지하게 동의했다. 그런 뒤에 웃으면서 이렇게 말했다.

"그러니까 보스. 마음에 두지 않아도 돼. 우리는 최선을 다해서 노력했으니까. 후회는 없어. 저세상에서 클레이만도 기다리고 있을 테니까 거기서 다시 즐겁게 살자고!"

할 수 있는 일은 전부 했다.

나쁜 짓도 착한 짓도.

중용의 길을 걸어가는 자로서 부끄럽지 않게 살아온 것이다.

그러므로 라플라스는 자신과 동료들을 자랑스럽게 여겼다.

"하하하, 마지막이니까 그동안 느꼈던 불만을 더 말해줘도 괜찮은데?"

"불만 같은 건 없어요."

"응응!"

"뭐, 우리는 보스를 믿었어. 보스의 역량으로도 무리라면 포기할 수밖에 없지."

그래도 유우키는 그 말에 쉽게 수긍하지 않았다.

"라플라스는 우리와 함께 죽어도 괜찮겠어? 저 사람이 네 이름을 부른 것 같은데, 너 하나라면 늦지 않게 탈출할 수도 있지 않을까?"

실비아가 라플라스를 향해 '살리온'이라고 불렀다. 그 시점에서 라플라스는――

(그래. 내 진짜 이름은 '살리온'이었어.)

라고 생각하면서 잃어버렸던 기억을 떠올렸다.

실비아 쪽을 슬쩍 바라보면서 사랑하는 아내가 무사했다는 것에 안도하기도 했다.

하지만 그뿐이었다.

자신은 이미 죽은 사람이다.

라플라스로서 살아가는 삶을 얻었고, 그 후로 2,000년 이상의 세월이 지났다.

이제 와서 무슨 낯으로 뻔뻔하게 돌아갈 수 있단 말인가.

그리고 지금의 라플라스에게 가장 중요한 것은 동료인 유우키 일행이었다.

그렇기 때문에 라플라스는 일부러 익살스럽게 굴면서 대답한 것이다.

"됐어. 나는 라플라스야. '중용광대연합'의 부회장이자 '원더 피에로(향락의 광대)'인 라플라스라고. 뭐, 한 번 더 말하겠지만 보스가 마음에 둘 필요는 없어."

"……그래?"

"그럼. 그리고 말이지, 마지막의 마지막에 와서 나만 제외하려 들다니 그렇게는 안 되지!"

그 말을 듣고 유우키도 마음이 따뜻해지는 기분을 느꼈다.

불공평하고 부조리한 세상이었지만 의외로 나쁘지 않은 인생이었다고 생각하면서.

그렇다면 최후의 순간까지 온 힘을 다해 저항해보자는 마음을 먹었다.

"쳇, 죄다 멍청이들이라니까. 하지만 싫지는 않군."

"보스가 할 말은 아니지!"

"그러게 말이죠. 유우키 님은 머리는 좋은데 가끔 바보 같은 행동을 한다니까요. 지금이 바로 그래요."

"아하하! 그래도 마지막으로 모두 힘을 합쳐 싸우는 게 왠지 엄청 즐겁게 느껴지네!"

자히르라는 위협적인 존재를 앞에 두고 유우키 일행의 마음은 하나가 되었다.

동료들과 함께라면 그곳이 지옥이라도 즐길 수 있다.

그러므로 두렵지 않았다.

"그럼 작별이다. '영혼'조차도 산산이 박살 내서 이 세상에서 사라지게 해주마!!"

그렇게 외치는 자히르의 죽음의 선고를 듣고도 유우키와 동료들의 얼굴에서 웃음이 사라지진 않았다.

그리고 그 직후—— 섬광이 모든 것을 무로 되돌렸다.

노는 시간은 끝났다.

유우키와 동료들의 야망은 지금 종언의 시간을 맞은 것이다.

후기

여러분, 오랜만입니다.

현재 애니메이션 시리즈도 방영 중이니까 어쩌면 새로 뵙는 분도 계실지도 모르겠군요!

그렇다면 기쁘겠습니다.

그건 그렇고 본 작품도 드디어 18권이 나오게 되었습니다. 예정대로 최종장에 돌입했습니다만, 남은 세 권으로 끝내고 싶다는 바람은 조금, 아니, 상당히 어렵지 않을까 하는 생각이 들기 시작했습니다.

태동 편, 격돌 편, 완결 편으로 이어진다는 구상을 하고 있었습니다만, 이번 이야기의 내용은 대체 어느 부분이 태동이냐는 생각이 드니까 말이죠.

누군가의 잘못으로 이렇게 된 것도 아닙니다.

왜냐하면 사전에 제 기분에 따라서 변경될 가능성이 있다는 걸 미리 얘기해놓았으니까요!

……네, 요즘에는 그런 변명도 섣불리 꺼내기가 힘들군요.

뭐, 어쨌든 이번 권에서 전쟁이 시작된 것만으로도 다행이라고 생각해주십시오.

이번 권의 내용에 대한 얘기를 하면 스포일러가 될 테니까 그다지 언급하지 않는 게 좋겠습니다만, 카가리 씨의 설정은 그런 식으로 정리하여 마무리했습니다.

당초의 이미지에서 많이 바뀌고 말았는데, 그건 다 엘프 모습이 귀엽게 나온 탓입니다.

아니, 실은 처음부터 성별불명의 캐릭터로 만들자는 생각은 하고 있었습니다만, 그 캐릭터 디자인이 나온 시점에서 모든 것이 결정되고 말았습니다.

일러스트의 힘이 너무나도 크다는 것을 다시 확인했지 뭡니까

참고로 13.5권에 실린 설명과 약간 차이가 생기기도 했습니다만, 그 점은 뭐, 늘 있는 일이라고 여겨주시면 감사하겠습니다.

당장 필요하지 않다는 이유로 설정을 대충 짜놓다간 나중에 고생한다는 걸 언제쯤에나 제대로 기억할 수 있을까요.

정말로 다음부터는 조심하자——고, 최종장에 진입한 뒤에야 반성해봤자 이미 늦은 뒤인데 말이죠…….

어쨌든 이런 식으로 18권이 나왔습니다만, 읽어보니 어떠하셨나요?

독자를 즐겁게 하자는 생각으로 글을 쓰고 있으므로 재미있게 읽어주셨다면 그보다 더 기쁜 일은 없을 것입니다.

마음에 드신 분은 앞으로도 본 작품인 '전생했더니 슬라임이었던 건에 대하여'를 응원해주십시오. 그 목소리에 격려를 받으면서, 앞으로도 '전생 슬라임'의 세계를 넓혀나갈 수 있도록 노력할 생각입니다.

그러면 다음에 또 뵙도록 하겠습니다~.

[끝]

전생했더니 슬라임이었던 건에 대하여 18

2024년 3월 15일 1판 4쇄 발행

저　　자 후세
일러스트 밋츠바
옮 긴 이 도영명
발 행 인 유재옥
본 부 장 조병권
담당편집 정영길
편 집 1 팀 박광운 최서영
편 집 2 팀 정영길 조찬희 박치우 정지원
편 집 3 팀 오준영 이해빈 이소의
미　　술 김보라 박민솔
라이츠담당 김정미 맹미영 이윤서
디 지 털 박상섭 김지연 윤희진
발 행 처 ㈜소미미디어
인쇄제작처 코리아피앤피
등　　록 제2015-000008호
주　　소 서울 마포구 토정로 222, 403호(신수동, 한국출판콘텐츠센터)
판　　매 ㈜소미미디어
마 케 팅 최정연 최원석 박수진
물　　류 허석용
전　　화 편집부 (070)4164-3962, 3963 기획실 (02)567-3388
판매 및 마케팅 (070)4165-6888, Fax (02)322-7665

ISBN 979-11-6611-988-0 04830
ISBN 979-11-5710-126-9 (세트)